| 金英夏作品集 5 | 長篇小說

猜謎秀

퀴즈쇼

金英夏 著
김영하
盧鴻金 譯

《猜謎秀》媒體評論

透過作家特有的明快、充滿才氣的敘事，聚焦於所謂「八十八萬韓元世代」（編按：相近於臺灣過去的22 K世代）的年輕主角無望的人生，並且尖銳地批判韓國傳統社會不負責任的暴力性。

李民秀的形象，可說是金英夏對當今韓國年輕人所經歷的慘淡日常的回答和寓言。他們就像私生子一樣，出生時沒有任何族譜，所以不可能從父母那裡繼承像樣而溫暖的遺產，但卻必須承擔從先人那裡繼承的國家債務，這個時代年輕人的命運可說極為乖舛。李民秀的自虐態度具有矛盾的層面，因為他的痛苦，無論如何不應該是他們這世代年輕人的責任。應該受到譴責的並非「為了那區區四萬韓元打工」的李民秀，也非來回奔波於考試院、公務員考試專門補習班、大賣場包裝工作，「總想學點什麼」，最終卻自殺的「隔壁房間的女人」。沒有任何人成為他們的父執輩，卻合法地搶走他們的錢、書籍和幾天的工資。不給任何承諾，卻將他們的青春關進一點五坪的無窗房間，這就是老一輩的不合理作為。——卞知延（文學評論家，取自〈感知時代傷痛的命運，以《猜謎秀》、《我聽見你的聲音》為中心。〉）

小說的主角李民秀出生於一九八〇年，屬猴。民秀雖然是研究所畢業的精英，但求職失敗。他是私生子，以為電影演員出身的外婆是母親，受其撫養長大。負債累累的外婆去世後，房子被債權人搶走，於是他搬進了考試院。他認為從韓國老一輩那裡沒有得到任何東西。民秀月租二十九萬韓元的房間沒有窗戶，也反映出最近二十多歲年輕人找不到任何出路的現實。……小說後半段，在不知是現實還是幻想的空間裡舉行的最後一場猜謎秀，影射年輕人憧憬老一輩的空間——公司，卻同時用幻滅的眼神看待公司的現實。作者將其特有的高級幽默，融入對陰鬱現實的刻畫之中，使其充滿了更深層次的辛酸滋味。——《朝鮮日報》

刻畫出最近二十多歲年輕人——沒有希望的世代，在找不到出路的迷茫中發生的故事。——《韓民族新聞》

描述透過網路聊天形成人際關係，並在其中分享友情和愛情的「徐太志世代」的故事。——《韓國經濟新聞》

作家用活潑的筆觸描繪出最近網路世代的生活，令許多年輕讀者感嘆「和我的故事一模一樣」。——韓國《聯合新聞》

目錄

【推薦序】

當青春的尾巴只剩下內捲與躺平

吳曉樂（作家）

金英夏今年（2024）訪台期間，在漫遊者出版準備的「快問快答：BTS 跟 Seventeen 之中」，選擇了 Blackpink。我還是要說，以風格來說，金英夏的孤兒三部曲，跟 BTS《花樣年華》專輯搭配的效果應該不錯。《猜謎秀》要連連看的話嘛，另一端大概是〈Dope〉吧。

一八六六年，緊銜著工業革命，資本主義快速擴張的十九世紀，杜斯妥也夫斯基刊載《罪與罰》。彼時，俄羅斯帝國才廢除了農奴制度，貴族階層衰敗，取而代之的是野心勃勃的資本家。小說的主角拉斯柯爾尼科夫是一位讀了點書的青年，曾發表過出色的論文，但家境困蹇，逼得他中斷學業。為了生活，拉斯柯爾尼科夫屢次前往當鋪典當他的物品，掌管當鋪的老嫗，卻東挑西揀，僅支付零碎的金額。日積月累，拉斯柯爾尼科夫內心逐漸對老嫗滋長出可怕的恨意，他甚至發展出一套理論來說服自己，在這理論裡，老嫗這樣的存在，就是靠著吸食他人血液而續命的「蝨子」，世上少了一隻蝨子，稱不上什麼罪過。

二〇〇七年，金英夏出版《猜謎秀》。主角民秀也是一位高知識份子。父不詳，母親早逝，民秀由摩登、時尚的外婆崔仁淑扶養長大，祖孫倆的日子還算過得去，外婆去世後，民秀過了一段愜意，滿盈布爾喬亞情緒的日子。猜謎秀是他的樂趣，在充滿隱私感的網路空間裡進行知性、雅緻、沒有汗黏的對決。命運很快就對準民秀的弱點揮出重拳，就像民秀說的，「文明是不斷剔除像我一樣懶惰、懦弱的人而發達的」。首先是電力公司（再不繳電費就要斷電了），接下來是銀行職員（崔仁淑留下不小的債務，再不繳，你所居住的房子就要歸銀行所有了）。這時，「菠蘿麵包大叔」出現了，他是崔仁淑的舊情人，從前對民秀也算得上慷慨。老人帶來了一張外婆簽名且用了手印的借據，年利息百分之二十，以複利計算。本金是一千兩百萬，經過十八年，滾成三億的天價。老人說了一連串數字跟法律名詞，把毫無防備的民秀給砸得頭暈眼花，結論是：李民秀失去了位於繁榮地段的獨棟住宅與大多數的物品，搬進僅有一點五坪、跟棺材沒兩樣的便宜房間。他所喜愛的書，成了太佔空間而必須捨棄的奢侈品。民秀的女友光娜見異思遷，跳船前還大開地圖炮，把包括民秀在內的男人（以及他們的產地）給狠狠數落了一頓，「韓國男人在國際競爭力上太弱了。會做菜嗎？舉止得體嗎？不但不能製造氣氛，自尊心還很強，甚至還以為自己很厲害，真是無可救藥的自戀狂。這些都是給韓國的媽媽養壞的」。在菠蘿麵包大叔跟光娜一套組合拳下來，民秀不禁開始懷疑，適者生存，他是適者嗎？民秀從吊兒郎當的人，被逼得必須「對錢認真」，弱不禁風的他，應徵超商大夜班的工作。在此，我想稍微岔題去談，「超商」絕對不是個偶然的安排。二〇一六年，村田沙耶香以《便利店人間》摘下芥川賞；二〇二一年，韓國金浩然的《不便利的便利店》銷售突破百萬。店員就是社畜們的縮影，必須在少得可憐的時間內完成甲方（也就是客人）形形色色的要求（我曾遇到有人請超商店員協助填寫收件人的地址）。纖細敏感的民秀，果然在超商被澈底逼瘋，回到《罪與罰》，我相信民秀看著老闆的眼光，跟拉斯柯爾尼科夫看著當舖老嫗的眼光，必然在一瞬間是重疊的。人類即使出走叢林，但弱肉強食的法則仍刻在遺傳訊息裡，差別在於，這套法則隨著時間進化，如今有了花俏的技法跟迂迴的形式，關鍵字或許有：教育，努力，全球化，新自由主義等等。人們受到壓迫時，多半揚棄了卡繆式的反抗精神，而是肝（肝竟成了一個動詞）到三更半夜，每個人都肝到三更半夜，表示三更半夜就是正常的工時。內捲換句話說就是，他人即地獄。

《猜謎秀》點出了，誰不是活在大型的益智節目裡？主角民秀不就是「對崔女士的資訊不對稱」，才被菠蘿麵包大叔擺了一道嗎？至於我們讀者，還記得高中升大學的那次考試吧？以知識跟數十萬人對決，稍有閃失，就告別了光鮮亮麗的命運。不過，鮮衣怒馬的人們歡樂又有多久長？曾幾何時，成功的保鮮期比冷藏櫃的飯糰還短。人類的預期壽命不知不覺地走到七八十歲也別說稀罕了，那麼多看盡長安花的天才，那麼零星的頭銜跟位置，物價越來越貴，學歷一貶再貶，哈姆雷特的 to be or not to be，轉譯成現在的語言就是內捲還是躺平。躺平也不是第一天就躺平了（那是貓），而是捲不動了必須要給自己一個台階下。就像民秀的朋友韓潔說的，「我們是檀君以來讀最多書、最聰明的世代，不是嗎？能說流利的外語、操縱尖端電子製品也像樂高積木一樣得心應手，幾乎所有人都是大學畢業……可是為什麼現在我們都是無業遊民？為什麼大家都變成失業者啊？我們到底做錯了什麼？」

小說裡有個「影薄」的角色，現身次數不多，即住在民秀隔壁房間的女人。民秀第一次對這個人有點認識，是跟女人在頂樓，一邊喝著燒酒，一邊烤五花肉來吃。女人是貧窮家庭的老么，從地方來到繁華的首爾，白天在大賣場從事包裝，其餘清醒的時間都在準備公務員考試。女人跟民秀同樣「蟻居」，但她跟民秀不同，民秀是痛苦的、半吊子的哲學家，都快繳不出房租了，他仍有餘裕想著人生、猜謎秀，以及初萌的愛情。就像新女友智媛說的，民秀像蝸牛，「躲在名為知識的堅硬外殼裡」。女人缺乏這外殼，只能「無明」地活著，是什麼在傷害著、消費著自己都說不明白。《猜謎秀》主要以民秀機智的自嘲以及對世事的洞明為推力，不過，就女人的結局，金英夏卻寫得低進塵埃，花落彼岸。看似一則不緊要的插曲，仔細端詳又觸目驚心。

《罪與罰》的最後，拉斯柯爾尼科夫因信仰與愛情而受救贖、重生；《猜謎秀》裡，小說家同樣給憂愁多思的主角設想了「來自不同世界」的女性智媛，民秀跟智媛的對話，乍看以愛情為外衣，但我想金英夏要說的終究是，在看似永劫的荒謬中，仍不要放棄「靠近彼此靈魂的冒險」。

再借一些篇幅說BTS吧。〈Dope〉於二〇一五年問世，是民秀下一代，甚至下下一代的故事了。分析歌詞，不難歸納，「頹族們」的伎倆早已被識破，再也嚇不倒任何人。當我們身處三拋、五拋、到所有慾望都可以拋棄的世代，BTS發出了怎樣的咆哮？還是要燃燒到最後一刻，不是為了奉承，而是創造新世界的秩序。至於這個新世界會生做什麼模樣？我想，說不定腦筋轉得奇快的金英夏早已著手擬答了。

第一章 牆裡的妖精

1

小學入學典禮那天，我覺得非常好奇，站在其他小孩子身邊的那些年輕女人究竟是誰？我靜靜觀察著，孩子們管那些年輕女人叫「媽媽」。我是由外婆撫養長大的，當時也叫外婆「媽媽」，我這才曉得原來媽媽是可以如此年輕，因而受到衝擊。但我並不是說外婆是寒酸的老人。那天畢竟是特別的日子，外婆也費心裝扮。她穿著時髦的洋裝、高跟鞋，服裝上盡可能展現出氣質。如果睜大眼睛仔細觀察的話，也許還能看出端倪。但僅從遠處觀看外貌，她和其他母親相距不遠，更何況外婆還擁有那些女人不具備的溫和且世故的威嚴。我當時認為其他母親年輕的原因，並非那些女人脖子上沒有皺紋，而是因為她們看起來太不懂事，而且莫名顯露出淺薄的一面。她們就好像被雇用來扮演母親這個角色的四不像演員；不是坐立不安、擦著孩子的鼻涕，就是趁人不注意在教室後方抽泣，這樣的人會是媽媽？外婆和那些女人保持距離，站得遠遠的看著我。

大家稱呼她為崔女士，偶爾也有人叫她仁淑。在我的記憶當中，崔女士永遠都是追求時髦的人，也是時尚的領先者，她本人在這方面也頗富自信。算起來，小學入學典禮是在一九八七年，那時崔女士雖已五十七歲，但看起來比實際年齡年輕許多。她從四十歲起開始長出白頭髮，因為不喜歡染髮，於是就順其自然，任其生長。看我出生時的照片，那時她雖滿頭斑白，卻綁了極其自然的馬尾。即便如此，崔女士看起來比其他頭髮烏黑的女人更年輕，也許是她勇敢的態度和自信所致。

無論如何，那天以後，我就已察覺出崔女士不是我的母親，所以不得不詢問事實。

「媽，我真正的媽媽在哪裡？」

因為我還留著叫崔女士為媽媽的習慣，我的問題聽起來自然奇怪。她帶我去了動物園。在動物園裡，我們參觀了許多動物，也買了冰淇淋吃，還坐了讓人一下子魂飛魄散的海盜船。那段時間裡，我雖已忘了為何來動物園的原因，但她並未遺忘。直至今日，我還不知道她為何覺得告訴我這些話的時候，要到動物園去比較合適。她在河馬正排泄出大量尿液的圈舍前面說道：

「我就是你的媽媽，真的。」

「人家都說不是。」

「誰說的？」

「大家都這麼說。」

崔女士用食指指著天空，天上正有一群鴿子飛過。

「你媽媽死了以後，變成鴿子了。」

「鴿子？」

「人死了以後會再次誕生為動物，可是你媽媽變成鴿子了。」

那分明是崔女士即興的謊言，可是因為那善意的謊言，我有好一陣子變成畏懼鴿子的少年。當然，崔女士是不可能連這些副作用都計算到的。她大概心想對孩子而言，說母親變成鴿子在天空飛翔，要比直接說母親已經死掉的衝擊要小得多。可是結果更糟糕。因為鴿子太多，所以我無論在哪裡看到鴿子，都會想起我未曾謀面的母親。她乾脆說母親託生為斑馬、響尾蛇或食蟻獸還比較好。

無論如何，要一個八歲的孩子相信自己的母親是鴿子，實在太殘忍了。

「為什麼？媽媽為什麼變成鴿子？」

我向崔女士追問。

「沒有人知道人死之後會變成什麼。」

「可是為什麼鴿子在籠子外面？」

「因為太多了，動物園裡只有珍貴的動物，老鼠、貓、狗不都沒有嗎？」

河馬又朝著空中撒尿，那天我第一次知道，尿液也能讓彩虹出現。

「河馬就是那樣誇耀自己的力量，標示自己的領域。」

「那從現在起，媽媽就不是媽媽了？」

「民秀不喜歡河馬啊？」

「那從現在開始，我應該叫媽媽什麼呢？」

崔女士好像對這個問題煞費苦心。

「你就叫我……姨媽吧！」

我不斷抽噎著。不是因為我知道了母親已經過世的事實，而是因為一個我一直叫她媽媽的女人，從此刻起必須稱呼她為姨媽。

「那我爸爸呢？我爸爸在哪裡？」

她撫摸著我的頭說道：

「我也不認識你爸爸。」

不覺間，我們站在猛獸圈籠的前面，我記得那時老虎正懶懶地睡午覺。

「你看，老虎沒有父親不也活得好好的？」

發現「私生子」這個單字是在幾年之後，當時我想查字典，突然全身發冷，下巴開始哆嗦，心靈深處傳來「不要查那個單字，你沒有必要知道這個世界上所有單字」的聲音，但越是如此，我翻找字典書頁的速度越快。我還清楚記得字典的定義是這麼寫的：

私生子 【名】 沒有法律上婚姻關係的男女生下的孩子，如果獲得父親的承認，可成為庶子。

「獲得父親的承認？這個說明太有意思了，你知道這是什麼意思嗎？」

聽了字典上的解釋，智媛如此問我。她站在舊書店的書堆裡，手裡拿著紙杯，喝著拿鐵咖啡。

我搖搖頭。

「不，但我總覺得父親這個存在是必須的。還有咖啡嗎？」

「我都喝完了。可是我很好奇，連意思都不知道的單字或句子怎麼會刺痛我們？」

智媛微微向左側頭，兩眼瞪大，黑眼珠好像受到浮力作用般，緩緩上揚。如果把可樂瓶浸入冷水中，瓶子會傾斜，空氣則會上升。每當對什麼感到好奇的時候，智媛的眼睛都會如此。

「會不會就像流感病毒一樣？」我說道。

「流感？」

「私生子這個單字好像已經潛伏在我體內。反正我本來就是私生子。就像寒風一吹，身體的抵抗力變弱，病毒就開始猖獗一樣，某些單字也會在適當的時候變得活躍。類似『父親的承認』這個句子也是一樣，所以一看到就覺得不吉利。」

「有可能吧！」

智媛開始咬起指甲。我還一直嘀咕著。

「可是根據國語詞典的定義，私生子不就像是為了獲得父親的承認而活的嗎？他媽的！成為庶子怎麼會是人生的目標？」

「就是說嘛！」

智媛在旁附和，可是不像是真心理解和認同。我和她講話，偶爾會出現這樣的時刻。就好像切桃子一樣，外皮雖然柔軟，但在到達某一部分時，刀子再也切不進去。真正的感受凝結起來，十分堅硬，隱藏在柔軟的果肉之下。她將手放在膝蓋上，聚精會神地移動著手指，好像在刻寫祕密文件一般。

2

崔女士是個大煙槍。

「人老珠黃原來也有好處啊！在街上抽菸也沒人敢說什麼，哼！現在我已經不是女人了吧？」

她雖然曾經如此說道，但其實她畢生都是女人，而且並不「人老珠黃」，旁邊總有男人圍繞。她和男人在一起的時候，跟平常完全不同。每當此時，她總像《神隱少女》裡的「湯婆婆」一樣，高傲又犀利。如果有男性朋友來訪，崔女士會在紅茶裡加入干邑白蘭地一起飲用，談著已故老朋友的事情。她說自己雖師從劇作家柳致真[1]學習舞臺劇，但韓戰之後，她開始成為電影演員演起

1 柳致真，1905-1974，韓國慶尚南道統營出生的劇作家。曾與徐恒錫、李軒求等人組織劇藝術研究會。在戲曲、創作、演技、評論等各方面均相當活躍。代表作有《貧民街》、《牛》等。日本殖民統治結束後，曾任韓國劇作家協會會長、全國藝術文化團體總聯合會會長等職。

電影。她說自己曾經相當有名，誇耀說自己走紅的時候，可以腳不沾地在首爾市內遊逛，因為那些男人總是派車接送她。即便如此，她卻從未提及自己演出的電影片名。

在為崔女士舉行葬禮後不久，狂風嚴襲而來，橡樹的落葉倏忽凋零。日本列島東部發生地震，太平洋沿岸發生強烈海嘯那天，我打了一通電話給在電影資料館工作的正煥。

「是我。」

「什麼事啊？」

「你能不能幫我找找電影？」

「你知道片名嗎？或者是導演的名字也可以。」

「不，我只知道演員的名字，應該是五、六〇年代的電影，演員名字是崔仁淑。」

「崔仁淑？她是誰？」

「噢……是我阿姨。」

過了十天後，正煥才發簡訊來說找到電影了。

「為了找這個電影，不知道吸進了多少灰塵，喉嚨都沙啞了。底片的狀態不太好，你就將就著看吧，還好找到了。」

他拚命吹噓自己的功勞。

「這也不是什麼電影公司的巨片……不過幸好我幫你找到了。」

電影的內容在描繪韓戰當時滲透到北韓的國軍突擊隊的事蹟。這支部隊必須救出被人民軍俘擄的美軍上校，突擊隊長是許長江，崔女士則扮演惡毒的人民軍少校，負責審問美軍上校。

「你阿姨怎麼沒出現？」

「這個嘛……難道只是同名嗎？沒出現呢。」

畫面裡的崔仁淑很年輕，年輕而凶狠，然而很美。由於畫面主要是在陰暗的碉堡裡拍攝，她的臉孔在光與暗之間呈現了強烈的對比。因為腰帶紮得很緊，凸顯出人民軍服底下的胸部。崔仁淑是個「蛇蠍美女」，一開始拷問美軍上校，後來又暗暗誘惑他。這個角色實在不適合她的外孫和朋友一起觀看，幸好正煥立刻就失去了興趣，說自己另外還有事，從放映室走了出去。

畫面裡的崔仁淑威脅美軍上校說出聯軍登陸的地點，還誘惑他說如果乖乖交代的話，也許還有好事等著他。美軍上校受不了拷問和誘惑，正想透露仁川登陸作戰一級機密的那一瞬間，許長江率領的突擊隊用手榴彈炸開門之後，進入碉堡。他們如同美國硬漢演員約翰．韋恩一樣，非常乾淨俐落的將阻擋在面前的人民軍軍官和士兵擊斃，嗒，嗒嗒嗒……經過一輪激烈的槍戰，煙霧散開後，人民軍只剩下崔仁淑奇跡似的生存下來。鬆綁的美軍上校瞥一眼倒在地上的崔仁淑，向隊員下令「殺了這婊子！」（Kill the bitch）然後拖著受傷的腿走了出去。

突擊隊隊長許長江用槍瞄準她。她那雙用睫毛膏凸顯意志的凶狠眼睛，瞪視著許長江，咬牙切齒地高喊：

「快點殺了我吧！」

我在這個關鍵時刻走出了放映室。實在是看不下去了。當然我也知道那是虛構的：血是番茄醬、槍聲是音效，而手槍只是玩具槍罷了。但何以幻想對我們的折磨比現實更加殘酷？比起外婆這個白髮老頑固的真死，銀幕上惡毒演員崔仁淑的假死令我更難以承受。這就像手臂因事故截肢的人所感受到的幻肢痛，患者能感覺到幻想的大拇指執拗地摳著實際上已不存在的手掌，因而產生痛覺。他一整天受巨大痛苦所折磨，但對於幻想的手臂和手指也無能為力。神經學家拉瑪錢德朗博士（V. S. Ramachandran）宣稱已研發出可消除截肢患者幻肢痛的簡單裝置，那是利用鏡子製造出斷肢看起來再次接上，欺騙患者眼睛的方法。失去左手的患者先將正常的右手臂放進箱子裡，當然只有患者自己才能感知的幻想中的左手臂也放進箱子裡；他如果移動右手臂，因為鏡子的惡作劇，兩隻手臂看起來都像是在移動似的。他可以拍手，也可以高喊萬歲，曾經摳著手掌的左手大拇指在不覺間已經伸展開，幻想自然也消失不見。拉瑪錢德朗博士認為，反正幻肢痛是因為腦部的感覺中樞錯亂而引起的，因此只要經由視覺的反饋加以欺騙即可。

如果崔女士還活著，我就可以抱著愉快的心情回家，並且跟她說：

「妳怎麼會演那種角色呢？哈哈哈！」

如果是這樣，那輸入我腦海裡的演員崔仁淑的形象，就會被滿頭白髮的崔女士實際形象所取代，可是她已經不在這個世界上了，只有人民軍少校崔仁淑還活著，透過關著的隔音門，我依稀聽見低沉的槍聲，嗒，嗒，嗒……

我回到家裡一看，大門開著。我打開玄關，走了進去，聽到裡面有動靜。我突然忘記崔女士已經離開這個世界的事實，用高興的心情輕快地走了進去，彷彿她會在流理臺前迅速轉身，責問我去了哪裡，怎麼現在才回來一樣。可是等待我的人並不是崔女士，而是光娜。她在我的房間裡看著有線電視。

「把鑰匙交出來。」

光娜撒著嬌，搖了搖頭。

「我不要。」

「交出來！」

「怎麼了嘛？怪可怕的。」

「妳還問我？我們不是已經分手了嗎？」

「民秀哥，我錯了。」

「妳哪裡做錯了？」

「這個嘛，反正我錯了。」

「我不是因為妳做錯了什麼才這樣的。」

「那你為什麼這樣？是不是有別的女朋友了？是嗎？」

我拿起放在角落的快遞用紙箱。

「那是什麼？」

光娜問道。

「妳的東西。我原本想用快遞寄給妳的，剛好妳來了，拿走吧！」

箱子裡有光娜的筆記型電腦、BOBBI BROWN 口紅、一件印有校徽的帽T、兩本日本戀愛小說、三本經營學教材、幾張 DVD、牙刷和一百G的外接硬碟。光娜具有驚人的能力，無論是哪個空間，都能按照自己所需加以改造。她把距離自己學校不遠的我家當作圖書館、電影院或化妝間使用，早上很早就從自己家出發，在我的房間裡準備課業，空堂時在我房間睡覺。她買來鏡子，對著鏡子化妝，躺在地上看從網路下載的美劇。

「你現在好像在開除在 7-Eleven 打工的人啊？」

她兩手交叉放在胸前，不肯拿我遞過去的箱子。我再一次把箱子推到她面前。

「拿著，快點。」

有種說法是男人在交女朋友的時候，都會不自覺地考慮到對方和自己的母親投不投緣？也就是會在心裡面衡量這個女人和我媽合不合的問題。甚至還有研究說男人會對和自己母親身高類似的女人抱有好感。我沒有母親，崔女士自然就成為該基準。很奇怪的是，光娜和崔女士完全不合。光娜也屬於會打扮的人，但把她放在崔女士旁邊，看起來就像是俗氣而沒有自己品味的女人一樣。

光娜的身高將近一百七十公分，屬於比較高的類型，這也和崔女士相差接近十公分。

崔女士從一開始就不喜歡光娜，連名字都可以批評。

「光娜？這是什麼名字啊？」

「名字又不是她自己取的。」

即便如此，崔女士並不曾讓光娜吃閉門羹，卻也未曾親切接待過她。可是光娜原本就我行我素，不管崔女士如何想，她隨時進出我的房間，做她自己的事。光娜甚至還相信崔女士還滿喜歡自己的。

「男人辛苦的時候，她就是那個最先逃走的人，我一看就知道了。」

崔女士曾如此說過光娜，結果這個預言在崔女士過世後一語成讖。光娜在葬禮期間一次也沒出現過，只是發來幾次類似「你姨媽死了？啊！真難過……」這種無法得知究竟是玩笑，還是真心話的簡訊。她說學校有重要的小組發表，必須要準備。事實上，那也都是我幫她準備的，內容是調查並報告蘋果和google的成功事例。光娜和以前一樣，把所有資料調查和簡報製作都交給我，然後說需要練習發表，沒有來喪家慰問過一次。剛開始時，我也沒覺得光娜無情，也許是以她為重心的生活過得太久了，她用簡訊解釋的時候，我反而還表示理解，安慰她說沒關係，不來也沒關係、好好發表。崔女士的葬禮沒有其他親戚參加，只有她的男性友人熙來攘往。辦完了她冷清的葬禮後回到家，我好像《異鄉人》的莫梭一樣，獨自躺在沒有其他人的房間裡，嗯，莫梭此時去海邊洗了海水浴……於是內心深處的清醒神智向我提出忠告。

「就是因為如此，莫梭後來才被判死刑的。他埋葬了母親以後，去洗了海水浴。」

我平躺在地板上，出神地仰望著天花板。天花板上有一隻蜘蛛慢慢順著蛛絲爬下來，又順著蛛絲爬上去，我看了好一陣子蜘蛛的移動，突然覺得再也不能這樣活下去了。這不是因為光娜撇下了成為孤兒的我，也不是因為她沒有來參加葬禮。秋雨連綿的那個二十七歲夜晚，別人都羨慕地說是耀眼青春的二十七歲那個夜晚，我面臨了如同啟示的預感，也許我的人生會如此微不足道地結束也未可知。換言之，這種生命——完成女朋友研究所的作業，但在必要時卻被丟棄的生命，絕非未來燦爛人生的前奏曲，亦非說到苦盡甘來時的那種「甜蜜之苦」。我反而覺得這像是未來生活的預告片，啊！我絕對不能讓我的人生成為預告片就是全部內容的電影。

為了改變人生，第一件要做的事情是什麼？最簡單的事情是什麼呢？那正是和光娜分手。啊！我以前為什麼想都沒想過呢？我決定將光娜踢開，代替去洗海水浴的念頭，所以打了電話給她。

光娜一接電話，我就向她說了這個突然出現的洞察和擅自下的決定。

「我們分手吧！」

剛開始還不明所以的光娜，似乎在聽了好一陣子之後才搞懂我在說什麼，然後她突然說什麼「民秀哥，對不起，因為我的緣故……」並哭了起來。如果是平常的話，我肯定立刻跳起來安慰她說「不，這怎麼會是妳的錯？妳沒有做錯任何事」，但那天我不想如此。

「總之，我們不能再交往了，就到此為止吧！這樣比較好。」

「因為我沒去那個什麼……？」

「什麼？葬禮？」

「對，你是因為我沒去參加葬禮才這樣的吧？」

「不是。」

「騙人！如果我去了的話，你還會這樣嗎？」

嗯，對於這個問題我也很好奇，但重要的是，光娜撇下了我，尤其是在我最需要她的時候。

「男人一定要小心的女人有三種。」

崔女士凡事都喜歡整理為三項。

「第一種，像論介[2]一樣的女人，你絕不可能知道她心裡在想什麼，論介不就是突然抱住男人跳下懸崖嗎？第二種，像黃真伊[3]一樣的女人，聰明、有才華，還兼具美貌，可是你永遠沒辦法把她變成自己的女人。」

「那第三種呢？」

她用一種「你這傢伙真令人失望」的眼神看著我，嘖嘖說道：

「你不知道嗎？」

「啊，是什麼？」

「第三種就是光娜那個臭ㄚ頭啊，呵呵呵。」

崔女士嘲弄我栽在她的玩笑裡，削起了蘋果。打電話給光娜提議分手的那一瞬間，我想著崔女士那無聊的玩笑，那時我以為她只是想開我玩笑，但現在想來，那個玩笑裡竟蘊含了一抹真實：男人最應該小心的女人，不就是此刻在自己面前的女人嗎？

光娜的抽泣漸漸平息，似乎平靜地接受了如此的情況。我掛斷電話，換上運動服，在雨停的深秋運動場上奔跑，但是內心並不輕鬆。我想起和光娜在一起的甜蜜時光，要不要再打一次電話？我雖翻找了口袋，但並未把手機帶出來。我在公共電話前停住腳步，可是沒有走進裡面。神奇的

2 論介（?-1593），為晉州牧的官妓，一五九三年壬辰倭亂期間，晉州城陷落，日軍在矗石樓舉行慶功宴，論介在宴席中抱住日將毛谷村六助一起跳下南江，同歸於盡，此事為後世稱頌，稱其為義妓。

3 黃真伊，本名黃真，一名真娘，妓名明月。朝鮮王朝名妓，貌美多才，精通音律歌舞詩書，和許多文人雅士來往，一生頗富傳奇。

是，我完全想不起來她的電話號碼，最主要也是因為我沒有銅板。我振作起精神，再次跑回運動場。我還記得那天剛下過雨，空氣中還凝結著冰涼的溼氣，令人覺得十分爽快。按照光娜的個性，她絕對不會死皮賴臉的糾纏我這種人，我好像是這樣想的。

可是光娜就像沒有發生任何事一樣，竟泰然自若地進到屋主不在的家裡為所欲為。她再度出現，將平時任意驅策我時，所使用的三種外交本領全部施展出來。以前她只要用其中一種就好，但如今情況特殊，看來她也沒什麼選擇餘地。只是，她並非害怕失去我，倒像是想要阻止優秀職員辭職的中小企業老闆，先不處理辭呈，採取觀望的態度。如果那個職員離開的話，老闆的自尊心會受到傷害，公司前途未卜，而留下的人也會陷入莫名的恐懼。

光娜將「你竟敢……」的憤怒情感隱藏在瞳孔深處，開始撒起嬌來。撒嬌！換言之，這是她的第一個外交本領。我的房間被收拾得十分乾淨，崔女士的靈位前還插著她買來的雛菊，而且她以前所未見的明朗笑容和溫暖態度迎接我。可越是如此，我反而更加冷靜下來。她的撒嬌並不自然，這並非是她演技不好，而是她太刻意要將自己如此努力撒嬌的事實傳達給我。在垂死掙扎之際，撒嬌已經不再是撒嬌，是恐怖。

「民秀哥，我們出去吃點好吃的吧？」

「不，我有點累了。」

「我知道你很辛苦，可是就算是為了我，可不可以出去一次嘛？」

我直直地盯著光娜。她一臉完全不在乎什麼訣別宣言的模樣，泰然地微笑著。

「光娜，妳是一個好女孩，但是從現在起……我們分手吧！我呀……」

「好了，不要再說了，我不是什麼好女孩。」

光娜現在要開始施展她的第二個外交本領了：鬧脾氣。

她轉過頭去不理會我，雙手抱住膝蓋，鼻子埋進雙膝中間，眼睛睜大。她的雙眼瞪著房間地板上的紋路，亦即瞪著絕無必要瞪著的地方，向我暗示自己現在非常生氣，而且不會輕易消氣。遠遠望去，光娜生氣的模樣像似英文字母的A。如果在以前，我可能會抱住她的肩膀，用一些甜言蜜語安慰她，或者努力插科打諢逗她發笑。但那天火化了崔女士回到家後，經過深思熟慮，我心如死灰，內心深處只希望這個坐成英文字母A模樣、讓整個房間溫度為之下降的女孩，趕快從這個家裡離開。

電視裡正播放紀錄片，內容是敘述撫養自閉症孩子之父母的苦痛，還搭配了配音員的旁白。光娜瞪著我，目光凶惡。那是她自己承認第二個外交本領也宣告失敗的表示。我避開她的目光，專心看著電視。

「只要有人能照顧這個孩子，我可以一天二十四小時工作，幾天都沒有問題。」

畫面中的母親以久經磨難的平靜口吻，敘述照顧自閉症患者的辛苦。光娜的第三個外交本領終於開始了，她不再怒視地板的紋路，而是輕輕閉上眼睛，然後開始默默抽泣。等到眼淚充分浸溼眼眶時，她就抬起頭來，用責備的眼神看著我。她的第三個本領始終是我最束手無策的，因此我忍不住侷促不安起來。她嗚咽著說道：

「民秀哥，你怎麼可以這樣對我？我到底做錯了什麼？我真的做了天大的錯事嗎？嗚嗚……我……真的好愛你，可是你呢？就只丟下這樣一句話，一切就都結束了嗎？」

我的理性雖然警告我不要陷入光娜的圈套，但不覺間，我已經環抱住她的肩膀。

「不是的，這不是因為誰的錯才這樣。」

怎麼不是呢？我腦袋裡雖然這麼想，但嘴上還是說道：

「不是妳的錯。」

「不是吧？不是吧？對不對？如果你討厭我的話，我絕對可以放手。可是我不希望你離開我是因為覺得我是壞女人。我討厭那樣，嗚嗚……」

「是啊，這不是誰對誰錯的問題。」

「不是？如果不是為什麼這樣？為什麼這樣？我怕死了，你不是知道我討厭可怕的事情嗎？可是剛才為什麼那樣？嚇死我了，你簡直變成另一個人了。」

「對不起。」

我終究又向光娜道了歉。沒出息的傢伙。她哭泣著，用泛紅的雙眼抬頭看我（說不定連這也是計算好的角度），激起了我的內疚感。因為平時的爭執很少達到這個程度，所以無論光娜還是我，都沒有處理這種情況的指南。

安慰女人就像在拳擊賽中使出刺拳，雖不知何時才能擊倒對方，但持續攻擊的話，效果還是不錯。即便刺拳無效，也絕對忌諱突然施以強力的重拳，否則會影響一切，前功盡棄。

我口是心非的用各種溫柔話語安慰她好一陣子，真不知道究竟所為何來。剛才對不起妳，我大概是昏了頭了。光娜的表情終於緩和下來，臉孔甚至在不知不覺間還流露出勝利者的威嚴。她從手提袋裡抽出面紙，故意要給我看似的，用力擤了一聲鼻涕，然後從位子上起身，走進洗手間裡補妝。我想等她出來之後，和她一起出去吃晚餐。可是當我要去衣櫥拿上衣的時候，從稍微開啟的洗手間門縫裡，看到她在淚痕斑斑的臉上再次撲粉的模樣。雖然並不是第一次看到，但那天的這個場面讓我覺得十分吃驚。如果法國攝影師布列松看到的話，他一定會說這個場面是「決定性的瞬間」。當時的心情也彷彿是看到靜靜磨著刀的壽司店廚師一樣。彷彿雪花飄落在裸露的肌膚上，我全身無聲地起了雞皮疙瘩。即使現在回想起來，我仍驚訝於當時那個場面究竟是哪部分如此刺激到我？我難道沒見過女人補妝嗎？可是那天不同。那天光娜睜大眼睛，微張著嘴唇塗睫毛膏，右側的睫毛微翹之後，她又重新畫了眉毛。她握著眉筆的右手劃出輕柔的半圓，在眉毛上端反覆動作。原本並不明顯的眉毛漸漸出現清晰的形狀，又變回我所熟知的光娜。她的表情真摯，動作十分細膩，那一瞬間，似乎屏除了任何雜念。她就像熟練的工匠，也像對自己的藝術滿懷信心的國寶職人，埋首專注於此事。也可以說，她的表情無聲說明了方才的眼淚、撒嬌、嘔氣都是一種演技而已。

「我好看嗎？」

她帶著微笑，向我問道。

「嗯。」

「真的？」

她瞇著雙眼，皺起眉頭。我又再次點點頭。穿著迷你裙的她好不容易把腳塞進長統靴裡，然後站起身來。我們走向門口，我伸出手抓住開著的門時，光娜已經先行跨出去，門外的她用略帶訝異的表情看著門裡的我。我如此說道：

「光娜，再見。」

她猝不及防，不自覺張開嘴巴。她好像在觀察我的話究竟是玩笑還是真心，又再次瞇起眼睛。

「我還是不要去比較好。對不起，妳走吧！」

我想緩緩地優雅關上門，但是光娜迅速將鞋尖擠進門與門框之間。我雖然非常斯文的將那鞋尖推出去，但比想像中要難。她突然用極大的力氣拉門，我差點就鬆脫了門把。光娜趁勢將臉孔擠進門縫。我用肩膀將光娜的頭推出去，再次拚命朝我的方向拉住門把。此刻已無法顧及什麼風度，只能以力服人了。「戰爭是政治的延伸」這句話，應該是普魯士軍事家克勞塞維茨（Carl von Clausewitz）說的吧？在戀愛關係中這也是一體適用的真理。在肉搏戰之後，她的身體雖然被推出門外，但靴子的前緣還是伸進門裡，我幾乎要將那鞋尖踩碎，最後才成功用腳將光娜的靴子擠出門外，並且用雙手重重關上門。

哐！

門終於關上。我上了鎖。光娜站在門外哐哐哐敲了幾次門。我傻傻站在門內，聽著光娜苦苦哀求要我開門。沒過多久，就在我覺得外面變得安靜的時候，手機突然響起，是光娜的簡訊。

「民秀哥，我會讓你後悔的。」

只聽到她發出嘈雜的腳步聲離去，我真的會如她所言後悔嗎？我想遍她究竟會用什麼方法讓我後悔，卻一無所獲。是不是她不用做任何事，我一定會後悔的意思？提前擔憂會後悔的事，不也是將來會後悔的事嗎？啊！算了，腦袋裡一團混亂，我原本以為和她分手後會通體舒暢，但她離開之前如此詛咒，我的心情反而愈發黯淡。就在幾天之內，我唯一的骨肉至親離世，也把女朋友打發走了。我躺在床上，心情有點低落，拿起手機開始檢索電話簿裡的聯絡人。

電話簿裡儲存了至少一百二十八人的電話號碼，姓氏從江、高、金一直到朴，我竟找不到任何一個我想把他們叫出來的人。啊！我的人際關係怎麼會搞到今天這個地步？我開始焦慮，查找的姓氏終於到了李、鄭、趙、池。姓池的朋友只有一人，我想了好久也想不出來他到底是誰。後來終於想起來，他只是大一同一個讀書小組的學生。仔細想想，當年他決定要代表我們小組發表，可就在發表日期將近的時候，卻消失得無影無蹤。我把希望寄託在我國姓氏第四多的崔氏，但姓崔的只有五人，而且都是女性。在這樣的日子裡，把其他女人叫出來喝酒，讓我感到似乎有損剛才如此激烈分手的神聖。

年紀二十七歲的健全男人，在這種時候竟然完全想不起可以打通電話的朋友，可以一起喝杯燒酒、毫無忌憚說說心裡話的朋友。這種男人正常嗎？我放下手機，陷入思考中。我好像在不自覺間，斷絕了所有親密的關係。

這一切都得怪罪光娜嗎？那也未必。可是就在我跟她交往的一年當中，朋友都遠離了我不也是事實？不是嗎？你以為你是宅男嗎？從這個角度看來，和光娜分手自然是一件好事，但另一方面，又有一種被公司炒魷魚的人才能感受到的莫名憂鬱。提出分手的人是我，可是我卻感覺像是被某個組織、某個必須存在的社會關係所驅逐。我感覺像是做了不該做的事，有人在我身上施加淒慘的處罰一樣。走在路上彷彿會被沙石車掩埋；如果打雷好像會被擊中；如果風颳得稍微大一點，街道上的招牌就會砸到我的頭一樣。和光娜分手以後，我更成了孤家寡人。我換了手機號碼，每天晚上都在房間裡看各系列連續劇。那段期間，我最愛看的美國連續劇《24反恐任務》中，每個故事開始的時候，主角都會說出以下的臺詞：

「今天大概會是我人生中最長的一天。」

但我那時才真是度過我人生當中最長的每一天。每晚熬夜看將近十集連續劇，醒來以後，就覺得《24反恐任務》的傑克·鮑爾和《黑道家族》的東尼·索波諾就像鄰家大叔一樣。幻想距離現實不遠。有時我好不容易才睡著，卻又猛然驚醒。我睜眼一看，在黑暗的房間角落，光娜就像安潔莉娜·裘莉一樣綁著馬尾，手上拿著手槍瞄準我。

「去死吧！去死吧！去死吧！你這個沒用的東西。」

然後在某一瞬間，那張臉又變成責罵我的崔女士的臉孔。什麼？我是那麼沒有價值的人嗎？我雖想辯駁，卻說不出任何話來。

「我人都死了，你還這麼悠閒的每天只看電視啊！」

「我不是因為太悠閒才看電視的啊，哎！我也想馬上去找個工作，只是現在需要一些時間平復而已。」

但是崔女士無情的扣下扳機。不愧是昔日的電影明星。即便在夢裡，她的演技還是無與倫比。

3

就在被失眠所困擾的某個夜晚，我連上了一個平時不怎麼進去的聊天網站。這個網站開設了為數眾多的聊天室，但我卻被其中一個名稱非常簡單的聊天室所吸引——「猜謎房」。

在我兩歲時去世的外公，曾經營印刷廠，拜此所賜，家裡的書籍無論何時都很多。我在那些書堆中度過幼年時期，其中尤其對於百科全書最為滾瓜爛熟。即便別的孩子不跟我玩，我仍然擁有許多位於全世界的朋友，只要外婆不在，我都會在外公的書房裡和他們玩虛擬的猜謎遊戲。當時電視裡雖有高中生參加的「勵學猜謎」，延續猜謎遊戲節目的命脈，另外以大學生為對象的「猜謎學院」，也成為當時最熱門的話題，但比起呆呆坐著看電視，我更喜歡一個人玩。我的方法是只看百科全書的詞條，然後用手掌遮住，猜出底下的內容。

「好，李民秀先生，我們進行最後一道問題，這是問答題。請問『戈耳狄俄斯之結』究竟是指什麼？」

如此自言自語後，我舉起手按下想像中的搶答鈴。

「嗶嗶嗶。」

「好的，正確答案是？」

「戈耳狄俄斯原本是農民，後來當上國王後，要把牛車獻給宙斯，他在牛車的車桿上綁了一個難解的結。根據神諭，能解開此結的人未來將成為小亞細亞的君王。後來亞歷山大見到此結後，揮劍斬開了繩結。」

「嘟嘟嘟……標準答案！」

這雖是獨自出題、獨自解答的無聊遊戲，但我趴在黑暗的房間地板上，繼續玩著這個遊戲，還是覺得時間過得滿快的。我之所以在聊天網站發現猜謎房，就立刻點擊進入，大概也是基於幼年時期的經驗吧！點擊的那一瞬間，我根本沒有料到這會給我的人生帶來多大的變化。

猜謎房的原理很簡單，就是進入聊天室，互相出謎題並加以解答。根據房間的不同，規則稍有不同，但基本的進行方式大致類似：一個人出謎題後，房裡的某個人解答謎題，然後答對的人成為下個出題者，再出問題。舉個例子說明，如果當晚謎題的主題是文學，出題者會在提示之前編上號碼，如此展開：

「1、小說。」

「2、英國十九世紀。」

如果知道答案，則應趕快打好答案，然後按下 Enter 鍵傳送。

「嗶——《咆哮山莊》。」

「噹！」

如果答錯，出題者會繼續給提示。

「提示，GO！」

「3、有條人人信以為真的真理：凡是有錢的單身漢，總覺得自己缺個太太。」

小說的第一句一出現，正確答案立刻彈出來。

「嗶——《傲慢與偏見》。」

「叮咚噹。」

未能猜出答案的人只能用文字靜靜拍手。

「啪啪！恭喜。」

「恭喜。」

可以問作家，也可以問電影導演或演員，只要不偏離主題，任何問題皆可提問。但如果聊天室裡沒有任何人能回答問題，猜謎遊戲將會因此中斷，因此出題者必須妥善調整問題的難度。

要是出題者只出自己知道、別人完全不懂的困難問題，是不受歡迎的。最受歡迎的人是既能回答問題，又能妥善出題的人。「很會出題」意味著能夠適度調整難易程度，不能太簡單，也不能太難。事實上，比起很能答題，出題更加困難，不僅常識要非常豐富，還必須顧及其他參加者的立場。

猜謎房擁有其他地方體會不到的獨特魅力。我剛開始雖毫無所知就進入，但馬上就完全被吸引。至於為何那麼輕易就陷入其中，我至今也不太理解。遊戲的規則很簡單，若一定要加以比喻，就好像一群人圍成一個圓圈打網球，我用球拍擊球，某人接球後再次擊球，然後另外一人又再度接球、擊球……用這種方式猜謎可持續一整夜。無法接球的人一一遭到淘汰，但因為有新人進來，所以猜謎房一直都維持適當的規模，最終只剩下水準相似的人互相接球、擊球。這和電視裡看到的猜謎秀不同，不需要特別的技術、裝置或劇本，但即便如此，之所以能如此投入，還是有某種心理因素的作用。

換言之，經由如此持續的出題、答題，會有一種得到其他人肯定的感覺。那種有自我陶醉傾向的人，在猜謎房以外的世界會招致反感，甚至是不允許存在的，然而在這裡彼此都會睜一隻眼、閉一隻眼，也因此有一種隱祕的釋放感。也就是說，在猜謎房裡，即便認為自己很了不起，也不會受到制止或譴責。只要秉持適當的風度，某種程度的自我誇耀是容許的。

我主要在以書籍為主題的「書謎房」和以電影為主題的「影謎房」活動，沒過幾天，我就知道了幾個老面孔。雖然沒做過自我介紹，當然也不知道長相和本名，但經由謎題的傾向，我們可以憑直覺推測出彼此的職業和年紀。例如可以流暢背誦浪漫喜劇和恐怖片臺詞，但在科學、歷史領域相對較弱的「涅墨西斯」是三十出頭的女性；精通物理學和戰爭故事，相當熟悉英語圈作家的「超越者」，可能是專攻英美文學的研究所學生，年紀在二十五到三十歲之間。當然這類推測錯誤的時候更多，但也不會因此減少推測的樂趣。我偶爾任意想像他們把頭埋在電腦螢幕前，仔細端詳謎題的模樣。在我的想像中，他們有時是嘴裡嚼著漢堡、手裡敲打鍵盤，有如大象一樣的男人，有時又是瘦瘦高高、帶著厚重近視眼鏡的科學高中學生。

就這樣過了數週，我好像上癮一樣，每天在猜謎房裡流連。不知不覺間，我也習慣了裡面的文化。「習慣」一詞多少也意味著變得無趣的意思，但這種無趣因為新的ＩＤ出現而消失得無影無蹤。那是ＩＤ為「牆裡的妖精」的使用者，此人一出現，猜謎房裡突然充滿活力。「牆裡的妖精」與其他人似乎也相當熟悉。旅行有意思嗎？最近過得怎麼樣？出現了諸如此類的對話。

我想起和「牆裡的妖精」在猜謎房裡初次邂逅的那天。雖然可能沒人會相信，但從她（我自己判斷該使用者是女性）進入猜謎房，和大家打招呼的那一瞬間起，我就毫無根據地確信她和我之間會以某種形式產生聯結。

「各位，你們好啊！」

這是一句再平常不過的招呼，而且也並非針對我一人。但就在那一瞬間，我相信我之所以來到猜謎房絕非偶然，更不是因為失眠的緣故，換句話說，我是接受了命運的邀請。

我每晚連上猜謎房等她，幾乎每天晚上都一起提問、回答謎題，因而逐漸熟悉起來。我雖然對於她的臉孔、年紀，甚至性別都不清楚，但後來我卻相信我對她了解的程度超越了已經分手的光娜。經由她出的問題，我可以推敲她生命和知識的閱歷，由此浮現的事實如同拼圖一般，精巧地在我腦海裡再次組合。我就像神話裡的畢馬龍一樣，在我的腦中雕刻只屬於我的理想女性塑像。

我的她出的問題，總是非常明快且令人愉快，一言以蔽之，只能用「漂亮」來形容。也許有人會問：「啊？『漂亮的問題』究竟是什麼？」那並非從花店裡買回小蒼蘭，然後說：「來，你們看，多漂亮啊！」這種一下子就能呈現的美感。她的謎題漂亮之處，是在其所處位置的微妙脈絡中形成。因此，如果單看她所出的問題，好像覺得並不如何，但在封閉的猜謎房令人窒息的氣氛中、在繁瑣的雜亂問題中，她問題的真正價值就會如實呈現，突然獨自發光，靜靜壓倒其他問題。更正確的說，「牆裡的妖精」所出的問題並不困難，但提示極為巧妙；我們就如同衣索比亞高原的羊群，因為啃食咖啡樹上的果實而沉醉，依據她的提示愉快地彷徨。那是永遠不會被認定是藝術的藝術，也是當最後一人離開聊天室之後，就會消失得不留痕跡的作品。我曾經認為在札幌的公園裡用雪雕塑萬里長城，或在漲潮前的沙灘上浮雕維納斯像的人太過愚蠢，但在猜謎房裡，我才知曉此種剎那的藝術是有其存在於世的理由的。只要她一進來猜謎房，原本低沉的氣氛總會煥然一新，參加者也都會振作起精神。問題與答案之間縈繞著愉快的緊張感。此刻想來，那實在是十分奇怪的事。又不是光她一個人出謎題，怎麼會有這樣的事情？舉例來說，她所在的猜謎房會有這樣的對話：

牆裡的妖精：我要出問題了。
丘吉爾：Go，Go。
風石：Go，Go。
牆裡的妖精：1、電影片名。

牆裡的妖精：2、我也曾經夢想過這樣的愛情，但是……呵呵。
風石：哇！
Long Man：噢，是什麼呢？
牆裡的妖精：3、愛之船？哈哈。
風石：呃，是什麼？
牆裡的妖精：4、女人為什麼會被這種花花公子所吸引呢？
風石：不會是《愛的故事》吧？
牆裡的妖精：5、一九九四年第二次改編。
Long Man：原作呢？
牆裡的妖精：5-1、是在一九三九年，片名不太一樣。
牆裡的妖精：6、片中還有披頭四的〈I Will〉插曲，這樣提示很明顯了吧……呵呵。
丘吉爾：啊，有這部電影……
牆裡的妖精：7、這部電影的男女主角在現實生活裡也墜入愛河。
Long Man：嗶──《愛你、想你、戀你》（*Love Affair*）！
丘吉爾：《愛你、想你、戀你》，好像是正確答案。
風石：啊……恭喜。安妮特．班寧，華倫．比提！
牆裡的妖精：Long Man 先生，恭喜你。好，下一個問題 Go！

類似這種方式。出題、答題所需的時間不過幾分鐘，在那片刻氣氛卻非常浪漫，下一個出題的人也在不知不覺間受到感染，於是整個猜謎房的氛圍朝著她所設定的方向流動。這對我而言，是非常奇特的經驗。我以前認為謎語只是故作了不起的讀書人用來自我滿足的遊戲，但自從「牆裡的妖精」出現以後，這種想法不得不修正。託她之福，我知曉了和愛好相似的人進行知識交流，是一件比想像中更加有趣和愉快的事情。啟蒙主義時代巴黎的沙龍大概也是如此吧？只要有人兼具適當的智慧、對他人的體貼以及幽默感，冷漠的聊天室也會變成巴黎的沙龍。

我每天晚上都登入聊天室，和大家一起打發時間。「牆裡的妖精」每天也都會進來猜謎房，我們除了提示和答案之外，從未交流過其他事情。可是每天早晨我只要離開猜謎房，她的話語都會開始在腦海裡浮現。幾個星期下來，我開始出現有點奇怪的症狀，而且我想可能不只我有這情況。怎麼說呢？不知從何時開始，我覺得她出的問題好像是只為我一個人出的，亦即與其說那是個單純的謎題，我開始認為那是對我傳達的一種暗號。當然，我找不到任何足以佐證的根據，況且她也沒有必要如此。

儘管我很清楚這一點，但只要她一開始出題、拋出提示，我的心就開始狂跳不已。首先我認為自己似乎知道那個問題的正確答案，興奮得難以言喻。如果真的回答正確，我的預感隨之變為堅定的確信。因為我們歷經幾個星期的出題和回答，所以非常清楚彼此的愛好、優點和弱點。在這個層面上看來，出題者隱約針對某一個人出題也並非不可能。我和她之間這種乒乓球似的提問、回答頻率越來越高。

她拋出的暗示就好像是祕密情人的腳，穿過餐桌底下，搔著對方大腿。人們只關注餐桌上的飲食和檯面上的對話，完全不知道餐桌底下發生了什麼事。只有兩個當事者共享這個祕密，泰然參與眾人的對話，並且享用美食。

猜謎房裡也是一樣，我覺得她正向我傳遞隱祕的提示，獨自笑看著螢幕。我雖然知道答案，但為了享受更多和她之間這種刺激的私通，我以一種高興的心情等待下一個提示出現。等到大家累積了各種錯誤答案的時候，我再說出正確答案。等到出題權進入我手裡的時候，我再提出為了她所設計的問題。但這必須非常小心，因為不能讓其他參加者看出端倪，否則，他們大概會將我們排除在外。因此我也能理解她偶爾會出一些我回答不出來的問題。這與已經在考前拿到正確答案的學生，故意寫下錯誤答案一樣。我也會偶爾出一些她似乎猜不出的問題，就這樣，我確信我們正偷偷進行別人察覺不到的邪惡交流！當然，那也可能只是我個人的錯覺。

只要連上聊天室，從進入猜謎房的那一瞬間起，這類合理的思考就會暫時停止（❚❚），幻想開始支配我（▶），而且我完全沒有停止（■）這種甜蜜幻想的念頭。只要進入（Enter）猜謎房，我就會忘記光娜，也不會想起已經過世的崔女士（Delete）。那裡只有單純的快感和隱密的愛情交流。當我適應了遊戲規則，並展示了某種程度的實力之後，我獲得了他們的尊重和歡迎。沒有人會問我職業或父母的情況。謎語的世界是單純的精神世界以及語言的建築物。這些也許就是未來人類將要經歷的愛情模式和戀愛模樣。當購買肉體如同買衣服穿一樣的時代來臨之時，當整容手術不僅止於臉孔，連肉體都可以加以設計的時代來臨之時，也許「戀愛」這個東西將會排除人類的肉體，變成只是精神和精神之間發展的神祕遊戲。

我過了好長一段作為猜謎房常客的生活，如果不是十一月的悲劇性結局，也許我會永遠持續那樣的生活也未可知。

4

只要是長期在家裡無所事事的人都應該知道，「文明」這個東西有多麼危險。人可以在很短的期間內回到原始狀態。拾起冰箱裡剩下的食物（狩獵與採摘？），房間裡堆滿了垃圾（「哎呀！床頭都長滿野草了！」），有自來水喝就夠了（「相信政府一次吧，難道喝了會死嗎？」）餐桌上堆滿了通知書（「他愛怎麼做就怎麼做吧！」）。如此看來，「文明化」顯然是人類進化過程中，最近才發生的事情，如果不是那樣的話……可是這個文明究竟有多麼偉大，人類很快就會覺悟。文明是不斷剔除像我一樣懶惰、懦弱的人而發達的。文明一開始是以韓國電力公司職員的面貌出現的。

「您一直沒繳電費！」

其後，文明以各種面貌出現，斥責、脅迫我。他們還威脅要斷水、斷電、查封等。這實在是非常嚴重的問題，我馬上就振作起精神來。如果斷電，不就不能進入猜謎房了嗎？這事絕對不能發生。文明非常殘酷。在崔女士過世之後，我第一次開始思考關於遺產和繼承的問題。在此之前，我刻意幾乎不進去崔女士放置存摺和各種文件的臥室，可是手裡的錢已經即將用盡，賻儀也用完了。她曾經信誓旦旦地說要送我出國留學，可是錢究竟在哪裡？留學就不必了，我只要不變成信用不良者就屬萬幸。我連這個情況都不知道，還很悠閒地上托福補習班、看電影消磨時間。

我難道真要動用崔女士的錢嗎？我並不樂意，因為不樂意，所以更加拚命看有線電視（一想到「這個也馬上會被斷線吧」？心裡覺得更加刺激。無業遊民就是這樣。這是自我破壞的快感！）每天晚上我就泡在猜謎房裡，對於現實事情毫不關心，就這樣又過了幾天。我的行為就好像把頭埋在沙裡的山雞一樣，這完全就是不折不扣的虛度光陰！可是現代文明又再次差遣人來了。文明實在是太執著。金字塔和萬里長城真的不是輕易建成的。

「有人在嗎？」

「誰啊？」

「我是銀行職員。」

來訪的人是三十多歲的男人，穿著剪裁合身的藏青色西裝。他一走進玄關，就用眼睛餘光悄悄環顧了家裡，表情立刻黯淡下來。他的視線應該怎麼形容？就好像是一個小偷看著所有家當早一步被人偷光了的房子。他的臉孔明顯寫著想儘快把該說的話說完，然後離開。

「崔仁淑女士在嗎？」

「她不在。」

「您跟崔仁淑女士是什麼關係？」

「她是我外婆，您有什麼事嗎？」

「她現在不在家嗎？」

「她去世了。」

我用手指指著擺在電視機上的崔女士遺照。那男人好像在遲疑要不要表達哀悼之意，最後他似乎下定決心，閉緊雙唇，然後若無其事地從口袋裡拿出名片給我。名片上印著〇〇銀行西郊洞分行貸款負責人。

「貸款的利息已經積欠兩個月了，因為我聯絡不上她，所以才上門來。您是繼承人嗎？」

「是的。」

「您有沒有採取拋棄繼承或限定繼承等措施？」

「那是什麼？」

他噘了噘嘴，遞給我裝在黃色信封裡的文件。我打開一看，裡面是催繳單。

「我不知道崔仁淑女士還有沒有其他債務，但我是為您著想才跟您說的，請仔細聽好。您進入銀行聯合會的網站後，能確認是否繼承債務，您一定要儘快確認。如果再這樣拖欠的話，最後抵押物就會被拍賣。」

他說完，正想轉身離去的時候，又有另外一個男人尷尬地站在門外。他和先來的人錯身而過，進到玄關裡來。兩人身高相似、穿的衣服也無分軒輊。我好像經歷幻覺記憶（Déjà-vu）一樣，看著他們持續相同的話語和行動。我從他那裡也拿到名片和催繳單，他也給了我忠告，儘快確認繼承債務，採取妥善的措施。

有人睡了一覺醒來成為巨星，也有人醒來之後變成負債之人，這好像是針對我說的話。我坐在沙發上，仔細看著銀行職員留下的文件。原來崔女士用這個延南洞的房子抵押，向銀行借了超過兩億的錢。我為何從來不好奇我的零用錢和學費是從何而來？外公過世的時候，留下印刷廠及其用地，我一直以為用這些錢，可以永保我和崔女士衣食無虞，唉！我是如此無知。我從兩家銀行職員的冰冷目光中得到不祥的預感，說不定崔女士留給我的金額是零。我從他們的目光中看到小市民的恐懼，唯恐自己也被別人的貧窮和不幸傳染，因此不自覺退避三舍。

我拿出久違的乾淨衣服穿上，然後上網搜尋和我有相同境遇的案例，結果發現因為死者留下的債務而飽受痛苦的人多得超乎想像。但是我直到那時，還抱持十分悠閒的態度。崔女士難道會不為我這個唯一的骨肉作任何安排，就這樣走了？對了，我應該去保險聯合會看看，她當然有加入壽險吧？我真想像日本小說裡的主角一樣，說出「託父母留下的遺產之福，我不用擔心自己怎麼活下去」之類的酷臺詞。

可是只東奔西跑了一天，我就得到了結論，最好趕快放棄能說那種酷臺詞的夢想，開始認真思考是否有可能保留這間崔女士遺留給我的房子。可是不到一天，我又知道連這個都是不可能實現的春秋大夢。真想不到，崔女士四處隱藏了很多債務。這些債務就如同抓地鼠遊戲中的地鼠一樣，從四處冒出頭來。她身邊之所以有這麼多男朋友，也許就是因為她的浪費癖好所致。回到家裡，我仔細察看崔女士的梳妝檯，發現她只用嬌蘭和希思黎等昂貴的化妝品，而且幾乎擁有所有種類的抗老防皺產品。包括百貨公司聯名卡在內，信用卡總共有十張，手提包竟然多達三十四個。

我註銷了所有信用卡，又把手提包拿到狎鷗亭洞的二手名牌店，全部賣掉。衣服雖然也拿了出來，但實在不忍心賣掉，於是又塞回衣櫥裡。散放在房間地板上的衣服，看起來就像是崔女士的靈魂脫離之後剩下的空殼一樣。

是否因為如此，那天晚上崔女士出現在我的夢裡。可笑的是她穿著《星際大戰》裡黑武士的服裝。電影裡的黑武士雖然戴著面具，但夢裡的黑武士沒有戴面具，而是在嘴唇塗上濃厚的黑色唇膏，眼睛則塗上色彩強烈的睫毛膏。她手裡揮舞著像似故障日光燈般一閃一滅的破舊光劍，抵住我的脖子。我雖也手握光劍奮力抵抗，但奇怪的是我的劍無法運用自如。崔女士將我視為敵人，我為了消除她的誤會，拚命大喊：

「您怎麼了？是我啊，民秀。」

黑武士沒有停止攻擊，最後我老舊的光劍被崔女士的光劍擊中，飛向遠處。我因為太過驚訝，向後退了幾步，但因腳下踩空，墜入萬丈懸崖。就在那一瞬間，黑武士抓住我的手。在她冰冷、恐怖的手中晃動不已的我，不得不仰望崔女士的臉孔。她用嚴肅的聲音說道：

「I'm your father!」

可能是連在夢裡都覺得太不像話的緣故（「I'm your mother!」也許還說得過去），我毫不猶豫地大喊：

「Noooooo!」

於是崔女士舉起光劍，毫不留情地砍下我的手臂。我再次墜下永無止境的萬丈深淵，從睡夢中醒來，冒出一身冷汗。

5

我知道全世界最短的小說，那是瓜地馬拉作家的作品，只有一行。

「我從睡夢中醒來的時候，恐龍依舊守護在我的床邊。」

但是我從睡夢中醒來的時候，並非恐龍，而是一位老爺爺守在我身邊。這在電影或連續劇裡，雖然經常能看到，但實際上遇到的話，還是覺得大為驚慌。

「您是誰？」

「起來了？聽你的呼吸，好像很累的樣子，所以不想叫醒你……」

我好奇的並不是他為何不叫醒我，而是他到底是怎麼進來這個房子裡的。

「您是怎麼進來的？」

我揉揉眼睛，從床上起身。老人從西裝口袋裡拿出家裡的鑰匙，在我眼前晃動。

「仁淑以前給我的，我沒來得及還她。葬禮順利結束了？」

「您是說我外婆嗎？」

直到這時，我才得以仔細觀察坐在我身邊的老人。他滿頭白髮，臉上有很多皺紋，身上披著一件手肘處磨得光滑的邋遢西裝。最令人印象深刻的是他的黑色墨鏡，為什麼在室內也要戴那種墨鏡呢？彷彿是回應我的好奇般，他脫下了墨鏡。

「你不記得我了？我是菠蘿麵包大叔啊！」

他摘下墨鏡，這才露出熟悉的臉孔。他是崔女士的男性朋友之一，我小的時候，經常在我們家裡出入。他偶爾會帶我去高級餐廳，每當這時，崔女士都會在我耳邊悄悄說：「說你要吃牛排，因為那是最貴的。」他每次來我們家的時候，都會買一袋菠蘿麵包給我，所以我們都叫他「菠蘿麵包大叔」。在我的記憶中，他是一個寡言、畏畏縮縮的中年男性。可是久未謀面的他變得好老，再也不能叫他菠蘿麵包「大叔」，誰都無法否認，他已經是年過七旬的老人了。真要說他哪裡變樣了有些困難，但他給人的感覺，就像是因為長久淋雨而縮水、遭人丟棄的玩具熊一樣。彎腰駝背、頭髮也掉了很多。如果不是他親口說出他是菠蘿麵包大叔，我大概是認不出他來的。我小時候覺得他很高大。但可能因為我長大了，現在看來，他的個子十分矮小。他的身體雖因老去而皺縮，但精神看起來似乎比以前更加矍鑠。不知是否因為只看到他在崔女士面前團團轉的模樣，我實在不太相信他是我認識的那個菠蘿麵包大叔。

「啊！是的，我當然記得。」

他再度把墨鏡戴上，在兩個黑色鏡片遮住他的眼睛之前，我看到他凹陷的瞳孔在無力低垂的眼瞼之間失焦轉動，灰色的瞳孔顯得迷離惝怳，好像塞進人體模型的人工眼珠。

「我接受了白內障手術，術後不太理想。」

他好像有讀心術，知道我在想什麼。

「我不是能讀出你的想法，只是很久沒見到我的人都會這麼想罷了。那個老人是不是眼睛瞎了？眼睛怎麼會變成那樣？」

我連忙搖手。

「啊！不是的，我只是……」

「算了，大家都說我看起來變了很多，可能是我不能照鏡子的關係吧？連自己的臉都看不到，這實在是件非常不方便的事。你知不知道大象能照鏡子？聽說有一頭大象照鏡子之後，用鼻子把沾在臉上的泥土撥掉，真是比看起來聰明啊！啊，你能不能幫我煮一杯咖啡？」

「好的，您等一下。」

我從床上下來，穿上牛仔褲，出了房間。房間外面站著兩個穿西裝的男人，看起來像是保全公司的職員，我又再次被他們嚇一大跳。

「別害怕，他們是幫助我的人。」

背後傳來菠蘿麵包大叔的聲音。我猶豫地走進廚房，他跟在我身後，用拐杖拄著地板，摸索著走出來，小腿不小心碰到放置在角落的香龍血樹花盆，那兩個男人急忙跑來扶著他去客廳的沙發。

「沒關係，沒關係。我好像還不適應瞎子的習性吧！」

「他們兩位也要嗎？」

「不用了，他們不需要。」

我把咖啡煮好以後，端給坐在客廳沙發上的他。他放下拐杖，摸索著拿起放在桌上的咖啡杯。菠蘿麵包爺爺用雙手握住咖啡杯說道：

「謝謝！」

「需要砂糖或奶精嗎？」

「不用了！那個，啊，對了，你叫什麼名字？」

「我叫民秀，李民秀。」

「民秀啊，你知道像我一樣眼睛瞎了的話，有什麼壞處嗎？」

「這個嘛……是什麼？」

壞處豈止一兩種！

「我不能去咖啡廳喝咖啡。」

「為什麼？」

「你也跟最近的年輕人沒有兩樣，在思考之前，就開始問問題。」

「那又怎麼樣？」

「先思考是很重要的，而且哪怕是錯的，也得先準備好自己的答案。」

「為什麼？」

他用右手搔頭。

「因為這個世界喜歡那樣的年輕人，不喜歡只會提問的年輕人。我想要有自己答案的年輕人。」

「我們以前都學過，多問問題是很重要的。」

「那你就那樣活下去吧！」

「哎呀，我也不知道啦！為什麼不能去買咖啡喝？」

他好像不以為然似的，咂了咂嘴。

「咖啡廳老闆會以為我是來要錢的，丟一千塊給我，或者乾脆就把我趕出去。坐在透進溫暖陽光的咖啡廳裡喝一杯咖啡，是我人生的一大樂事啊！」

「就算您說會付錢，他們也不讓您進去嗎？」

他未回應這個問題，只是抽著鼻子聞著咖啡的香味，然後小口啜飲起咖啡。

「你咖啡煮得很不錯，真好喝。」

「啊！這是用外婆買的咖啡豆煮的，還剩下一些呢！」

「你說這是仁淑買的咖啡啊？」

他一聽到崔女士的事情，好像心情為之起伏不已，只是默默拿著咖啡杯。

「嗯，如果我沒記錯，這個房子裡應該有愛迪·琵雅芙（Edith Piaf）的唱片。」

「愛迪．琵雅芙嗎？」

「我可以聽一下嗎？」

我開始翻找唱片機旁邊的黑膠唱片。崔女士直到最近還常聽以前收集的黑膠唱片。

「找到了，在這裡。」

「那張唱片裡應該有〈Hymne A L'amour〉這首曲子，我忘記是第幾首了。」

我把唱片放在積滿灰塵的轉盤上，將唱針放在那首曲子的軌道上。音質不算太好，伴隨吱吱的雜音，愛迪．琵雅芙的聲音開始流瀉出來。這是我非常熟悉的曲子，啦，啦啦啦啦——好像是吱咯吱咯煮沸的聲音，可是與最近用試唱版精心製作的歌曲不同，有一種特別的感覺。

「這首曲子是不是叫做〈愛的禮讚〉？」

「你聽過嗎？真的是很棒的曲子吧？」

「爺爺，您哭了嗎？」

老人將手指伸進墨鏡下方擦拭眼淚，我將面紙遞給他。

「不是啦，只是眼睛有點刺痛而已。啊，這首歌仁淑真的唱得很好。只要她唱這首歌，那天我一定如痴如醉。你得到她的遺傳，歌喉也一定不錯吧？」

「沒有啦，我只是……」

「你把眼睛閉上。」

「為什麼？」

「大人要你做你就做。」

他有些不耐煩，我按照他說的把眼睛閉了起來。

「現在你跟我是同樣的情況了。怎麼樣？歌曲是不是更好聽了？」

「好像是。」

話雖如此，但事實上，我覺得有點恐怖。閉上眼睛聽著崔女士經常聽的音樂，我覺得好像她不知會從哪裡突然走出來一樣。

「剛才是不是嚇了一跳？」

他拿起衛生紙用力擤了聲鼻涕，聲音之大有如故障的薩克斯風。我嚇了一跳，立刻張開了眼睛。

「什麼時候？啊！是的，有一點……不過沒關係啦！」

「我按了門鈴，可是沒有人應門。你也看到，我眼睛都已經這樣了，沒辦法去別的地方等。剛好我身上有仁淑給的鑰匙，所以就想進來等好了。」

「等我嗎？您是說您剛才是為了找我才進來的嗎？」

我雖然問了他，但他彷彿靈魂出竅，好長一段時間沒有說話，只是靜靜坐在那裡，有如完全沉浸在趣味十足的電影中的人。我現在只要看到老人那樣靜靜坐著，都會突然害怕起來。崔女士就是因為這種無言的瞬間越來越多，所以被送進醫院，最終沒能再回到家裡來。

不知不覺間，唱針已經到達唱片的最內側，然後自動歸位。屋子裡充斥的愛迪．琵雅芙聲音也於焉消失。賣蒜頭的商人經過巷子口，「蒜頭來了，六瓣蒜頭來了！」但他依舊無言。我忍不住大聲問道：

「爺爺，您剛才不是想說什麼嗎？」

直到此時，他才如大夢初醒，抬起頭來，然後突然慌亂地說道：

「啊！真是的，我最近老是這樣忘東忘西的。我想起來了，對，我就是來告訴你那件事的。」

他翻找口袋，不，應該是說翻口袋以後，將裡面所有的東西全部倒在桌上。那裡面有非常多的東西，有敬老優待證、殘疾人登錄證、福利卡以及一支黑色 Monami153 原子筆。他摸索著那些東西，好像在尋找什麼，最後拿起一個白色信封，信封裡有一張老舊的紙張，上面用漢字寫著「借用證」，下方有外婆的名字、手印以及借用的金額和償還條件等，還附有公證相關文件。

「一千兩百萬元。」

「你看一下日期。」

借用的日期是一九八八年九月二十四日。

「當天我們在蠶室運動場一起看了八八年奧運網球比賽。那時我還在銀行工作，奧運比賽門票分攤到職員身上，等於是一種強制購買吧！我拿到的是網球比賽門票，我們還包了壽司去。那天的陽光燦爛，我們也不懂網球比賽規則，只是看著球飛來飛去而已。從賽場出來之後，仁淑向我借錢，大家都以為在銀行上班的人應該很有錢。」

天啊，十八年前的債務現在叫我還？這像話嗎？

「那個……如果房子賣掉的話，雖然不能全部償還，但我會盡力還的，而且……」

菠蘿麵包爺爺打斷我的話。

「如果你看到借據，就應該知道上面寫著利息是兩成，而且是以年度的複利計算，你知道這是什麼意思吧？」

「我不太懂。」

「就是年利息百分之二十，而且用複利計算。」

「所以是多少呢？」

穿著黑色西裝站在後面的人拿出計算機，非常熟練地敲著數字，把顯示我無法理解之數字的液晶畫面推到我眼前。老人在男人按著計算機的同時，將右手放在自己的膝蓋上，手指胡亂移動著，好像在打透明的算盤一樣。

「你看，本金是一千兩百萬元，今年是二〇〇六年，所以已經過了十八年，算了，我就扣掉兩個月的利息好了，再加上利息是兩成加上年複利，在一後面加上一個點就行了……金室長，你都算好了吧？」

「是的，董事長。」

被稱為金室長的男人推過來的計算機上，打著「319,479,999」的數字。

「董事長，是三億一千九百四十七萬九千九百九十九元。」

我在不覺間瞠目結舌。

「你沒必要覺得很荒謬，百分之二十，也就是兩成的利率在當時算是很便宜的，那個時候還有很多高利貸是每個月三成的。」

我無法置信，就算是如此吧，怎麼會從一千兩百萬變成三億呢？

「我不相信。」

「你會相信的，而且你應該要相信，因為這就是現實。到目前為止，你一定是閉著眼睛過日子的，可是從現在開始不可以了。你得還錢。這很難理解嗎？這張借據是跟你外婆一起去公證過的。」

他還有銀行交易明細的複印本。

「我不會跟你要全額的，仁淑在中途曾經還了一點本金和利息，不過那就好像是在長江撒下一泡尿一樣。我把那些金額扣除之後，你要還給我的錢還是有三億之多。」

「不是，我也想還您啊，可是情況……這怎麼會變成三億呢？而且您為什麼不在外婆還活著的時候跟她要呢？」

「我也想跟她要，可是仁淑只是四處躲債，都不還啊！」

「我坦白說吧，外婆還有很多別的債務。這個房子也抵押給銀行了，她借了兩億。」

「我不意外，仁淑花錢總是大手大腳的。我早就已經料到了。好，我們就這麼辦吧！」

「怎麼辦？」

「你把這個房子移轉給我。我從前面的房屋仲介打聽到，剛好你也要出售這間房子。銀行貸款也移轉給我。很簡單，只要你跟我寫下買賣合約書，再辦理過戶，所有問題都會解決。我先把房子的買賣金額給你，你當場把債還給我就行，當然，這只是文件上的問題而已。我一直希望仁淑能在自己家過世，所以一直等到現在。現在仁淑已經離開這個世界了，你還年輕，沒有必要住在這麼大的屋子裡。」

「爺爺您眼睛看不見，要這個房子有什麼用？」

「話不要亂說，眼睛越是看不見，越需要大房子呢！」

「那我住哪？」

「你得離開這個家啊，因為這個房子已經變成我的了。反正你不也沒有能力償還每個月銀行的利息嗎？兩億的話，每個月光利息就超過一百萬了，銀行終究會把這房子拿去拍賣的，不夠的話，還會扣押你的流動資產。你不是還有電腦嗎？最近年輕人喜歡的ＭＰ３、數位相機都會被拿走。你不要把自己搞得太難看。」

「我聽說不是還有什麼破產申請嗎？」

我這輩子還沒想過「破產」這個字會成為令人安心的護身符。

「破產？那不適用於擔保貸款，也就是說有擔保的人不能申請破產，這個房子還是會被銀行拍賣。經過幾次流標後，最終會讓專門競標人用最低價買走，那些人會把這個房子拆掉，然後再蓋起公寓。可是你欠我的債還是一分不少，就算你從現在起，每個月還一百萬，那也需要二十六年，也就是你要到五十多歲才能還清。」

「我聽說還有什麼限定繼承還是放棄繼承？」

「即便如此，這個房子還是會被拿走的。沒必要那樣，還是接受我的提議吧。因為你是仁淑的外孫，所以我才特別照顧你。其實我拿到這種房子也是很頭痛的，不過就讓我來承擔吧！雖然會有一些損失，但我還是會給你一點錢。你拿著那個錢，至少可以去哪裡租個房間住吧？接受我提議的話，至少不會讓你年紀輕輕的就成為信用不良者。對了，還有『債務的消滅時效』這種東西，不過你也不適用，因為仁淑也還了一點本金和利息，那麼債務就不會消失，那個東西用法律用語來說叫『債務人承認債務』。」

我緊閉嘴唇不說話。這個老人比外表看起來更精明，我能不能偷偷把這個房子賣掉？房子賣掉、償還銀行債務之後，跑到什麼地方躲起來如何？但我昨天見過超市前面錦繡不動產仲介老闆，根據他的說法，這種獨立住宅就算過了一年多還可能賣不掉。看看鄰居也知道，從我小時候就住在這附近的人，現在還是住在這裡。如果等了幾個月還賣不掉，超過放棄繼承的時限，那就必須完全繼承外婆留下的所有債務了。

「你現在可能會認為住在這裡很舒服，那只是你的錯覺罷了。要是你繼續住在這裡，一定會感覺很壓抑的。」

「壓抑？為什麼？」

「鬼魂啊！房子舊了，而且有很多空房間的話，就會引起鬼魂注意的。」

他呵呵一笑，令人反感。為了把人趕走，什麼話都說得出口。事實上，他的攻擊非常執拗且令人眼花繚亂，第一次遭遇這種事情的我，完全無法集中精神。先是利用時間差，然後作背後攻擊、移動攻擊、快速攻擊等，一言以蔽之，這根本就是摧毀年輕債務人心志的華麗手法。和他相較，我的抵抗無比微弱，頂多就是這種水準而已。

「呃，都什麼時代了，還有鬼魂？」

我說完這話，他突然回溯到朝鮮時代。

「朝鮮時代有一個叫俞晚柱的貴族，他曾經留下這樣的話。你聽聽！『宅邸如果太過奢華，鬼魂就會覬覦；飲食如果太過奢侈，就會對身體有害；碗盤服飾如果太過華麗，就會敗壞高雅的品味。』」

「那賺了錢要用在什麼地方？」

「你聽我說完，後面的話太好了：『只有在文房四寶上越奢侈，才會越高雅，鬼魂也會大方地閉上眼睛，身體也會舒適而乾淨。』我不是叫你去買文具，可是你一個人沒必要住這麼大的房子，懂了吧？」

他咯的一聲，好像把痰從身體的最深處咳了出來。我連忙將衛生紙拿過來塞進他的手裡。他把痰吐在那上面之後，丟進我拿著的垃圾桶裡。

「人生的大考正等著你呢！」

他繼續說著我聽不懂的話。

「機會好像新鮮的飲食一樣，放進冰箱的話就會走味。年輕人最糟糕的就是不做判斷，即便是判斷錯誤，總比不做要好。因為害怕判斷錯誤，所以什麼都不做，那是最糟糕的。整天窩在這個鬼魂充斥的家裡做什麼？自從仁淑走了以後，你大概沒吃過一頓像樣的飯、沒做過一件像樣的事情吧？不是嗎？」

「才不是呢！我整理了家裡，還做了各種事情……」

這是謊話，事實上我真的是飽食終日無所用心。這段時間做的所謂大事只有和光娜分手、進出猜謎房，暗自思慕「牆裡的妖精」而已。真正的不幸總是以多樣的面貌迎面而來，以人類的感知能力很難去預見其到來。待到回過神來，「不幸」就出現在眼前。

他又一次咯的一聲吐了痰。

「明天我會把合約書拿來，你好好想一想吧！不過你大概也沒有更好的辦法了。」

他從座位上起身，穿黑西裝的男人上前攙扶住他。他走向玄關，我也急忙站起來引導他走正確的方向，並且幫他穿好鞋子。他坐上停在家門前的老舊 Accent 轎車，這車實在和他這種帶著保鏢的高利貸業者身分不符。

他們走了以後，我上網查了一千兩百萬元在十八年後，是否真的可能變成三億。我下載了複利計算用 Excel 檔案，反覆計算了數十次。菠蘿麵包爺爺的話一點都沒錯，不管決定如何，這個房子都不會再屬於我了。

如他前一天所說的，隔天一早他又來了。錦繡不動產仲介老闆和銀行貸款部職員也跟他一起前來，所有事情都快刀斬亂麻地順利進行。這麼大的一間房子能夠如此簡單處分掉，實在讓我有些驚訝。他們解決了所有事情離開後，我暫時躺在皮革裂開有如乾涸農田的老舊沙發上，呆呆仰望著客廳的天花板，然後一下子跳起來，拿起話筒聯絡了舊書商，為的是要賣掉這個家裡四散的數千本書。「昨日之書」的老闆接到我的電話，毫不遲疑就開著小型貨車前來。舊書店離我們家不到五分鐘。

「啊！最近很少看你出門呢！」

舊書店的老闆故作親熟狀。他因為留著絡腮鬍子，看起來比實際年齡要老，但實際上只是個四十出頭的男人。我跟他之間只是偶爾去他店裡談論各種關於書的話題而已。他的舊書店從地下到二樓，總共使用三個樓層，規模比較大。因為有簡單的網頁，用電子郵件詢問的話，他會告知是否有庫存，如果自己的書店沒有，他也可以從其他舊書店調貨。傳聞說他在大學時期是活躍的學運份子，但現在再怎麼看也找不到昔日的痕跡。

「是的，家裡出了點事。生意還好吧？」

「最近大家都不太來舊書店，網路上也可以買到打折的新書，我這個生意好像走到盡頭了。」

崔女士因為也讀日文小說，所以家裡有不少日文書。此外，書架上也有一些以前和她經常來往的文人的小說和詩集。「昨日之書」的老闆大致看了一下這些書，就立刻開始放進箱子裡搬運起來。

「哎呀，都是些真正的老書了。」

其實也不盡然，其中還有很多我節省零用錢買的書。大學教材沒什麼好可惜的，可是對於那些曾經給予我感動的小說，我真的覺得很可惜。希臘修辭學家曾說，演講的時候，要麼就給予感動，要不然就傳授知識，再不行的話，就讓聽眾高興吧！我讀那些書的時候，有時流淚、學習到新的知識，有時讓我大笑，抱著肚子在地板上打滾。那些書，如今都要離我遠去了。

他把書載走之後，家裡變得十分空曠，或許這個屋子的主人不是我，而是那些書。有一些書在這個家存在的時間比我更長，或許它們還看著我母親出生呢！這些是我外公、外婆、我母親都翻閱過的書，那麼這些書就是他們靈魂的影子。我們雖認為自己是在「看」書，但或許是書在看我們也未可知。也許書籍把人類當作宿主，暫時停留之後，又去尋找別的宿主也未可知。

望著空蕩蕩的書架，我感到曾住在這個屋子裡的人的死亡成為現實，開始向我走來。大家都安心上路吧！我也得離開這裡了。我望著積滿灰塵的空蕩書架，把冰箱裡剩下的最後一瓶啤酒喝掉。

此刻起，我真的是孑然一身了。

我去了弘大街道，從「麵包俱樂部」開始，一直到「Rolling Hall」為止，我在許多現場演唱俱樂部裡，聽了各個樂團演奏的各種形式的音樂。聽了那些雜亂無章、毫無系統的音樂之後，我可以不憑藉藥物或酒精，就到達一種朦朧的幻覺狀態。對於所有刺激感到麻木，回憶如同江水對岸的燈光一般變得模糊，「自我」這個令人頭痛的存在也可以關進我自己的塔裡。我也才可以暫時忘記自己變成一個天涯孤兒和身無分文的事實。我從 Rolling Hall 裡出來，背對著從火力發電廠吹來的寒風，走向停車場的巷子，然後進入西橋酒店後側狹窄且破舊的脊骨馬鈴薯湯餐廳，吸著骨髓，喝了燒酒。老闆娘好像很擔心似的偷偷瞧著我。我想告訴她我沒事，但終究什麼都沒說。

第二章 悄悄話

6

旗幟考試院[4]位於七層建築物的六、七樓。房東是個有點瘸腿的男人，不待我問，他就說自己拿了交通事故補償金後，開了這家考試院。

「需要窗戶嗎？」

剛開始，我連他在問什麼都不知道，於是他用手比劃出四方形的窗戶模樣。

「不知道窗戶是什麼嗎？窗戶？像這樣四方形的。」

「啊！窗戶嗎？有的話不是比較好嗎？」

「有窗戶的話，多加兩萬元，你會在房間裡上網嗎？」

「那也要加錢嗎？」

「連接網路的房間要多加一萬元，不想多交錢的話，可以使用餐廳的共用電腦，要不然的話，樓下還有網咖。那麼有窗戶的房間，沒有網路，OK？」

「等一下，沒有窗戶好像也沒關係，可是最好要有網路。」

我捨棄現實生活裡的窗戶，選擇了比爾．蓋茲的窗——微軟的視窗。那時我不知道陽光是非常珍貴的，也不知道每個月多交兩萬元是有其價值的。

4 考試院是韓國外地學生趕考或求學時，可以短期租住的便宜迷你房間。

「隨你的便。」

他帶我上了七樓，走道僅容一人通過，兩側的房門互相對望。一個像鬼一樣披散著黑色頭髮的女人，看不清臉孔，散發出洗髮精的味道，勉強避開了我們。

「唉，真是的，她們的頭髮不知道掉了多少，水管一星期一定會堵住一次。天曉得她們是不是洗頭的時候故意拔下頭髮，塞進下水道裡……總之，那裡是淋浴間。」

「來，就是這個房間。」

他打開門。一切都很小。房間很小，床鋪也小、書桌亦是。比延南洞家裡的廁所稍微大一點的空間裡，放進了床鋪和書桌，這些就是全部。房東好像已經預料到我的驚訝，泰然地說出我到現在還記得的那句話。

「過一陣子，你就會覺得大了。」

延南洞的獨棟住宅雖然也不算太大，但至少還有院子，從那裡搬到考試院一點五坪的房間，感覺完全不像真的。這又不是愛麗絲夢遊仙境，而且這麼狹窄的房間竟然有數十個之多，每一個房間裡都住著人，這點更讓我驚訝。

房東瞥了一眼我拿著的行李，如此說道：

「這裡可能放不下，六樓有公用倉庫，就放那裡保管吧！還有，房租要先付，因為不收押金。」

我遞給他二十九萬元。他用手指沾著口水仔細算了算，然後點點頭，走下去了。這二十九萬是把外婆收藏的書全部賣給舊書店後所得的一部分，雖然很內疚，但也是沒有辦法的事。考試院裡當然不可能有書架這種東西吧？聽到我說要搬去考試院，一個深諳個中三昧的前輩朋友說：

「我連MP3都覺得累贅，於是賣掉了。你最好把所有電子產品的功能都歸於手機就好。書？

書當然是奢侈品。」

考試院裡只容許一個人睡覺時能伸平雙腿的最小空間。我剛開始覺得自己好像是搭乘降落用膠囊的太空人，過了幾天，正如房東所說的，開始覺得房間變大了。這可能就是自我暗示的效果吧？剛開始在移動身體的時候，總會到處碰撞，身上也有很多瘀青，但不到幾天就熟悉了這個環境。我甚至還能自由自在地做簡單的伸展操和伏地挺身。

嗯，還不壞嘛！想開點！

我決定擬定計劃，為了交考試院下個月的租金，不管發生什麼事，一定要先賺三十萬元。如果連這些錢也沒有的話，我可能就會被趕出這個好像在摩托羅拉手機廣告中出現的迷你房間。把書賣掉的錢雖然還剩下一些，但總不能把那些錢都用光。我想有時間的話，要在求職網站裡找工作。再怎麼說，我也是大韓民國的健康男人，畢業於首爾的四年制大學，畢業論文雖然沒寫，但也讀了研究所。短期內，我先打工賺一點錢，支付房租和零用錢；有空的話，我會四處寄送履歷表，一定會有什麼地方要我去上班的。樂觀一點吧！加油！李民秀。

可是想維持這樣的樂觀，也需要最低程度的空間。也就是說，比起樂觀，悲觀似乎更適合這監獄一般的單人房。自己都不自覺被憂鬱的思緒所困擾，毫無幹勁的生活一直持續著。如果住在打開籬笆門走出去就是一片寬廣田野的農家，無論如何都很難成為繭居族。因為如果看到野花、蝴蝶、亂蹦亂跳的小狗的話，在某一瞬間，就會發現至少自己是正在拔著雜草的健康個體。可是在市中心的這種考試院裡，人類都會漸漸變成毛毛蟲。如同電影《駭客任務》裡的未來人類，你會發現自己就像一隻只用線加以連接供給營養的蠶蛹。

在沒有一絲陽光照射進來的房裡，我忍不住被那些憂鬱的想法所困擾。人為什麼活著？活著有什麼意義？是不是像尺蠖蛾一樣，努力爬向某處，等到蟲卵蛻殼後即死去？越苦惱這些問題，人生就越陷入五里霧中，不著邊際。我常常躺著。在考試院裡，躺臥是最能有效使用空間的方法。我靜靜地躺著，讀從麻浦圖書館借回來的小說或者睡覺。如果連這些事情都厭煩了的話，我會坐在書桌前，打開我僅剩的一扇窗，那自然是比爾．蓋茲的窗。我原本打算經由那扇窗尋找打工的機會，並且知曉各種事情，但總是無意識按下書籤裡的猜謎房網頁。啊！就是因為這樣才不行的，我將「猜謎房」所在的聊天網站從書籤清單裡刪除，然後開始想認真做點事，可是在不覺間，我卻發現自己正看著各種演藝圈的消息。網路就好像迷宮，剛開始是因為有某種目的而連上的，但如果被入口網站的新聞吸引，就會遺忘原本的目的，開始沉溺於雜亂的資訊迷宮。

我將瀏覽器選項中的主頁設為「空白頁」，把筆記本放在電腦旁邊，以便記錄網路使用日誌，唯有如此，似乎才不會忘記當初連結網路的目的。換言之，這就等同於希臘神話中走出迷宮的「阿里阿德涅之線」。

「好了，變得清爽多了，從此刻起只集中於就業和人生，猜謎也得戒掉。」

我喃喃自語說道，可是卻又突然無可救藥地懷念起和「牆裡的妖精」進行的刺激對話。我像升上高三的男學生一樣下定了決心：「那些事情還是等到找到工作以後再說吧！」

我在google的搜尋欄裡鍵入「打工」二字，不需搜尋太久，為數眾多的求才資訊傾瀉而出。最常見的便利商店打工時薪是三千元到四千元不等，白天較低，夜間比較高。如果一天工作十個小時，那就可以賺取三萬元到四萬元左右，如此計算，工作一個月的話，應該可以拿到一百萬元。用這個錢支付考試院月租之後，剩下的大概就只能是零用錢了。嗯，這不是長久之計，只能當作找到正式工作前的過渡。

我抄下離考試院不遠的幾個便利商店電話號碼後，突然睡意襲來。現在到底是幾點？在沒有窗戶的房間裡生活，時間觀念也隨之消失不見。有一次我看到手機的時間顯示「10:45」，以為是早上，於是決定去買個杯麵。我出門一看，嚇一大跳，那時才知道已經是深夜了。

我拿起手機，確認時間是晚上十一點十五分，我在手機的行事曆上輸入「打電話去便利商店」。到了早上九點，鬧鐘會大響特響，把我叫醒。我剛把手機放在桌上，正想蓋上被子的時候，手機開始發出喧鬧的聲音。我打開手機蓋，確認是誰打來的電話。

是光娜。

我沒接電話。光娜一直沒掛斷。我把手機藏進被子裡，又放進鞋子裡，可是鈴聲持續不停。隔壁房間的人「哐！哐！」地敲著牆壁，再敲下去的話，牆壁可能會倒塌，我只好接起電話。

「睡了嗎？」

「還沒，躺了一下。」

「過得好嗎？」

這個嘛，我應該說自己過得很好嗎？

「還可以吧？妳在哪裡？」

「我？這個嘛，我應該說這裡是哪裡呢？在江南站附近的汽車旅館。」

「汽車旅館？妳去那裡幹嘛？」

「還能幹嘛？睡覺啊！」

「哦，是嗎？」

這種電話應該要掛斷。我應該果斷而冷靜地闔上手機蓋，絕不留任何餘地。雖然這麼想，但我還是問了愚蠢的問題。

「跟誰？」

「好奇嗎？嫉妒嗎？想知道嗎？」

光娜的嗓音略微提高。

從遠處傳來類似電視的聲音，從笑聲聽來，應該是深夜脫口秀或搞笑節目。

「不，我不想知道。」

「事實上，我是和正煥哥一起來的。」

「什麼，現在正煥在旁邊嗎？你們是變態啊？」

「沒有，正煥哥正在洗澡，好像快洗好了。」

「那妳為什麼打電話？」

「我想問你啊！你要我跟他睡我就睡，你不讓我睡我就不睡。我自己沒辦法做決定。」

「為什麼要我做決定？妳是傻瓜嗎？」

「那我就跟他睡了？可以嗎？」

我從軍隊退伍，再次回到社會的時候，覺得最累人的就是需要選擇的事情太多。部隊的菜單只有一種，只要拿著餐盤排隊，就有人會幫你打好飯菜。一天的作息不是我能決定的，而是由陸軍總部和師團級這種超乎我想像以外的高司單位所決定。我沒有任何選擇的必要，軍隊裡沒有人會說「李一兵，這兩件事情中，你會選擇哪一件？」之類的話，只要做決定好了的事情就可以。但是回到社會以後，這個世界充滿必須選擇的事情。想要去什麼地方的話，首先必須決定要坐巴士還是地鐵；無論是三一冰淇淋還是星巴克，只要站在櫃檯前面，就必須做出選擇。光從Bravo甜筒和World甜筒二選一就好的時節，早已不復存在。魔術師讓站在面前的觀眾挑選卡片，藉以掩飾自己的騙術。人們對於自己選擇的結果總是輕易相信，但不想承擔責任。如此看來，人類經常被自己欺騙，而不是他人。

我的朋友韓潔曾經在南山山腳下的高級餐廳當過服務生，現在去了瑞士念飯店管理。他曾經對我說過這樣的話：

「如果進了昂貴的餐廳，不是會有經理或服務生引導座位嗎？你有沒有覺得很奇怪？」

「這個嘛，不就是裝模作樣嗎？挺酷的。」

「餐廳裡的好位子其實不多。好東西怎麼可能常見？換句話說，大部分的客人都對座位感到不滿。可是如果客人自己挑選位子，那主張要坐那個位子的人就必須承受那些抱怨。但如果是餐廳決定讓客人坐在哪裡，至少客人就不會因為位子而怪罪彼此。即便有抱怨，也只是批評餐廳而已。而且啊，出乎我們的意料之外，這個世界上因為無法做決定而痛苦的人太多了。大家都想如果有人幫我做決定就好了。所以啊，讓進來餐廳的客人自己選擇滿意的位子，那不是親切，而是一種放任啊！為了減少那些人的痛苦，穿著帥氣制服、有權威的經理決定位子後，讓他們坐下。權威式的命令有時也是一種體貼啊！」

很有道理。

我很討厭大家圍坐在啤酒屋的桌前，決定下酒菜的那個瞬間。大家都只是七嘴八舌說著是這個好還是那個好，永遠做不了決定。我甚至覺得，如果有哪個具有領導能力的人站出來說：「喂，我們就吃燻豬腳吧！都同意吧？」那就太好了。

是的，選擇是一件煩人的事。可是即便如此，這種選擇還是第一次。這根本可以說是「惡魔的猜謎」，無論做任何選擇，這個遊戲都注定會輸。我覺得光娜太可怕了。

「為什麼要我做決定？正煥又為什麼在那裡？」

「因為民秀哥你的緣故，我最近一直心情煩躁，所以去找他談談。可是不知怎的就變成這樣了。我也不知道，只是最近心情太亂了。」

正煥是我高中就認識的朋友，而且是極少數至今還有聯絡的。我剛開始並不相信他會跟光娜去汽車旅館。他雖然喜好女色，而且也沒什麼道德感，但沒想到會到這種程度。可是站在正煥的立場，他也可能覺得委屈，因為我告訴過他我已經和光娜分手的事，而且我也不能限制自己交往過的女人不能跟別的男人交往，尤其不能因為是正煥所以反對。我一時無語。我到底有沒有讓光娜不要跟正煥睡覺的權利？而因為光娜把那個權利給了我，所以我就可以行使嗎？可是光娜並沒有給我充分思考的時間。

「你快說，正煥哥快要出來了。噢！水聲停了。我好害怕啊！你也知道我不喜歡做那種事情，我該怎麼辦？嗯？」

「妳，真是……妳不喜歡做那種事情，為什麼要去那裡？」

「正煥哥出來的話，要不要讓他跟你說話？」

「啊？不要，我為什麼要跟那傢伙通話？我瘋了嗎？」

「民秀哥你不要生氣嘛！我好害怕啊！」

「我沒生氣。」

「我……那我應該怎麼辦？我就待在這裡嗎？」

「妳先從那裡出來。」

我投降了。我舉起了白旗。

「民秀哥你現在在哪裡？」

光娜的聲音變得很愉快。

「妳先出來，再打電話！」

「知道了。」

電話掛斷了。我抱著頭，盤坐在床上。經由剛才這件事，我想我至少學到一點：某些問題也許不會給你充分思考的時間。換句話說，有那種沒時間深思熟慮的謎題。可是沒過多久，我了解到幾乎人生所有的問題都是如此。

7

在陰暗的甜不辣店裡，我將一根甜不辣蘸上醬油，正要放進嘴裡的那一瞬間，光娜嘩啦一聲打開拉門，走了進來。她瞥了一眼瀰漫煙味的甜不辣店，冷著臉坐在我的對面。她以前就說過這裡的味道會沾到衣服上，對身體健康也不好，所以不喜歡這種酒館。我把甜不辣放進嘴裡嚼著，一口氣乾掉一杯燒酒。

「這裡又是什麼時候開發的？」

對於這個問題，我沒有回答，開始詢問我好奇的部分。

「正煥呢？還在洗澡？」

「不知道。我怎麼知道？」

光娜一臉什麼時候發生過那種事的神情。我們暫時默默無語，只是那樣坐著，展開氣勢之戰。我默默吃著甜不辣，喝著燒酒。光娜以一副不滿的臉孔坐著。最先打破沉默的人是光娜。

「搞什麼啊？把人叫來，為什麼什麼話都不說？」

我被嘴裡的甜不辣嗆到，大聲咳了好久。

「妳說我把妳叫來？」

「你不是叫我來嗎？」

「不然妳還真的想跟正煥睡覺啊？」

「不要轉移話題，反正不就是你要我出來的嗎？」

光娜的手法總是如此，動不動就搬出形式邏輯。我把她叫出來這話雖沒錯，可是誘導我如此做的不就是她嗎？然而她的誘導卻不著痕跡。這大概可以稱為語言的完美犯罪吧？也許光娜應該當律師才對。我決意不與光娜逞口舌之爭，因為就算贏了也沒有實質好處，而且也不會再和她見面了。然而就在我暫時平復委屈的心情之後，光娜的問題又浮上心頭。光娜沒說錯啊，無論前後情況如何，叫光娜撇下正在洗澡的正煥趕緊離開的人，不就是我嗎？我究竟為什麼要這麼說呢？我隔著甜不辣上的白色熱氣，端詳著光娜的臉龐。我的視線約莫混雜著驚奇和敬意。光娜這個女孩一方面讓我吃驚，另一方面又讓我肅然起敬。妳到底是如何打動我這個男人的？這個祕密究竟是什麼？我也沒辦法不問自己，李民秀，你到底為什麼要把光娜叫出來？

「幹嘛呢？為什麼用那種眼神看我？我的臉上沾了什麼了？」

光娜拿出鏡子，端詳自己的臉孔。趁此機會，她又仔細照起鏡子。我有點想投降了，用沒自信的聲音向光娜說道：

「妳好像誤會了。如果不喜歡的話就走吧！」

光娜啪的一聲蓋上附有鏡子的粉餅盒。

「把人叫出來，應該有什麼打算吧？」

「打算？沒有啊，對不起！」

光娜把粉餅盒放進手提包裡，冷冷的說道：

「哼！我也沒有任何期待。這段期間過得還好嗎？」

「還可以吧！」

「臉都消下去了。平常有吃飯吧？」

「嗯！」

「為什麼光自己喝燒酒？我沒有嘴巴嗎？」

「啊！妳也來一杯？」

我在她的酒杯裡斟滿酒後，她用一副不以為然的臉孔看著酒杯，然後拿起杯子，作勢要乾杯。

「好久不見，民秀哥，我們得喝一杯啊！」

我們碰了酒杯，將燒酒飲盡。滴滴滴，光娜的手機傳出收到簡訊的聲音。她瞥了一眼之後，將手機放下。

「該不會是正煥吧？」

「不是，你就別瞎操心了。是又怎麼樣？我再過去他那裡嗎？」

我瞇著眼睛，瞪視光娜。

「妳剛才真的跟正煥在一起嗎？」

光娜轉移話題。

「民秀哥你什麼時候去留學？」

「留、留學？這個嘛，阿姨才過世沒多久，還沒做好心理準備……」

我雖沒有親口說過要去留學，但已經抱著多益書好多年，崔女士也總是說「民秀馬上就要去留學了」，所以在不覺間，那好像已經變成了既定事實。

「你心理準備到底需要幾年？」

甜不辣店裡響起以前的老歌，不知道老闆是不是喜歡民謠，一直播金光石、任知勳這些以前歌手的歌曲。

「光娜！」

「幹嘛？」

「我……有一件好奇的事。」

光娜挺起腰身，把頭扭向左邊，保持警戒的姿態。然後她伸出手來，堵住我的嘴。

「不要好奇，不要問。雖然我不知道是什麼，但我有種不祥的預感。別問！」

「我真的很好奇才想問，妳到底為什麼老是跟著我這種人？」

她的臉孔扭曲。

「天啊，天啊！我什麼時候跟過你？是你跟著我吧？」

「剛開始是，可是最近不是吧？我真的是很好奇才問妳。我們上次不是已經很明確的分手了嗎？」

「那只是你的決定。還有，把人那樣趕走，真是太過分了。」

光娜突然哭喪著臉。她不應該當律師，應該當演員。

「啊！是啊！那時候我真的錯了。好，我們再回到剛才的問題。妳也知道，我沒有父母，沒有房子……」

「為什麼沒有房子？你不是有延南洞的房子嗎？」

「那妳是因為房子才喜歡我的嗎？因為繼承了阿姨的房子？」

她連忙搖手。

「你以為那裡是 Tower Palace 那種摩天大樓嗎？而且我也不是那種人。」

我原本考慮要不要告訴她那個房子已經移轉給別人，現在住在一點五坪大小的考試院，可是還是作罷。

「反正不管怎麼說，我既沒有像樣的工作，也不會立刻拿到博士成為教授，妳到底為什麼喜歡我這種高學歷的無業遊民？」

光娜重新找回從容，微微一笑。

「喜歡？誰說我喜歡你了？」

「如果討厭我的話，為什麼坐在這裡？」

「你真的想知道嗎？」

光娜把原本要送進嘴裡的甜不辣放在碟子上。

「你還是不要聽比較好。」

「不，沒關係，妳說吧！」

「真的？」

「嗯，我說沒關係。」

「民秀哥你可能也已經知道……你不會不知道吧？該不會是在刺探我吧？」

「我說了我不知道。妳說吧！」

光娜把自己杯子裡剩下的半杯燒酒一仰而盡，然後把放在碟子上的甜不辣當下酒菜咬將起來。

「我應該是因為覺得你很可憐才那樣的吧。」

「可憐？誰？我？」

「你認識我的朋友貞雅吧？有一次她在讀一本書，我就好奇看了看，書名是《為什麼優秀的女性會被沒用的可憐男人所吸引？》，那本書裡說，女性最應該警惕的就是同情心。同情心真是該死啊！就是因為這個原因，聰明、漂亮的女人會被不怎麼樣的男人所吸引，因此飽受痛苦。民秀哥你就是能激發母愛的類型。有點可憐、沒有一個像樣的條件、光說不做，動不動就發牢騷、埋怨世界，還說自己的媽媽變成了什麼鴿子。你不要生氣啊，是因為你好奇我才說的。」

我忘了要說什麼，只是張大了嘴巴。

受到鼓舞的光娜似乎開始控制不了自己，整個甜不辣店變成她的演講會場。不只我，連旁邊同桌的男女也豎起耳朵，仔細聽著光娜的話。不曉得光娜是否有察覺，她仍舊侃侃而談。

「你不要心情不好，我是為了民秀哥你好才說的。你應該振作起精神了，最近跟你同年齡的其他男人真的很努力生活。他們一大清早就去圖書館，嗯，一直讀到半夜，如果有時間的話，還去當家教，有的還打工，中間還空出時間參加小組討論。你知道最近活著有多困難嗎？如果只是生活困難還算是幸運的，很多男人不都結不了婚嗎？為什麼？你可能從來沒有想過吧？」

「為什麼結不了婚？」

「民秀哥，你知道女人在買手提包的時候，最先考慮的是什麼嗎？」

「不知道。」

我的回答十分無力。在精神上，我已經處於被擊潰的邊緣。

「拿著出門的時候，得覺得不丟臉啊！那是最重要的。功能？品質？設計？那些都是其次的問題。那也不意味著非得是什麼牌子，反正如果沒有合適的手提包，那還不如隨便背個背包出門呢！挑選丈夫也是一樣，跟買手提包差不多，如果選錯了，不但不能丟掉，而且還不能退貨，所以女人才得深思熟慮啊！最近年輕的女孩眼光多高啊！布萊德·彼特、小田切讓、姜東元、溫特沃思·米勒這些花美男太多了。現在男人也身處全球競爭時代了。到外國學習外語，然後和外國男人看對眼的女孩又豈止是一、兩個？說實在話，韓國男人在國際競爭力上太弱了。會做菜嗎？

舉止得體嗎?不但不能製造氣氛,自尊心還很強,甚至還以為自己很厲害,真是無可救藥的自戀狂。這些都是給韓國的媽媽養壞的。」

我在不知不覺間,開始迴避起光娜的視線。

「太強了!這應該寫成『金光娜甜不辣店語錄』,然後去哪裡發表。」

「喂!你看你,又在吐我的槽了。我只不過是實話實說而已。」

「好,那妳為什麼要跟我這個帶出去都嫌丟臉,像是仿冒手提包的男人交往?」

「你怎麼是仿冒品?身材還算魁梧啊!啊!對不起,對不起,我是開玩笑的。我剛才不是說了嗎?我是因為同情你嘛!唉!這個可憐的民秀哥,如果不是我,誰會來照顧你呀?」

我把甜不辣串丟下,大發雷霆。

「什麼?妳是什麼東西?妳是我媽嗎?嘮叨什麼啊?給妳三分顏色,妳竟然就開起染坊來了……」

光娜用一副「糟糕了」的臉,身子朝我這邊挪了挪,貼緊我的臀部,然後挽著我的手臂,情深意厚地說道:

「惱羞成怒了?不,不,不,剛才我說的話都取消、都取消。我愛你。我就是因為愛你才說那些話的。你不也知道嗎?」

「……我當然知道。」

「我那天在你們家門口被那樣羞辱,你不知道我的心情有多糟。我真想死啊!民秀哥,你當時實在是太過分了,不是嗎?」

「我不是已經跟妳道歉了嗎?」

光娜靜靜的把頭靠在我的肩膀上,手臂挽得更緊。她在對你好的時候,多情到可以為你掏心掏肺，但要只是一嘔氣，完全就成了為所欲為的人。她隨心所欲，隨時都會把我叫出來，使喚我做牛做馬，沒有一丁點罪惡感。但她有時又會突然叨念我，這個得改掉、那個一定得做。當然，這些嘮叨都沒錯，如果我按照她指使的去做，也許現在的我已經變成一個有為的年輕人也未可知。從早到晚準備著有「鐵飯碗」、「神賜職場」之稱的公家機關或公務員考試，中間還抽空打幾份工，過著充實的生活。

「民秀哥，你從現在起一定要振作精神，好好生活。我們啊，還像以前一樣在一起念書，好嗎？」

我突然一下子清醒過來，什麼？振作起精神？

「光娜！」

「嗯？」

「我呀，要走的路終究和妳是不一樣的。」

「不一樣？什麼不一樣？」

「我呀，大概還不懂事吧。我這個人，嗯，應該怎麼說呢？想做一些比較沒有意義的事情。」

「沒有意義的事情？」

「大部分的人不是都做著有意義的事情嗎？賺錢、為社會服務、為家人犧牲。」

「所以呢？那些不是理所當然的事情嗎？」

「怎麼說呢？人生當中，好像有比那些層次更高的東西。我雖然不能好好形容，但那種世界並不是全部。那是超越報紙財經版上的世界，嗯，就是在那些股票型基金、匯率、購屋貸款、公寓申購制度改訂以外，應該還有一些不同的東西。大家如果一直活在那個報紙財經版的世界裡，就那樣直到死去，那豈不是太荒唐了嗎？」

直到當時為止，我雖然從來不曾擁有如此的想法，但很意外的，這些話一說出口，就很流暢地從我的嘴裡嘩啦嘩啦往外冒，好像住在我身體裡的另一個人讀著這些文稿一樣。我被自己嚇了一跳。也許我的身體裡面住著一個想法和我完全不同的存在。

「你還沒挨過餓是吧！什麼叫做一直活在？那就是全部啊！除此之外空無一物，你醒醒吧！」

光娜冷冷的說著。

「什麼？」

「你根本不知道這個世界有多麼可怕，怎麼會這麼荒唐呢？反正啊，男人就是……」

光娜咂著嘴說道。我想起菠蘿麵包大叔，是啊，世界太可怕了，但是我不覺得自己應該按照這個世界的基準過日子。我還沒挨過餓嗎？即便以後會怨恨自己每況愈下，但我不希望自己連在甜不辣店裡都敗給現實主義者金光娜。我辯駁道：

「聽說有某個高中的校訓是『去從事母親和未婚夫或未婚妻反對的工作』，我現在好像才知道這句話是什麼意思。安定雖然很重要，但人應該要有夢想啊！」

光娜的臉上泛起嘲笑的表情。

「我好像錯看你了。你真是無可救藥了。怎麼說呢？懶惰已經在你的骨子裡面根深蒂固了。你雖然想用各種冠冕堂皇的理由加以包裝，但實際上，你不過就是想要玩樂而已。你就是想逃離這個世界激烈的競爭，悠哉過日子，不是嗎？」

光娜拿起手提袋。

「民秀哥，你自己好好活下去吧！」

「要走了？」

「嗯！」

光娜面如嚴霜，起身走向門口。我靜靜坐著，突然猛地站起來，叫住正想開門走出去的她。

「光娜啊，不好意思。」

我抓住她的手臂。我真是恨透了不得不如此的自己。

「幹嘛？」

「……那個，結帳……」

我覺得自己面紅耳赤。我的皮夾裡只有一張一千元紙幣，原本想在來的路上去便利商店提款，卻突然忘記了。光娜很快瞄了一眼掛在牆上的菜單，和我們剛剛離開的餐桌，似乎失望不已地轉過身去，走到櫃檯，把甜不辣和燒酒的錢給結了。一萬多元，實在不能算是很大的金額。如果人和人之間存在傳達「輕蔑」這種情緒的電線，而且如果那條電線連接著我和光娜，我確定那一瞬間我一定會觸電身亡。

8

和光娜分開之後，我沒有回到考試院，而是徘徊在夜晚的街道上。我不想再次鑽回形同膠囊的房間裡，可是口袋裡沒錢，我也不能去什麼別的地方。我坐在陰暗寒冷的小公園長椅上，從口袋裡拿出ＭＰ３播放器。我戴上耳機，按下按鍵，隨機播放的歌曲正是謬思樂團的〈Unintended〉，聽到馬修·貝勒米滄桑且平淡的嗓音，我才得以暫時忘懷徹骨的寒意。這首歌平常聽起來雖極其尋常，但當天歌詞卻聲聲入耳。我拿出ＭＰ３播放器，讀著液晶螢幕上顯示的歌詞。歌詞當中有這樣的句子：

「……我會儘快到你身邊，我正全力縫補過往的傷痕碎片……你是我未曾預想的選擇，豐富了我的生命，而我會一直愛著你……」

我聽著馬修．貝勒米的聲音，忘記了光娜給予我的衝擊和侮辱。我想著，我的人生是否也會有歌詞中那種未曾預想到的愛情？會不會有一個能夠拯救如此的我、溫暖地抱著我的人？我會不會已經徹底被這個世界放棄？我是否跟從伊甸園裡被趕出來的亞當一樣，必須獨自面對這個世界所有黑暗、殘酷的真實？

有一個矮個子男人帶著一條哈士奇，穿越過陰暗的小公園。那條狗在我的面前停下，嗅了嗅味道後，立刻失去了興趣，轉身跟上牠的主人，還不忘在滑梯下方撒一泡尿，標示出自己的領域。幾個背著吉他的二十多歲年輕人，在遠處的長椅上喝著啤酒，一邊嘻嘻哈哈。

我終於到了再也忍受不住寒意的地步，於是回到考試院的房間裡。即使開著燈，房間裡還是很昏暗，這不是瓦數低的緣故。有一種房間就算點上最亮的燈，看起來還是十分昏暗。我的房間正是如此，大概是因為沒有窗戶的緣故。我下定決心要控制自己盡量不要上網，不到幾小時後，卻又再次打開了比爾．蓋茲的窗戶。

猜謎房沒有變化，我的心裡稍感寬慰。他們仍然對我毫無所知，包括我現在坐在考試院的小房間裡，也包括我剛剛才遭前女友羞辱。他們當然也有各自的苦悶，但是沒有人會表現出來，只是如此泰然地解答著謎題。

我一如既往，很快就陷入猜謎的世界，不一會兒，我猜對了一道問題，於是獲得了出題權。我按照以往出題時的習慣，環顧四周。住在延南洞家裡的時候，因為整個房間都被書籍圍繞，所以只要環視房間，要出的問題就會自然浮現。可是考試院小房間的牆上空無一物，只有這個房間以前的房客寫下的塗鴉而已：

「能夠活下來的並非最強的人，而是最能適應環境的人。——查爾斯・達爾文」

如果是在高速公路休息站的廁所，或大企業電梯裡看到這句警語，可能就會視而不見，可是在考試院的小房間裡看到，就會讓人覺得惆悵。所以意思是蝸牛或木虱並不是因為強大才能活下來是吧？這個房間以前的房客，想必也是為了適應新環境所以才寫下這樣的句子。

這時，猜謎房沒有耐心的參加者已經在催促出題了。我糊里糊塗地拋出從小公園裡就一直聽著的搖滾樂團「謬思」的問題。

「1、音樂家。」

在思索下一個提示的同時，「牆裡的妖精」進來了猜謎房，大家彼此打著招呼。我接連丟出二號和三號提示，正想拋出四號提示的那一剎那，剛才進來的「牆裡的妖精」出聲了。

「不會是謬思樂團吧？」

「恭喜妳！」

「哇，真快啊！」

人們祝賀她答對題目，出題權轉到她的手裡。所有人都在等著她出題的時候，發生了前所未有的事情。她一邊出著題，一邊發私訊給我。

「私訊：你現在正在聽嗎？」

剛開始我以為是聊天室發生了什麼問題，可是仔細一看，很明顯是她寫給我的私訊。她一方面泰然自若出著謎題，另一方面又發給我隱密的悄悄話。她正在進行高難度的一心二用。我趕緊按下私訊的圖示。

「私訊：啊！是啊，我正在聽。謬思樂團。妳喜歡嗎？」

「私訊：我愛死了！」

她敷衍之下出的問題很快就被其他參加者猜對，出題權也被拿走。這期間，我和她交換了更多私訊，但為了不讓其他人起疑，我們還是祝賀答對問題的人，應和著猜謎房的氛圍。我問她：

「私訊：妳喜歡哪首歌？」

相信愛情即命運是件很簡單的事。所謂命運，就是猜對終將猜對的答案。對於必須相愛的戀人而言，終將猜對的答案比比皆是。神話中有很多命中註定的故事，伊底帕斯終究殺死自己的父親，朱蒙最終當了高句麗的國王。不知是誰說過，命運就是射中箭靶的箭，因此命運一定會百分之百命中。所以一對相逢的男女非常容易相信他們的相遇是宿命。光一條線索都足以致命，任何一件遺留物都會變成可怕的證據。陷入愛河的他們是無能的偵探、輕率的搜查官。哪怕僅憑著一個漏洞百出、不足採信的證據，他們在法庭上也顯示出驚人的信念。任何人都無法讓他們撤回這份絕不動搖的信念，那正是對命運的確信。在這個輕率的偵探眼裡，所謂「命定的愛情」這個事件全貌已經十分清楚，犯人也可以輕易拘押。箭頭已經命中標的，他們只要走向標的，到正中央的滿分確認之後，將其拔出即可。我們這個拔箭的英雄只要如此吶喊就可以了：這就是命定的愛情。

「私訊：〈Unintended〉，事實上，我正在聽這首歌。」

就在這個時刻，這個對年輕人而言要他們上床睡覺時間尚早的時刻，全世界也許有幾十萬人一起聽著這位受歡迎的歌手的音樂。僅在首爾，也許會有上百……不，上千人聽著這首歌。可是「牆裡的妖精」和我在網路這個廣袤世界的某個角落，在狹小的猜謎房裡交換著私訊的這個瞬間，竟然聽著相同的音樂。相信這就是命運，這個想法會不會是愚蠢、不自然的事？

人類究竟是如何成為唱歌、聽歌的物種的？仔細想想，人類沒停留在麻雀或青蛙的水準，進化為像現在一樣，能夠創作、欣賞如此多樣豐富的音樂，這是件多麼美好的事？我真是要對人類進化的整個過程、發展音樂這藝術的祖先，以及唱出這首歌的謬思樂團主唱馬修．貝勒米表示感謝。雖然肉體相隔兩地，例如「牆裡的妖精」可能住在紐約、巴黎這麼遙遠的城市，但在這片刻，我們同時聽著同一首音樂，而一首歌曲將兩個靈魂彼此牽連在一起，這件事情是多麼美好。啊！原來人是不寂寞的，原來我們彼此是連結在一起的。沿著MP3播放器和耳機，沿著半規管、大腦和神經元，沿著手指的關節、鍵盤和主機板，沿著英特爾的CPU、網路卡和網路線，然後沿著地下的光纖，在那裡，有人和我聽著同樣的音樂，同樣將手放在鍵盤上，注視著螢幕，臉上帶著微笑。

9

戀情的完成是祕密。戀情和祕密的關係就如同豆醬和微生物一樣。名為祕密的細菌讓戀情發酵。祕密讓發酵的戀情逐漸成熟，並且緩緩散發出氣味。裡面還有一些危險的成分。祕密如果太過火，戀情就會腐敗，最終會散發出惡臭，到了那時，所有人都會對其大皺眉頭。但如果恰到好處的話，戀愛就會變得神祕而刺激。以此觀之，結婚與其說是戀愛的墳墓，倒不如說可能是完全不同的開始。結婚不就是意味著去除戀愛中所謂祕密的危險因素，進入無菌狀態？

羅密歐翻進圍牆，在茱麗葉的陽臺譜下只屬於兩人的祕密，但二十一世紀的祕密在長四十五公分、寬十八公分的鍵盤上產生。在平靜的水面上，主視窗裡的謎題和提示、正確答案和錯誤答案平和呈現的同時，我們的密語在那底下的小窗、在水面之下熾烈地親吻著彼此。雖然我們的嘴唇相隔甚遠，但語言和語言之間卻無比接近。它們露骨地親吻、愛撫、將自己的肉體糅合於對方的肉體之中。這是用語言分享的愛情，誰能將其貶低為是虛無的呢？如果這種人在我的眼前，我一定會告訴他，這就是真正的愛情。真正的愛情是用語言分享的。崔斯坦死亡的原因其實是旗幟，而非伊索德，但是在旗幟之前，歸咎起原因，應該是緣於妻子被嫉妒心迷了心竅後說出的謊言，因為她把白色旗幟說成黑色旗幟的謊言，更先傳到崔斯坦耳裡之故。殺死崔斯坦的並非毒藥，而是傳到耳邊的愛人的話語、信號或者傳聞。迷惑羅珊芳心的也並不是大鼻子情聖西哈諾，而是他的信件；西哈諾愛的也不是羅珊，而是羅珊正在閱讀的自己的詩。在網路上聊天，是我們和自己的話語陷入愛情；我們的話語，那些代替我們呈現在畫面上的句子，又牽引出別的句子。我的句子和你的句子相遇，創造出下一個句子，那個句子又在不經意之間變換為其他句子。啊！那些話語離開我的身體，獲得生命，而話語與話語之間產生了愛情。那比肉身的愛持續更加持久，並且不會虛無。

我有一個朋友，他的女朋友自殺了，但他卻一直保留著她的簡訊。簡訊在她死亡之前傳送，即便她被火化，成為灰燼消失之後，還是留存在他的手機記憶體裡。他曾經讓我看那則簡訊：「到家以後，打個電話給我。」看起來也許不過是一則沒有什麼意義、平凡、生硬的簡訊，但對他而言絕非如此。當天，那個朋友沒打電話給她，忽略了這條簡訊。他並非出於惡意，只是多喝了幾杯酒罷了。他回到家以後，立刻上床就寢。她則從自己的公寓玄關走出去，向上爬了兩層樓梯，然後從窗戶一躍而下。雖然這不是因為他沒打電話而發生，但事情終究還是變成這樣了。

那個朋友每天帶著她最後發來的簡訊，而非她的照片。手機變成了墓碑，而她最後的簡訊則成為墓誌銘。也許他和女朋友的關係，從那之後並無太大變化。他打開手機，看完簡訊後，偶爾按下「回覆」選項。他說他想輸入看看無人接收的簡訊。

「她走了以後，我仔細想了想，我們雖然在交往，但真正做的，好像只有發簡訊給對方而已。我要是考上位於首爾的大學就好了！」

我搖了搖頭，想甩開關於那個朋友的記憶，然後凝視我眼前的螢幕。我突然對於現實中的她，那個由血肉組成的她感到好奇。如果我和她其中一人突然死去，那此刻的交流豈不是太虛無了嗎？我問她：

「妳住首爾嗎？」

「你呢？」

「我住首爾。」

「我也是。」

或許我們曾在地鐵裡見過。這次輪到她先問我：

「不好意思，你多大？」

「^^ 妳覺得我多大呢？」

戀愛就是如此，旁邊的人也許會覺得很幼稚，可是當事者卻覺得有趣無比。我們又開始了新的遊戲。

她向我提議：

「嗯……你說說看你生活中曾經發生的事吧！我來猜猜看。」

「好。」

我用手指數了一下年度，開始了只有我們倆的悄悄話謎題。

「我中學二年級那年，朴贊浩進了洛杉磯道奇隊，因為是韓國人首次進入大聯盟，大家都興奮不已。哈哈！」

「哇，還有呢？提示，GO！」

「那年聖水大橋倒塌了。」

「我猜得差不多了，嘻嘻！」

「真是夠快的了！」

「那你小學六年級的時候，徐太志應該剛出道吧？」

「啊！對！妳真厲害。『我知道，如果今夜還在流動……』」

「已經變成記憶中的歌謠了。再過幾年，也許徐太志就會登上歌謠舞臺了。」

我們兩人之間流瀉著短暫的沉默。不，正確來說，螢幕上沒有任何文字出現的狀態持續了數十秒之久。

我開始慢慢打起字來。

「我們現在想的是不是一樣呢？」

「好像是吧。」

「我們會不會一樣大？」

「有可能。」

「啊……」

「屬猴？」

「嗯，一九八〇年生。」

啊，我們是同一年出生！我差點就按照在猜謎房的習慣一樣，敲下「祝賀！」二字。我們在同一年出生，在同一個城市裡度過童年歲月。如果見到共享記憶的人，心情就好像收回很久以前的欠款一樣。我們聊起了可能一起存在過的空間和時間。因為太過高興，我們不覺疲憊，也不知道夜已深沉，只是興奮地交談。可是在這些喧嘩之下，陌生的空虛和寂寥浸淫了我們的腳踝，緩緩地向上湧現。亦即當我倆都只是聊天室的使用者時，彼此交談投機，就足以讓我們愉快不已，但當彼此具體的背景資訊一一呈現時，匿名所帶來的快感就會開始消失。我們心裡會產生如此的疑問，其實並不奇怪。

真好，我們擁有相同的興趣，說話投機，甚至是同齡的青春男女，更何況兩人都住在首爾，這真是偉大的事情啊！也許有人會問，這有什麼偉大的？現在立刻起身，奔向對方所在地的話，我們在一個小時以內就可以見面了。好，可是現在只是在這裡看著比爾．蓋茲的窗戶，到底是在幹什麼啊？為什麼不現在就切斷網路，出去攔一輛計程車？橫亙在我倆之間的，究竟是什麼？你是蒙特鳩家族的獨子嗎？或者她是南原退隱妓女的女兒春香？

是的，我和她都停留在那裡，再也不前進一步。我問自己，為何如此？為什麼不去嘗試一口氣就縮短彼此的距離？還沒有做好交新女友的心理準備嗎？是因為過去幾個月經歷的大事——崔女士的死亡、搬家、與光娜分手等事件的緣故嗎？我在害怕嗎？還是在猶豫什麼？

是不是因為在這裡有一個看起來太過完美的伙伴？她不像光娜一樣嘮叨，也不像崔女士一樣頤指氣使，更不會像正煥一樣背叛我。能和我進行格調高雅的對話，共享知性快感的人就在這裡。但在現實中見面有可能把到現在為止珍藏的所有幻想，在一瞬間摧毀殆盡。也許「牆裡的妖精」是個男人也不一定。智商非常高、以戲弄像我這樣愚蠢的男人為樂……可是即便如此，儘快見面、打破幻想不是更好？接下來收回心思、專心求職不是更有意義？

在我為這些苦悶所擾的時候，我們的悄悄話通道不知何時已經關閉了。她好像從來沒有潛水過似的，非常泰然地加入猜謎房其他人之間的對話，並且聊得相當愉快。

我想和「牆裡的妖精」進一步交談的願望，因為這個愚蠢的事件不得不往後拖延。我們猜謎房的常客之一，因為告白自己參加了電視猜謎秀，突然間，整個猜謎房變得騷動不安起來。過去我一直以為她是三十多歲職場女性的這個常客，原來只是個即將入伍的二十一歲大學生。因為他平時使用的是「芙烈達．卡蘿」這個化名，一直沒有想到他是個男人。他進入了決賽，雖然很遺憾未能獲得冠軍，但他本人似乎對能進入決賽感到十分滿足。

直接收看過電視猜謎秀節目的人，因為太過興奮而喧鬧不已。我沒能看那場猜謎秀，那個時間我正在睡覺。

「你已經很厲害了！」

「怎麼從來沒聽你說過呢？」

「再參加吧！下次一定會得冠軍的。」

「你比我想像中要帥多了！」

「啊？他是芙烈達？怎麼會這樣？我還傻傻的為那個大嬸，那個什麼中學的歷史老師加油呢……對不起！」

「能看重播嗎？」

但也有很多人感到失望。首先是認為「芙烈達．卡蘿」是女性的那些男人，另外還有一些人是自己憑空想像顯示器後面的神祕存在，可是突然從電視畫面看到這個現實世界的男人，竟然是個還長著青春痘的大學生。他們就好像相信衣櫥裡存在通往幻想世界之門的西方兒童，他們也相信液晶顯示器後方存在那樣的世界。可是後來才發現，那後面什麼都沒有，只有我們經常在街上看到再平凡不過的大學生。所以猜謎房的氣氛就好像接近散場的派對一樣，表面上看起來似乎喧鬧不已，但實際上已經開始有些冷場。名為猜謎房的假面舞會正降下帷幕，此刻每個人都將開始脫掉面具，露出真面目。我不太喜歡這種氣氛。也許在此之前那種沉默但存在嚴格禁忌的時刻，更適合我這種人。

我正想著這些事情的時候，對話突然漸趨荒唐。不知道是誰最先提議的，但話題轉為這個猜謎房的所有成員都去挑戰那個猜謎秀節目，而且因為「芙烈達・卡蘿」在這個猜謎房裡的實力只屬於中級水準而已，因此大家都不斷勸誘平時比他更厲害的人必須參加。這個勸說的主要目標自然是「牆裡的妖精」。

「妖精，參加看看吧！不，我們所有人都申請參加如何？」

「妖精，如果妳獲勝，一定要請客哦！」

她似乎並不排斥，雖然用各種玩笑應付他們的勸誘，但並沒有改變話題。

「我要不要真的去參加？」

「哇！真的嗎？」

「不會是真的吧？」

她一表示自己有意參加，猜謎房的氣氛立刻變得沸沸揚揚起來。大家開始詢問「芙烈達・卡蘿」預賽和決賽的進行方式和報名程序等具體事項，所有人好像都在認真考慮要參加猜謎秀節目。大家之所以如此興奮，其實也可以理解，雖然這個節目開播還沒多久，但因為極受歡迎，所以收視率也很高，連帶也四處形成話題。觀眾似乎很喜歡看和自己相差無幾的平凡男女比賽。猜謎秀節目裡存在勝者和敗者，並且有許多讓心情七上八下、做決定性選擇的瞬間。觀眾還可以手握遙控器，盡情抒發自己的意見，哎呀，這個笨蛋，連這個也猜不著！啊，那不是姜邯贊，是乙支文德[5]呀，乙支文德！

5 姜邯贊，948-1031，高麗時代名將。曾在高麗與契丹的戰爭中，以水攻讓契丹軍隊傷亡慘重。乙支文德，生卒年不詳，高句麗時期名將。西元六一二年隋煬帝發動百萬大軍征討高句麗時，他以水攻大敗隋軍。

猜謎秀節目也有自己的流行趨勢。過去有一陣子的節目流行以高中生或大學生為對象，但現在則主要是不分年齡和階層，任誰都可以參加的猜謎秀為主。現在已經是知識檢索的時代，也是維基百科的時代，換句話說，現在是大眾都是知識份子的時代。也許最近的猜謎秀節目正是這種時代的產物也未可知。

猜謎房裡的氣氛突然變得沸騰，最主要還是從出現獎金話題之後開始。自有人說上週的獎金達到三千萬元那一瞬間起，猜謎房好像暫時出現了輕微的嘆息聲。金錢終究還是純粹的抽象東西，容不下象徵或隱喻，也不存在誤會和錯覺。所有人都立刻了解其威力，而且也輕而易舉地相信對方也如同自己一般理解。

菠蘿麵包爺爺曾經告訴我，只要出現金錢的話題，就必須立刻認真起來。自來水從淨水廠到家庭的途中會一點一點流失，電力從發電廠到家庭的途中，其中一部分也會消失。還有，我們的真心話也經常被誤會。我嘴裡說出的「愛」可能不是你聽到的「愛」。我的想法傳達不到你那，你的想法也傳達不到我這。話語總是受到扭曲而變質。但是關於金錢的話語不會有任何損失，會完全如實傳達。市內公車的車門如果寫著「費用九百元」，那就是九百元；考試院的房租如果是二十九萬元，那就是二十九萬元。如果房東跟我收二十九萬元，那我就應該給他二十九萬元；如果公車費用差一百元，那就必須向公車司機求情了。「啊！原來以為是五百元，仔細一看才發現是九百元。原來自己以為的和看到的是不一樣的。」類似這種話是不能指望的。

有人已經點開電視臺的網站，當場申請參加預賽，同時又將此情況在猜謎房裡現場直播。我歪坐著，把手放在距離鍵盤幾公分遠的上方，像在寒冷的地方準備演奏的鋼琴家一樣放鬆雙手。

大家有什麼好激動的？

首先讓我最不開心的是，直到剛才之前，還只與我私訊的「牆裡的妖精」突然變成大眾情人，與大家絮聒不已。不，與其說是不開心，倒不如說是無法理解。就在幾分鐘之前，我們曾共有的悸動究竟何在？她如何能為了電視猜謎秀這種粗糙的主題，與大家打情罵俏？我雖然期待她會對這個話題失去興趣，再次回到悄悄話的世界，但她全無反應。大家喋喋不休，議論紛紛，無數的句子就像閱兵一樣，排成一列往顯示器的上方移動。我無法再忍耐下去。什麼東西呀？搞了半天，原來是一群看了電視就昏了頭的俗物！

「大家好好猜謎吧！」

我在離開猜謎房之前，向大家打了招呼。

「再見……」

有幾個人漫不經心地向我告別，沒有人阻止我離開。我在按下「離開」的那一瞬間，「牆裡的妖精」寫的句子出現在畫面上。

「啊！我真的應該要去參加吧？大家都這麼……」

與此同時，我跳出了猜謎房。從熱鬧不已的猜謎房出來以後，心情竟有些許惆悵。雖然只是按了一下滑鼠，卻好像變成被趕出華麗宴會的食客一樣，心情十分惡劣。將近十個人討論神話、電影史、十九世紀英國文學和語言哲學的世界，那耀眼的話語饗宴是否真的存在過？我關掉瀏覽器，環視四周。在這個「過慣了就會覺得還滿寬敞的」考試院小房間裡，我根本無法從這裡離開一步，只是這樣待著。真奇怪啊！人住的房間怎麼看起來會比筆電的十二吋液晶畫面更小？不僅狹小，而且還陰暗、寒酸。馬車變成南瓜，馬匹變成老鼠跑掉了，是啊！這就是現實。直到剛才為止，我還認為只要下定決心，猜謎秀獲勝也絕非難事；和「牆裡的妖精」的愛情也即將成就命定的相遇，可是在這個四周釘滿石膏板的考試院小房間裡，我只感覺這所有的一切愈發遙遠。

我的她真的會去參加電視猜謎秀嗎？如果參加的話，她究竟為什麼要去？她需要錢嗎？不，她看起來與那些世俗的欲望相距甚遠。即便是參加了，也絕非這個理由。總之，如果她參加猜謎秀，這個猜謎房裡的所有人都會看到她的臉孔，這件事真是令我不滿。我闔上筆電，跨坐在床上。前房客寫下的達爾文警句再次出現在我的眼簾。

「能夠活下來的並非最強的人，而是最能適應環境的人。」

敬愛的查爾斯．達爾文先生，請您告訴我，我是這個世界的適者嗎？好像不是吧？個體如何得知自己是這個世界的適者？經歷過的話就會知道嗎？經歷過之後，發現「天哪！原來我既不是這個世界的強者，也不是適者啊。那麼各位，再見吧！」說完這話以後即行退場就行了嗎？這也未免太無情了吧？人生只有一次，無法容許失誤是嗎？人生沒有敗部復活戰，就只是殘酷無情的萬人對戰遊戲是嗎？

達爾文沒有回答。我躺在床上，日光燈俯視著我。我甚至想詢問日光燈。日光燈啊！在照明的世界裡，勝過其他所有的照明裝置、生存下來的國民照明裝置日光燈啊！你不但營造不出什麼氣氛，開燈也需要很長時間，而且啟動器動不動就故障，但因為電費便宜、壽命極長，所以成為得以生存下來的照明界優良品種。我究竟能不能在這世上生存下去？和像樣的人交往、說著像樣的話、睡在像樣的家裡，吃著像樣的飯，這些事情難道有這麼困難嗎？

第三章　清晨的悲傷

10

第二天，我睜開眼睛看錶，時間已經快到上午十一點了。我慌忙起床，找到前一天寫下的電話號碼，打了電話。我打了三、四通電話之後，終於有一家說讓我過去看看。我穿好衣服，去洗了臉。

便利商店並不難找，從考試院走過去還不到五分鐘。那是在地鐵站附近、看來超過二十層的住商兩用大樓的一樓，我以前曾在那裡買過飲料和冰淇淋。以便利商店而言，賣場顯得較為寬敞，照明也十分明亮。我說自己是因為打工之事而來，看起來像是高中生的女孩默默打開陳列清涼飲料空間旁邊的門，到商店後方，把店長請了出來。連說一句「請稍等」都嫌麻煩嗎？女孩請出來的店長脫掉戴著的棉手套，用銳利的眼睛打量著我。眼神好像在說，你們這些年輕的傢伙，我看一眼就知道了。我感覺自己不自覺縮了縮身體。

店長看起來既像是洞事務所發給戶口謄本的公務員，又像是高中的數學老師。我很好奇，為什麼大叔總是千方百計讓自己看起來像公務員或老師？造型、語氣，甚至臉部的表情都是。職是之故，這個國家的大叔在某一方面都十分相似。

「喂，夜間也可以嗎？」

「什麼？」

這店長劈頭丟來的話毫不客氣。

「我問你夜間也可以工作嗎？」

我雖聽得懂是什麼意思，但還是決定消極抵抗。說是抵抗，其實也就是反問而已。

「夜間嗎？」

「是啊！大夜班。」

「大夜班的話是幾點到幾點呢？」

「晚上十二點到早晨七點。」

自從崔女士過世之後，很奇怪的，我好像變得經常反問。夜間嗎？窗戶嗎？複利嗎？這種方式。世界上要反問的東西太多了。想進入某種世界，成為他們當中的一員，就意味得聽得懂他們所說的話是什麼，也意味著無論聽到什麼話都不需反問。會反問大致上都是因為不懂，但也有明知故問的時候。那是軟弱的年輕人對抗這世界最強烈的手段。

我回到自己考試院的房間，揉著疲倦的眼睛，打開筆記本，然後寫下：

「記住——只要觀點改變，世界就會變得完全不同。即，如果想看見不同的世界，就必須改變觀點。」

這是我在便利商店打工生活中獲得的第一個教訓。便利商店是和我輕鬆進來購買飲料時完全不同的地方。那時我還以為便利商店是東西種類很少、價格較貴、而且狹窄而擁擠的商店。可是開始打工以後才恍然大悟，便利商店是個雖小亦大的世界。我的心情好像變成進了小人國的格列佛似的。數千個狹小、瑣碎的商品陳列得密密麻麻，熟悉這些商品的名稱就花了好長時間。

尤其香菸真的種類繁多，前來購買的人也很多，每當此時，我經常手足無措。我因為不抽菸，根本不知道世界上有那麼多香菸的種類。而且每一種香菸的名字根據尼古丁含量的多寡，或因為不知名的某個基準而加以細分。前來購買香菸的人不知道在急什麼，只要動作稍微遲緩，他們就開始不耐煩起來。尤其是那些隨便給香菸取名字的人最讓我頭痛。有一次，一個喝醉酒的大叔進來，說著：「喂，ＴＰ，我要ＴＰ。」他不停地催促我。我根本不知道那是什麼，於是問他：「啊？ＴＰ？」我只能像傻瓜似的反問他。「我要THIS PLUS，你個兔崽子！」醉漢不耐煩地說道。這還算是好的，有人管七星叫「ＭＳ」，把萬寶路淡菸稱呼為「ＭＬ」。

如果東西賣光了，不管半夜還是清晨，我都必須立刻從倉庫裡拿出來，擺上陳列架。尤其是泡麵的體積很大，陳列架上的泡麵一下就被一掃而空。我真想向他們高喊：「你們這些人啊！不要再吃泡麵了！」去便利商店的第一天，店長曾對我說：

「夜間的客人很少，沒什麼事情可做。你可以看看書啊什麼的，一下就天亮了。」

這真是天大的謊言，如果這是真的，那為什麼要給上大夜班的人更高的時薪？到半夜一點為止，客人不斷進來，購買酒類和下酒菜，或者購買泡麵或御飯糰充飢。有時還必須和不付錢就想把酒拿走的醉漢作戰（「啊！我不是告訴你明天會付錢嗎？你不相信我嗎？」）過了三點之後，還必須防範可能會闖進來的強盜。雖說如此，但並不是得準備什麼槍支。只是看到把棒球帽壓低，或戴著口罩的可疑人士進來的話，就會稍微緊張而已。

店長經常向我們這些打工的人耳提面命，像口頭禪一樣說道：

「小伙子，社會不是學校，你們得打起精神來！」

我也想跟他說，老闆，打工的人不一定都是學生，說話不要這麼不客氣。

一到凌晨，我的身體變得沉重無比，連小說也無法進入眼簾。剛開始，我還把準備就業的一般常識書籍帶來，過了幾天，就變成漫畫書了。但問題是漫畫在短時間之內就可以看完，在清晨到來之前，我變得無書可讀。我不得已又將書籍種類改為長篇奇幻小說，但因為精神恍惚，我最終得到的結論是，還是看收銀機底下的有線電視最好。那段期間的生活如果用幾句話來歸納，那就是吃喝著過期的「香蕉牛奶」和「天下壯士」火腿，看《無限挑戰》的重播嗤嗤笑。

我感覺自己已經盡力了。不知道是否因為想反駁光娜那句話，「懶惰已經在你的骨子裡面根深蒂固了」，我就算因為不熟悉香菸的牌子而結結巴巴，但認真打掃地板（當然店長仍嫌地上太溼而指責我）。我也經常努力對客人微笑，就算喝醉的人挑釁，我也盡量忍耐。

便利商店的店長是一個性格怪異的人。他本性不壞，一開始我以為只是個小心翼翼而執拗的大叔，但相處過後，才知道他絕不簡單。沒有客人的時候，他偶爾會跟工讀生說起自己以前的故事，其中我記得最清楚的，是他曾經在菲律賓馬尼拉開過一家小貿易公司的事情。

「如果去菲律賓的海邊，常會看到漁夫在吊床上睡午覺。如果你問他們，為什麼一天到晚睡午覺的話，漁夫會反問你，不睡覺的話要做什麼？你們這些人哪！應該出去捕魚、出去賺錢啊！那麼漁夫又會問，捕魚、賺錢幹嘛？蓋好的房子、讓孩子受良好的教育啊，然後就可以舒舒服服的休息了。你們知道漁夫笑著說什麼？我現在不就在休息嗎？他們這樣回答，我反而無話可說了。這些傢伙真好命啊！人會窮都是有原因的，不是嗎？」

是嗎？這個首爾的便利商店店長，一天到晚必須在連身體都無法盡情伸展的狹窄賣場裡管理庫存、接待顧客、訂貨進貨，甚至整理帳簿，做各種雜務，這些工作讓他忙得不可開交。但菲律賓的漁夫卻能悠閒地睡著午覺，偶爾去抓一兩條魚。他們兩人中，究竟誰的人生更加幸福，我還真不好判斷。

更何況他的人生經歷總讓人摸不清頭緒，也許是因為總是聽到片段的傳聞所致。聽說他求學時期還是個科學英才，可是大學時變成了丟火焰瓶的熱血學生運動成員。九〇年代，他在大韓民國屈指可數、夢想走向全球的一家汽車公司工作，可是那家公司在金融危機時倒閉，他也突然去了菲律賓從事貿易，但因為經營失敗，所以開了這家便利商店。如果他所言皆是事實，我國的教育、學生運動、大企業的問題都十分嚴重。國家連一個科學英才都沒能培育好，曾經依憑熱血從事學生運動的人泰然自若地進了財閥企業，而那家財閥企業竟然無法保護這樣進公司的職員到最後一刻。

店長生命的軌跡真像是個豪爽的男子漢，但實際上，他只不過是個心胸狹隘的小市民而已。在便利商店打工的高中女生恩貞曾悄悄告訴我，他偶爾會在對面建築物二樓的撞球場，監視新來的工讀生。

「你要小心啊！被抓到就慘了！」

以前有一個工讀生因為上班前沒吃午飯，肚子太餓，於是吃了還沒過期的御飯糰，卻被店長發覺，把那人罵到眼淚直流。店長雖然是個有多種面貌、不知何者為真的矛盾人物，但最重要的是，我對他本質之類的東西完全不好奇。我的心情用一句話來形容，就是：

「關我屁事！」

我以前曾經在大賣場打過整理的工（說是整理，其實就是苦力），那裡通常也都有像店長一樣的男人。對於過去經歷亮眼的他們，我在心裡面稱呼他們為「頗」族。他們是一群到高中為止都讓父母「頗」擔憂的不良青少年；在調整心態、進入社會後，必定一度「頗」有錢；他們也曾經讓女人「頗」傷心難過，但最終都化為烏有。雖然現在「在這裡變成這樣」，但這絕非自己的全部。他們坐在烤得冒油的五花肉前，長篇大論毫無止境。他們男性的本能和溫吞的上班族生命尚未調和，因此他們操的言語十分粗野，但日常表現卻溫順得令人難以相信。他們通常都具有這種兩面性。

如果把店長歸納為「頗」族成員之一，就不會太難理解。「食客族」雖然喜歡吃，但「頗」族則喜歡喝酒。「頗」族如果喝醉，會變得愈加豪放，而對於他們說的話，只能相信八成。若完全相信他們的豪言壯語，那就太傻了。從他們嘴裡說出的亮麗過往，大部分都是共同創作，也可說是一種民間傳說。他們說的，只不過是剽竊從各處聽來的傳說式英雄故事，然後加以混合而已。將朋友說的、從電影裡看的、朋友經歷過的事情糅合在一起，不知不覺間就變成自己的故事。無論是軍隊、學校，還是其他任何地方都一樣。

這些「頗」族以為年輕男生都很愚蠢，在像我這種年輕男生面前大吹特吹，而且他們的吹噓總是以這樣的訓誡作為結束：「所以你絕對不能從一開始就被公司裡的傢伙牽著鼻子走，你一定要先發制人！幹！眼睛一定要瞪著他們！」

而他們即使這樣說，卻在一些根本不重要的部分極其吝嗇。在這家便利商店裡，工讀生如果肚子餓了的話，可以吃那些過期的御飯糰和杯麵。這對店長來說成本是最低廉的，而對工讀生來說，是最能吃飽的方式。我喜歡吃一種叫做「王蓋」的杯麵。吃泡麵的時候，我經常會回想起那種杯麵以前的廣告。該廣告是由武術精湛的知名演員出演，他比著大拇指如此說道：

「真是泡麵之王啊！」

也是，聽說朝鮮王朝的國王過著比想像中儉樸的生活……

如果認為超過有效期限的御飯糰是很平常的，那就大錯特錯了。恩貞因為家裡有事，我代替她上了幾天白天班，期間曾經發生這樣的事。附近美術補習班的學生中，有人十分了解便利商店的營運方式，他們甚至知道御飯糰的有效期限是到下午一點為止，一到下午一點，他們就進來便利商店，拿著冷凍架上的御飯糰，如此說道：

「大叔，我可以吃這些有效期限已經過了的御飯糰吧？」

孩子啊，我可不是大叔，但我沒說出口，代之以微笑說道：

「可以的，吃吧！但是你們不可以去別的地方說是在我們店裡吃的。」

店長曾經說過，反正也不能賣，還不能退貨，就給他們吃吧。可是這絕對不是這麼容易的事，因為剛過有效期限的御飯糰也是工讀生的食物。根據恩貞的說法，偶爾補習班學生會把她想留下來自己吃的御飯糰一掃而空，真是太惡劣了。除此之外，還有一些非常奇特的人會到便利商店來，不是所有人都會拿著錢來買東西，還有拿著田螺罐頭來要求退貨的大叔。

「這是我今天早上剛買的，我老婆叫我拿來退……」

我想退錢給他，就在要把手伸向收銀機的那一瞬間，「頗」族店長剛好進來，從我的手裡把罐頭搶走，掃描條碼。

「這位客人，這不是我們店裡的貨品。」

那男人無言地拿回田螺罐頭，快步走出便利商店。

「好一陣子沒出現，今天又來了。你這傢伙是笨蛋嗎？」

根據店長所言，那罐頭是附近大賣場的東西。那男人在大賣場買了罐頭以後，跑到社區裡的便利商店試圖退錢。如果不行的話，再回到大賣場退貨就可以了，反正也不會虧本。

可是導致我辭掉便利商店工作最決定性的事件，就沒有如此可愛了。

11

那天清晨，奇怪的是我精神特別清醒。因為一切都太清楚，有時反而覺得像夢境一般，那天正是如此。街上沒有人跡，十分安靜，只有垃圾車的車廂發出哐噹噹的聲響一駛而過。遠處天際微微露出魚肚白。我闔上正看著的書，用雙手搓了搓臉頰，再過一會，上午的同事就會來了。結算之後，如果沒有問題，我就可以回到考試院睡覺了。正如此想著的時候，外面突然出現嘈雜聲。我轉身察看，有個穿西裝的男人扶著穿迷你裙的女人走進便利商店裡。男人的領帶繫得鬆垮垮的，女人的緞面夾克被男人往上拉，露出雪白的腰身，看起來很冷。

「歡迎光……」

女人雙腿發軟，突然碰到雜誌陳列架，報紙朝前散落而下。我立刻從座位上起身，將掉落在地上的報紙放回陳列架上。女人的身體再次猛烈抖動，男人鬆開女人的手臂，女人於是癱倒在便利商店的入口，迷你裙上捲，露出了內褲。女人好像癲癇發作一般，身體間歇性痙攣，有點像打嗝，又像是觸電時的反應。男人似乎在攙扶女人的過程中，耗盡全力。他跌坐在地板上，用淒涼的臉孔俯視著癱倒在地上的女人。快起來吧！怎麼可以躺在這裡呢？嗯？但是女人沒有反應，男人好像累壞了，稍微閉上眼睛後又睜開，然後好不容易起身，向我走來。

「真對不起！」

「有什麼事？」

「女朋友突然變成這樣，我得送她回家……」男人面露難堪的表情，「我的皮夾丟了。」男人說著從口袋掏出手機和一張名片，遞到我的面前。皺巴巴的名片上，印著什麼系統公司的代理。

「能不能借我一點計程車費？我把女朋友送回家以後，馬上過來還你。」

女人蹬腿掙扎，開始踢起陳列架，貨品嘩啦啦掉落一地。我不由自主地接過他遞過來的手機和名片。男人彎下身來，輕拍女人的面頰，想讓她安靜下來。

「親愛的，妳等一下，嗯？我在這裡，稍微忍耐一下，馬上就可以回家了。」

我打開收銀機下方的小型保險櫃，拿出兩萬元。男人好不容易才讓他的女朋友安靜下來。

「這不是我的錢，是我們店裡的錢，你一定要拿回來還啊！」

男人看了一眼我遞給他的錢，又再次拜託道：

「真對不起，能不能再多借給我一萬元，因為女朋友的家在盆唐。」

一萬塊……我摸摸紙幣，拿了兩萬元給他。

「借你四萬元吧，夠不夠？」

「謝謝你，真是太謝謝你了！」

男人把錢放進口袋裡，再次把女人從冰冷的水泥地板上扶起來，我也從櫃檯出來幫他。女人搖搖晃晃倒向我這一側，我本能的伸手扶住她。我感覺自己碰觸到她柔軟的胸部，臉孔忍不住紅了起來，但仍假裝若無其事，伸入她腋下的手臂暗自使力，和男人一起扶著她走向店外。不知道是不是接觸到寒冷空氣的緣故，女人似乎清醒過來，腳下也似乎生出力氣。

「謝謝你，下午見！」

男人獨自扶著女人走向計程車來往的大路，我則回到便利商店。男人帶著女人走進店裡時，女人微微露出的白色內褲殘影還留在我的腦海裡。我搖搖頭，如同通過百米賽跑的終點後一樣，頭腦一片空白。

就在那一瞬間，嘈雜的電話鈴聲響起，是店長。

「你為什麼開保險櫃？」

米歇爾．傅柯說過的圓形監獄、喬治．歐威爾預見的老大哥世界並不遙遠。便利商店裡設置的閉路電視經由網路與店長家裡的電腦互相連結，他即便在家裡也可以經由電腦監視店裡的情況，而且實際上，他也經常這麼做。我經常訝異於在《人間劇場》等紀錄片演出的人為何能如此自然，現在我也處於這種情況，似乎能夠理解了。在監獄裡關了很久的人，通常會誤以為監獄官和自己是同一邊的，在物理上而言，如果距離很近，通常都會相信心靈也會接近，但其實囚犯與監獄官的想法有很大差異。監視系統也是一樣。平常以為它像親近的老朋友，因此忘記其本質，有時還感覺很親切。我抬頭看著攝影機，這時大概和在家裡看著監視器的店長四目相望吧？

「啊，是的，說起來有些複雜。」

「知道了，我現在馬上過去。」

店長立刻就出現了，我把事情自始至終詳細說明之後，將男人留下的手機和名片交給店長。他一看名片就立刻用店裡的有線電話打了那個號碼，然後把話筒貼近我的耳朵，話筒裡只重複著「您現在撥的號碼是空號，請確認之後再撥，謝謝」的錄音。

「這個爛手機值多少錢呢？」

店長打開手機蓋，只看到畫面的液晶殘破不堪。

「你說你給了他們多少錢？」

「四萬元。」

店長的眼神變得十分銳利，臉孔快速逼近我，額頭幾乎要撞到一起。我不自覺地將頭轉向後方。

「喂！你這混蛋，為什麼拿別人的錢做善事？快要三十歲的兔崽子連這種基本的東西都不懂嗎？」

「你為什麼罵人啊？」

老闆模仿我的口吻，將語氣拖長。

「什麼？為什麼罵人？如果一大清早就遇到這種事情，換作是你，會不罵人嗎？一大早就這麼倒楣，搞什麼啊？」

「真的很抱歉！」

「算了，沒什麼好道歉的。」

「從我薪水裡扣掉吧！」

「不用你說，我就是這麼想的。」

店長保留了五十小時的時薪作為保證金，他說這是便利商店的慣例。其中大概十五小時的金額就這樣消失了，也就是說，我昨天和今天兩個晚上等於是白做了。我和他一起默默結算，結算金額中還短少了大概八千元左右，可能是彩券那部分出了差錯。可是店長對此不發一言，他嘴巴嘟嘟囔囔地獨自按著計算機。他乾脆當作我這人完全不存在，好像對待幽靈一般。我沒有辦法，只好傻傻站在櫃檯前面。店長終於抬起頭來，冷冷的說道：

「幹嘛呢？快走吧！」

比起店長的語氣，他看著我的眼神更令我感受到衝擊。如果你想慢慢毀滅一個人，那你必須學會用那種眼神。那是一種否定對方和自己是同類的眼神，也絕不相信他將來會變得更好。更是一種即便他變得更好，至少自己絕對不會承認的眼神。如果有哪個孩子在擁有這種眼神的父母身邊成長的話，那個孩子的生命一定會無可救藥。如果有哪個孩子在擁有這種眼神的老師身邊學習的話，一定會成為永遠無法理解自信為何物的人。這種眼神和輕蔑不同，那是一種連付出輕蔑的能量都覺得可惜的微薄感情。那種感情只有在蔑視某人、視某人於無物、認為他不存在、相信自己需要的話可以隨便操控對方的時候才會產生。

居住在我內心深處的靈魂守護者突然出現，我無法阻止它代替我說話。

「那個，明天起我就不來了。」

店長嚇了一大跳，正視著我的眼睛，但不知為何，他的氣勢好像比剛才要弱不少。我以代替我說話的靈魂守護者為傲。店長勃然大怒，大聲喊叫，但我並不怎麼害怕。

「什麼？不來了？為什麼不來了？你要我臨時去哪裡找人？你如果就這樣不幹的話，我是不會給你錢的。至少不能給別人惹麻煩吧？你這算什麼？這麼沒有責任感。」

「反正扣掉以後，也沒剩多少錢了。」

「喂，李民秀，你因為這樣就不幹了？你違反規定是我的錯嗎？你上當受騙是我的錯嗎？」

「不要用這種語氣跟我說話。我從現在開始不是這裡的工讀生了。」

「你怎麼不是啊？喂，李民秀，我以人生的前輩給你忠告，」

「我從來沒有像你一樣的前輩，所以也不需要給我忠告。」

太棒了，守護者！

「你這兔崽子，是要證明你也有脾氣是嗎？你幹了什麼好事，敢跟我大聲啊？你還敢瞪我啊？」

我打開門說道：

「你的人生不要這樣過啦！」

「你以為你在拍連續劇嗎？你以為你是什麼因為愛情離家出走的財閥第二代嗎？喂，李民秀，你聽好，做到我找到人為止，知道了嗎？」

「不必了！」

「你真的連一毛錢都不想要了？我連一毛錢都不會給你的。我絕對不是開玩笑！」

「啊，我真的不需要，你都留著吧！」

我用腳踢了便利商店的門。門一開，我就大步朝外走去。空氣冰涼，天色已經完全亮了。就在那一瞬間，我終於知道所謂清晨的悲傷是獨立存在的。也就是說悲傷還可分為清晨的悲傷、下午的悲傷和晚上的悲傷，而根據時間的不同，其本質也有差異。我這輩子還沒經歷過清晨的悲傷。鳥類為了尋找食物，身子幾乎靠近地面低飛的時間；勤勞的學生為了去圖書館占據好位子，腳步倉促的時間；清潔隊員結束一天當中最主要的工作，去淋浴的時間。在這段時間中，我被人欺騙，又被另一人辱罵，甚至連不像工作的工作也拿不到一分錢就被趕走。

我走在街道上，思考著騙我的人令人潸然淚下的苦工。這兩名男女演員收集故障的免費手機，製作假名片，事前物色成為目標的便利商店，甚至還有可能考察過環境，他們真是太偉大了。或許他們為了在清晨行騙，還定好鬧鐘，舒舒服服地睡在一個被窩裡。

「明天還得早起，快睡吧！明天清晨還有辛苦的工作等著我們呢！」

然後在一大清早，他們被鬧鐘叫醒，換上適當的服裝後，進去犯睏、疲倦的工讀生守著的便利商店裡，施展優異的演技。每當我猶豫的時候，女人就掙扎踢著櫃檯，稍微露出內褲，那時，男人則哭喪著臉訴苦。

可是更讓我無法忍受的是，立刻出現的店長那不是演技的演技。他故意大發雷霆，侮辱我、挑釁我。沒有那四萬元會死嗎？況且騙人的又不是我，我也是受害者！我越想越生氣，揚腳一踢在街上滾動的可樂罐，心裡面大喊：

就因為那區區四萬元？

可樂罐飛向道路中間，一輛沒有裝載任何貨物的卡車壓碾過那可樂罐，呼嘯而過，發出的聲音比用手捏死蟑螂的聲音高出萬倍。那一瞬間，我突然停佇在街頭。不對，就是因為這種心態，就是因為我說「區區四萬元」的這種心態，我才被世界欺騙，才成為別人眼裡好欺負的對象。有人因為四萬元，在清晨時分努力行騙；有人因為四萬元，在日出之前來到店裡折磨工讀生。只有我，只有我這個令人寒心的李民秀毫不在乎地說出「因為那區區四萬元」。就是因為這種心態，我才會在騙子跟我多要一萬元的時候，再主動多給了他一萬元，而且這錢還不是我自己的。我忘了自己的身分。我只是個每月住在房租二十九萬元的考試院，吃著一千元的泡麵和過期御飯糰的傢伙。

12

我回到考試院，關燈、爬上我的床。雖然已是早晨，但因為房間透不進一絲光線，和深夜並無不同。因為睡意全無，意識反而更加清醒。

我聽到從遠處傳來哐哐的施工聲音，馬路對面的獨棟住宅不久前拆建，正蓋起高樓大廈。不知從何處傳來類似夢話的聲音，但仔細一聽，又像似從電視或收音機裡發出的聲音。

我閉上眼睛睡去，做了許多夢。不知睡了多久，我的房門傳來無力的敲門聲。我的身體有如千萬斤重，實在是不願起身。敲門的聲音雖漸漸變弱，但仍持續著。我穿上牛仔褲，打開房門，在陰暗的走道裡看不到任何人，究竟是誰敲我的房門？我正想關上房門之際，不知從何處傳來呻吟的聲音，低頭一看，有個女人像毛線團一樣蜷縮在我的腳下。她是隔壁七〇二號的房客，過去雖偶爾碰面，但從未打過招呼。她一早出門，很晚才回來。從她經常帶著厚重的書本看來，大概是在準備某項考試。我注意到她像以前的女高中生一樣，梳著兩條辮子。她的臉色慘白，毫無血色，似乎擠出最後一絲力氣般說道：

「不好意思，你有沒有腸胃藥？」

「腸胃藥？」

我當然沒有那種東西。

「沒有。妳哪裡不舒服嗎？」

「是啊，有點。」

女人似乎快要暈厥了。我突然想起凌晨時分出現在便利商店的那對男女，於是用略微冷淡的態度俯視著那女人，沒說任何話。

「你正在睡覺，把你吵醒，真不好意思。」

她幾乎是用爬的回到自己房間，我幫她打開房門，瞄了一下書桌上的東西，吃剩下的蒸地瓜和黑色塑膠袋散落在桌上。

「妳吃了地瓜吧？」

女人用手扶著床邊，點點頭道：

「地瓜可能壞了，我不應該吃的……」

我實在無法就此轉身離去。

「我去西藥房買些藥回來吧？」

「不用了，沒關係，不要因為我……」

「不，下面就有了。」

她非得從皮包裡掏出幾張一千元的紙幣，塞進我的手裡。她的手十分冰涼。我把藥買了回來。我原以為還是上午，但已經過了下午三點了。她吞下藥後，像倒下的稻草捆似的，無力地躺在床上。

「謝謝，你可以走了。」

我回到自己的房間。住在隔壁已經快兩個星期了，今天還是第一次跟她說話。她分明就在我的床邊痛苦呻吟、翻來覆去，但我卻渾然不覺，蒙頭大睡。這正是典型的都市生活。在都市裡，苦痛也得像腹部的贅肉一樣，必須加以遮掩和控制。現出苦痛就如同行走時露出贅肉一般，是件令人羞愧的事。

住在考試院的女人似乎特別喜歡地瓜。根據房東的說法，她們是為了減肥，但我覺得並不盡然。她們應該是覺得在狹窄的公用廚房裡，和陌生人面對面吃飯很不舒服吧？所以才購買一些便宜又有營養的地瓜、香蕉和麥飯石雞蛋等食物，一個人靜靜用餐。穿著背心或運動服的大叔經常會偷吃別人的小菜或牛奶，毫無罪惡感，還會跟年輕的女孩開一些亂七八糟的玩笑。掛在晾衣架上的內衣褲有時會不翼而飛，淋浴間也會無預警就沒了熱水，這很明顯是排隊等候的人關掉熱水的開關然後跑掉。在這個狹窄的建築裡，在這個沒有蟻后的螞蟻洞窟裡，我們就這樣互相蠶食著生存。我想像蜷縮坐在一點五坪的房間裡，拍著胸脯、狼吞虎咽吃著地瓜的年輕女孩。這裡對她們而言是像公車站一樣的地方。沒有人會在公車站交朋友，我們總有一天會離開這裡，然後被完全遺忘。

我放棄了再次入眠的念頭，從床上起身，開啟電腦，然後嘟囔著自嘲式的笑話。

「房間小還真好，從床上支起身體就搆到書桌了。」

以前我還真不能理解自言自語的人，但是自從開始在考試院生活以後，我獨語的次數大幅增加。閃過腦海裡的想法化為話語。有時走在路上，也會大聲自言自語道：「啊，對了，我是要去買牛奶的。」然後改變方向。幸好免持聽筒的功能已經開始普及，在路上喃喃自語也不會有人認為很奇怪。

開啟電腦後，我打開信箱，收到一封電子郵件。那是「昨日之書」的老闆發來的，內容是有人買走我出售的幾本舊書，之後又反覆詢問是經由何種管道收集到這些書的，最後寫道要我去一趟舊書店，一起喝杯咖啡。他大概是想從我身上打聽到更仔細的內容，但這件事與我沒有任何關係。書籍不僅已經從我的手上離開，而且賣掉的書超過千本，我實在無法判斷他到底是在說哪本書。我簡短回信說有空會去他店裡坐坐。其實從這裡走過去也只需要十分鐘，而且去他那裡翻閱各種各樣的書，心情也會跟著好起來，咖啡還可以隨意喝。

想到咖啡，我突然感覺自己肚子餓了。好久沒有吃一頓像樣的飯了，出去吃吧！我穿上衣服，走出考試院，去了道路轉角的飯館。以前只來過一次，那是全羅道出身的大嬸和朝鮮族大嬸一起經營的家常菜飯館。

「冷吧？」

朝鮮族大嬸親切接待我。我這才想起走來的路上，寒風似乎颳得很猛烈。

「是啊，請給我一份客飯。」

「哎呀，這可怎麼辦呢？午餐的時候，客飯都賣完了……豬血醒酒湯可以嗎？」

「那就來一份吧！」

我坐下來，擺好筷子和湯匙，視線還沒轉到放在角落的電視，醒酒湯已經端上來了。我把冒著熱氣的白飯泡進醒酒湯裡，然後慢慢一匙一匙舀起，放進嘴裡。

大嬸將我的飯菜端上來以後，坐在角落一邊撿菜，一邊看電視。不久之前結婚的一對演員夫婦正講述他們蜜月旅行的經驗談，不知觀眾為何如此愉快，他們每說完一句話，觀眾都哈哈大笑。

「就是啊，笑得下巴都掉下來了，你們想想看，我們也打了電話給飯店櫃檯，可是總得知道『下巴掉下來』用英文要怎麼說吧……」

我正吃著醒酒湯，在一瞬間「噗！」地一聲笑了出來，幾顆飯粒還噴到嘴巴外面。大嬸轉頭看我，笑得很開心。我知道這個笑容沒有什麼特別的意思，但心裡還是覺得平靜了許多。我難為情地笑了笑，用衛生紙擦了擦嘴角，然後又將視線轉回電視。大嬸拿起遙控器，更換著頻道。她轉過連續劇、表演、喜劇頻道等各種重播專用頻道，大嬸好像在尋找最近很受歡迎、以高句麗為背景的歷史劇。就這樣更換各個頻道時，突然出現幾天前聊天室裡大家說的那個猜謎秀節目。

「大嬸，等一下，啊！不是，是之前那個，對，謝謝！」

我徵得大嬸的同意，看起了那個猜謎秀的重播。大嬸拿起已經撿好的蔬菜，走向廚房。幾天以來完全遺忘的猜謎秀就在這裡，他們怎麼樣了？那天晚上，聚集在猜謎房的人，有幾個申請參加了猜謎秀？「牆裡的妖精」是否做出決定？不，一定不會的。大家只是沉浸在當時的氣氛裡，躲在匿名背後瞎鬧罷了，最後一刻一定會猶豫不決的。

大嬸來到我的桌前，用夾子把涼拌豆芽加滿餐盤，並且問我：

「怎麼了？想去參加這個節目？」

「啊？不是啦！」

我急忙否認，但大嬸泰然地再次勸說：

「欸！你就去參加嘛。獎金非常多呢，不比樂透少。」

「哎呀，哪有那麼簡單啊？」

我笑著搖搖手。

大嬸的表情突然變得很冷漠，回到廚房去。這時候，我內心深處的另一個自我又開始向我搭話。其實也沒有什麼不可以的，不是嗎？何必那麼慌張地否認呢？你還不夠窮嗎？有什麼理由不去參加？搞不好就像大嬸說的一樣，等於中了樂透，就算不行，那也是愉快的回憶啊！進去猜謎房要怎麼說呢？上個星期的節目看了嗎？那個高個子、長得傻里傻氣的待業者就是我。可以這麼說吧！不是嗎？

節目已經到了結尾，主持人為想要參加的人說明程序。我下定決心了，好，我要參加。菠蘿麵包大叔不是也說過？人生的大考正在等著我。

我離開飯館，走在大街上，迎面颳來的風雖然寒涼，但也因此感覺分外爽快。這份爽快感覺很獨特，就像是在撲克牌的賭局中輸光了所有的錢。直到剛才為止還在為猜測對方的牌而努力，現在終於可以從那當中獲得解放的喜悅。從此刻起，再也不用繼續那些激烈的頭腦競賽，也不需要控制自己的表情，有點像是自暴自棄的快感。那大概是看過自己生存底線的人才能經驗的感情。好，我終於跌到谷底了，如今剩下的，只有往上爬而已。不過就是如此，沒什麼大不了的嘛！我隨心所欲，把一切都交給壞習慣和衝動，那完全都是我恣意而為，所以才會變成現在這個模樣。但我還不是過得好好的？所以結論是什麼？我是足夠強大的人。尼采曾經說過，只要不死，任何苦痛最終都會將我磨練得更堅強。好了，現在起，我要對所有人從容微笑。你在幹什麼呢？李民秀！還不趕快去報名！猜謎秀的時間到了。

13

我在網上完成參加猜謎秀的申請。等待預賽的期間，我做了幾件事。首先是根據求職網站裡的資訊，寄了履歷表給幾家公司，然後是重新進入因為在便利商店上夜班，而好一段時間沒有進入的猜謎房。可是我沒能再見到「牆裡的妖精」。我也不能問別人，所以經常就是努力解答謎題，然後離開。那正是我為了參加猜謎秀所能做的最好準備。

如果「牆裡的妖精」永遠不出現，我如何能找到她？有可能找到她嗎？到了第三天，我真有種茫然、後悔的感覺，早知道的話，我就不應該做便利商店的大夜班。但越是如此，我如果參加猜謎秀節目，一定會和她命定相遇的無稽預感就越強烈。

有一次，我偶然和隔壁房間的女人（幾天前，因為吃了壞掉的地瓜而腹痛的女人）在考試院的走道相遇。她依舊梳著兩條辮子，這是最近首爾街道上十分難得見到的髮型。她穿著非常簡樸的衣服，手上拿著黑色塑膠袋，好像是剛從哪裡買東西回來。兩人簡單地行注目禮後，彼此擦肩而過。她突然停下腳步，把我叫住。

「那個……上次真謝謝你。」她看著自己的腳尖說道。

「啊！不客氣。身體都好了嗎？」

「是的，託你的福。」

她默默點了點頭，一直用腳尖劃著地面。她似乎想說什麼，猶豫了好一陣子，終於開口說道：

「你今晚有時間嗎？」

「啊，我沒什麼事。」

「待會兒我想在屋頂烤五花肉吃……」

她笑著舉起右手提著的塑膠袋。

「自己一個人嗎？」

「嗯，偶爾會有想吃肉的時候……如果你沒事的話……」

她低垂著頭，聲音越來越小。我覺得自己把她弄得有些羞愧，趕忙用誇張的動作和聲音接受她的邀請。

「啊，就是嘛，當然有那種時候。我也很喜歡，燒酒我來買吧！」

「我都準備好了，你只要人來就可以了。」

兩個小時後，夕陽朝遠方的火力發電廠漫去時，我們在考試院的屋頂再次見面。那裡有個人的晾衣架、各種雜物、積塵的花盆以及枯死的植物，可以容納幾個人聚在一起吃點東西。我雖然曾經聽說過考試院的人會在這裡舉行燒酒派對，但還是第一次直接上來這裡。

她在地上鋪上墊子，然後從大購物袋裡拿出小型瓦斯爐、食物保鮮盒、免洗筷和燒酒，看來應該是很有經驗。我把瓦斯爐放在地上，旋轉開關點火。她在烤盤上鋪了一層鋁箔紙，然後放上五花肉，並且把在洗手間洗好的幾張生菜放在免洗盤上。看起來確實像是頗為豐盛的餐桌了。我突然想起延南洞房子的小庭院，即便不算大，比起這裡簡直像天堂，但我從來沒有利用過。鎮日關在我的房間裡，像個滿懷怨氣的人。

「哇，一定很好吃。」

我把衛生筷拆開說道。她聽到之後，笑得很開心。

「上次我也像這樣一個人吃著，考試院的其他人好像看到乞丐一樣，一直盯著我。今天應該不會有那樣的事情了。」

「妳好像很喜歡吃肉。」

「不，但是我覺得偶爾應該吃一點。住進這裡以後，我變得很懶，每天只吃地瓜和香蕉。我想不能再這樣下去了，所以才準備了一些。」

「託妳的福，我也能大飽口福了。」

「要小心哦，晚上視線不好，可能會把還沒熟的肉也給吃掉。」

我們打開燒酒瓶，開始烤起五花肉。

在考試院的頂樓，這個四面八方都豁然可見的地方吃的五花肉，比想像中要美味許多，酒也一杯接一杯。我平時喝燒酒的酒量大概是半瓶左右，但當天不知道是不是因為在戶外喝，喝得特別暢快。我離開家以後，經歷了太多事情。雖然感受不是特別明顯，但其實我已經壓抑自己太久了。為什麼我只蜷縮在那個狹窄的房間裡？像這樣上來樓頂吹吹風、做做伸展操不是很好？

我因為心情變好，開始向她傾訴各種事情：包括我的幼年時期、崔女士、分手的光娜，甚至被便利商店開除的事情，但是她很少說到自己的情況。

「大家勸我考十級，不要考九級。可是既然已經開始準備了，我想考考看九級。」

從地方上來準備公務員考試這件事，幾乎就是她提到自己的全部事情。

「還有十級公務員啊？」

「當然，聽說比九級的機會更多，而且經常選拔。」

「終於聽到一件妳的事情了。妳本來就不太願意提到自己是嗎？只是聽我說。」

她靦腆地笑了笑。

「我沒有什麼可說的。」

「哎呀，怎麼可能呢？」

「聽了民秀的故事，好像是什麼電視裡的劇情一樣。怎麼說呢？你的口才真的很好，懂的東西又多，女朋友應該也很大方。跟你們比起來，我只是個鄉下女生，所以也沒什麼可說的。我家裡人口眾多，我就是個生在貧窮家庭的老么，辛苦掙扎才到了今天。這就是我的全部。」

趁著酒意，我把自己生命中崎嶇的一面傾吐而出，為此正覺得有些後悔，但竟然還有人羨慕。是不是我的說法有誤？還是我仍然不了解這個世界。

「那你現在沒有女朋友嗎？」

她翻烤著五花肉問道。我雖想立刻加以否認，但突然想起「牆裡的妖精」，於是不自覺地猶豫起來。

「啊，那個，怎麼說呢？啊……」

她見我猶豫，也不再問什麼，看來好像是相信我有女朋友。這次該我問她：

「秀姬呢？妳有男朋友嗎？」

「這個嘛！我也不知道能不能說有。」

「他做什麼工作呢？」

「在郵局上班，以前在故鄉就是朋友了……」

「所以呢？」

「很奇怪，我來首爾以後就疏遠了，就算見面也只是吵架。大概是因為我們一樣大吧？他見了我，就會喝很多酒。我想他可能是太辛苦了，可是有時候就是不想見他。」

我自己在腦海裡想像著男人喝了很多酒、滿臉通紅之後，拉著隔壁房間女人的手腕，央求著上旅館去的場面。

「說這話會遭天譴吧？可是我喜歡首爾的男人。」

這次我的腦海裡浮現出跪在她面前，乞求愛情的郵差的模樣。啊！好像在哪裡看過這個場景？噢，對了！

「妳有沒有看過《郵差》這部電影？」

「沒有，你說的我都沒看過。」

「那部電影裡描述一個郵差愛上酒家女。」

「酒家？」

女人的表情瞬時僵硬。我正後悔之際，卻想到如果立即住口的話，反而更奇怪，於是繼續胡謅。

「地中海的小島港口，有一間全島唯一的酒吧，島上的居民都會聚在那裡喝酒。這個郵差不知道如何表達自己的愛慕之情，於是向大詩人聶魯達求助，聶魯達就說了關於隱喻的故事。那個……」

隔壁房間的女人用已經失去興趣的表情，冰冷地打斷我的話。

「我們之間沒那麼浪漫。能不能說說別的事？」

她似乎不太願意持續談論自己的事情，氣氛冷了下來。每當此時，我總會覺得好像是我的責任一樣，反而更加胡說八道。我將話題轉向不久前看的電影情節，從《醜女大翻身》開始一直說到《神鬼無間》和馬丁・史柯西斯導演。我雖然也希望適可而止，但終究沒能停止。我胡謅了好一會兒，她開始揉著眼睛，強忍睡意。

「我說的話很沒意思吧？」

她嚇了一跳，猛地抬起頭來，模樣還有點可愛。

「啊，不是，很有意思。你知道的東西怎麼會這麼多?常識還如此豐富？」

「其實都是沒有用的東西。妳老實說吧，是不是很沒意思?嗯？」

隔壁房間的女人沉默片刻，低頭說道：

「我不是因為有意思才聽的。事實上，我根本不了解你在說什麼，但我覺得人就是應該要學習。雖然現在不了解，我相信如果持續學習的話，總有一天會聽懂民秀你說的事。所以我才一直聽你說。真對不起，你說得那麼努力。」

我突然覺得酒都醒了，這是與猜謎房截然不同的世界。這是一個不懂也要裝懂、懂的話要裝作更懂的世界。我突然覺得十分羞愧。她靜靜喝下半杯燒酒，稍微透露出自己的生活。

她清晨起床，去公務員考試專門補習班上課，上午十一點到下午六點在大賣場做包裝的工作，下班之後，回到考試院複習早上在補習班學的內容，然後就寢。她的父親曾經在建設公司工作，因為腰部受傷，提早退休。母親和其他兄弟姐妹分散四處，在全國各地忙於生計，已經有好多年沒見面了。

「不過，我覺得自己還是幸福的。有可以睡覺的地方，可以讀書，雖然只是打工，但我畢竟還是有工作可做。民秀你呢？在準備什麼？」

我？我在準備猜謎秀啊！可是當下的氣氛不容許我如此說。

「嗯，我想在國際機構工作。」

「國際機構？哇！」

「我的夢想是進入幫助戰爭難民或棄兒的團體工作。地球上在許多戰亂地區還有難民不斷產生，受害者大部分是弱勢的女性和兒童。她們離開熟悉的故鄉，在陌生的難民營展開新生活，這是一件多麼殘忍的事情啊？」

我的夢想突然就這樣，在某個考試院的樓頂、吃著五花肉的時候誕生。

「真是太帥了，哇！可是實在是無法想像呢！我看電視的時候，好像看過一些協助難民的人，但實在很難相信這樣的人就在我的身邊。」

「沒有啦，只是我的夢想而已，幾乎沒有實現的可能。」

「我的生活經常就只是擔心下一頓飯而已。坦白說，到目前為止，看到像民秀你這樣的男人說著抽象的話題、說著和生存毫不相干的事情時，對不起，我都會覺得他們很不切實際。我真的是這樣想。可是你好像跟那些人不同。你真的很單純。希望你的夢想能夠實現。」

「啊！是，謝謝！」

我覺得有些尷尬，連忙夾起一塊快燒焦的五花肉放進嘴裡。單純？我從來都沒想過自己是單純的人，我甚至已經忘記有多久沒有使用過「單純」這個詞彙了。

「啊！變冷了，我們下去吧？」

「好，明天還得早起呢！」

隔壁房間的女人將剩下的食物很俐落的分了類。她將其分成可以再食用的、應丟棄的，以及可回收的垃圾。我一把將裝有廚餘的黑色塑膠袋搶過來。

「這個讓我去丟吧！要丟在哪裡？」

她用難堪的表情看著我，要我把塑膠袋交給她。我搖搖頭拒絕。她無可奈何地說道：

「就……出去以後偷偷丟掉就好了。不是有很多餐廳嗎？就隨便丟在餐廳前面……」

她語尾變得模糊，邊收起剩下的餐具邊起身。

「啊，好的。」

雖然是非法的，但她像是完全不在乎這些事情似的。我讓她先下去以後，走出考試院。按照她說的，將黑色塑膠袋偷偷丟在適當的角落。我才離開，一隻流浪的馬爾濟斯小狗看著我的臉色，悄悄靠近那裡。這隻馬爾濟斯乾乾瘦瘦，身上的毛糾結捲曲。我真心希望牠能吃上幾塊肥肉，然後轉身走回考試院。

第四章　滿是房間的宅邸

14

猜謎秀的錄影一直持續到傍晚。電視臺的攝影棚因為照明的關係，又熱灰塵又多，喉嚨和眼睛都十分乾澀，好像乾吞藥粉一樣。我雖然沒有去過沙漠，但我想這裡的空氣條件和沙漠差不多。攝影棚裡擠滿下達指示的導演，面無表情、嚼著口香糖的攝影師，忙碌奔走、引導參加者的編劇，以及觀眾。

參加者中，約有一半陷入失魂落魄或畏畏縮縮的境地。並不是因為他們覺得攝影棚陌生，而是因為他們在電視上看到的華麗、嚴謹形象，和眼前雜亂無章的光景形成強烈反差，因此覺得無所適從。奇怪，這些冗長、無趣、散漫的連續動作，如何能轉變為電視裡完美的畫面？

節目製作小組似乎熟知業餘參加者的這種畏縮，他們完全不會努力解決參加者任何疑惑，而是下達各種指示。參加者雖盡最大的努力，希望能拍出「最佳畫面」，可是這些「最大的努力」通常都會遭到制止。節目製作小組會不耐煩地說：

「哎呀，為什麼不按照指示做啊？」

參加者最終都會逐漸適應在高處像神一樣下達指示的導演和製作小組，在此同時還必須解答謎題、擊敗競爭者，可以說這就是猜謎秀節目的難處所在。

我在生平第一次進來的電視臺攝影棚裡慌手慌腳，等到回過神來，不知不覺間已經通過預賽、進入決選了。「等到回過神來」並不是誇張的修飾語，電視錄影就是如此攝人心魂。人類這種物種，至今仍相信自己所見和別人看到的應該相似，但是電視錄影會將人類這種簡單的觀念完全推翻。我眼裡看到的和畫面呈現的完全不同。我無法相信自己的眼睛，這讓我的神經變得極度緊繃，甚至產生了被迫害的意識。況且我還有另一個任務，那就是找到「牆裡的妖精」。

進入決賽的競爭者中，我推測有兩名女性可能是「牆裡的妖精」。除了那兩人以外，即便其他人宣稱自己是「牆裡的妖精」，也只是和我無關的人而已。五十多歲的補習班禿頭主任；想要讓自己的孩子看看母親不同面貌而申請參加的四十多歲女性；還有像童子雞一樣身體比例不太協調，看起來不知哪裡歪斜的外國語高中男學生。除了這些人以外，有兩個和我年紀相仿的女性，一個是身材嬌小、擁有鵝蛋臉的可愛補習班講師；另一名稍微給人精明之感、個子較高，正在準備留學。我不是沒想過，在休息時間像間諜接頭似的走過去詢問，「請問妳是不是『牆裡的妖精』？」但終究不敢嘗試。我只是若無其事、不聲不響地坐著，探索究竟這兩人之中，哪一個才是我的「她」？

決賽的帷幕終於揭開，共有六人參與角逐，中途依序淘汰四人後，由最後兩人對決。但這場對決並非終點，最後剩下的參加者必須猜對最後的問題，通過這所有過程的人才能獲取獎金。我們六人在不知不覺間，已經適應了混亂嘈雜的電視臺攝影棚，所有精神僅集中於謎題。我悄悄地觀察觀眾席，看到參加者的家人前來加油。說實在話，如果說不羨慕這個光景是騙人的。要是崔女士坐在下面，會有任何幫助嗎？我覺得似乎不會。

我迅速環視了競爭對手，沒有一個人看來像我一樣迫切。沒有一個人看來像是房子被搶走、遭便利商店開除，而且看來也沒有一個人是蜷縮睡在考試院普洛克路斯特斯之床上[6]。他們簡直

6　希臘神話中，強盜普洛克路斯特斯開了一間黑店，旅客投宿時，他讓身高者睡短床，截斷其雙足，身矮者則睡長床，強拉人與床齊長。

就是為了可以將照片放進相框裡掛在牆上，為了編織美好記憶而參加的。家人則像是來參加大學畢業典禮，密密麻麻地聚在觀眾席裡。錄影結束之後，他們應該會前往高級中餐廳，吃著糖醋肉、熘三絲等可口料理，談論著猜謎秀節目的內容，愉快地說著「唉呀，要是那個問題也能答對就好了」之類的嘆息。但這種生活與我沒有任何關係。猜謎秀結束之後，我仍得去麵店吃一碗年糕拉麵，然後再次回到考試院的房間獨自就寢。

猜謎秀持續著。我的狀況十分不錯，身體放鬆，頭腦也很清楚。現在我不再覺得電視臺的攝影棚像沙漠一樣，反而覺得好像是走進樂天世界一樣的幻想主題樂園。

「好，現在開始出題。請各位注意聽下列的單詞，說出可自然聯想的都市即可。托斯卡尼，馬基維利，冷靜與熱情之間，梅第奇家……」

嗶，我用力按下搶答鈴。很幸運，決賽的第一道題就是我非常熟悉的內容。

「好的，李民秀先生能不能領先一步呢？來，正確答案是？」

我咽了口唾液。

「翡冷翠？」

「翡冷翠？正確答案！」

哇！真是太過癮了。我滿面笑容，本來想要跺腳，但還是作罷，因為其他參加者實在是太過認真了。我們國家的猜謎秀參加者好像在打撲克牌一樣，大致上都是面無表情，所以僅看人們的表情，是無法分辨究竟是答對還是答錯。看電視的時候，我也很納悶為什麼大家的表情會這樣。但我實際參加後，才發現自己終究也無法脫離韓國人不擅表達感情的宿命。

主持人開始說明正確答案。

「翡冷翠也稱為佛羅倫斯，是義大利中部歷史悠久、風景美麗的都市。馬基維利在此處執筆寫下那有名的《君主論》。曾任外交官的馬基維利為了幫處於強國之間的翡冷翠找到活路，於是寫下這本書。而這個城市也與世世代代熱愛藝術與文化的梅第奇家族不可分離。李民秀先生領先了。好，李民秀先生，您要選擇哪一個領域呢？」

「歷史，我選擇五十分的。」

「李民秀似乎對歷史很有自信是吧？那麼歷史，五十分，開始。」

主持人拿起新的問題卡。

「這個人是誰呢？他活躍於明朝萬曆皇帝時期，中國名字是利瑪竇，原本是義大利人，以耶穌會宣教士的身分來到中國的他……」

我在六名參加者中最先按下搶答鈴。

「這次也是李民秀先生最快，如果回答正確的話，李民秀先生就會大幅領先其餘挑戰者。李民秀先生，正確答案是？」

「是馬可．波羅。」

這句話才出口，我有一種非常怪異的感覺，雖然極其短暫，但確實是靈魂出竅。我看著回答問題的我自己，亦即李民秀就在我面前。他穿著大學畢業典禮時購買的過氣西裝，略微低著頭說出「是馬可．波羅」。我想向眼前的李民秀大喊，你到底在幹什麼？你這個笨蛋，那怎麼會是正確答案呢？你想說的不是馬可．波羅，而是馬泰奧．里奇（Matteo Ricci）啊！

可是靈魂出竅的我，終究無法阻止自己肉身做的事情。

「馬可．波羅？不對！」

主持人搖搖頭，輕輕一笑。我雖想更正答案，但已完全失去機會。

「好，現在機會將轉給其他挑戰者。」

就在那時，嗶的一聲，有人立刻按下了搶答鈴。我轉頭一看，正是那個我懷疑她是「牆裡的妖精」的留學預備生。她以冷靜的面容凝視著主持人，主持人則以略顯誇張的動作指著她。

「好，鄭恩穎小姐！正確答案是？」

攝影棚裡的所有人都注視著她。她則面無表情地回答道：

「是馬泰奧．里奇。」

「馬泰奧．里奇？……正確答案！耶穌會的傳教士，著有《天主實義》等書，對於韓國天主教會的成立也居功厥偉。」

她稍稍揚眉注視我的分數牌，然後與我四目相對。我的心跳開始加速。她嘴角略為上揚，並收回自己的視線，但表情似乎有些興奮。我悄悄觀察她。從下巴延伸到脖子的優雅柔和線條，中和了眼睛和鼻子予人的精明銳利形象。雖不是走在路上會令人回顧再三的美貌，但她的裝扮看來有自己獨到的哲學。她穿著毫無時尚感的襯衫，下身則是比最近流行的裙子長度略長的長裙。化妝的重點也只注重眼睛，其餘幾乎全無著墨。第一眼雖非令人印象深刻，不過是那種經常能吸引眾人目光的類型。她的穿著和化妝瀰漫著異國風情。啊！鄭恩穎會不會就是「她」呢？

「好，鄭恩穎小姐，您不愧通過了激烈的預賽，實力非常出眾。各位觀眾，他們的對決開始進入高潮了。好，選擇權又轉到鄭恩穎小姐手裡，請選擇！」

「我選擇地理。」

事實上，在參加比賽之前，我始終認為電視上的猜謎秀與謎題的本質無關，只是一種低俗的娛樂節目罷了。正如同搏擊比賽，雖然是一群雄性動物之間的致命鬥爭，但卻有某種程度的戲劇化。我認為猜謎秀也只是一種嘲弄謎題嚴肅性的把戲而已。但當我進入決選，在耀眼的照明中依次解答每一個問題時，以前放肆的冷笑就像降在火爐上的一絲雪花，轉瞬間消失無蹤。我咕嘟一下咽下唾液。大家都是高手，跟深夜裡打發無聊時間的猜謎聊天不同。每個人都為了家人、公司的名譽竭盡全力。

下一道是關於地中海馬爾他島的題目，這回是那個五十多歲的補習班主任答對，分數和我平手。到此時為止氣氛還不錯，但我的腦海裡一直縈繞著「馬可．波羅」和「馬泰奧．里奇」，揮之不去，於是連那些我知道答案的問題也因為遲疑而錯失良機。我屬於那種會被過去的失誤糾纏許久的人，相反的，留學預備生鄭恩穎又答對了幾個問題，穩居首位。我和她的差距越來越大。我答對了一個韓語綴字法相關題目，好不容易從最後一名上升到並列倒數第一。我逐漸開始陷入焦慮，馬上就會發表第一輪的淘汰者，再這樣下去，也許我會成為最先從舞臺上下來的人。

下一個問題與電影有關。電影嘛……這是不是猜謎之神在幫助我呢？我有太多日子在猜謎房熬夜解答電影方面的謎題。我豎起耳朵仔細傾聽主持人的問題，但是問題非我所願，有些難度。

「我們會播放三部電影的幾個片段給參加者看，請找出這三部電影的共同點。」

最先播放的電影是珍．康萍導演的《鋼琴師和她的情人》，在波濤洶湧的荒涼海邊，只有一架鋼琴和母女二人佇立的場面。我雖想起是否為「音樂」或「女性」這兩個關鍵詞，但還是決定先等候下一部電影的剪輯場面。下一部電影是韓國電影，類似八〇年代風格，行走在街道上的人身上穿著有些土氣的服裝，此時突然下起了驟雨，演員李秉憲撐著雨傘走在路上，過了一會，李恩珠躲進他的雨傘下。我明明看過這部電影，卻想不起片名。我深呼吸了一下，終於想起片名，啊！對了，正是《他們自己的高空彈跳》（*Bungee Jumping Of Their Own*）。這兩部片的共同點是什麼？導演都是女性？不對，那麼會不會是「女主角都死了」？我正苦思之際，第三部電影開始播放。怪物突然出現，開始展開戰鬥，我們十分熟悉的演員躲在岩石的縫隙中，一臉驚恐，那是咕嚕。電影則是大家都熟知的《魔戒》。到底這三部電影的共同點是什麼？

我在還沒整理好思緒之前，有人已經按鈴，是就讀外國語高中的學生。主持人笑咪咪的將臉孔轉向他那邊。

「問題是不是太簡單了？好，請你說出這三部電影的共同點。」

「是紐西蘭。」

「紐西蘭……？」

主持人稍微欲言又止之後，以開朗的嗓音喊道：

「正確答案！」

高中生長滿青春痘的臉孔立刻變得豁然開朗。

「這三部電影的共同點是都在紐西蘭拍攝，還有《鋼琴師和她的情人》的珍·康萍導演和《魔戒》的彼得·傑克森導演都是紐西蘭出身的世界級導演。第二部電影《他們自己的高空彈跳》中，男主角李秉憲最後去紐西蘭的皇后鎮進行高空彈跳，所以標準答案是紐西蘭。」

啊！我終究無可挽回的被淘汰了嗎？我的眼前一片昏暗。

「太可惜了！李民秀先生，您今天好像沒能發揮應有的實力啊？」

主持人公式化的泛泛之言完全沒能安慰我。我在錄影暫時中斷的時候，走下舞臺，坐回觀眾席。我一屁股坐在觀眾席後方準備好的塑膠椅上之後，才稍微回過神來。

我真的被淘汰了嗎？一切都結束了嗎？從早上開始，我連一口水都沒有好好喝過，備受煎熬，可是我昨晚做了個好夢，狀況也很好，沒有敗部復活之類的東西嗎？我注視著我離開的位子，聚光燈已經熄滅的那個地方顯得陰暗，大家的視線也不會聚集該處。聚光燈只會照耀生存者，其餘的演出者以明朗、充滿鬥志的臉孔，抬頭挺胸注視著前方。當我還在那個舞臺的時候，我以為我會永遠待在那個地方，但我們每個人最終都得從舞臺上下來，只是我比其他人更快下來而已。即便我如此安慰自己，但心裡還是不舒坦。啊！「牆裡的妖精」也許就在那裡，我竟然成為決賽的第一個淘汰者。可是如果是她，那個和我在猜謎房裡遇見的同一個她，我認為她一定不會覺得這有什麼了不起的。這不過就是秀嗎？秀。看到演出者高興、慌亂、不知如何是好的表情，觀眾因而感到安心和愉快的秀。不是嗎？她一定會這麼說的。

不一會，在我之後，又有三人被淘汰，現在只剩下外國語高中生和鄭恩穎兩人而已。我成為觀眾、不再受人矚目後，將目光露骨地集中在鄭恩穎身上。她始終冷靜從容地回答問題。不知是否因為她知道我正注視著她，她的目光連一次都沒有往我這個方向看。

她的最後一個敵手，也就是那名高中生十分心浮氣躁，令人驚訝的是，即便如此，他對於問題仍回答自如，至少自己知道的問題絕不會失誤。

兩人最後的對決過程緊張萬分，剛開始是高中生領先，最後鄭恩穎巧妙地利用機會迎頭趕上，兩人針對心理學者、非洲的野生動物、獲得諾貝爾文學獎的劇作家名字展開爭奪，實力不相上下。我如果運氣好，還能留在舞臺上的話，是否能夠擊敗他們兩人還是未知數。

最後一個問題與拳擊有關，是詢問活躍於一九六〇、七〇年代的選手。從年紀來看，高中生較為不利，以性別來看，鄭恩穎不免會覺得這是一道難答的問題。

「一九九六年亞特蘭大奧運會的聖火由此人登上聖火臺點燃之時，在場的觀眾一致歡呼。這位罹患巴金森氏病的偉大拳擊選手，在羅馬奧運會中獲得輕量級冠軍後，成為職業選手，並在一九六四年二月登上重量級冠軍寶座。接著，他還獲得史上首次連續三屆重量級冠軍的頭銜，達成偉業。」

此時，高中生首先按下搶答鈴。主持人似乎十分意外，嘴巴微張，頭轉向高中生。

「我覺得您太早按了，應該把題目聽完的……」

高中生好像自信滿滿，甚至連主持人的話都沒聽完，就大聲喊道：

「是穆罕默德．阿里。」

「我正想唸出這個名字呢！再忍耐一會就好了。好，那麼現在只剩下鄭恩穎小姐有機會了。如果鄭恩穎小姐不知道正確答案，機會又會再次回到兩位身上。我繼續提出問題。他後來改信伊斯蘭教，連名字都改成穆罕默德．阿里，可說與過去的自己訣別。另一方面，他為了黑人受到的不平等待遇不斷奮鬥，並且拒絕接受越戰的徵召，只專注於走自己的路。然而他這樣的作為受到世人的責備和攻擊。但是他的口才極好，他以類似『像蝴蝶般舞動，像蜜蜂般螫刺』這種有智慧的話語吸引眾人。他也很有幽默感。數年前曾上映過以他的生平傳記為藍本拍攝的電影，導演是麥可．曼恩，並由威爾．史密斯主演。好，那麼他在改名為穆罕默德．阿里之前，所使用的本名是什麼？」

鄭恩穎似乎非常平靜地享受這個只屬於她自己的機會。她聚精會神地思考了好一陣子之後，終於按下搶答鈴。

「鄭恩穎小姐如果答對這個問題，就能夠打敗所有競爭對手，獲得挑戰猜謎王寶座的機會。」因為是決定性的瞬間，主持人為了讓緊張感達到最高潮，加添了各種足以提高氣氛的話語，故意拖延鄭恩穎說出答案的時間。

「好，鄭恩穎小姐，請妳回答正確答案。」

鄭恩穎的臉孔雖有些泛紅，但仍相當明朗，似乎很有自信的樣子。

「是馬塞勒斯．克萊。」

「馬塞勒斯．克萊？是的，這是正確答案。穆罕默德．阿里的本名正是馬塞勒斯．克萊。鄭恩穎小姐，恭喜妳。來，請妳走到前面來。」

我不自覺握緊了拳頭。她似乎很害羞似的掩嘴而笑。為了進行最後一個階段，她走上舞臺前方。只要再答對兩個問題，她就能成為猜謎王，獲得三千萬元的獎金。

她在聚光燈的照耀下，走到舞臺前面。第一個問題開始了。觀眾席的照明熄滅，所有人都屏息以待。問題是屬於生物學的領域。

「請猜出鳥的名字。這種鳥類棲息在加拉巴哥群島，由查爾斯．達爾文發現而為世人所知。達爾文提出進化論，尤其是自然選擇的觀點，這種鳥類為他提供了靈感，因而知名。後世的研究者因研究這種鳥類鳥喙的長度，得出進化並非極為緩慢的過程，而是正在我們眼前發生的現象。尤其格蘭特夫婦將前後歷時二十餘年的研究集結成書，並獲得一九九五年的普立茲獎。此種在某段時間成為進化論象徵的鳥類名字是什麼？」

鄭恩穎眉間微皺，正努力喚起記憶，但似乎最終未能想起答案。她輕輕咬住嘴唇，輕輕握緊兩個小小的拳頭。她能不能通過這個階段呢？我總覺得好像不太容易。

開始進入倒數計時。

「好，我給您最後的五秒鐘，五、四、三、二……」

她絕望似的緊緊閉上眼睛，然後又再次睜開。

「一秒。」

搶答鈴聲傳來，但十分無力。我覺得我的心臟縮成一團。

「鵜鶘？」

聽她的聲音，好像比任何人都知道這不是正確答案。我也十分心痛，好像是自己答錯一樣。彷彿有兩三隻鵜鶘張開巨大鳥喙，發出吵雜聲音，在攝影棚裡亂飛。

「鵜鶘？不對。太可惜了，正確答案是芬雀（finch）。一九九五年，在強納森．溫納以《雀喙之謎》（*The Beak of the Finch*）一書獲得普立茲獎之後，這種鳥再次出名，名字正是芬雀。」

她努力露出笑容，意圖掩蓋失望。主持人安慰她。她也說了最後一次感言。

「真正參加之後，才知道自己仍然有許多不足之處，我想向為我加油的人表示感謝之意。」

照在她身上的聚光燈逐漸轉弱，主持人的結尾臺詞結束之後，長達一整天的錄影終告結束。觀眾席的加油團全部起身，開始走向每個參加者，攝影棚好像突然變成非常混亂的畢業典禮場地。我也從座位起身，走向鄭恩穎。她的家人並沒有來，而是幾個同齡的朋友圍繞在她身邊。我趁著她的朋友拿出相機，提議照相的空檔，走到她的身邊。

她好像因為我突然走到她身後而感到有點驚嚇。她的身體稍微後傾，嘴角露出不自然的微笑。我突然十分好奇，她是不是也知道了我的身分？是不是也稍微猜到了？

「那個……妳好！」

我先開口說道。

「你好！」

「太可惜了，我一直認為妳一定可以成為猜謎王的。」

「啊，謝謝你。」

她的朋友正從液晶畫面確認數位相機照的相片時，我更靠近她一步，露出意味深長的笑容，然後說出準備已久的那一句話：

「妳是牆裡的妖精……對吧？」

聽到這話的她露出非常複雜的表情，好像不知如何回應，困窘地縮起下顎，緊皺眉頭。如果我聰明一點的話，在說出這話之前，早就應該想好退路。可是我不是那種人，而是對於我所相信的會執著到底的那一類型。我在心裡對她的慌亂找好了理由。她一臉不解的面孔，我認為是因為太過高興而不知所措。我用比剛才更不自信的聲音悄悄說道：

「謬思樂團，〈Unintended〉……妳不記得了嗎？」

她的朋友直到那時才發現她的表情不對，開始聚集到我們身邊。她們好像已經開完作戰會議般，一致防備著我。她們並沒有聽到我們的對話，卻看出情況不對。在朋友發難之前，她連忙出來收場。

「這個嘛，我不知道你在說什麼……你可能認錯人了。今天很高興能和你一起參加，如果有緣的話，下次再見吧！我朋友都還在……」

她溫柔地將我甩開，和朋友照了幾張相片後，離開了攝影棚，我則留在灰塵四起的攝影棚裡。電視臺的工作人員已經拿起錘子，開始敲碎什麼。

我被人當成偷窺者或變態狂，心裡羞愧又震驚，低著頭邁開異常沉重的步伐，走著走著，不知撞上了誰的肩膀。那是個充滿賽馬賭徒氣息的中年男子。他從灰色西裝的內袋裡拿出名片遞給我。

「李民秀先生？我看了你剛才的錄影。」

因為照明陰暗，而且剛才受到的衝擊尚未消退，所以我沒仔細看他的名片就塞進了西裝口袋裡。

「如果你有興趣的話，請跟我聯絡。李民秀先生，你沒有名片嗎？」

我當然沒有名片。我搖搖頭。

「那你可不可以告訴我你的手機號碼？希望你有機會的話，一定要到我們報社看看。」

我漫不經心地說出我的手機號碼。他反覆念了兩次我的號碼，好像想把號碼背起來。我和他握手之後，繼續邁開步伐。電視臺的走道好像迷宮，我為了尋找新鮮的空氣而徘徊著。當我終於走到外面的時候，空氣雖然新鮮，但我的心裡卻無比沉重。太陽已經西沉，天色陰暗，但什麼都沒有改變。我仍然是窮光蛋，而且孤家寡人。我旁邊沒有任何人，我做了件只在讀大學時做過一次的事：走在西江大橋上，越過漢江。我沒看到鵜鶘，只看到從西海飛來的海鷗嘲弄著我。夜島上的海鷗在西江大橋上盤旋，齊聲啼叫：

「馬可．波羅，馬可．波羅，馬可．波羅！」

該死的海鷗！如果我有槍的話，真希望把牠們都打死。我將身體靠在西江大橋的欄杆上，俯視著暗黑、寧靜的漢江。我並沒有暈眩的感覺，心情反而漸次平靜下來。所有的一切就這樣流逝：歲月、人、還有羞愧……我沿著和飛馳的汽車相反的方向，腳步沉重地越過漢江。

15

節目播出是在錄影結束的幾天後，剛開始我根本就不打算看，躺在床上準備睡覺，但當然睡不著，最後我還是上網，進入電視公司的主頁看了節目。不知是否因為畫質粗糙，我比平常看起來更傻。明明經過多次剪輯，但我看起來呆頭呆腦、不知所措。在出現我被淘汰的畫面之前，我便把電腦關掉，然後出門，漫無目的地走著。我也走過幾天前辭職的便利商店，裡面有一個和我容貌相仿的男孩站在櫃檯結帳。遠遠望去，似乎真的像似幾天前的我。這彷彿是被精靈的手牽引環繞都市的吝嗇鬼史顧己的視線[7]。猜謎秀節目錄製時也一樣，很奇怪，這幾天這種靈魂出竅的

7　史顧己是英國作家狄更斯在《小氣財神》（也有譯本作《聖誕頌歌》）裡的主角，個性慳吝，後在聖誕精靈引領下看盡自己過去、現在與未來的人生，幡然悔悟。

經驗變多了。靈魂好像從頭腦離開十公分後，開始漂浮。

我走著走著，突然遇見預料之外的人，那就是正煥。他在設計專門書店前，正想跨上計程車，卻與我視線相對。在他猶豫不決時，計程車即行離開。我們停留在路上，露出不自然的微笑。

「過得好嗎？」

正煥先跟我打招呼，臉上的表情似乎很不好意思。

「哦，還可以。」

正煥拿出一根菸。此刻我才了解，原來香菸在這個時候是極為必須的，點菸的過程中，他這傢伙看起來比我更加從容。

「要不要去喝一杯咖啡？」

前面就有咖啡廳，我們慢吞吞的走上階梯。

「你要喝什麼？」

正煥極其自然地掏出了皮夾，我站在旁邊，悶聲不響。

「我來一杯雀舌茶。」

只是在茶包上沖入熱水，還要多付五千元，如果是我付錢，絕對不會點這種茶。

「剛才咖啡喝多了。」

正煥悄悄看了價格，嘛嘛嘴說道：

「你的愛好還真特別。」

正煥點了一杯美式咖啡和雀舌茶。我們呆呆地站著，直到店員遞給我們托盤，才走到可以抽菸的咖啡廳外面。年輕男女三五成群經過，笑得非常幸福，我們則默默喝著擺在自己面前的咖啡和茶。

「考試院生活怎麼樣？習慣嗎？」

「聽說住習慣了的話，就會覺得很大，最近也不覺得小了。」

「即使如此，也不能老是在那邊住下去。」

正煥像前輩一樣給我忠告。

「這個嘛，也不一定要住在寬敞的地方，只要有自己能夠躺下睡覺的空間也就好了。咖啡可以來這種地方喝；吃飯的話，可以去各種各樣的餐廳吃；書嘛，可以去附近的麻浦圖書館看，那裡的書還很多……」

我越誇大其詞，越覺得自己丟臉。正煥似乎毫不關心，只顧著抽菸。我們就這樣聊著十分無聊的話題。正煥說自己最近有許多變化。他離開過去的公司，到一家隸屬於大企業的電影投資發行公司上班，地點在江南；而且他去年底在龍仁買了一戶小坪數的預售屋，從他進大學起，父母為他申請的住房預購存摺總算發揮了作用。正煥先是發表對於目前政府不動產政策的演講，水準不亞於「每日經濟」電視臺的內容，然後還不忘提出理財應儘早開始的忠告。

「以前走在路上，我只看得到喝酒的地方，最近卻只看到電梯大樓。如果看到不錯的電梯大樓，我回家後就會上網搜尋市價是多少，還滿有趣的。」

這是我完全沒興趣的主題。在沉默過後，該來的話題終於展開，先開口的是正煥。

「可是，幹！你不覺得那次你太過分了嗎？」

「什麼？」

「你明知故問吧？」

「我真的不知道，什麼啊？」

他洗澡出來以後一看，光娜不見了，真是夠嗆的。我突然覺得心情有點爽。

「算了，你這兔崽子！」

「到底是什麼啦？你說啊！」

正煥似乎不願從自己的嘴裡說出那件事，轉過頭去，不理會我，對著街道吞雲吐霧。然後不知是否因為再也無法忍受，他終於捻掉菸頭說道：

「你和光娜又交往了嗎？」

「沒有。」

可以如此回答，我心裡略感痛快。

「那你那天為什麼那樣？」

「我爽啊！」

我故意刺激他。

「你這兔崽子，真是……」

「沒錯，我們是已經分手了，但那是自己朋友才分手的女朋友，你怎麼會想要跟她睡覺呢？」

正煥狠狠瞪著我。自從我們走進咖啡廳以後，最緊張的時刻瀰漫在我倆之間。茱莉・倫敦〈I Left My Heart In San Francisco〉的悅耳歌聲縈繞在四周，與我們此刻的情況很不協調。

「算了，跟你這種傢伙談這個話題是我的錯。」

正煥放下咖啡杯，從座位上起身。

「我得走了，明天還要上班。」

「好。」

托盤自然由我這個免費喝飲料的人收拾。也不是故意這樣，很自然的，錢就由正煥出，杯子就由我收拾。我們連握手都省略掉，冷冷的道別。

正煥離開後，我一個人發呆站著。突然間好像是約好似的，手機開始持續響起。第一通電話是高中時的導師，可能是從電視上看到我以後，就高興得向其他同學詢問了我的電話號碼。我滿頭大汗地和老師通了電話，問老師身體健康嗎？過去這段時間沒去看老師真抱歉等等。可是其實覺得有些荒唐。我記憶中的那位老師，當時對我毫不關心。接下來的電話也是我中學同班同學，偶爾還一起打籃球的。第三通電話真的是意料之外，那正是把我延南洞房子搶走的菠蘿麵包大叔。

「聽說你上電視了？」

「啊！是的。」

「我聽我們金室長說的，說你上電視。可是聽說你一開始就被淘汰了？」

「不過我也是經由預賽上去的。」

「怎麼樣？搬出去住還行吧？」

怎麼會還行呢？在鼻屎大的考試院裡，像白菜蟲子一般睡覺的事，一定要從我嘴裡說出來嗎？

「欸，是啊，還行吧！」

「有空來家裡玩吧！」

啊，好的。我敷衍地回答之後掛斷電話。上了一次電視之後，竟然接到這麼多無用的電話。我覺得應該把手機電源關掉，正想按下電源按鍵時，又來了一通電話，也是以前沒看過的電話號碼。我搖搖頭，這是最後一通了，我暗自下定決心，接著按下「通話」鍵。

「喂！」

對方是女生，聲音也很陌生。

「我看電視了。」

「對不起，您是哪位？」

從電話的彼端突然傳來呵呵的笑聲。

「從我嘴裡說出來還真不好意思呢！是我，牆裡的妖精。」

啊？這是電影《駭客任務》嗎？我心想這種事情怎麼可能發生呢？一邊將手機貼近我的耳朵，一邊觀察四周。要不然會不會是偷拍攝影機？我把手機再次貼近耳朵，然後走進較為安靜的巷子裡。我沒看見有跟著我走進來的類似相機一樣的東西。

「啊！是，妳好。」

「嚇了一跳吧？」

「啊？沒有。」

「突然打電話給你，真不好意思。剛才我看電視了，真可惜，我覺得你的實力足以成為猜謎王還有餘呢！」

我連忙擺手，好像她就在我身邊似的。

「不是的，實力比我好的人太多了，我覺得我能進入決賽就已經很幸運了。」

「我覺得你的運氣不太好。」

「可是『牆裡的妖精』妳為什麼不去參加猜謎秀呢？是不是在我之前已經參加過了？」

「不，我沒參加。」

「為什麼？」

「我不能參加。」

「為什麼？為什麼不能參加？」

「其實是有原因的。」

手機裡傳來她呵呵的笑聲，那並不是嘲笑的感覺，而是跟小孩子一樣天真的笑聲。但她不能參加的原因究竟是什麼？

「可是妳是怎麼知道我的手機號碼的？電視畫面下方還有字幕嗎？淘汰者李民秀的電話號碼是……這樣嗎？」

「很好奇吧？」

「是啊。」

「你猜猜看，我是怎麼知道你的電話號碼的？」

「這個嘛！其實我更好奇的是，這個李民秀就是猜謎房的那個人，妳是怎麼……」

「……怎麼知道的，是吧？」

「是啊，就是這個問題。」

「啊，那個嘛，哦，對不起，請等一下。」

在取得我的諒解之後，她跟旁邊的人說話。

好像是「嗯，知道了，我馬上就會跟上你們」之類的話。

「對不起，突然有人叫我，看起來有點急事……對了，我的名字是智媛，徐智媛，更詳細的內容我們見面以後再說。你明天有沒有空？」

「明天嗎？」

「嗯，明天。你忙嗎？」

「啊，不，一點都不忙，我沒問題。」

「哪裡比較好呢？你以前好像說過你住在弘益大學那邊……」

「妳家離這裡近嗎？」

「家裡離這比較遠，可是公司就在附近。」

我們約好在弘益大學前見面，然後掛斷了電話。一輛載著外賣鐵箱的摩托車發出嘈雜的轟鳴聲，幾乎和我擦肩而過，但我似乎尚未回神。這種事情怎麼可能發生呢？她怎麼知道猜謎秀裡那個傻里傻氣的男人就是我呢？還有她是怎麼知道我的電話號碼的？

無論如何，我們已經約好了。如果這不是惡作劇，她明天就會出現在約定的場所。我告訴自己不要期待太高。從她看到我這麼難看的長相還主動打電話給我這件事推斷，她平時也必定不受男人歡迎，所以才會經常出現在不需看到實際臉孔的聊天網站。

我失魂落魄地回到考試院，邁著沉重的步伐走上樓梯，正好遇上了隔壁房間的女人。她似乎有什麼話想對我說，但我完全沒有心思聽她說話。我敷衍地向她打招呼：啊！是的，妳好！然後經過她身邊，回到我的房間。我躺在狹窄的床上，望著天花板。我猛然坐起，雙手舉向空中，用沒有人能聽到的聲音，安靜喊道：哇！「牆裡的妖精」竟然會打電話給我！

她說她的名字是徐智媛。徐智媛，我用手指在虛空中寫下她的名字。她長得怎樣呢？我如同ＦＢＩ的犯罪心理分析師一樣，開始分析她。從她說話略微一板一眼來看，她的職業必定是要面對很多人，應該不是坐在書桌前從事研究的那一類型。從她探知我電話號碼的情報能力來看，她應該是個交際很廣的人。從她突然發生緊急事情來看，她的業務量應該很大。她會不會是婚姻介紹公司職員？但她晚上不是經常上網聊天嗎？她是不是上班時間比較自由的上班族？這種職場、職業究竟會是什麼呢？網頁設計師？

因為太過興奮，我睡不著覺。又不是青春期，我怎麼會這樣呢？我雖努力找回平常心，但那天考試院大樓的火災監測器不知是否發生故障，只要我快睡著的時候，嘈雜的鈴聲總會響起。剛開始不知道是不是應該避難，每個人都把自己的房門打開，探頭觀察外面的情況，但情況反覆再三之後，火災警報器變成了放羊的孩子，再也沒有人把警報放在心上。我也在耳朵裡塞進衛生紙，試圖入眠。

隔天清晨，我很早就起床，在狹窄的房間裡踱來踱去。我心想再這樣待下去一定會得病，於是收拾好東西，去到麻浦圖書館，開始翻閱雜誌。二十多歲的貧窮男人最應避諱的是什麼雜誌？那就是所謂奢侈的「男性雜誌」。可是那天我因為漫不經心隨手一抓，竟然閱讀到平時敬而遠之的奢侈男性雜誌。原本我是打算平復從一早開始就極為複雜的心情，才翻開雜誌，但在翻閱雜誌的同時，卻越發心煩意亂。去加州試乘新上市的賓士雙門跑車後回國的總編輯，不知是何原因，一直嘶著一張嘴。加州、賓士，這還不夠嗎？你還奢望什麼啊？還有，「價格未定」的東西為什麼這麼多啊？

我突然想起光娜說過的話，「對女人來說，男人就像是手提包一樣」，心情變得更加鬱悶。某位撰稿人辛辣地批評最近年輕男士穿衣服的禮儀，另一位撰稿人則語帶不耐地勸說刮鬍子的時候一定要用流動的水沖洗刮鬍刀。其實忠告本身也是一種責備。花錢買的雜誌為什麼會有那麼多忠告？我又想起總是熱衷給人亂七八糟忠告的便利商店老闆。不一會，我的思緒又回到自己身上。明明這麼不愉快，還是繼續翻閱雜誌的我會不會是被虐待狂？這本雜誌上，從頭到尾我能買的東西似乎只有一樣，價格八千五百元，那就是《穿著 PRADA 的惡魔》。這本書在全世界所有冠上 PRADA 名字的物品中，應該是最低廉的。禮服襯衫一百二十萬元、針織套頭衫二百四十九萬元，雜誌裡充斥著這些東西。我剛開始非常憤怒，接下來又像是被罵得狗血淋頭一般，心情隱約獲得緩解，最後反而到達享受的境地。

「噢！卡地亞的新款手錶竟然只賣一千三百萬元，這個價格非常合理，可是我太忙，沒時間去賣場，購物網站應該買不到吧？」我一邊演著這種不像話的自虐式獨角戲，一邊翻閱著雜誌。

等我清醒過來，環顧四周，我依然在麻浦圖書館的閱覽室裡，依然穿著「價格未定」的夾克和工作褲，思考著中午要吃哪一種御飯糰。

在我這樣消磨時間之後，我和「牆裡的妖精」徐智媛約好見面的時間——下午六點終於即將到來。我走向約定的場所，弘益大學正門前的小公園。大概因為是平日，而且太陽還沒下山，小公園裡有些冷清。我在牆壁上裝飾塗鴉壁畫的廁所辦完事後，在小公園裡悠閒散步，還盪了久違的鞦韆。如果你想知道自己的身體變得有多龐大和笨重，去小朋友的遊樂場溜滑梯、盪鞦韆即可。我盡可能蜷縮起身體，才勉強滑了下來。盪鞦韆的時候，我一直為鏈子可能斷掉而跌落的恐怖感所困擾。

終於到了六點，我選了個適當的長椅坐下。當然不能表現出我等得有多麼焦急吧？我拿出準備好的書和MP3播放器，把書放在膝蓋上翻開，MP3播放器則連接耳機，將耳機塞進耳朵裡，然後不動聲色卻又極其留心地觀察和我年紀相仿的獨行女性。很意外的是，獨自一人來到小公園的女性相當多，而且越接近六點，進來的女性也越來越多。她們之中究竟誰是「牆裡的妖精」呢？如果是她，會怎麼跟我搭話？那時，我應該怎麼回答？

16

直到不久前，大家還大多是在覺得「一見鍾情」之後寄出情書，告白愛意。如果熱情獲得接受，則見面後戀愛。崔女士也說自己在中學、高中時期因為收到太多附近男孩子的情書而大感頭疼，最終也是以這種方式和外公結了婚，只是她究竟是在誇耀還是抱怨則不得而知。但最近有些人則是先陷入愛情之後，才確認對方究竟長得如何。為了發展這場戀愛，像我一樣親身去到「相見的廣場」。其實仔細想想，不是只有男女之間才存在如此的會面。我們和歌手、演員，甚至政治人物，不都是像這樣先墜入愛河嗎？先愛上，之後才確認。我們去觀賞自己心儀歌手的演唱會，或者參加讓我們熬夜讀完作品的作家的簽名會，只是為了拿到根本看不太懂的幾個字而已。嗯，看來不是只有我是奇怪的人，如此一想，焦躁的心情似乎也得到些許慰安。

幾名可疑者從我眼前走過，但是她們都沒跟我搭話。我在心裡告訴自己，喂，李民秀，你又不是十六、七歲的高中生，應該知道這種見面無須抱持太大期待吧？你之所以來這裡，真要說的話，只是「出於禮貌」而已。你和她不就是在很長一段時間，幾乎每個晚上都聊天的朋友？興趣相似、年紀相同。如果你拒絕了這次見面，那是相當無禮的，不是嗎？我也在心裡回答道，是啊！是這樣沒錯。所以今天只是見個面，自然地聊聊天而已，交這個朋友不壞是吧？

可是與此同時，另外一個聲音又傳入耳際。反正她會對你失望的，誰會喜歡一個無父無母、沒有工作、還住在考試院的男人？況且只有在層次相似的時候，才能說興趣相通。一旦她想到你倆層次如此不同，她一定會突然顯露出你意想不到的愛好。這些愛好可能是冬天去百老匯或柯芬園看歌劇，也有可能是夏天例行性去峇里島的SPA渡假村。就算不是如此極端，但至少二十多歲男人所應該擁有的東西你都付之闕如，比如職業、房子、父母、對未來的確信等等。

周圍漸漸浸入黑暗。城市的黑暗與山野的黑暗不同，並不是眼睜睜將位子讓給黑暗，而是黑暗從光線之間湧入。也就是說，並不是像鄉下一樣，黑暗從天而降，覆蓋了全世界，而是從腳踝開始滲入，一直上升到膝蓋，不知不覺間，世界被黑暗完全掩蓋。總之，小公園裡變得黑暗，風也漸次變得寒涼。

我正要把視線移至放在膝蓋上的書，就在那時，有人出現在我身邊。

「你是李民秀先生吧？」

「是，我就是。妳是徐智媛小姐？」

「是的，對不起，我遲到了。」

她好像很不好意思地淺淺一笑。我把身子稍微挪向長椅的一側，她就像已經交往很久的朋友一樣，自然地坐在我旁邊。我們暫時無語，只是看著經過我們前方的人。我很想轉頭看她，因為完全記不得方才看過的臉孔，好像和透明人打招呼的感覺。

她悄悄地俯視我膝蓋上翻開的書，那天我帶著的書是義大利小說家艾伯托・莫拉維亞（Alberto Moravia）的《煩悶》（*La noia*）。人們帶著一本書出去的時候，也會考慮得很多，好像是在公然宣告「我就是這種人」一樣。如果是約會的話，那就更變本加厲了。首先，絕對不能是那種帶著會丟臉的書，如果不是臉皮厚的話，就不可能帶上《素女經》或《沒有人知道的性祕密》等書。經典書籍會讓人覺得你很古板，所以也絕非最佳選項。《唐吉訶德》等作品雖然內容實際上絕不古板，但經常出現在世界名著選集的開頭，所以也不合適。另外，太過實用性的書也缺乏神祕感，如果你約會的時候，帶著類似《協商的技巧》等書赴約的話，會讓對方產生莫名的警戒心。《圍棋的法則》或《釣魚月刊》也不適合；《魔戒》等奇幻小說就算屬於經典，也會讓人覺得你太幼稚，看起來就像脫離現實的夢想家。如果帶著一本捲起來的電影雜誌，會令人覺得是個故弄玄虛之人，如果帶著時事周刊，會讓人覺得像個大叔。而出現在教科書裡的作家的書也有問題，如果你帶著這類小說，全世界無論哪個城市的年輕異性，都很難從你身上感受到魅力。最無可挑剔的就是無法得知本質的書。問題是對方是猜謎女王，無論帶什麼書去，話題終究會連結到我所帶著的書上。世界上雖有那麼多的書，但適合在約會的時候帶著的書實在不多，這與明明有很多衣服，但卻時常慨嘆出門的時候沒有衣服可穿的女人並無二致。

但其實這本書並不是我在深思熟慮之後選擇的，而是我在圖書館借閱之後，唯一一本還沒有還的書，而且幸好是一本並不為人所熟知的書。

「是艾伯托．莫拉維亞的書，妳讀過嗎？」

她沒有回答我的問題，只是指著書問道：

「你是不是把書放反了？」

我低頭仔細看了看放在膝蓋上的書，還真的上下顛倒了。我就像個文盲一樣，把書顛倒翻開。都怪我把所有的注意力都放在小公園裡的動向了。

我雖然很想狡辯道：「嗯，這樣倒過來讀的話，即便是以前讀過的書，也會覺得非常新鮮，而且可以一個字一個字慢慢讀。據說這主要是罪囚和船員那種時間很多、卻沒有幾本書可讀的人，經常使用的方法。」但我還是極力忍住了。反之我默默將插著書籤的書蓋上，然後輕輕嘆了口氣，儘量燦然一笑。她伸出手，我將書遞給她。她把書擺正後，翻開封面，看了看裡面的扉頁。

「我看過電影，一個中年大叔嫉妒荒唐的女孩……」她說道。

「真是夠荒唐的。」

真是一句無趣的應和。

我們暫時無言地看著小公園裡的風景。屁股坐得冰涼。我們應該去哪裡呢？我突然感覺茫然。如果有最不適合年輕人談戀愛的城市，那一定就是首爾。因為地價太過昂貴，年輕人根本無法擁有自己的房子，如果在外面約會，酒和咖啡的價格也是世界最高水準。而因為公園或綠地太少，也不太可能鋪上墊子進行野餐。即便是找到這樣的公園，受黃沙、梅雨、寒流和霧霾影響，對健康絕對有害。那些綠地較多、比較不錯的地方也都被大吵大鬧、四處奔跑的孩子以及他們的家人擠滿。我環視四周，弘大前面也和過去大為不同，就像新村或江南站周邊一樣，幾乎變成再尋常不過的娛樂街道。她把身子轉向我。

「我們去吃點熱的東西吧！」

「好啊！」

我嘴裡如此說著，還是想著皮夾裡的狀況。如果我記得沒錯，我的皮夾裡大概只有三萬兩千五百元，在這個物價驚人的大都會裡，這點錢對於第一次約會的男女而言實在是少得可憐。最重要的是，這錢是我未來至少兩週必須賴以為生的生活費。

我們從長椅上起身，走出小公園。我們雖走在一起，驀然望向身旁，卻只覺得身邊人如此陌生。走在來往的人群中，我們的腳步經常跟不上彼此。我們之間還處於尚未學習如何一起前行的階段。如果是交往已久的戀人，這條路應該可以走得毫無問題，但對我們而言，卻是無比艱辛的一條路。我們走路的節奏總是不同，如同魚群蜂擁而至的人，經常將我們分開。幾經搜索之後，我們終於走進香菇辣湯店。室內溼度極高，非常悶熱，視線有些模糊。我們隔著桌子對坐。一坐定，服務生就把可攜式瓦斯爐拿過來，接受點菜。我們點了兩人份的香菇辣湯。我們的目光第一次交會，這種尷尬的感覺讓兩人一起笑出來。

「好奇怪。」她說，「這個人就是那個人嗎？你沒有這種感覺嗎？你該不會是派遣中心派來代替李民秀的人吧？」

「我所認識的李民秀應該沒有那種能力，因為他只是個無業遊民。」

「在節目裡，你好像說自己正在準備就業吧？」

「套用統計廳的用語，我還不是放棄找工作的人。妳在上班吧？看起來不像學生。」

「我雖然有工作，但沒有公司。」

「自由工作者？」

「不太自由，不過差不多。」
「又出謎題？」
「你猜猜看吧！」
我搖了搖頭。
「我今天就是不想猜。」
「為什麼？」
「因為我今天不想動腦筋。」
她用充滿好奇心的視線看著我。
「有不能動腦筋的理由嗎？」
「如果妳答應我不笑的話，我就告訴妳。」
「我一定不笑。」
「妳已經在笑了。」
「我沒笑，你快說吧！」
我把筷子擺在她的面前說道：
「今天也許會是我人生中最精彩的一天，如果真是這樣，我不想用頭腦，而是要用心記住。」
看她的表情，好像略微受到震撼。
「你真的這樣想嗎？」
「直到不久前，我還認為所有事情都會一再重複。如果去參加同學會，不是會發現每年都一成不變嗎？就是因為如此，才會想這次不去參加也沒關係，於是缺了席，會認為下次再參加就好了嘛！而即使過了很愉快的一天，也不會覺得有什麼可惜的，因為認為這種日子還是會再來臨的。

可是前幾天我突然覺得沒有什麼是會重複的，人生不會重複。我的想法很俗氣吧？」

「不，可是我有點驚訝。」

「為什麼？」

「就是……嗯，這年頭不是流行裝酷嗎？我還是第一次看到像你這樣說話的人。」

我不知道應該怎麼理解她的話，腦筋一陣空白地望著她。

「如果讓妳心情不好，我跟妳道歉。」

「不，不是的。聽到這種話，誰會心情不好呢？」

我們凝視彼此的眼睛。我可以感受到視線的溫度明顯溫暖起來，香菇辣湯也開始沸騰，但我們都沒有拿起筷子和湯匙。

「你真的覺得人生不會重複嗎？」

「我直到前不久都還住在出生的地方，不知道是不是因為這樣，我經常覺得日復一日都是相同的。可是並非如此，好像沒有什麼事情是會重複的。我第一次在猜謎房裡見到妳的時候，真的非常高興，可是那種感覺、那種感情是沒有辦法再從頭來過的，不是嗎？都已經過去了。如果今天也是那樣的話，我將永遠不能再體驗了。」

她突然提議道：

「我們講話不要這麼客套生疏了，好嗎？」

「為什麼突然……」

她露出微笑。

「因為我想聽你用比較親近的口氣再說一次剛才的話。」

有人認為「愛情如泉湧」這句話是一種比喻，我以前也這樣認為。但是在人生某一個特別的瞬間，比喻就變成了現實。我感覺到從我大腦深處湧出一股名為「愛情」的物質，將大腦皮質的所有皺褶完全浸溼。

「好啊，聽妳的。」

我點點頭，我們見面還不到三十分鐘，說話就開始隨意起來，開場還算不錯。她笑咪咪的，好像一個想出有趣惡作劇的孩子一樣，也許是在挑選用什麼樣的語氣說第一句話。

「李民秀，你有點可愛。」

說完，她把湯匙伸進煮沸的湯鍋裡，開始吃起飯來。我回不上任何話，於是也跟著她吃起飯來。食不知味的熱湯順著我的食道而下。

她把飯分給我吃，我們為了平時絕對不會笑的事情哈哈大笑，甚至還點了一瓶燒酒，對猜謎房的其他使用者品頭論足，就這樣過了一個小時。

「可是妳是怎麼認出我的？在電視裡，妳連我的名字都不知道吧？」

我問了她之前一直很納悶的事。

「你是不是認為那個叫什麼鄭恩穎的女人是我？」

「妳怎麼知道？」

「我就有辦法知道，你臉上寫著吧？你是不是想把機會讓給她，所以才回答馬可．波羅的？」

「不是啦！絕對不是。」

「我太失望了，你竟然認不出我來。我一眼就認出你來了。」

她用哀怨的眼神注視著我，然後噗的一聲笑出來。

「你走向那個女人，問她是不是『牆裡的妖精』的時候，我就站在你的後面。」

「真的？」

「我在心裡向你傳送心電感應。轉過身來，轉過身來以後，你就會認出我的。我這樣念著咒語，可是你卻問她是不是我。我受到打擊，頭也不回就出去了。」

「但我為什麼完全不記得看過妳？」

「因為你完全被那個鄭恩穎給迷住了。」

「不，應該是一開始以為她就是妳，所以才會那樣。」

「不是因為她漂亮？」

「不是啦，絕對不是。她哪裡漂亮呀？」

我慌忙搖手，轉移話題。

「那妳那天是坐在觀眾席裡嗎？」

「不是。」

「那到底是什麼呀？」

「你今天真的很不想動腦筋哦，那我告訴你吧。事實上，我是那個猜謎秀的節目編劇。」

這真的是意想不到的情節，我不由得張大嘴巴。

「奇怪，節目編劇我都看過啊。他們走來走去，非常照顧參加者，還讓我們練習。」

「有兩個組輪流，因為一個組每週都得做的話，應付不過來，所以兩個組隔週輪流。那天不是輪到我們組，只是我到電視臺去，所以就坐在觀眾席裡參觀。」

「啊！原來如此。」

「事實上，我說我認出你是騙你的，只是錄影結束向工作人員打招呼時，突然聽到後面傳來什麼牆裡的妖精、謬思樂團的聲音。我嚇了一大跳，轉身一看，就看到你了。那時，你的臉好紅，我再一看鄭恩穎的表情，就立刻知道是什麼情況了。」

「啊！是嗎？我本來就很容易臉紅。」

我搔了搔頭。她又安慰我說道：

「可是事實上，我心裡很高興。」

「真的？」

「當然啊！不就是因為如此，我們才能見面嗎？」

「如果我沒有參加那個節目，是不是就永遠沒辦法見面了？」

「很有可能啊！」

「哎，不會吧……」

我們又可以用命運來漂亮粉飾我們的相見了。我們會這樣想，其實也不牽強。這是多麼令人驚訝的偶然？我如果早點或晚點向鄭恩穎搭話，我和智媛是無法見面的，也許會像脫離軌道的太空船一樣，永遠飛往不同的方向也未可知。還有，如果我不是那週，而是前週或下一週參加的話，即便我們擦肩而過，也絕對不會認出彼此來的。除此以外，還有無數的「如果不是……的話」等著我們。對於願意相信他們彼此的相遇是命運的戀人來說，那是珍貴的財產，而且是無論何時拿出來都不會厭倦的菜單。我們碰了碰燒酒杯，將最後的酒一飲而盡。

「我們走吧！」我先起身並掏出皮夾，「我來付吧！」

窮人因為如此而變得更窮。他們因為覺得貧窮是羞恥，結果變得更窮。他們為了掩蓋貧窮，做著「別人都做的事」，而因為做「別人都做的事」，他們為之負債，最後為了還債，淪落為社會的奴隸。

她在我結帳的時候，推開拉門，走出香菇辣湯店的外面。我收下零錢後，跟著她走了出去。她手裡拿著手機。

「把你的手機也拿出來吧！」

我從口袋裡掏出手機，心想：啊！輪到交換號碼了。不知從何時起，人與人見面時，不再交換名片，而是像和外星人通信似的，把手機湊在一起交換信號。

「把電源關掉吧！」

她說道。

「怎麼了？不是要交換號碼啊？」

「關掉吧！」

我按照她說的，把手機的電源關掉。她的手機電源也嗶的一聲關掉了。

「好，現在我們都不存在了。」

她這麼一說，我感覺真的好像從名為世界的網路中被刪除一樣。

「如果有人因為急事打電話找妳，那怎麼辦？」

「過去一年當中，你曾經接到因為急事打來的電話嗎？」

確實有人從汽車旅館打了一通「緊急的」電話給我。

「啊，這個嘛！昨天妳打來的電話算是吧？」

她燦然而笑。

「先把電源打開的人就算輸了。我喜歡對我專注的男人。」

我們走進巷子。不久之後，我們進去了一家非常狹窄而簡陋的酒吧。我是第一次來這裡，她則說以前曾經來過一次。桌子只有三張，除了我們以外，沒有別的客人。即便如此，老闆彷彿不關心有沒有客人，態度冷淡地接待我們。老闆把我們點的啤酒送來之後，智媛向老闆說道：

「可不可以給我們杯子？」

老闆去拿杯子的時候，她辯解似的向我說道：

「啤酒要倒在杯子裡才好喝。」

「我覺得都差不多。」

「整瓶喝的話，裡面會混進口水，而且我喜歡杯子裡的泡沫，弄得好的話，在碰觸嘴唇的時候，好像鮮奶油一樣。」

她在老闆拿來的杯子裡，小心翼翼地分幾次倒進啤酒，製造出大量泡沫之後，慢慢拿起來靠近嘴唇。仔細一看，實在是非常情色的場面。她喝了一口啤酒，含了片刻後咽下去。她說：

「我覺得很久以前就已經認識你了。」

「是啊，如果包括在猜謎房裡見面，已經有幾個月了。」

「不，好像比那更久。」

「是嗎？有多久？」

「如果你答應我不笑的話，我就告訴你。」

「這是今天的流行語嗎？如果答應不笑的話……好，我答應妳。」

她把啤酒杯放在桌上。

「感覺好像我上輩子就認識你了。」

「妳是在說前世嗎？妳相信那個？」

「當然，你不相信嗎？」

「什麼？前世嗎？」

「嗯！」

「我不相信。」

酒吧裡開始流瀉出門戶樂團的〈Light My Fire〉。

她的表情十分真摯。

「我相信。所有事情都在重複。這一生就是我們過去許多世的重複。你剛才雖然說人生不會重複，但我並不覺得如此。我們肯定是在哪裡見過的。」

「妳說的好像是什麼韓國武俠巨片的內容。可是妳是怎麼知道有前世這回事的？」

「那你相信我們只是因為幾次奇蹟般的偶然，就能像這樣見面嗎？這不是更難以置信嗎？你怎麼會相信我的存在？你又怎麼相信坐在你面前的我，就是猜謎房裡的『牆裡的妖精』？」

她這樣一問，我突然覺得一切都像是海市蜃樓般。而且突然好奇起來，我對於這一切是如何這麼確信的？

「我能知道，是因為妳知道只有『牆裡的妖精』才知道的事情。」

「這個根據太弱了吧？如果我是和她同一個房間的室友呢？如果我經常在旁邊觀察她網聊的場面，聽她說過這麼多的事情呢？而且還是個嫉妒她的壞朋友的話呢？」

她露出惡作劇的微笑看著我。我也不自然地對她笑了笑。

「哎唷，妳以為我會上當嗎？」

她並沒有回答我的話，而是突然開始出起謎題。

「1、人。」

「什麼呀？猜謎嗎？」

我不自覺正襟危坐起來。她用和在猜謎房一樣的方式開始出題。

「2、十六世紀法國。」

「啊！我今天真的不想動腦筋啊！」

她並不介意，等待我的回答。

「十六世紀法國？瑪戈？聖巴多羅買大屠殺的那個王后瑪戈？」

「不是，我加個提示。身分不是那麼高的人。他是平民，職業是農民。」

「十六世紀農民？繼續GO！」

「十九歲時拋下妻子、離開村子的這個男人，在十年後回到故鄉，包括妻子在內的所有親戚，剛開始誰也沒有懷疑過這個男人。」

「結婚真早啊！所以呢？」

「只有叔叔懷疑這個男人不是自己的侄子，但這個男人的親姐姐、妻子都說絕對沒錯，是自己的弟弟和丈夫。這個故事還拍成電影，在好萊塢版本裡，主演的是李察・基爾。」

「是不是《英雄本色》？」

「是《男兒本色》（*Sommersby*），法國的原著是《馬丹・蓋赫返鄉記》（*Le Retour de Martin Guerre*）。」

「啊！我知道那本書，雖然我沒讀過。」

她露出只有在希區考克電影裡的金髮女郎才有的奇妙微笑，然後問道：

「在一個連證明照片都沒有的年代，你覺得是誰揭穿這個完美的騙徒馬丹・蓋赫的？」

「這個嘛，當然沒做過指紋或遺傳基因的檢測吧。」

「是村裡的鞋匠。為了製作皮鞋，鞋匠給馬丹・蓋赫量了腳的大小，發現他的腳比離開村子前小了很多。人的腳是不會變小的，對吧？」

「那怎麼會連他的妻子也被騙了呢？」

「是被騙了嗎？還是故意被騙？也許她認為比獨守空房要好多了吧？」

「可是這和相信前世有什麼關係？」

「不能因為現在不能證明，就認為那是不存在的。就好像你相信我就是『牆裡的妖精』一樣，我堅信這一生不會這樣一次就結束的。」

這明明是狡辯，但我並沒有反駁她。她相信我們是從前世締下的因緣，我好像沒有一定要反駁她的理由。

「你知道我為什麼相信有前世和來生？」

她擁有一雙像陶瓷娃娃的眼睛，冰冷堅硬、有陶瓷質感的瞳孔注視著我。這種眼睛似乎更適合用蠟燭代替照明的咖啡廳或酒吧。她的眼角很明顯有某種銳利的敵意，但那種敵意並不是針對我，只是掠過我身上。她望著我，眼神彷彿在請求我同意她對這世界的敵意。我搖了搖頭。

「不知道，妳說。」

智媛用右手食指向蠟燭周圍的虛空畫了一個圓圈。

「如果此生就是全部，那不是太委屈了嗎？」

咖啡廳的 BOSS 音箱裡傳出和我們這種嚴肅氣氛全然不協調的歌曲，那是山塔納爺爺的〈Smooth〉，曲風輕快而曖昧。

「那是什麼意思？」

「就如同我說的那樣啊！」

我沒有再追問，因為每個人多少都會覺得自己人生有所委屈，就如同我生來就是私生子一樣。

我輕輕用手指敲著桌子，和著山塔納音樂的節奏，她也跟著旋律頻頻點頭。我們其實都已經有點醉了，只是因為混濁的空氣和嘈雜的音樂，讓我們的腦子感到恍惚，因此感覺不到醉意罷了。但我們的心裡沒有感到一絲不快，而是正好相反。對於墜入愛河的男女而言，此刻迎來了任何話語似乎都可以獲得寬容的時刻。我覺得那一瞬間已經到來，但是先開口的卻是智媛。

「我想再多了解你一點。」

她說道。我們交會的眼神不知不覺中多出了幾分曖昧。

「我也是，我對妳這個人太好奇了。」

智媛露出微笑，她細長的鼻梁上起了微微的皺紋。她用右手食指揉著皺紋說道：

「其實最偉大的謎題就是人。」

「是嗎？」

「最近我都在想這個問題，正因為大家對人這個困難的謎題感到厭煩，所以才會看猜謎秀這個節目，畢竟那裡都是有答案的。」

「可是連我自己都不了解自己。」

「我也一樣啊！誰能了解自己呢？」

「連自己都不了解的我們，什麼時候才能了解彼此？」

「是啊，有可能了解彼此嗎？」

她看了看手錶。

「今天只剩十分鐘了，民秀。你還覺得今天也許會是你人生當中最精彩的一天嗎？」

「嗯……不是得等今天過完了才能知道嗎？」

「如果還不確定的話，那現在是不是應該做點什麼呢？為了讓今天成為最精彩的一天，也就是說，為了要在以後記得今天，不是應該做點什麼嗎？」

現在只剩下十分鐘了，這十分鐘裡能做什麼呢？照相嗎？但是我們現在只有畫素不太好的手機照相機而已，而且電源還關掉了。

「這個嘛！那是什麼呢？」

她堂而皇之地注視著我的臉孔，燭光在她的眼睛裡映出柔和的陰影。她露出奇妙的微笑，並且凝視我的眼睛，過了不久，她的身體突然後仰，大笑出聲。我感覺自己似乎正看著薄冰上出現裂縫，那一瞬間，好像有某種非常驚險的東西從我倆中間掠過。

「幹嘛呢？喝酒吧！」

她舉起自己的酒杯碰了我的啤酒瓶。我將瓶子裡剩餘的酒喝完，嘴裡其實已經不存在所謂啤酒味道的東西了，只是稍微有點甜味罷了。她又看了一次手錶，說該回家了。她先我一步起身，去付了酒錢，我雖然說我來付，但她還是硬將自己的信用卡掏出來。我推開門，走到外面，呼吸到冰涼而新鮮的空氣之後，才想起她剛才想說的會不會就是接吻？像我這樣的男人通常被叫做「傻瓜」。

她不知道是不是去了洗手間，過了好久才出來。我把衣領扣好。我們所在的空間不再是浪漫燭光映照的親密空間，而是喝醉的人踉踉蹌蹌經過的寒冷巷子。不知是否因為如此，我覺得和她好像比剛才略為疏遠了。她看著我笑著，好像想打破這種不自然的氣氛。我們緩緩走出巷子。我輕輕伸出手握住她的手，她沒有掙脫，而是緊緊握住我的手。她的手冰涼而乾燥，我握住的好像是冬天的樹枝。那麼她應該能感覺到我的手很溫暖吧？我心裡萬分慶幸。

「有件事我很好奇。」

她輕輕搖晃被我握住的手問道。

「什麼事？」

「在猜謎房裡，你應該對我有過想像吧？你想像中的我和現在的我，哪一個更好？就是比較『牆裡的妖精』和這裡的徐智媛。你應該想像過吧？我和你想像中的很不一樣吧？」

我明知道這種問題不能考慮太久，但還是猶豫了片刻。這好像不是那麼簡單就可以回答的問題。我回答道：

「現實中的徐智媛好太多了。」

「真的？」

「可以像這樣牽著妳的手，也可以一起喝啤酒啊！」

「哎喲，我不是說這個啦！你告訴我真話。我是認真的。」

「這個嘛，比我想像中的更漂亮，個子雖然不是那麼高，但是個性好像和那時沒有什麼不同。比起網路上，稍微有點害羞。」

「你說我漂亮？」

「當然。」

「我從來沒有那樣想過。你是不是故意安慰我啊？」

「才不是，我是真心的。」

「我的臉有點不協調，只有眼睛比較大，其他都太小，聚在一起不成比例。而且我的肩膀太窄。唉，除了這些以外還很多呢！」

對於她這麼評價自己，我覺得有些意外。這種「不協調」正是她的魅力所在。她的認知卻恰好相反。

「妳的臉怎麼了？就像日本少女漫畫裡的人物啊！」

「那不就是說我長得不好看嗎？我不喜歡那種臉孔，看起來又傻又笨的。」

我不知道該怎麼接話。

「小時候哥哥們都取笑我，說我長得醜，還懷疑我們家怎麼會有像我一樣的小孩。」

「我們家是長房，那些表哥常常來。你都不知道他們是怎麼欺負我的，所以那時候我經常哭。」

「哥哥們？」

「我如果有像妳一樣的妹妹，一定不會說那些話的。」

「真的？」

「當然。」

她把我的手握得更緊。這次輪到我問她：

「我怎麼樣？跟妳想像中的很不一樣嗎？」

「從你每天晚上都上網聊天來看，我從來沒期待過你會是個美男子。」

看我故意裝出嚴肅的表情，她笑著說道：

「其實外貌這種東西我沒放在眼裡的。」

「這是稱讚嗎？」

「嗯，是稱讚啊！我只是喜歡你這個人，不管什麼事都想對你說。你是個懂得傾聽的人。」

「這種話我還是第一次聽到。」

「以後你會常常聽到的，從我這裡。」

這樣的心情還是第一次，就像她在酒吧裡說過的，是那種已經認識很久的人再次相逢，問候彼此是否安好，分享彼此感情的心情。我感到隔閡迅即消失，許久以前積累的親密感再次恢復。

「對了，妳說妳家在哪裡？」

我問道。

「我從來沒說過。」

她笑盈盈的仰頭看著我的臉。我又再次問道：

「妳家在哪裡？」

「平倉洞。」

「妳得坐計程車回去了。」

「是啊！」

幾輛計程車駛過之後，終於攔到了一輛。她坐進車裡後，用明朗的笑臉向我告別道：

「我會跟你連絡，再見！」

我站在街道上，直到計程車完全消失在黑暗之中。我開始像兔子一樣蹦蹦跳跳走路。某家開著門的咖啡廳流瀉出威斯朋艾許樂團的〈Everybody Needs A Friend〉，吉他彈奏哀切的旋律，呼籲人類都需要他人的幫助和關愛。我想向那間開著門的咖啡廳大喊，你不懂，人類需要的不是朋友，而是戀人。

我開始走上有些傾斜度的山坡，腳好像碰不到地面。我折斷因為我跳起來而搖動的樹枝。我跑過去踢了已經扭曲的易開罐，罐子飛起來，擊中塗鴉壁畫裡畫著的人臉。已經熄燈的愛迪達代理店櫥窗貼著廣告海報，海報上印著腋下夾著籃球鞋的黑人，站在「Impossible is Nothing」的字下方。我想親吻那張海報。那個晚上，我覺得所有事情都是可能的。我感覺自己是全能的存在。只要我下定決心，所有事情都能成就。無論多麼沉重的東西，我都能夠輕易舉起，甚至就算中了槍也不會死。我哼著威斯朋艾許樂團的歌走在路上。有一個喝醉的人在路燈前面嘔吐。他抱著路燈淒厲喊道：

「喂！你這兔崽子，到底要我說幾次，不是那樣的。你，幹！你不相信我嗎？啊？」

我拍了他的背。他不知道我是誰，可是向我道謝。我從口袋裡拿出衛生紙，他接過去擦了嘴巴，可是我一離開，他又開始向著路燈訴苦。

「喂，你這小子，你聽我說啊。你不聽嗎？」

我用戀愛中人特有的深情，變成萬事都可以包容的人。考試院大樓的電梯雖然故障，但我還是用愉快的心情走上樓梯。在狹窄的走道上，陌生男人撞到我的肩膀揚長而去，但我還是先向他說對不起。我好像變成了一個充滿喜悅的狂熱信徒。

17

我用鑰匙打開房門，進去後，把包包丟在角落，然後坐在書桌前，打開筆記電腦的電源。可是打開電腦的那一瞬間，我才想到其實我也沒有什麼可做的。看完感人的電影之後，會查找別人寫的影評或感想，支持的足球隊贏了的話，會等待隔天的新聞報導，可是戀愛和電影、足球不同。沒有人可以一起分享喜悅，就算有，是否可以分享喜悅也是一個疑問，大概只是勉強忍受聽你敘述的程度。沒有一個留言板可以透露我的新戀情，也不存在會熱烈歡迎我的社群。為什麼大家可以針對一臺新上市的數位相機或老掉牙的電視連續劇整夜討論，但對於給予一個人的生命如此大喜悅的戀愛卻保持沉默？我突然對於這個巨大都市暗中瀰漫的靜默感到訝異。是不是正因為如此，戀人們才會製作只屬於兩人的迷你網頁？在那裡可以上傳祕密留言、祕密照片，享受別人無法分享的喜悅，慶祝只屬於兩人的勝利？

我等待著她的電話或簡訊，但是距離她到家的時間已經過了很久，她仍然沒有發來消息。我為了等候唯一能分享今天這個喜悅的聽眾，與一擁而上的睡意戰鬥，可是她一定是回到家就立刻就寢了。我這樣安慰自己。不落俗套，多好啊！就好像是以前的人談戀愛一樣，很好嘛！

幾天前，我在圖書館看到一本雜誌裡有個專欄，專欄以這樣的問題開頭：如果安娜．卡列尼娜有手機的話，她會選擇跳向急馳過來的火車嗎？筆者主張，如果渥倫斯基能發出簡訊，安娜就不會自殺，誤會也能輕易化解。如果春香和李夢龍都持有手機，春香立刻就能知道夢龍狀元及第的事實，夢龍也不會不知道南原新來的使道大人是個變態。

「你平安到了漢陽了嗎？新來的使道真是個變態，他竟然要我去謁見他，他是不是瘋了？」

他們是不是會傳送這樣的簡訊呢？可是當時自然沒有手機這種東西，信件需要人力配送，至少需要一星期以上的時間，而且還經常出現信件無法送達目的地的情況。當時只要離開家，至少就是一整天音訊全無，到稍微遠一點的地方去旅行，可能就要相約幾年後才能見面。如果是現在的話，羅密歐的流放對彼此而言，大概不會是如此痛苦的事情，這兩個戀人也不至於死亡。正是因為身處那樣的時代，所有的戀愛都變得如此哀切，一丁點誤會也會造成致命的傷害。可是我們的時代有手機、簡訊、電子郵件和部落格，甚至還有GPS。我們可以知曉自己現在身在何處，而且也曉得別人能知道我們現在身在何處。如果真的不知道的話，只要按下通話鍵，就能立刻解決。電池的功能也越來越好（所以也越來越難辯解說電池沒電了），大家出門很少會不帶手機，而手機電源關掉的時候發來的簡訊或電話，在電源開啟的那一瞬間都可以看到，這些附加服務越來越普及，現在可以拿來當音訊全無的藉口，幾乎已完全不存在。突然，我明白了為何最近電視流行歷史劇的理由，不正是因為撰寫現代劇越來越困難，所以才製作歷史劇嗎？

但是我越想越無法得到安慰，反而對於不打電話給我的智媛，心裡益發埋怨。只要有一個理由，我都能接受。她大概是不想叫醒已經睡著的我吧？明天早上眼睛一睜開，就可以看到她的簡訊了。我連臉都沒洗，一頭鑽進被窩裡。

可是到隔天中午為止，都沒有任何消息，我突然隱約覺得昨天的見面是一場許久以前做的夢。前一天近似躁鬱症的全能感和喜悅，猶如東海上的C級颱風一樣消失無蹤，刻骨的憂鬱嚴襲而來。等待是痛苦的，不過一天的時間，我卻得經歷如此激烈的感情雲霄飛車，這個事實讓我有種難以忍受的疲憊，甚至到了我寧願回到昨天以前的程度。今天根本不是昨天的延長，而是截然不同的另外一天。我甚至懷疑，我是不是在睡夢中被傳送到天體物理學所說的異次元宇宙。

我早餐和午餐都沒吃，像屍體一樣躺著。手機雖然從昨晚開始一直充著電，但沒有任何消息。我懷著試試看的心情，查看了通話紀錄，但她第一次打電話給我時，使用的號碼並不是手機，而是區域號碼「02」開始的一般電話。這可能是電視臺的業務用電話，我按下通話鍵，想打那隻電話試試，但只傳來「這個號碼無法接聽電話，請您確認以後再撥」的訊息。我掛斷電話，然後再次躺回床上。那之後我腦海裡想的，幾乎都是貶低、責備自己的話語。越想越覺得自己是個沒有任何價值的人。剛開始我覺得她工作很忙，應該盡量諒解她，但淺薄的同理心一下就用完了。憤怒的刀刃揮向我的內心，我把自己送上了斷頭臺。我不能埋怨她，被告當然就是我了。我變成檢察官提起公訴，又變成法官進行宣判。我所有的一切、我的存在與行為都成為罪惡。

昨天對你的了解已經夠多了，為什麼還要跟你連絡？不是嗎？那麼出色的女人為什麼要和你這個無業遊民兼沒有未來的同齡男人見面？她那麼親切對待你，你應該要感謝她啊！那是因為她覺得你很可憐才這麼做的，因為她認為是最後一次，才有可能這樣大發善心的。不就是多給你這個令人討厭的傢伙一張餅嗎？那是因為同情你啊！如果她真的喜歡你，絕對不會讓你在等待的地獄中受苦的，她早就給你電話號碼了。

我無意中做過的所有舉動、所有發言都給送上了審判場。我回想我所說過的每一句話，幾乎都是有罪的。有些話太過感傷，有些話太幼稚，還有些話非常不恰當。喝酒也有罪，我牽了她的手也有罪，甚至我問她住在哪裡都是有罪的。在想像的法庭裡，和我長相相同的陪審員、聽眾和檢察官都在侮辱我。我用被子蒙頭，如果電話再不來，我可能會做出愚蠢的事。無論是誰都無所謂，我真想央求他把我從這個監獄裡拯救出去。

啊！再這樣下去，我真的會瘋掉。我看了看錶，已經是下午五點了。時間雖然流逝，但厭惡自己的力氣仍然沒有耗盡。那是破壞性的能量。能把我從這個破壞性能量中拯救出去的只有一人，那就是徐智媛。誰賦予了她這種無上的絕對權力？正是我自己啊！領悟這個事實以後，我更生氣了。我低頭看了看手機，昨夜想像著羅密歐和春香簡訊的從容到哪裡去了？我按下電源鍵，關掉手機。啪啪，如同小瓢蟲死去一樣，藍光緩緩消失（順道一提，每次我關掉手機電源的時候，真的都會有捏死昆蟲的輕微罪惡感）。我不能再等下去了，我要出去散步、到公園晒太陽、讀書，不能再把自己的靈魂依附在那小惡魔身上了。

我去公用浴室簡單洗了個臉，然後走到外面。忙碌奔走的人群看起來非常愉快，有幾個人笑著和別人用手機通話。別人都這麼幸福，只有我在乾涸的井裡刮著牆壁。悲哀一擁而上，但比起悲哀，更令我無法忍受的是幻聽。手機的振動聲不知從哪裡持續傳來，因為是幻聽，當然也無法關掉電源。

啊，我真的受不了了，管他什麼散步，我都不需要了。我開始轉身朝著考試院跑去，內在的某種理智也無法阻止這股力量。

我慌慌張張地跑進考試院，拿起丟在桌上的手機，打開電源。我用雙手恭敬地拿著散發出藍光的手機，附近的基地臺要意識到我那從睡夢中醒來的手機，大概需要幾十秒鐘的時間。這種等候手機和網路連結的行為，具有某種虔誠的感覺，那一瞬間，手機不僅僅是單純的機器，更接近擁有靈性的神器。

可是等候了幾十分鐘，手機裡還是沒有出現任何簡訊，我靜靜將手機放在桌上，心想若用錘子把它敲碎，我就會獲得心靈的宣洩，一定會的，毫無疑問。可是經濟上會有一些影響，而且我根本沒有錘子。好！克服吧！用精神力量來戰勝吧！我閉上眼睛，念起咒語：你只是手機，只是由塑膠外殼、液晶畫面、電池和半導體構成的機械而已。

《三國志》裡經常出現為了洩憤而將沒有罪過的使臣斬首的情節，我的手機和那些使臣並無二致。我出神地望著書桌上的手機，它默默躺在那裡，等候我的處置。唉！你有什麼罪呢？有罪的人是不打電話的智媛或者心焦如焚的我吧？如此一想，方才莫名的憤怒也為之冷卻下來。

大概過了四十分鐘之後，手機劇烈振動起來，雖是陌生的號碼，但我還是接了起來。對方用怪腔怪調的聲音向我打招呼。

「哇！這些日子過得好嗎？」

沒有一個中年男性會那樣跟我打招呼。

「對不起，您是……」

「這是李民秀先生的手機吧？」

「是的。」

「我是李春成，以前曾經給過您我的名片。」

「名片？什麼時候……？」

男人似乎有點失望。

「年輕人記憶力這麼不好行嗎？那時猜謎秀錄影結束後，我在電視臺的走道上……」

啊！那個灰色西裝。

「啊！是的，您好！」

我如此說道，一邊用右手翻著口袋，想尋找他的名片，但是卻找不到。
「您終於想起來了？想起來就好了。」
「是，是啊。」
我在不覺間也放低了自己的姿態，向著空中頻頻點頭。
「我打電話給您，是因為雖然李民秀先生最近一定公私兩忙，但請您一定要和我見個面。」
男人說話的語調非常獨特，因為想盡全力語帶恭敬，不自覺就開始囉囉嗦嗦，但是這些冗長的話總會讓他舌頭打結。而且他每次都使用不恰當的詞語，反而讓句子出錯。
「那麼，我們在哪裡見好呢？」
男人又再次催促我。
「這個嘛，我是……」
「啊，這樣的話……」
我打斷男人的話。
「可是您為什麼要見我？」
「哈哈，是好事啊。跟我這樣的人見一面，喝杯茶，聊聊天啊。彼此見個面也沒什麼壞處吧？」
「那倒是。」
「您很忙嗎？」
「不，那倒不是。」
「那就請您抽出時間吧！我不會虧待您的。」
男人進一步說道。年紀比我大的人低聲下氣的跟我說話，我實在是無法拒絕。

「不用啦，不需要這樣。那我們在哪裡見面呢？我住在弘大附近。」

「您既然已經看過我的名片，就應該知道，我不是騙子或推銷員那種差勁的人。」

「啊，是的。」

我也不自覺的彎腰鞠躬。李春成做出最後決定。

「那我下週找個時間過去你那邊看你。」

我們約好在弘大正門附近的咖啡廳見面。他豪放地大笑後掛斷電話。我放下手機，雙手把夾克翻過來搖晃，只見他的名片掉到地上。

名片就像其他的一樣平凡，白底黑字，上頭印著他的名字和電話號碼，電子郵件等。比較特殊的是，在應該印著公司或團體名稱的地方，用略嫌誇張的字體印著「Fata regunt orbem! Certa stant omnia lege.」這個完全不知其意的句子。

我在網路上搜尋，那並不是公司名字，而是拉丁語格言，意為「不能確定的屬於命運主宰的領域，確定的則是人類才能所管轄的領域」。這到底是什麼意思？我端詳了許久，卻不明所以。乍看之下，似乎是句極其平凡不過的話語，而正因為如此，才會覺得有些奇怪。會不會是諸葛亮那句「謀事在人，成事在天」的拉丁語版？可是世界上還有人不明白這句話嗎？我實在想不出名片上印著這種句子的人，究竟為了什麼事要見我，可是出去跟他喝杯咖啡，也沒什麼大不了的。

我又想起智媛，可是那一瞬間，我的腦海裡突然浮起一個好主意，只要登入我和她見面的聊天網站，就可以確認其他會員的簡介。就算查不到地址和電話號碼，大部分的情況下都會公開自己的電子郵件資訊。我立即起身打開筆電。我為什麼到現在為止都沒想過這個方法？只是這樣發呆，躺著等電話，為什麼不若無其事的寫封電子郵件給她……？那天平安到家了嗎？我也平安到家了；我非常愉快，妳呢？有空的時候打通電話給我；如果妳使用ＭＳＮ，請告訴我妳的ＩＤ

之類的。寄出這樣的電子郵件，她應該不至於把我視為可悲的懦夫吧？

電腦啟動後，我立刻打開瀏覽器，連結到聊天網站。找出她的ＩＤ並不困難，簡介出現後，她的電子郵件信箱也隨之出現。不只電子郵件，還可以發送站內訊息，但如果對方沒有同時登入聊天網站，訊息也無法送出。我決定要寄電子郵件給她，複製了她的信箱地址之後，打開郵件程式。程式一打開，過去沒有閱讀的信件一一堆積在「收件匣」裡。我習慣性按下「收件匣」的信件，結果大吃一驚，急忙把頭緊貼在螢幕前面。在幾封垃圾郵件中間，寄信人為「牆裡的妖精」的郵件夾雜在裡頭。因為我全然沒想到她會寄電子郵件給我，心裡反而有種不祥的預感。

為什麼知道我手機號碼的人會寄電子郵件給我？滑鼠游標雖然已經抵在郵件主旨上，我卻猶豫不決，無法按下。但最終我還是按下了滑鼠，不一會，電子郵件的內容就出現在畫面上。

你好！

嚇了一跳吧？我不是騷擾者，只是無意中按下你的簡介，上面有電子郵件信箱，不經意點了一下，Outlook 就彈了出來。嗯，我覺得這個方法也很好，所以就寫信給你了。讀小學的時候，我曾經在學校前面的文具店買了幼稚的粉紅色信紙，在上面寫了各種不像話的內容到處寄送。可是現在在電子郵件上寫信都覺得很不自然了。我覺得電子郵件也像當年的粉紅色信紙一樣，已經變成極其久遠的媒介了。首先要寫得很長，還要依循某種形式，一開始還要提到天氣如何如何。

可是我為什麼選擇寫信？我也突然好奇起來，是不是女人的心裡永遠都存在如此的欲望？想要給誰寫長信的那種欲望。

你知道一個叫伊迪絲．華頓的美國女作家嗎？哈哈，我好像已經看到你為了尋找答案而動著腦筋的樣子。對，就是那個寫下《純真年代》的人，她的小說裡有這樣的句子：

「女人這種存在就好像是滿是房間的宅邸，裡面有供人們穿梭的走道，也有接待客人的會客室，還有家人共度的客廳。可是走過這些房間以後，另有一些完全不同的房間。誰都沒有摸過門把，甚至不知道有這些房間存在，就算知道，也不知道如何進去。這些房間當中最深邃的房間裡，在那個最神聖的地方，靈魂在此獨坐，等候永遠不會到來的某些腳步。那正是女人的本性。」

我非常喜歡這段文字，我也不太清楚我內心最深的角落有著什麼樣的房間？即便如此，我似乎在那裡面等待著某人。可是當那個人真的出現的時候，我是不是能認出他？也許我會坐在永遠不為人知的深邃房間裡思考這個問題。

你一定會認為我很愚蠢吧？是的，我好像有點愚蠢，我現在終於知道了我寫這封電子郵件的理由。正是因為我的愚蠢，正是因為見面的時候我不能說出如此愚蠢的話所致。見面的時候，彼此要微笑，要聽音樂，還要喝啤酒。於是，有些事情變得理所當然，最後一切也都變得沉悶了。

我害怕我會讓你失望，我害怕有一天環視四周時，卻突然發現認識我的人、我為之敞開心扉的朋友全部離我而去。如果是這樣的話，請你現在就告訴我。我雖然喜歡你，但也熱愛現在平穩的生活，因為好久沒有這種安定的感覺了，我不希望毫無準備就為之動搖。

手機每天都有新機型上市，可供交流的機器及其速度也快速發展，為何邀請某人進入我內心最深邃的那個房間是如此困難？為何人與人之間彼此理解、接受，向對方敞開心扉仍是如此吃力？

啊！我真的不知道。期待你明智而愉快的回信。

（期待能破繭而出的）牆裡的（醜陋）妖精

看完她的電子郵件，我第一個想法是，是不是我做錯了什麼？這會不會是巧妙的拒絕？或者溫柔的告別儀式？但是讀了幾次之後，我認為她是在小心翼翼地邀請我進入她的世界。如果真是這樣，就我而言，實屬幸運，但以邀請而言，又似乎有哪裡顯得陰暗未明。正如她引用的伊迪絲．華頓的文句一樣，我腦海裡浮現她坐在大宅邸的某個深邃房間裡等待我的形象，畫面卻讓人不是太愉快。那就是女性嗎？抑或是女性特有的某種自我陶醉的幻想？為了走近她們，是否一定要穿越那像似迷宮的走道，徘徊在無數的房間之間，才有可能？我突然愚蠢地想起《簡愛》裡的羅徹斯特夫人，那個患有精神病的奇怪女人，因為嫉妒丈夫和家庭教師的愛情，放火燒了家裡，丈夫羅徹斯特先生因而失明。其實我也不明白究竟為何突然想起這個情節。

讀了太多的書，經常都會思考一些無用的東西，那就是民秀哥你的問題所在。光娜經常這麼說。

18

智媛的電子郵件非但沒能讓我安心，反而讓我愈發緊張。她向我提議進行一場比賽，她發的球進到我的場中，此刻該輪到我接球了，比數仍然是零比零！

這個暫且不表，到底「明智而愉快的回信」應該怎麼寫啊？我的頭皮發麻。真是奇怪，為什麼女人要將男人弄得慌亂不已之後，再從中感到喜悅？就打電話約好見面，然後喝一杯冰涼的啤酒不行嗎？

我站起來，想在房間裡走走，但房間太窄，根本沒有辦法邁開腳步。這是我在煩悶或想不出好主意的時候，經常會出現的習慣，但在這裡是必須放棄的。我又再次坐在椅子上，就在那時，隔著牆壁傳來細微的聲響。

大概是隔壁房間的女人回來了，我能聽到放下包包的聲音、脫下外衣的聲音、椅腳拖過地面的聲音。要不要把電子郵件的內容給她看看，問問她的意見？同樣都是女人，一定比我更能好好解釋（或翻譯）那封電子郵件吧？我認真地思考了一下這個問題，決定還是不要這樣做比較好。

我鎮定心情，坐到電腦前，這是為了開始寫「明智而愉快的回信」。可是光第一句就比我想像中花了更長的時間。我又再次輾轉於各種入口網站，迷失在各類謠言和八卦叢林之間，將寫下第一句話的時間往後拖延。當然我不能永遠推遲下去。

我終於寫下第一個句子。

智媛：

讀完妳的信後，我一直為要如何寫出「明智而愉快的回信」苦悶不已，可是無論再怎麼想，我似乎也無法寫出那樣的回信。在我放棄了那個帥氣的角色之後，終於可以開始寫下去了。

我經常憶及在小公園第一次看見妳的情景。現在想來，我那時有些魂不守舍，不，用這種程度的詞彙來形容其實是不夠的。我的意思是說，儘管妳坐在我的身邊或面前，我還是完全想不起妳的臉孔。我很驚訝地看著妳，妳哪裡也沒去，還是坐在那裡。我看清了妳的臉孔……啊！是的，就是這張臉，這個人就是徐智媛，「牆裡的妖精」。可是當我的視線再次移開，我又完全記不起妳臉孔具體的長相，就在剛才、不過幾秒以前才看過，我就已經記不得了。妳的眼睛長得怎麼樣？眼睛大嗎？抑或是長長的鳳眼？鼻梁呢？高還是低？應該說妳長得像誰呢？那一瞬間，如果有人問我這類問題，我一定回答不出來。有人說如果右腦的特定部位受到衝擊，就會出現類似的情況，說是無法精密區分或記住別人的臉孔。也許能認出卓別林的照片，卻無法認出自己的妻子，當然，我沒有這種病，以前從來沒發生過這種事情，只有在那一瞬間如此。

我也很驚訝，為什麼會這樣呢？我一直在思考其原因。也許和去尋找妻子，要把她從地獄裡帶出來的奧菲斯心情一樣吧？是不是和他終究回頭看了尤麗迪斯的理由類似？是不是妳這個人即便身處這麼近的地方，我仍不敢相信？是不是感覺妳就像幻影、幽靈一般？是不是因為如果我靠近妳、撫摸妳，妳就會像煙霧一樣消失於無形，所以我大腦裡的某個部位阻擋儲存、分類妳這個人的形象？我就像個傻瓜一樣，鎮日想著這些事情。

可是妳連一通電話都沒有打，一則再平常不過的簡訊也沒發，就這樣銷聲匿跡了。這兩天，我真的像神話裡的奧菲斯一樣，迷失在我內心的地獄裡。啊！我實在是不想再提那地獄的光景了。所以說實在話，我是恨妳的，可是在恨妳的同時，我又拚命想要回想起妳的面容。為了不要讓我更恨妳，不，至少要讓我記住我恨的人的臉孔，我們一定要見一面。妳收到郵件以後，一定要打電話給我。今天、明天都沒關係。不，有關係，事實上，我迫不及待，如果超過明天，也許我會變成和現在不一樣的人也不一定。嗚嗚。希望妳認真思考我的這個威脅（？）。

十分想念妳的民秀

P.S. 我也知道「人與人之間彼此理解、接受，向對方敞開心扉」是一件困難的事，但我不認為那是不可能的任務。如果連靠近彼此靈魂的這種冒險都沒有，那我們的人生不就太沒意義了嗎？

寫到這裡以後，我才伸懶腰、看了看錶，不覺間過了兩個小時。起初只是懷著接球的輕鬆心情，但開始寫了之後，因為沉醉於感情，似乎淪為太過於感性的信件。越讀越覺陌生，這真的是我寫的嗎？我怎麼會寫出這種文章？嗯，這封信可不能寄出，我握住滑鼠，模樣猶如尖銳箭頭的滑鼠游標滑過 outlook express 的工具選項上方，最後停留在電子郵件視窗上端的「X」字上，如果按下，那這封令我羞愧、陌生的信件就會彷彿一開始就不存在似的，瞬間消失無蹤。滑鼠的游標就如同瞄準獵物的長槍一般，始終執著地對準符號X，可是我並沒有點擊，游標再次移向「寄出」的選項一側，但立刻又離開那裡，在畫面上四處流竄。

我的右手從滑鼠上移開，開始敲打鍵盤，修飾電子郵件的內容。將最後一句「十分想念妳的民秀」改為「因為恨妳腦子有病的民秀」，這樣看來就更輕鬆一些，也似乎中和了上面寫得比較嚴肅的內容。然後我移動滑鼠，按下「寄出」。撰寫中的電子郵件視窗好像被吸入黑洞一樣，瞬間變小，最後成為一個黑點，一個小小的殘影。費盡心力寫好的文章經由數據機和纜線輕易地飛走，我竟有些不知所措。

類似「你真的要寄出郵件嗎？」或「你有信心寄出後不會後悔嗎？」的提問完全沒有出現，當然也沒有寄出之後再次修正，或取消寄出的功能。我承受著暗暗後悔的攻擊，但是已經無法挽回了。我只能以後寫電子郵件給比爾．蓋茲，建議他研發「為膽小的人準備的 Windows」。

19

郵件寄出去之後，我的心裡輕鬆許多。我把書桌收拾乾淨，在上面放上白紙，然後寫下過去這幾天在我身上發生的事情。崔女士的過世、和光娜分手、搬到考試院、在便利商店打工、參加電視節目錄影，以及和智媛見面，這段時間真的發生太多的事。可是在辛苦承受這一切的同時，我覺得自己成為比以前堅強太多的人。一想到以前的我是多麼軟弱的存在，我不得不為現在的我感到自豪。雖然沒有家人，獨自居住，但不覺間已經慢慢習慣。我也生出只要有屋頂，在哪裡都可以生活的自信。而我進入猜謎秀的決賽，可以說向世人證明了我不是傻瓜。最重要的是，我現在擁有一個可以向她敞開心扉的女朋友。這些事情都是在這個比宅配箱子大不了多少的考試院裡成就的。

現在只要賺錢就行了。

我的心裡突然煩悶起來。大學畢業時，我就像其他朋友一樣，為了就業，曾經將履歷表寄到各個公司，並且參加面試，但沒有獲得任何一家公司的合格通知。即便我的成績不低、英語實力也不差、個性也沒有問題，但每次都是如此。在第五次面試時，我終於得知真實原因。面試官在翻閱我提交的申請文件後，詢問我的家庭關係。

「我和外婆住在一起。」

「你的父母親呢？去世了嗎？」

「母親在我小時候就過世了，父親則不太清楚。」

我看到面試官們面面相覷，露出隱約的微笑。「正直是最好的對策」這句格言，至少在就業時是沒有任何助益的。

「不太清楚是什麼意思？」

其中一個面試官問道。

「就像我說的一樣，我不太清楚。」

坐在提問的面試官旁邊的人，戳了戳他的腰際，發出不要再問了的信號，他們好像對我失去了興趣。之後，他們只針對除了我以外的其他申請者提出多樣的問題。

「好的，大家辛苦了，你們可以出去了。」

另外兩名競爭者比起我被問了更多問題，表情明朗地走出房間。我原本也想跟在他們後面走出去，但停下了腳步，再次轉身走回面試官前面。我將雙手交錯在身前，用最恭敬的態度向剛才問我問題的面試官詢問道：

「我有不明白的事想請問您，如果我想在這麼好的公司工作，應該改善哪些方面呢？」

坐在最右邊的男人燦然而笑問道：

「我們還沒決定是否聘用，為什麼一副好像已經落選似的呢？」

我換了一個問題。

「那麼，如果我無法順利進入這間公司，我應該改變自己哪些地方呢？請務必告訴我。」

他們悄悄地交換著視線，外表看起來好像很難堪，但內心似乎非常享受，即便如此，他們仍遲遲不答。坐在中間的男人乾脆連看都不看我，開始在他面前的白紙上寫下什麼，最後是剛才問我問題的男人回了話。

「原本回答這類問題是不行的，但考慮到我是你大學學長，所以才告訴你，你絕對不能說出去。嗯……怎麼說呢？你也知道，因為我們是金融公司，所以信用非常重要。換句話說，能不能信任這個人是非常重要的，因為我們處理的不是自己的錢，而是客戶的錢。」

他再次確認了我的名字之後，繼續說道：

「雖然講這個話有點失禮，可是李民秀先生在這個部分是很難獲得周遭支持的。畢竟新進職員的信用都差不多。」

他雖然很委婉地說出「周遭」這個詞，但我立刻就知道他說的是家人，特別是指父母。

「關於那個部分我也無能為力，不是嗎？」

為了不讓我的問題聽起來太過挑釁，我特別留意語調，語尾下降，表情也十分恭順，但那並不是演技。我特別想知道這個社會是怎麼看待我這種人的。

「問題就在這裡，個人無可奈何的部分當然存在，可是那永遠是最重要的。你回家去好好想想我的話，社會就是如此：因為是女性所以受排擠；因為年紀大被炒魷魚；因為貧窮沒辦法上大學；因為是韓國人，所以受到差別待遇，諸如此類的現實。只有接受這些現實，你才能看到自己的路。背景也是能力的一部分。」

這面試官一副好像就算捅他一刀也不會流出一滴血的模樣，大發慈悲般說道。

「謝謝，我會銘記在心。」

我低頭恭敬地行了禮。坐在中間那名五十多歲男人一直未發一語，只是在白紙上畫圖，此時抬頭說道：

「即便如此，我還是很欣賞你的霸氣。任何人都有缺陷，只要你用這種精神生活的話，一定可以克服的。最後我再給你一個忠告。我雖然不敢打包票，但李民秀先生與其從事金融業，倒不如往銷售、業務等方面發展會更適合你，祝你順利。」

那時如果乖乖跟著其他兩名競爭對手走出面試間的話，大概一整天的心情都會很憂鬱，可是至少我問了問題，所以沒有被毀滅自我的自卑感所困擾，也沒有折磨自己。不，應該說我反而產生了自信吧？雖然可能只是我自己的誤會，那一瞬間，雖然這一瞬間極其短暫，但那些面試官和我之間，似乎產生了雄性之間的友情或關聯。這應該說是求取忠告的年幼雄性，和對此產生憐惜的狡猾雄性之間，發生非常傳統的交易嗎？我感覺好像看到了這個層面。菠蘿麵包爺爺雖然也說過「這個世界不喜歡只會提問的年輕人」，但那只不過是那個老傢伙的想法，我還是認為提出問題才是像我這樣的年輕人學習、適應社會的重要方式。

反正那之後，我就轉換跑道考上碩士班。我的人生似乎存在某種迂迴道路。這是神只為我預備的道路，是不用受到父母親信用影響的生命，那種不用受「個人無能為力的部分」所左右的生命。直到現在為止，我都還在尋找那條路究竟是什麼，可是它始終沒有出現。

現在我也沒有悠閒考慮這些問題的時間。我連和智媛見面，請她喝一杯啤酒的錢都沒有，而且還得交下個月考試院的房租。我翻遍了口袋，計算了各銀行事實上處於休眠狀態的帳戶裡剩下的錢，可是加在一起也不到五萬元。我真是鬱悶啊！真希望有誰，就像算命仙一樣的人能告訴我，「你的人生就是這樣，所以順著這條路走」就好了。

韓潔以前曾經說過：

「我們是檀君[8]以來讀最多書、最聰明的世代，不是嗎？能說流利的外語、操控尖端電子製品也像樂高積木一樣得心應手，幾乎所有人都是大學畢業，多益分數也是世界最高水準，就算沒有字幕，也能看得懂好萊塢動作片。打字達到每分鐘三百字，平均身高也很高。至少會彈奏一種樂器，對了，你不是也會彈鋼琴嗎？閱讀量也比我們上一代多太多。我們父母那一代只要精通我剛才說的其中一樣，不，只要跟我們差不多，就可以一輩子不愁吃穿。可是為什麼現在我們都是無業遊民？為什麼大家都變成失業者啊？我們到底做錯了什麼？」

「我們沒做錯什麼。」

我也附和著。事實上，長輩對我們這一代的印象就是不讀書、沒能力、只會玩電腦遊戲，但這完全是錯覺。真正不讀書、沒能力、外語不行、甚至沒有愛好的人，就是那天坐在面試場裡俯視著我的面試官，而不是我們。我們出生在八〇年代，在彩色電視和職棒的陪伴下成長，並且在富裕的九〇年代上學。讀大學的時候，去外國學過外語，也當過背包客；二〇〇二年世界盃足球

8 韓民族起源的神話傳說中的開國始祖，創立了檀君朝鮮。

賽時，目睹了韓國進入前四強的場面。我們這一代是看到外國人不會退縮、外國的廣告看板中能看到我國演員臉孔的第一代。我們受到的教育比歷史上任何時代都更多樣，文化上更先進，生而為優秀的世界公民。

我們經歷從 DOS 到 Windows，從寶石字形到 HWP[9]，從以 Unix 為基礎的數據通訊發展為網際網路，我們對於大部分的操作系統程式都能操控自如。以前只有專業攝影師才能拍出來的照片，我們也能用幾十萬元的照相機照出來，過去只有電視臺才能拍攝、編輯的視頻，我們也能輕易地完成。一言以蔽之，我們和上一代的人完全生活在不同的國度，和以前的世代相比，我們幾乎可說是超人。我們出生於落後國家，在發展中國家成長，然後在先進國家讀大學，可是現在的我們沒有工作，這像話嗎？

韓潔也同意我的話，他口沫橫飛地說道：

「我們從小學到現在，每天從早到晚只是坐在書桌前面讀書，乖乖做著父母或老師叫我們做的事情，為什麼會有這樣的結果？世界上充滿性能卓越的東西和必需品，為什麼我們的口袋裡沒有可以購買的錢？不是說每個人的國民所得是兩萬美元，這些錢都去了哪裡？你知道我們為什麼這樣活著？我覺得我們太順從了，那些老傢伙根本不怕我們嘛！你想想看，三八六世代[10]手裡不都拿著汽油彈？那些怕死的老傢伙心裡有多害怕啊？他們得畏懼我們，才會為我們創造就業機會，才會給我們提高薪資。這些該死的大企業根本就不招聘，只是在大學裡蓋了各種建築而已，

9 寶石字形是一九八五年韓國三寶電腦最先研發、上市的韓文文書軟體。HWP 是 Hangul Word Processor，韓國專用的文書處理軟體。

10 指在一九六〇年代出生，一九八〇年代上大學，積極參與學生運動和民主化運動的人士，年齡大約等同臺灣口語中的「五年級生」。

誰需要建築物啊？」

留下這些話以後，韓潔去了瑞士的酒店學校留學，大概幾年後，不管是成為廚師還是調酒師，他一定會獲得實際的工作，然後回到首爾來。無論如何，現在我得處理延宕了許久的作業了，總不能永遠拖下去吧？我拿起鉛筆，在白紙上寫下：

我需要錢。

寫下來之後，也沒有別人會看到，可是我總覺得「錢」這個字看起來太俗氣，於是把它擦掉，在下面寫著「職場」二字。我又覺得似乎不太合適，於是又把它擦掉，寫下「工作」，因為沒有職場也無所謂，但一定要有工作才行。

我看了月曆，到了下個星期，我就在考試院住滿一個月了。怎麼辦？至少這裡有天花板，四方也有牆壁遮擋，不是嗎？如果離開這裡，我能去哪裡？我雖然絞盡腦汁，但也想不出妥善的方法來。這世界泛濫成災的金錢究竟都去了哪裡？

就在那一瞬間，我那看起來好像休眠的手機開始響了起來。我接起電話。

「喂！」

「民秀嗎？我是智媛。」

我原本想說好久不見，但想來其實也不太久，只是因為我經歷內心地獄的緣故，才覺得時間過得太慢而已。

「嗯，我收到妳的電子郵件了。妳也收到我的信了吧？」

「嗯，所以我才打電話給你啊！」

「啊！是這樣。」

「我原本想回信的……」

「不，妳這樣做太好了。最近很忙吧？」

「這星期輪到我們組錄影。你也知道那個氣氛吧？簡直是戰爭啊！」

「原來如此。」

「你週末要做什麼？」

她問道。

「週末是什麼時候？啊？明天就是週末了啊？我沒有什麼計劃。」

「那星期六見面怎麼樣？」

「好啊！星期六什麼時候？」

「這個嘛，兩點左右？」

「OK！」

我們約在韓國世界貿易中心COEX見面。啊！終於要見面了，為什麼和智媛有關的事情，適用的是和這個世界完全不同次元的時間？時間過得太慢，可是我的內心因為新的期待和興奮狂跳不已。我只要想到能近距離看到她，就覺得很幸福。可是這種幸福只是暫時，新的擔憂又立刻隨之而來。我是這麼善變的人嗎？還是如果陷入真正的愛情，人都是會變的？我好像得了躁鬱症一樣。我真討厭這個搖擺不定的自己。

見面雖好，但從下午兩點開始到晚上為止，究竟要如何度過呢？只要出門就得花錢，這錢從何而來？我真是憂鬱，而且覺得很丟臉，原來貧窮就是如此啊！即使坐著不動，也會感到丟臉和厭煩。

我走出房間，去公用浴室洗了澡。溫水傾灑下來，我的心情似乎變得好一些。我在狹窄的淋浴間裡，用毛巾擦乾頭上和身體的水滴。我真懷念晾在延南洞陽臺的乾毛巾，在陽光曝晒下，摸起來像是要碎掉似的。在考試院裡，感覺所有東西都有些潮溼。

我收拾好沐浴用品，走出浴室。隔壁房間的女人就站在門口，看她手裡拿著塑膠化妝包，似乎正想走進浴室裡。

「秀姬，妳好！」

聽到我的問候，隔壁房間的女人隱約笑了笑。

「啊！民秀，你好。最近很忙吧？」

「啊？事實上不太忙。」

「那麼……」

她正想走進浴室的那一瞬間，我叫住她。

「秀姬！」

「嗯？」

「我想拜託妳一件事。」

「什麼事？」

「啊，沒事。」

我搖了搖手。無論如何，這件事不能拜託她。

「到底是什麼事？」

她用溫柔的聲音再次問道。

「真的沒事，別在意。」

「沒關係，你說吧！只要是我能幫你的……」

我真自責我的輕率。我遲疑了好一陣子，但是她一直瞧著我的臉。最後，我不得不說出來了。

「那個，那個，應該怎麼說呢？能不能向妳借一點錢？」

「錢？」

她用腳尖在地上的墊子上畫著小小的圓，我撓著溼漉漉的頭髮。

「你借錢……做什麼？」

「突然有急用……下星期還給妳。」

她仔細想了想，點頭說道：

「好吧！」

她轉過身，拉著我往她的房間走去。她把門打開後走進去，拿著皮夾出來。她悄悄看了看左右，從皮夾裡一張張拿出一萬元面額的紙幣，一共十張，整齊疊好後，對折成一半遞給我。

「你拿去用吧！」

我接過錢，塞進褲子右邊的口袋。

「對了，我們上次吃的烤五花肉真好吃啊！什麼時候再吃一次？」

她抿嘴一笑，笑容讓人感覺有沙子從指尖緩緩流瀉而下。

「這個嘛，我還以為你覺得沒意思呢！」

「怎麼會沒意思？妳不知道我吃了多少。」

兩個男人陸續從我們身邊經過。她輕輕點了下頭，向我說道：

「那，先這樣吧！」

她打開公用浴室的門，走了進去。我回到房間，從口袋裡掏出她借給我的十萬元，放在桌子上。現在想想，這是我這輩子第一次向不認識的人借錢。她怎麼會那麼毫不猶豫就把錢借給我這樣的人？我真感謝她。從她剛才數錢的樣子看來，就可以知道這錢是如何辛苦賺來的。還她不就行了，只不過是十萬元而已，我一定會立刻找到工作的，那麼我就可以很體面的把錢還給她了。我希望下次不是在考試院的屋頂，而是在某個像樣的烤肉店請她吃烤五花肉。

我很快就進入了夢鄉。

第五章 水族館裡的鯊魚

20

這是我第一次去水族館。只要認識新朋友，似乎就會一起跟著做很多事情，包括去新的場所。認識新朋友，也意味著經歷他生活的場所。我們在三成站下車，穿過如同蟻穴的地下街，終於到達水族館。我用從隔壁房間的女人那裡借來的錢，買了兩張入場券。

走進入口，我就看到我國的特產魚。黑魚、鯰魚等長相凶惡的魚類，慢慢悠悠地游動。推著嬰兒車的媽媽排隊經過水族館前面，她們指著魚缸發出感嘆，哇！你看看，好多魚啊！可是孩子們似乎不感興趣。我覺得那些媽媽看起來更覺得新奇、快樂，在來水族館之前，似乎就已經做過很多預習。有些媽媽一直問孩子那些魚的名字是什麼，讓孩子感覺不勝其擾。要是自己的孩子偶爾說對了魚的名字，媽媽就會大聲說道：

「哇！我們家兒子說那是斑馬鯊呢！我兒子長大了，可是為什麼鯊魚的名字是斑馬呢？」

「因為牠像斑馬，所以叫斑馬鯊啊！」

在進行這種問答的同時，其他的媽媽已經帶著孩子走到前面去了。我們等他們全部離開，周圍終於出現片刻的藍色寂靜。魚兒謹慎游動，既不會撞到彼此，也不會擋住其他魚的進路。只要靜靜凝視牠們那種優雅的姿態，內心似乎就會恢復平靜。

「民秀，你喜歡孩子嗎？」

智媛問道。

「我也不知道我喜不喜歡，妳呢？」

「難道你從來沒想過你未來的樣子嗎？那裡面沒有孩子嗎？比方說帶著孩子去遊樂園，或者讓孩子騎在你的脖子上……」

我從來沒有想像過這樣的場面。

「有點陌生，好像從來沒有想過，但我曾經想像自己結婚以後的樣子。」

「是什麼樣子？」

她用那雙大眼睛盯著我，表情似乎是對於我的回答十分好奇。

「我也不知道為什麼老是會浮現出那個場面，反正就是這樣：我在大型超市裡和妻子一起推著手推車，不是有那種六罐裝的啤酒嗎？我把它很自然地放進推車裡。那就是我想像中結婚以後我的樣子。如果我真的結婚，一定要嘗試看看。」

「現在不是也可以嗎？」

「不，一定要結婚以後才可以。」

智媛噗哧笑了出來。

「然後回家以後，一下就躺在沙發上，邊喝著啤酒，邊看英超聯賽，對吧？」

她輕輕掐了一下我的腰際。哎呀，我輕聲尖叫。我們儼然是已經生活在一起的夫婦。難道這就是戀愛中的男女模仿已經結婚的夫婦嗎？我們開始走向水族館的其他房間。

「妳父親就是這樣嗎？」

我問道。智媛搖搖頭。

「我爸爸？好像不是吧！我爸爸是工作狂，除了工作以外，什麼都不懂。我從來沒看過爸爸躺在沙發上消磨時間。」

「那他做什麼呢？」

「其實我不太常見到他，他不常在家。」

「大概因為事業的緣故很忙吧？」

智媛指著魚缸，如同黃尾魚、藍色刺尾魚、長鼻蝴蝶魚一樣，只有在ＬＣＤ電視的廣告裡才會出現的、色澤華麗的熱帶魚正游著泳。她把臉貼近魚缸。她的頭頂上方正好寫著「小心額頭」的文字。我兀自笑著。

「人家要妳小心額頭呢！」

智媛用手指了指魚缸的上方，說道：

「我爸爸在那上面。」

「那上面？」

「水面上的世界，那裡就是爸爸的世界。」

「他開船嗎？」

「不是，他自己有船，應該類似船主吧？」

「應該？」

智媛微微一笑。

「不想說就別說了。」

「不，不是那樣的。」

兩條鯊魚好像在捉迷藏似的輪流經過。

「我爸很奇怪，他很喜歡保密。我問他有幾艘船？他也不回答我。現在想來，那好像不是簡單的問題。有的是共同擁有，有的是租來的，反正關係大概很複雜吧！而且船隻的註冊國家都是賴比瑞亞、巴拿馬等那些遙遠的國家，我從小就對爸爸的存在感到很神祕。我爸只有帶我去過一次仁川港。我記得他指著那裡的一艘船，說那是我們的船，還問我很大吧？因為大到超乎我想像，我覺得那不是船，好像是站在巨大的牆壁前面一樣。後來我問爸爸，他說那是捕撈鮪魚的船。」

「哇！太棒了。那妳坐過船嗎？」

「沒有，他說女人是不能坐船的。」

我們緩緩走進海底隧道，由於隧道通過巨大的魚缸下方，所以四周都能看到游來游去的魚。

「都什麼時代了，還有這種禁忌嗎？」

「最近的船不會沉嗎？只要船會沉沒，那種忌諱都會存在的。船員本來就非常討厭女人上船，因為他們覺得死亡的陰影經常離他們很近。」

「原來如此。」

我這才想起，我到現在為止都沒坐過船，甚至連漢江遊覽船都沒坐過。

「爸爸的房間裡掛著巨大的世界地圖，那張地圖上，到處都插著紅色大頭針。爸爸偶爾把大頭針拔下，插到別的地方。那就是爸爸的船的位置。印度洋、太平洋、堪察加半島都有。那些船應該都在捕撈鮪魚和鯖魚吧？啊！我家裡還有直通電報機，你知道直通電報機嗎？如果凌晨傳來嗒嗒嗒的聲音，爸爸就會起床，走向直通電報機那裡。雖然有的是報告滿載而歸的好消息，但偶爾也有壞消息。比方船沉沒了，或者遭到海盜的襲擊，又或者是遭叛軍拘留等。」

巨大的虎鯊從我們的頭上經過，我不自覺地縮了縮肩膀。

「我爸爸是個大男人主義者，他喜歡擁有、支配一切，女人也很多……雖然有點誇張，但我覺得他在每個港口都有女人。」

「不會吧？」

「一定是的，可能還不止一兩個。我現在還偶爾想像，在巴拿馬或吉里巴斯住著一個跟我長得很像的女孩……呵呵！」

智媛苦笑著。一群小學生大聲喧嘩，用手掌拍打魚缸，但魚兒毫不在意，依舊朝自己要走的路前進。她從皮夾裡拿出一張照片。

「想看嗎？」

我接過照片。照片裡，智媛穿著騎馬裝，站在一匹非常美麗的黑褐色馬旁邊。她穿著發亮的黑靴子，戴著手套和騎馬帽子，樣子真是可愛。

「哇！妳真厲害。」

我由衷感嘆道。

「這是什麼時候拍的？」

「大概是高中的時候吧。」

她指著照片說道：

「牠叫 Eclipse。」

「名字真好，日蝕……」

「是我取的。」

取名字？我一時之間不明白那是什麼意思，只是呆呆望著她。

「因為那是我的馬。」

我現在和一個擁有自己馬匹的女人站在一起嗎？到了這個時刻，應該怎麼說？現實感好像完全消失了。頭頂上本來就有鯊魚和海龜越過，智媛也像那些海龜一樣，是在我日常生活當中無法接觸到的世界，不，是在那以外的世界成長的人。

「我爸爸是韓國賽馬協會的馬主。如果成為競賽用馬的馬主，可以免費得到兩、三匹馬。」

「成為馬主實在是酷斃了！」

「聽爸爸說，不是有錢就能辦到的，我覺得他真的很努力。我還記得他第一次讓我騎 Eclipse 的時候有多麼驕傲。」

「他不讓妳坐船，而是讓妳騎馬啊？」

智媛用做夢般的眼神說道：

「擁有自己的馬這件事，真的和其他事情無法相提並論。馬和汽車、船不同。牠有生命，牠認得我，喜歡我。牠是有感情的，而且我能感受到。」

「現在還騎嗎？」

智媛的聲音在隧道裡迴盪著。

「馬的壽命不是那麼長。」

「哎呀，牠死了嗎？」

「可是 Eclipse 在壽終正寢之前，就已經被我爸爸處理掉了。因為他沒有辦法再盡馬主的義務，只能把馬給賣了。」

「原來如此。」

我握住了她的手。

「馬主的義務很多嗎？」

「當然，馬的食量真的很大，還得負擔訓練師的薪水，各種管理費用也不少，可是我爸爸好像也想堅持到最後。他後來雖然又東山再起，可是沒能再成為馬主。」

「原來如此。」

「那之後的消息我也不知道。也許連名字都改了，也許在近郊的牧場讓觀光客騎乘吧？要不也有可能死了。不，一定是死了，從牠偶爾出現在我的夢裡來看，我覺得牠現在已經不在這世上了。」

我不知道該說什麼，因為我從來沒有面臨過這樣的痛苦。當然，有錢人也有他們的痛苦，不會因為有錢就少受痛苦。可是，從來沒有人教過我如何去感受有錢人的痛苦，小說或電影裡也一樣。他們只是被刻劃成好像沒有痛苦，只是掙扎於頹廢、幻滅、頂多是虛無中的存在而已。問題是即便我想對那些痛苦產生共鳴，還不知道那些共鳴能不能被接受。我怕他們會正色問我：「你怎麼會知道那種痛苦，你從沒有擁有過。」可是他們連別人有這種恐懼都不會知道。擁有的人和未曾擁有的人之間，從一開始就存在一條無法跨越的情緒鴻溝。我連別人都擁有的父母也沒有，從青春期以後，我無時無刻不被這種想法所裹脅。正如同我希望能獲得自由，並不代表我就能獲得自由。

智媛抬頭看我。不覺間，她的表情已經變得十分開朗。

「你說你的夢想是在推車裡丟進六罐裝的啤酒是吧？我的夢想是能夠再次擁有屬於我的馬，啤酒我買給你，你買馬給我。」

我大吃一驚，看著她。

「什麼？那個……」

見我神情慌亂，她呵呵笑著。

「我開玩笑的啦！你怕什麼？」

我雖然跟著她笑，但覺得她不是在開玩笑。她一定是需要一個能買馬給她的男人。坐在賽馬場的VIP房間裡，一邊喝著雞尾酒，一邊看著自己的馬比賽。我真的能過上那種生活嗎？我沒有信心。她抽出被握在我右手裡的左手，輕輕挽著我。

我們走過水母浮游的小魚缸，腳步停留在鸚鵡螺前面。鸚鵡螺的魚缸上方用平淡的語氣寫道：

「鸚鵡螺出現於四億年前古生代寒武紀前期，是留存至今的活化石。」

四億年？智媛讀了一遍後說道：

「更讓人驚訝的是鯊魚。鯊魚在地球上出現，也有四億年的時間了。」

我用食指輕輕敲著鸚鵡螺緩緩游動的魚缸，說道：

「牠長得好像菊石，我記得小時候在百科全書裡看過。」

智媛輕輕地抓緊我的手臂，我能感受到她柔軟的身體。智媛問我：

「鸚鵡螺根本不清楚自己已經是如此久遠的存在吧？」

「當然不知道吧！只有人類才知道自己是從何而來的。」

鸚鵡螺和其他貝類不同，牠們可以游泳，浮到水面上，也可以利用重力垂直下降，那真是美麗而平靜的光景。我們走過籠罩在藍光裡的走道，坐上連接狹窄隧道的電扶梯。我們經過陳列各種低劣紀念品的店鋪，走到外面。一個小時以前我們走進的入口處，有數百名小學生一致高喊，排成一列，等候入場的順序。他們好像是從哪裡來到水族館，進行團體觀覽的樣子。還好我們時間抓得剛好，得以避開這些淘氣鬼。我和智媛望著彼此的臉孔，露出心照不宣的微笑。

我和智媛在COEX的地下街閒晃。我們走進賣娃娃的商店，用力戳著那些柔軟娃娃的肚子，還拿起娃娃，試圖進行不熟練的腹語術。

「這個，唐老鴨的女朋友，她的名字叫什麼來著？」

我的問題一丟出，智媛立即秒答道：

「黛西，她的名字叫黛西鴨。」

「是叫這個名字啊？那她姓鴨嗎？哈哈！」

智媛掩嘴而笑。

「可是唐老鴨真的很好笑，對吧？為什麼牠洗澡出來，身上一定要裹著毛巾？平常牠的下身也沒穿什麼啊，呵呵！」

「聽妳這麼一說，還真是這樣呢！如果不這樣，大概沒有辦法證明牠已經洗過澡了吧？」

我們各自拿著唐老鴨和黛西，讓牠們接吻。

「唐老鴨沒有孩子吧？侄子倒是有不少。」

智媛點點頭。

「牠們真可愛，可是唐老鴨似乎覺得牠們很煩人。」

我們從娃娃商店出來，繼續在如同螞蟻穴的 COEX 地下街探險。我們舔著盛在脆捲筒裡的冰淇淋，坐在長椅上聊天，在電影院門口討論最近什麼電影比較有意思，手拉著手在廣場上散步。想起那天，我的記憶裡就充滿美好的回憶，甚至懷疑那天是否真的存在過。那天她的手依然冰冷，但我們始終談笑風生。我確信因為我的緣故，對方也非常高興。我也確知對方有和我一樣的心情。放進嘴裡的所有食物都非常美味，從嘴裡說出的每一句話都非常有趣。我們像高中女生一樣，一點微不足道的事都讓我們笑個不停。在如同科幻電影攝影棚一般的 COEX 地下街，我們晃蕩了許久。

但即使身處這種極度幸福的瞬間，人類的想像力都會不自覺到達最悲劇性的結尾。我開始懷疑這種不請自來的幸福是否妥當？甚至執拗地想到這一切會不會是誰捏造的邪惡陰謀，想讓我下地獄，品嘗最極端的痛苦滋味。各種悲觀的想法在我的內心深處開始緩緩萌芽，即便那嫩芽長得還不算太大。那也許是從小沒有受到深深關愛的人宿命的愚昧。我無法相信這個地球上有愛我的人。我也懷疑我是否有那樣的資格。最重要的是，那天我經歷的喜悅，那至高的幸福和我的努力完全無關，只是一種幸運而已，這更加深了我的懷疑。愛情怎會經由努力和才能獲致？那真的只是命運或偶然而已。這真讓我進退維谷。愛情的喜悅正是從那種不可預期而來，也正因為那種不可預期，人們始終處於不安的狀態，唯恐幸福會從自己的指間流失。

即使和某人墜入愛河，與對方見面，確認彼此的愛情，一起共享無上的喜悅，然而其性質也與事業成功或考試合格完全不同。兩個戀人贏得的愛情勝利只屬於他們倆，亦即是具有排他性的，因此永遠都是岌岌可危的，既沒有證書，也不存在公認的形式。那天在 COEX 與我們擦肩而過的數萬群眾，沒有一人能成為我們喜悅的證人。因此陷入愛河中的兩個戀人不得不小心翼翼，宛如玩著丟擲雞蛋遊戲的小孩一樣。即便是非常細小的事情，也有可能讓他們的喜悅化為烏有，最終受尖銳的苦痛所主宰。

我突然想到，人們是不是因為如此才結婚的？是不是想找到證人、舉行公認的形式，把那只屬於他們自己的短暫、令人著迷且危殆的喜悅，轉變為陳腐、安逸且堅固的制度？是否如同贏了夢幻鉅款的賭徒，要把賭場的籌碼換成現金帶回家一樣？

21

告別之前，我們想喝杯啤酒，正想走進裝飾成德國風的啤酒屋之時，智媛突然停下腳步，從包裡拿出手機，確認了簡訊。她的表情略顯陰暗，可是馬上又像沒發生任何事一樣談笑風生。因為表情的變化太過自然迅速，感覺就像看到她拿錯信用卡後放回皮夾裡，再掏出新的信用卡。

「對不起，我得先走了。」

「怎麼了？有什麼事？」

「不是，我得去一趟電視臺。我們組錄影的部分好像有什麼問題。」

「是嗎？都已經這個時間了。」

「嗯，偶爾會這樣。也有可能是字幕或剪輯出了問題。」

「唉！那也沒辦法了。」

我們一起走到三成站。她在那裡走上地面，招了計程車。上車前只說了一句「我再聯絡你」，就離開了。我在那裡坐上地鐵，要沿著首爾南部繞一大圈，最後在弘大入口站下車。會不會每次都是這樣？一這樣想，我就心煩意亂。雖然我的戀愛次數不多，但經由過去的經驗，我獲得了一個結論：戀愛如同音樂，都是有調性的，剛開始形成的關係或方式是不會輕易改變的。也就是說，以小調開始的戀愛和以大調開始的戀愛不同，即便是同樣的大調，C大調和F大調也完全不同。未來智媛會不會總是像這樣潛水，而我只能無限期等待她再次浮出水面？見面時享受極度的喜悅，而獨自一人時，那種身陷地獄的苦痛，我是不是得獨自品嘗或者忍受？我突然覺得不安，於是發了簡訊給智媛。

「今天真的很愉快。我現在在地鐵裡，事情忙完了打個電話給我。」

一個在地鐵裡叫賣的商人拉著裝滿雨傘的推車出現，現在正下著雨。雨傘商人顯得非常興奮，他用經過變聲器似的嗓音大聲叫道：

「現在外面突然下起傾盆大雨，很多人在地鐵出口不知道怎麼辦。百貨公司裡一把就要賣一萬元的高級雨傘兼陽傘，今天特價五千元賣給您！」

幾個人付錢買了雨傘，但我沒買。就算下雨能下多久？在接近弘大入口站時，我準備好下車，直到那時為止，智媛也沒有回訊給我。我心情變得憂鬱，無力地走上地鐵出口的樓梯，已經快到晚上十一點了，可是還有許多人行色匆匆。

我在通往地面的入口暫時停下腳步，這分明不是傾盆大雨，只能說是「細雨綿綿溼透衣」時的那種毛毛雨而已。我把夾克上的帽子戴起來，拖著沉重的腳步走著，然後再次確認有無簡訊，可是依舊沒有任何消息。我雖認為她可能真的很忙，但另一方面又無法阻止某種疑懼心的萌芽。雖然沒有任何根據，但我卻被她現在可能躺在別的男人懷裡的妄想所左右，而我的內心被這種妄想所引發的奧賽羅式嫉妒所折磨。正因為那種嫉妒毫無根據，反而更加強烈。我可以隨心所欲想像抱著她的男人，他應該擁有跑車，也應該是在五星級酒店的餐廳用餐才對。想像智媛這種富家千金，應該有富裕的男朋友，要比假定她愛上我這個貧窮的無業遊民，要更加自然而合理。

我原本想走回考試院，但腳步卻轉向馬鈴薯湯店。三個看起來像是附近居民的男人，不知在罵誰，一邊說「那個兔崽子」，一邊喝著燒酒。我坐在角落的位子上，點了馬鈴薯湯當下酒菜，開始喝起酒來。馬鈴薯湯端上來之前，我已經喝了半瓶，湯端上來之後，我又喝了兩瓶。直到那時，智媛仍然沒有任何消息。我陷入自憐中，踉踉蹌蹌地走出馬鈴薯湯店，然後走進下著毛毛細雨的街道。細雨淋溼了我的身體，但我反而覺得很爽快。這是我對於那天晚上的所有記憶。

睡覺的時候，我一直覺得非常口渴。我醒了好幾次，去冰箱拿出冰水，大口灌下，還上了兩次廁所。到了陽光刺眼的早晨，我想再去冰箱那裡喝水，於是撐起沉重的身體。突然，我想起考試院裡的房間根本沒有這種窗戶，也沒有保存冰水的冰箱。

哎呀，那麼這裡究竟是哪裡啊？

我大吃一驚，連忙跳下牀來，睜大了眼睛。有些地方覺得非常眼熟，空蕩蕩的房間裡雖然只擺著一張床，但窗戶和房間的格局一點都不陌生。我打開門走到外面，才終於知道我為何能在黑夜裡不用開燈就能往返於冰箱和床鋪，以及床鋪與廁所之間。這裡正是我直到幾個月前為止還住過的延南洞房子啊！我究竟是如何進入這房子裡的？這雖然仍是疑問，但總之我確實在此。

門開了一條縫，以前菠蘿麵包大叔來搶房子的時候，曾經見過的金室長走了進來。

「你起來了？」

「啊，是的。我為什麼會來這裡？」

我驚慌失措地問道。以前雖然有幾次因為喝了酒而失去記憶，但這種情況還是第一次。金庾信就是在這種時候砍殺了自己心愛的坐騎[11]……金室長沒有回答，只是愣愣地望著我。

「對不起，我馬上出去，我昨天喝太多酒了……」

「會長出去的時候說過，既然你來了，就一起吃午飯吧！」

「不，謝謝，真的不用了。請您轉告菠蘿麵包大叔，啊！不，會長，說我下次再來看他。」

他把慌慌張張想走出去的我攔了下來。

「啊！你這樣就讓我太為難了。已經到了午餐時間了，會長也快回來了。你走掉的話，他會生氣的。」

「這……我都說不用了。」

「隨心所欲私闖民宅，然後就這樣走掉？這不太好吧？」

金室長變得強硬起來了。什麼？私闖民宅？明明就是你們把別人的房子搶走，還說什麼私闖民宅？可是對手是個看起來身體非常強壯的男人。

11 金庾信，595-673，新羅名將，傳說他曾答應母親不再出入妓院，某日他酒醉後，坐騎卻將他載至妓院，他一怒之下殺了坐騎。

「好吧！那我就吃了午飯再走吧！」

「你就在這裡等吧！準備好了的話，我會來叫你的。」

我只好再次坐回床上，等待菠蘿麵包爺爺回來。我的腦袋刺痛不已，好像會發生什麼不愉快的事一樣。

沒過多久，菠蘿麵包爺爺出現了。他似乎已經習慣了家裡的格局，不像上次一樣，老是被什麼東西絆到。金室長雖然還是攙扶著他，但他沒有什麼困難就走到客廳的沙發，然後坐下來。他依然穿著樸素的衣服。

「您好！」

我向菠蘿麵包爺爺請安，他估計出我的位置，朝我點點頭。

「好像過得不錯，還上電視了。」

我沒有回話。

「唉！你這年輕人啊！不管你喝了多少酒，怎麼可以隨便進來別人的房子？」

他好像望著遠山似的說道，可是不像在生氣。

「對不起！」

「既然你來了，那就吃了飯再走吧！」

他和我走向餐桌。以前沒看過的老太太在廚房裡忙著，餐桌上擺著清麴醬湯和烤鯖魚。

「吃吧！」

他說完，像狗一樣抽著鼻子，聞著餐桌上擺好的食物的氣味。

「我有一個朋友的老婆動不動就鬧肚子，後來才知道她是嗅覺麻痺，所以飯菜酸了都不知道，吃了之後當然鬧肚子啊！丈夫一直到了六十歲，都還不知道自己的老婆鼻子有問題，嘖嘖！」

我想起隔壁房間的女人。她吃了酸掉的地瓜，所以才會鬧肚子吧？她會不會也是嗅覺有問題？現在怎麼樣？有沒有好一點？

「人們對於自己的感覺都沒能活用，你有沒有想過這個問題？氣味裡面也有很多的資訊呢！」

菠蘿麵包爺爺用筷子準確夾起豆芽，也用湯匙舀起沸騰的清麴醬湯進食。只看他的動作，沒有人會意識到他的眼睛看不見。我也開始吃起飯來，可是因為宿醉的緣故，感覺飯粒吃起來像沙子，拌菜像塑膠繩。

「心情怎麼樣？」

他問道。

「什麼怎麼樣？」

「在自己曾經住過的家裡，吃著別人給你吃的飯的心情。」

「這個嘛……」

他是不是因為想說這話，所以才把我留下來？我不想回應他這種惡劣的興趣。他又再次問道：

「你知不知道人生失敗者的特徵是什麼？」

「您覺得我是人生失敗者嗎？」

「我只是隨口問問，你為什麼要覺得所有事情都和自己有關？」

「好，我知道了，別再說了。人生失敗者的特徵是什麼？」

「沒有感性。不懂得如何去感受。」

他好像把自己當成取得初勝的菜鳥隊長，用滿足的表情斬釘截鐵地說道。

「這話我還是第一次聽到呢！您不會是把特例過度普遍化了吧？」

「過度的什麼？」

「不是啦！我只是說您會不會太誇張了。」

「不，這是我活了七十年得到的結論。他們不懂得感受，感覺不到屈辱，也不懂什麼是喜悅，有人找自己麻煩也不生氣。他們很快就遺忘一切，只會傻傻的看電視、無所事事，那就是所謂下流人生的特徵。」

「您現在為什麼要說這些話呢？」

「這個嘛……我現在為什麼說這些話呢？」

「您就是要說給我聽的，不是嗎？對不起！我不是爺爺您說的那種人生失敗者。我怎麼會無法感受？我也能感受啊！只是因為事情太過荒謬，我不知道如何因應罷了。」

「哼！廢話。」

他對我的話嗤之以鼻。

「都是廢話，你只是在辯解而已。別說廢話，我叫你去感受啊！你真的太多話了！把你的感覺鍛鍊得敏銳一些，觸角豎起來。你得知道自己身邊到底發生了什麼事。而且你必須用全身去感受，一旦到了無法感受的那一瞬間，人就等於死了。死亡。你看蒼蠅。蒼蠅牠們是多麼敏感啊！靜靜飛來飛去，等待時機。」

什麼？他是說我比蒼蠅還不如嗎？在我開始反擊以前，他又持續他的長篇大論。這次我生怕他又說我只會講廢話，所以原本想保持沉默，但實在是忍不住了。

「爺爺，我為什麼不懂得感覺？什麼？您說我的感受性不夠？您又是怎麼知道的？您什麼時候看過我，還故意裝得好像很了解我一樣。我的感受性非常好。」

「你只是覺得你在感受而已，實際上，你不懂得感覺，你的感覺已經麻痹了。」

「您以為我不知道您為什麼說這些話嗎？事實上，您羨慕年輕的我吧？我是說您嫉妒我的年輕。您摸著良心想想，我的沒有責任感、沒有應變之道、甚至貧窮，您事實上都想擁有，對吧？因為在這種情況下還能處之泰然，還能任性地活著，那都是因為只有年輕才能如此。好，您盡量批評我吧！我還年輕，我可以忍受。我覺得像爺爺您這樣的人才不懂得感受呢！不懂得感受，只會訓人，沒有任何根據，只是憑藉經驗，您還真的以為自己什麼都知道呢！」

我一說完，菠蘿麵包爺爺勃然大怒。

「你這傢伙！真是沒有禮貌啊！沒規矩和憤怒是不一樣的。」

這老人實在是太令人厭煩了。我雖想過要不要丟下筷子，直接走人，但還是按下怒氣問他：

「有什麼不一樣？」

「憤怒是非常神聖的，絕對不是諷刺或挖苦，而是向施加在自己身上的不當力量和暴力奮戰對抗的崇高精神。」

「為什麼？」

「我是不是憤怒，爺爺您怎麼知道呢？而且您現在也沒有立場說那些話吧？」

他天真地反問道。因為他的這種天真，我連最後一點食欲都完全喪失。說我感覺麻痹？比起感覺，先摸摸您的良心吧！老爺爺。

「我吃完了，得先走了。」

「再多吃一點吧！」

這老頭是不是太過孤獨啊？或者他是同性戀？到底為什麼對我這樣？

「你是不是想殺了我，然後再把這個房子奪回去？」

「什麼？」

「沒關係，那是最原始的感情。你知道人類最先學習的感情是什麼嗎？是憤怒！你去把孩子拿著的玩具搶走看看，他們一定會號啕大哭的。憤怒就是對於自己的東西被奪走以後，所產生最本能、最激烈的感情。早上我聽說你進來了的消息，我就這樣認為。你為什麼會這麼做？為什麼一個健壯的年輕人會翻牆進來這個房子？」

「那個……以前如果沒帶鑰匙，我怕吵醒外婆，那時我也會翻牆進來。」

「不是吧？你一定是因為這個房子轉讓給我，所以生氣了。可是就像剛才說的，因為你的感覺麻痺，你根本不知道你在生氣。過了一段時間之後，憤怒逐漸浮現，然後才會藉著酒力翻牆。但是你沒有勇氣，而且再次翻出去又很可笑，所以就悄悄進了自己的房間。」

「您太牽強了吧？」

「那麼，你是說你沒有生氣了？」

「我為什麼要生氣？外婆欠您錢，您取得了這個房子，又不是拿槍搶走的。」

菠蘿麵包爺爺愉快地哈哈大笑。

「真有意思！如果別人聽到，會以為你是我的律師呢！你看，你就是不懂得憤怒嘛！因為你的感覺已經麻痹。哈哈哈！」

這個老傢伙真是……

「你是佛祖嗎？聽你說的話，好像是自己的東西被搶走了以後，還要盡量體諒我的立場似的。」

「您搶走了這間房子？」

「當然不是，這是用正當的民法程序取得的，而且我還還了仁淑的銀行貸款，雖然那原本是你應該償還的錢。」

「那您為什麼老是說是自己搶走了的呢？」

「就算是用正當的民法程序取得，還是有人主張是被搶走的。這些令人寒心的傢伙。」

「我可不是那種人。」

「呵呵，你還假裝自己是很公正的人呢！那正是你精神上的虛榮啊！」

「您到底想說什麼？」

「人啊，說話並不是總是帶著什麼目的的。」

「我真的得走了！」

「你好像很忙啊！」

「是啊。」

「你有要去的地方嗎？」

「當然有。」

「現在住的地方怎麼樣？」

「雖然不如這個房子寬敞，但還可以。」

當然也沒有能如此透進陽光的窗戶。

「無論在任何狀況下，你都還挺能適應的嘛！」

「我可以走了嗎？」

「啊！對了，在你走之前，有一件事……」

他舔著嘴角。

「您說吧！」

「老了才搬來這裡，真的有很多不方便的地方。對於這附近都很陌生，而且這是間老房子，得修理的地方也很多。如果我的身體沒問題，現在這些問題都能解決，可是你也看到了，我現在這個樣子。」

「所以呢？」

「我希望你搬來這裡幫助我。」

「啊？」

「就像是管家吧。如果有郵件送來，你就幫我收，如果有什麼要釘的，你就幫我釘，另外金室長休假的時候，你還得開車。我連晚上想洗個澡也很不方便，為什麼洗髮精瓶子上沒有點字標記？」

我只能說這老傢伙的自信心還真強，竟然想讓我服侍他洗澡？我想像了一下幫菠蘿麵包爺爺搓背的情景，這和我夢想中的未來距離的確很遙遠。

「這個嘛！我也希望能幫您，但我事情很忙。」

菠蘿麵包爺爺暫時坐著沒說話，然後拿起痰盂，吐了一口痰。

「金室長，你去幫我泡杯咖啡。民秀你呢？嗯，那就泡兩杯吧！」

金室長一進廚房，菠蘿麵包爺爺用隱祕的聲音說道：

「因為我眼睛看不見，到處都有人想騙我，我的孩子們離我太遠，啊！再也沒有什麼事情比不能相信人更讓人煩悶了。因為你是仁淑的外孫，我從以前也把你當作自己的孫子，所以才跟你說這些話。我需要能相信的人，我覺得你有一些地方還滿單純的。」

「您不是說我的人生是下流人生？」

我將身體後仰，背部靠著沙發椅背，雙手交叉在胸前。

「下流人生也分種類，有人是詛咒、憎惡擁有的人，與此相反，有人則是對此毫不在意，只是想滿足於自己的世界。你就是屬於後者，這種人沒有欲望，可是心裡面不會打鬼主意。而且……」

我實在不想再聽他對我的各種評價了，於是打斷了他的話。

「我也有我自己的計劃。」

菠蘿麵包爺爺的臉上浮現出一絲嘲笑的表情。

「計劃？我看你好像連工作都沒找到吧？」

「您怎麼知道？」

「星期一大白天的，瞧你還這個樣子，不就很明顯了嗎？如果有工作的話，怎麼可能過這種生活？」

我從沙發上起身。

「景氣好像正在好轉。」

「是嗎？聽新聞報導，我們社會的貧富差距越來越大。」

「反正我是沒辦法做的，您去找別人吧！」

「那就沒辦法了，我是看在你是仁淑外孫的份上，才想幫助你的。有什麼辦法呢？俗話說，再好的事自己不願意也沒用。當事者都把手甩開了，那也沒辦法了。」

「再見。」

「你走吧！淺薄的拉斯柯爾尼科夫。人生不容易，你可得好好活下去。」

「拉斯什麼？」

「你連拉斯柯爾尼科夫都不知道嗎？我們那時代說是世界名著，每個人都讀過。《罪與罰》

的主人公，不知道嗎？」

「我為什麼是拉斯柯爾尼科夫？」

「你不是想進來殺我嗎？」

「我真是被您這個老爺爺打敗了。我哪有？」

「你的心裡一定有過這種想法的，殺死這個沒有價值的老人，把這些錢據為己有。而且這房子本來就是屬於我的，所以再次搶回來，不是為了這個沒有價值的老人，而是為了未來前途光明的我自己和萬人的幸福，這樣不好嗎？哼！你不就是這樣想的嗎？」

我如果繼續和他糾纏，只會讓我更生氣而已，啊！煩死了，我連招呼都沒打，轉身走向玄關。我的鞋子還是放在我經常脫下的角落，就算我喝醉了，還是按照以前的習慣脫下來吧？就在我想穿上鞋子的那一瞬間，有人按了門鈴。金室長用對講機確認之後把門打開。

進來房子的人是保全公司職員，兩名穿著灰色制服的男人提著包包走進來打招呼，其中一名個子較矮的人說是來設置保全系統的。菠蘿麵包爺爺的聲音從身後傳來。

「看來是保全公司的人，民秀啊，下次最好不要再隨便翻牆進來了，否則會惹上大麻煩。託你的福，我才知道原來這個房子還有這個漏洞，也算沒白請你吃飯了。」

看來他們在我睡覺的時候，叫了保全公司來。從現在起，這個房子會用警戒鐵絲、監視鏡頭、動作感應器武裝起來，翻牆進來這回事再也不會發生了。哼！就算你叫我來，我也不會再來的，別擔心了。我向菠蘿麵包爺爺道別：

「再見。」

「還蠻有禮貌的，你走吧！」

保全公司職員為了讓我出去，側身讓開了一條路，我從他們中間走出來。我走過兩側都是水蠟樹的小道，打開大門，走到外面。我在心裡暗自發誓，如果再來這裡，我就不是人。

這裡的的巷道我很熟悉，可以一邊打簡訊一邊走路。我給智媛的簡訊打到一半的時候，收到了她發來的簡訊。

「工作違反人類的本性，工作導致疲倦，這就是證據。——米歇爾．圖尼埃」

這句話太有意思了，看到智媛巧妙的引用，我一下就忘記了昨晚強烈的妒意。我笑著回簡訊給她。

「該不會現在才結束工作吧？不會吧？」

「不是啦，可是快到凌晨才結束，我一回家就倒頭大睡，現在才起來。嗚嗚！」

「我想妳！」

「我也想你……可是我現在又得出門了。」

「！！！」

我發出三個驚嘆號之後，就把手機闔上了。她永遠都在忙。我也希望讓我自己忙起來。我真希望能向別人說：「對不起！我太忙了，實在抽不出時間。」

我走在巷子裡，陽光溫暖，是那種讓人覺得無地自容的陽光。我究竟為什麼覺得無地自容呢？我站在公車站裡暗自思量。是因為喝醉以後在莫名其妙的地方睡了一覺？還是在和菠蘿麵包爺爺的拌嘴中，竟然贏不了他？無論我再怎麼想，也無法得到結論。反正我的心情就像歌手 Rain 的歌詞一樣，如果我能躲避，我想躲避那太陽。

22

我坐上社區巴士回到考試院。我一回到房間，才找回令我放鬆的黑暗。啊！絕對不能習慣那種認為黑暗比較舒適的生活啊……我連燈都沒開就躺在床上，那時才突然想起向隔壁房間的女人借錢的事。十萬元，又不是什麼大錢，心情為什麼會這麼沉重？我翻了翻口袋，只剩不到一萬元了。那十萬元到底花到哪裡去了？我口袋裡的錢融化的速度真快啊！相反的，只有別人好像很容易就能賺到錢。啊！這十萬元該怎麼還呢？早知道的話，就巴著菠蘿麵包爺爺不就好了？

她到底為什麼要借錢給我啊？突然間，我對隔壁房間的女人生起氣來。她如果徹底拒絕我的請求的話，我就不會跟她借錢了，那麼現在也不會因為欠債的關係而陷入自責了。她到底為什麼會相信我這種人？為什麼會借錢給我？真是個令人失望的女人啊！不就因為如此，所以才沒有辦法離開考試院嗎？我倒打一耙，反而埋怨起對我付出善意的隔壁房間女人。

欠債和貧窮是兩個完全不同的問題。當然，如果變得越來越窮，欠債的可能性也會增加，可是欠債的人並不一定都是貧窮的。企業家中不也有很多人即便背負巨大的債務，還是過著富裕的生活？而貧窮的時候，該怎麼說呢？生活還是可以從容自在的。我以前聽說過，有錢人因為每小時賺進數量驚人的金錢，就算他們想休息，如果想到那段時間裡可以賺到那麼多錢，就不能休息了，結果變成工作狂。可是對於貧窮的人來說，反正他們的時間幾乎都是沒有生產性的時間，因此即便浪費了一些，他們也不會覺得可惜。

法國作家馬歇爾．埃梅（Marcel Aymé）有篇小說寫的是用禮券交換時間的國家。窮人無論怎麼生活，反正每天都非常辛苦，於是他們就把時間賣給有錢人。如果一個窮人把十天賣給有錢人，那麼對他來說，六月就只存在二十天，在六月二十日進入夢鄉的他，醒來的時候，就已經是七月一日。相反的，從他那裡買走十天的有錢人，在六月份可以生活到四十日。那個有錢人可以打高爾夫球、可以愉快的度假，在從容過完六月之後，再迎接七月的到來。我在學生時代嘻嘻哈哈看完的這本小說，現在想來正如恐怖電影一樣可怕。不知不覺間，我也變成時間很多，卻又無所事事的人。

正如馬歇爾．埃梅的小說內容，窮人的生命中有著任誰都不覺得感激，甚至難以處理的充裕時間。可是，只要開始欠債，從那一瞬間起，貧窮就會穿上名為債務的堅硬盔甲，出現在我們面前。即便是那些難以處理的充裕時間，都會消失得無影無蹤。貧窮，這個稍微有點詩意的名詞，將會轉變為民法上所言的債務。當然我和隔壁房間的女人並沒有寫下什麼借據之類的東西，也沒有蓋上指印，但至少債務的存在是極為清楚的，我的良心也無法加以否認。想到這裡，我漸漸覺得不耐煩起來。我還是應該見她一面，求取她的諒解會比較好。我等待隔壁房間的女人回來，但她那天特別晚歸。我雖然一直注意隔壁房間的動靜，但都沒聽到任何聲息。她通常都是在一定的時間回來。我反覆睡睡醒醒，等待著她。

半夜一點多，隔壁房間終於傳來聲響。我找到手機，確認時間，突然有點猶豫。這個時間去她房間找她似乎有點晚，但我還是抱著試試看的心理，將房門打開一點隙縫，觀察她房間的動靜。剛好她打開房門，似乎想去洗手間。

隔壁房間女人的臉孔比起從前更加蒼白。

「你好！」

她先打了招呼，我也向她問好。

「妳好，今天回來得比較晚吧？」

「是的，今天有點事。你好像昨天沒回來？」

「啊！是的，在以前住過的房子……」

「原來如此。你是不是有什麼話要跟我說？」

「啊，其實沒別的……」

「你說吧！」

「上次跟妳借的錢……」

她好像不想聽我把話說完。

「啊！那個，別在意。等你比較寬裕的時候再還也可以，我沒關係。」

「可是……我這個星期可能沒辦法……」

「我都說沒關係了。」

她的語調雖然特別溫柔，但比起一開始好像有點不耐煩了。她這麼一說，我更變得無話可說。

「謝謝！」

可是沒想到她又這麼說：

「那個，如果還需要的話就告訴我，我最近手頭比較寬裕一些。」

我誇張地搖著手，謝絕道：

「不，我不是這個意思。」

她乾脆進了自己的房間，把皮夾拿出來，從裡面又拿出十萬元，折疊了兩次，然後好像行賄一樣，將錢塞到我的手裡。

「以後一起還我就好了，找工作的時候最辛苦了，我知道的。那個……慢慢還就可以了。那個……」

她好像還有什麼話想說。時間這麼晚了，在考試院狹窄的走道上和她站在一起這件事，讓我開始覺得有點不舒服。這裡也是一個社會，如果坐在公共廚房之類的地方吃飯的話，也能聽到大家對其他人議論紛紛。誰的房間裡一大清早有女人出來、幾號和幾號對上眼了、幾號可能在吸毒、哪些人結成小圈圈一起行動等等眾多傳言。

原想走進房間的她突然停下腳步。

「啊！等你有空的時候，我能不能找你商量一下？」

「商量？」

「因為你懂得很多，所以想請教你一些事情。啊！如果你忙的話就算了，不要因為我……」

「我一點都不忙，任何時間都可以。」

她好像還有話想說，遲疑地看著自己的腳尖。我對這樣的她感覺到不自在，我雖然很感激她借我錢，但還是覺得有些地方不尋常。我們找不到要說的話，正猶豫不決的時候，兩個男人全身充滿菸味，從我們中間走過。在這樣狹窄的走道，如果有人想經過的話，原本站著的人必須貼著牆壁才行。那兩個男人悄悄地觀察我們，淡淡笑著走過去。不打招呼、態度也十分無禮，這雖然讓人非常不快，但對於住在這裡的人來說，是再平常不過的事情。他們的態度雖不能說帶有敵意，卻也是在宣示「不要靠近我」，既帶著防禦心理，又帶著攻擊性。

他們走過之後，她好像覺得羞愧，小快步走進女廁裡，然後把門鎖上。我手裡拿著十萬元，呆呆地杵在凌晨一點的考試院走道。我不能說我不需要這十萬元，這麼說的話就是偽善或自我欺瞞，而且這些錢又是她主動借給我的，如果冷冷的拒絕的話，那就是沒有禮貌了。想到這裡，我把這些錢塞進褲子的口袋裡。反正我會還她的，省著點用就可以了。我沒等她從廁所裡出來，就進了房間。

商量……她到底想問我什麼？

23

李春成打來電話。他說這週會過來，還真的來了。看來他不是個信口開河的人。他問我下午三點如何，我說好。我出去和李春成見面的時候，在六樓遇見考試院房東。他雖然瘸著腿，但動作似乎比我敏捷三倍。我遠遠地發現他的身影，雖想悄悄避開，但他轉眼就已經來到我的面前。

「明天就滿一個月了。」

他說。

「啊！是的。」

我抓了抓頭。

「還要再待一個月吧？」

房東追問道。

「是，我是這麼打算。」

「光打算有什麼用？」

他用手指圍成一個圈圈。

「你得給我這個啊！」

「房租嗎？」

「對啊！房租。」

「我會給您的。」

「什麼時候給？你今天要付給我，我才能決定要不要把房間租給別人啊！」

「明天如果不能給您的話，別的房客就會搬進來嗎？」

我嚇一大跳，立刻反問他。我沒想到會這麼嚴格。

「不是明天，是今天。又沒有押金，我怎麼相信你？總不能一直這樣等下去吧？沒有錢的話，你就去街上看看，會有很多地方要借你錢的。我也是向銀行貸款，才能經營這個考試院的，交不出利息的話，我就完蛋了。如果我變成信用不良者，你付得起責任嗎？」

「我知道了。」

不知不覺已經過了一個月。我走出考試院。如果沒有辭掉便利商店的工作，就不會這麼狼狽了。我到底有什麼資格逞強？我把口袋裡的十萬元拿出來，還需要十九萬元才能在這個像玩具一般的考試院打滾。崔女士每個星期給我十萬元零用錢，如果我買書或還有其他需要，她總是會再給我相應的錢。從軍隊休假出來的時候，她會遞給我幾十萬元，讓我和朋友喝酒。現在想來，崔女士為了不讓我這個沒有任何親戚的私生外孫感到低人一等，不顧家裡經濟狀況而過度消費。這些錢其實都是來自菠蘿麵包爺爺這些人，或從銀行舉債借來的。

總不至於被趕出去吧？我去了和李春成約好見面的咖啡廳。他比我先到，坐在裡面等我。我一進門，他立刻起身和我握手。他和我模糊記憶中的形象不同，臉孔遠比印象中更加尖銳而鋒利。

「我遲到了嗎？」

「沒有，我本來就喜歡早點來等。」

服務生走了過來。他點了咖啡，我點了大吉嶺紅茶。

「大吉嶺紅茶？你的愛好果然很獨特。」

李春成微笑說道。我靦腆地撓著頭。

「我也只有喝過一次，覺得很不錯。」

他看著我，似乎想把我看穿，那是種令人不愉快的視線。現在想來，那種視線就像物色種馬的仲介。那種觀察牙齒和鬃毛光澤的眼神，令人感到不愉快。

我們交談著各式各樣的話題。職棒、天氣、政治家，甚至還聊到最近女人的穿著，都是悠閒的男人能夠談論的話題。不知不覺間，桌上擺著的咖啡和紅茶都已經見底了，服務生也在我們的水杯裡加了兩次水。直到那時，他才緩緩導入正題。

「李民秀先生，我在猜謎秀裡第一次看到你的那一瞬間，感覺突然就來了。」

他喝了一口水。

「啊？什麼感覺……」

「你認為猜謎是什麼？」

他正視著我問道：

「這也是猜謎嗎？」

「你只要按照你平時的看法說明就可以了。」

「這個嘛！這個問題實在太突然了……」

他沒有等我回答，不，我甚至認為他從一開始就沒有什麼期待。

「我認為吧，猜謎是程度較輕的死亡。」

「程度較輕的死亡？」

李春成不在意我的反問，再次拋出問題。

「你在電視臺猜謎秀節目裡被淘汰的時候，心情怎麼樣？」

他問這個問題的時候，沒有一絲猶豫和不好意思。他的態度充滿自信，似乎可以隨心所欲料理坐在他面前的人。

「不太好。」

「你好好想想看，是不是全身虛脫、眼前一片黑暗？從充滿明亮光線的舞臺上下來，坐在觀眾席的時候，你是不是覺得只有留在舞臺上的人還活著，而你，李民秀先生，你已經死亡了，對嗎？就好像靈魂離開肉體看著自己一樣，那種淒涼的失魂落魄經驗，你也曾經有過吧？」

真的是如此，那種感覺遠比「疏離感」這三個字所能傳達的更為強烈。是不是可以形容為離開活人的世界，獨自墜落到一個非常深邃而黑暗的地方？

「哇！你是怎麼知道的？好像真的是如此。可是在其他遊戲裡不也一樣？例如足球比賽，在決賽中落敗的選手不也會有類似的感覺嗎？」

「有可能類似吧。可是還是有不同的地方。他們是失敗了，換句話說，就是輸了。你想想看參加世界田徑錦標賽百米短跑比賽的選手，他們面對全場觀眾精神肯定難以集中。數萬名觀眾按著快門，旁邊則是肌肉如同雕塑的競爭對手在熱身。只要『砰』的信號響起，從那時開始，最長只需十秒，在那十秒當中，會有什麼想法？根本就只能用無我之境來形容。嗒嗒嗒嗒，跑著跑著，就能看到超越自己、跑到前面的贏家身影。一、二、三，所有的獎牌都和自己無緣了，通過終點之後，他們一定心想：輸了，我輸了，我的起跑慢、肌力也不如他們，下次要更努力。抬起頭來，看見電子螢幕上的紀錄，九秒多少，他回去以後一定會努力練習的，為了下次的比賽。可是猜謎的世界與此不同，猜謎是接受提問。在猜謎秀裡遭到淘汰，就意味著沒能回答那道問題，如果回答正確，自然不會被淘汰了，所以那並不是失敗。」

李春成的語氣和上次在電話裡交談時完全不同。那時，我覺得他有些憨厚，這樣面對面聽他說話，只覺得內容有條有理，辯才無礙。

「不是失敗，那是什麼呢？」

「是一種死亡，短暫的死亡。猜謎在本質上是決鬥的形式，比運動更加危險。有誰提出問題的話，必須要回答正確的答案，答錯的那一瞬間，他就死亡了。整個人變得沒精打采，任憑勝者處置。要他下去，他就得下去，要他消失，他就得消失。李民秀先生，你不也是如此嗎？」

「可那不就是一場遊戲而已？不，說句實在話，人不可能熟知所有的領域吧？比方說，我對體育方面所知較為貧乏，但決賽時偏偏出了體育的問題，我不也有可能在最後被淘汰？所以只是運氣罷了。」

李春成笑得齜牙咧嘴。

「你覺得大家為什麼喜歡看猜謎秀？」

「呃……不是因為對於知識的好奇心嗎？」

他用一張法官駁回被告人請求時的嚴肅臉孔，緩緩搖頭說道：

「人類是殘忍的，他們喜歡看到別人死亡。猜謎秀就像是羅馬時代的格鬥競技。平凡人站在競技場上，他們的心裡在淌血，但人們看著只覺安心，因為他們看到別人代替自己死亡。」

我回嘴道：

「他們又不是真的死亡。」

嘴上這麼說，但我還是想起猜謎秀的最後一瞬間。看到我被淘汰，大家真的那麼安心嗎？李春成繼續說道：

「是啊！不是真的死亡，他們會再次復活，復活的參加者會笑得很不自然，然後說出『今天得到了寶貴的經驗』之類的話。可是我們知道他們在最後一瞬間是什麼表情，絕對不會忘記他們那種沒能回答出問題時慘不忍睹的表情。夾雜著羞愧和迫切，還有無論如何必須答對的意志，讓他們動用了平常完全沒有使用過的臉部肌肉，那是和滴答作響的秒針聲音抗爭的表情。那一瞬間，他們的腦海裡會出現和瀕死登山者類似的現象。心愛的人的面孔、家人的身影、愉快的記憶和苦痛的瞬間，都會像全景電影一樣，一幕一幕經過，在那一刻，他們超脫了。他們的心情變得平靜，原本緊繃的精神放鬆了，於是墜落下去。他們告訴自己，我的表現很好，能夠走到這裡就很幸運了，因為盡力了，所以很滿足，這些想法閃過腦海，使大腦鬆弛下來。曾經達到最高潮的緊張感，在一瞬間獲得緩解，這應該說是人體的神祕之處嗎？你有沒有讀過經歷過墜落的登山者的書？」

「你是說像萊茵霍爾德．梅斯納爾（Reinhold Messner）這類的人嗎？」

「對，你讀過啊？」

「不，我只聽過他的名字……」

我撓著頭，可是他依舊自顧自說著話。

「極度的緊張之後，隨之而來的安詳瞬間，那正是神為了迎接死亡的人類預備的最後祝福。腦內啡和多巴胺像噴泉一樣滋潤了大腦，以減少苦痛。所以不是說墜落是最舒服的死法嗎？」

「你相信神嗎？」

「我只是這麼比喻而已，這是一種修辭。我的意思是說，猜謎是那麼神聖的事情。」

我們暫時無語，他不知道是不是因為說了半天話，口也渴了，於是灌下冰塊融化的水。我很好奇，這個人為什麼要向我絮聒這些事情？他是猜謎傳教士嗎？

「剛才你說猜謎是運氣，對嗎？」

他的態度依然彬彬有禮。他這樣子，讓坐在他對面的人一刻也不敢放鬆。

「是的。」

「沒錯，有一些運氣的成分在裡面。參加百米賽跑的人知道自己要跑一百公尺，距離不會臨時改變，中間也不會突然出現障礙物，因為田徑賽不是《法櫃奇兵》電影。哈哈哈！」

李春成陶醉在自己無聊的幽默中，大聲笑著，然後突然正色說道：

「運氣才是問題所在，只有加入運氣，所有事情才會散發出死亡的氣味。」

「這是什麼意思？」

「人們看起來都很喜歡公正準確的事，對吧？其實不然。你看足球，PK大戰之類的東西不就是完全靠運氣嗎？守門員並不是和站在面前的踢球選手決一死戰，而是和命運。裁判運、比賽運，所有都是運氣。比起射擊、鉛球，大家為什麼更喜歡足球？因為就算敗了，也能不服輸。啊！這次的運氣不好，他們可以這樣埋怨。如果贏了呢？他們會認為命運之神站在自己這一方。比起以實力獲勝這類說辭，上天站在自己這一方的說法不是更棒嗎？」

「我覺得以實力獲勝的說法更好聽。」

他微微一笑。

「真是這樣嗎？那為什麼大家更喜歡由運氣左右的體育項目，比如足球、棒球等，而不是舉重？棒球不正是受運氣左右的體育項目嗎？風向、強弱、不規則的反彈、圍牆的距離、裁判的好惡等等……」

他用右手畫出飛向圍牆的全壘打的軌跡。

「是的，棒球確實是極受運氣影響的體育項目。」

我點點頭。

李春成好像喝了酒一樣，滿臉通紅。

「人類總是希望和命運對抗，但是那太危險了，所以很想看到自己以外的人跟命運對決。他們希望看到命運殘忍地背叛某人，也期待命運之神能向自己所支持的人微笑。體育史上記錄著許多擁有傑出的實力，卻在最重要的比賽中飲恨的英雄名字。」

我不住點頭。他說得似乎很對。

「啊，原來如此，這些事情我都沒有想過呢！可是你說什麼死亡的氣味，那是什麼意思？為什麼加入運氣後才會散發出死亡的氣味？」

「如果實力不夠，加倍努力的話，也能達到目標。但是被命運之神遺棄的人是沒有希望的。倒楣的人連朋友都會逃走。剛才提到猜謎，對吧？猜謎秀的最後一道題，或者ＰＫ大戰的最後一球，究竟跟實力有沒有關係？沒有！那是命運支配的世界。在那一瞬間，我們會淺嘗死亡世界的味道。那道門開啟的時間非常短暫。這只有在這樣的世界才有可能。無論是多堅強的人，在那最後的瞬間，也會向具有超越性的存在禱告，因為他們本能的知道，這完全是得依靠運氣的。如果神背棄了他們的願望，在那一瞬間，他們就會淺嘗死亡的味道。」

「好可怕。」

「可怕嗎？也有很多人認為那是很甘甜的呢！」

「為什麼？」

「因為那不是真的死亡，只是一種遊戲。」

「可是剛才你不是說『這樣的世界』嗎？那又是什麼意思？」

「我說的是，雖然看起來像是徹底取決於實力的世界，但實際上卻是受命運支配的世界。」

「可是為什麼跟我說這些事情？」

「我覺得民秀你正是適合這種世界的人。」

「我在猜謎秀的決賽一開始就被淘汰了。」

「就算是這樣，你不也進入決賽了嗎？還有，你得趕快忘記這件事情，那不過是為了愚蠢的傻瓜準備的一場秀而已，你不是也很清楚嗎？」

「是嗎？」

「怎麼樣？你願意相信我，加入這個世界嗎？」

「這個嘛！我無論怎麼想像，都不太清楚那個世界究竟是什麼樣的世界。」

他好像很無可奈何，舔了舔嘴唇。

「除了地鐵站販賣的『拼圖猜謎』，或者電視臺猜謎秀那種粗糙、庸俗的世界以外，還有真正的猜謎世界。」

「真正的猜謎世界？你說的是不是像聊天網站的猜謎房之類的東西。」

他的臉上顯露出不快的神情，但是他盡可能壓抑自己的情緒。

「我當然也認為那裡存在某種樂趣，可是現在邀請你進入的世界，並不是那種孩子的遊樂場。那個地方是真正把自己獻給命運的世界。」

「你們是不是什麼宗教組織啊？」

「我還以為你很快就能聽懂我的話……我這樣說吧！那是一個真正熱愛猜謎的人的世界。」

「我知道了，可是我還得準備就業，我不知道自己有沒有享受那種閒暇生活的餘力……」

李春成好像已經等待了許久一樣，從他的上衣口袋裡掏出信封，放在桌子上。

「這是訂金。」

「什麼訂金？」

「我放了一張。先從這開始吧。」

我雖然知道這樣不對，但還是拿起信封，悄悄往裡面看了看。

「我可以看一下嗎？」

「你不是已經在看了嗎？」

他微笑說道。信封裡裝著一張支票。我大致數了一下，好像有七個〇，七個不就是一千萬？

這到底是怎麼一回事？我突然害怕起來，又把信封還給他。

「你肯定搞錯了。」

李春成果斷地搖搖頭。

「不會錯的，我們在對你進行投資。」

「我拿了這個錢以後，要做什麼事情？」

「很簡單，解答謎題。」

他再次微笑。

「那麼這是一種獎金了？」

「我已經跟你說過了，這是訂金。如果得到獎金，和我們分成就行了。」

我低頭看著那裝著一千萬元的信封出神。只要有這些錢，我還錢給隔壁房間的女人以後，還剩九百八十萬，付了考試院的租金以後，還剩九百五十一萬元，可是……

「對不起！」

我把信封推向李春成那邊。

「還是不行。」

「為什麼？有什麼問題嗎？」

「我需要想一想，比起這個事情，就業好像更重要。」

「集會只有在周末舉行，就算你找到工作也沒有關係。」

「集會？」

「啊！我們是這樣稱呼的，總之你就算就業了，還是可以並行的。」

「可是我……」

我覺得如果繼續坐下去的話，一定會陷入誘惑，於是猛然從座位上站起來，然後向他點頭致意。

「謝謝你的說明。」

李春成再次把信封放回口袋後說道：

「好吧，那也沒辦法。你再考慮看看，無論何時都可以跟我聯絡。」

我和他握手之後，走出咖啡廳外面。那是一雙雖然溼潤，但手勁很強的手。我和他分開後走到外面，為了擺脫這種茫然的精神狀態，漫無目的地走著。穿著條紋運動服的男人嘻嘻哈哈經過。一輛發動的警車停在巷子裡，幾個看來和我差不多大的警察在警車外面摸著無線對講機，不時瞥我一眼。我回過神來，看看周圍，才知道這裡是派出所前面。我偶爾走過那裡，目睹喝醉的人耍無賴的場面，可是不知從何時起，這裡已經改名為令人感到陌生的「治安中心」。有些派出所改名為地區隊，有些地方改名為治安中心，但我無法得知兩者之間有什麼差異。

治安中心前面的公布欄上貼著選拔警察公務員的公告，要不要去當警察看看？我為什麼從來沒有好好想過當公務員？對我這樣的人來說，也許是好機會也未可知。至少不會像私人企業一樣，擺明了就是要歧視我。工作應該很單調、很無聊，也許沒有任何成就感，可是六點一到就可以回家洗澡，然後躺著讀推理小說。我第一次考慮公務員的生活，是不是因為聽到李春成危險的提案？我羨慕安定的生活，不被任何事情所動搖的生活。

我和警車裡打著長長哈欠的警官目光相遇。我尷尬地笑著，轉移視線，然後坐在治安中心前的長椅上整理思緒。我身上到底會發生什麼事情？李春成到底是什麼人？為什麼要向我提出那種建議？一千萬元啊！他們到底在做什麼事？我用力搖頭，不管那是什麼，和我有什麼關係呢？一定是什麼不正當的事情，如果不是的話，他們絕不會向我這個只參加過一次猜謎秀節目的人，提出如此豐厚的待遇。

我拿出手機，發簡訊給智媛。

這是我發簡訊給智媛以後，她最快回覆的一次。

「在幹嘛呢？」

「難得的甜蜜休息。^^」

「嗯……我們有沒有今天不能見面的理由？」

「當然沒有，哈！你在哪？」

「西橋派出所前面。」

「啊？發生了什麼事？」

「只是這前面的長椅很好，所以坐著。要不要見個面？妳能不能過來這裡？」

「OK。」

見了她以後，我想問問她的意見。我只是覺得如果是她的話，一定可以對於這個問題做出明快的結論。我坐著等候智媛的同時，想著李春成的提議，這個思緒始終揮之不去。所以金錢是很可怕的，就好像黏在頭髮上的口香糖一樣，只要閉上眼睛，就能鮮明地想起剛才看到的支票殘像。

第六章　白蟻穴

24

每次見面的時候，我都有這種感覺，智媛有著許多不同的臉孔。每次我都覺得她有一些地方讓我覺得陌生而不自然。以前交往過的光娜，就好像許多人戴著同一張面具，個性雖然多變，但臉孔始終如一。智媛則像是同一個人交替著許多副相似的面具，性格如一，但外貌散發出的感覺卻總是稍有不同。

「過得好嗎？」

她問我。

「嗯，還可以。妳的髮型變了嗎？」

「沒有啊！怎麼了？很奇怪嗎？」

她用右手輕輕撥著自己的頭髮。

「不，我還以為妳又改變髮型了。」

我們走進優格冰淇淋店，吃了澆上杏仁和草莓的低脂冰淇淋，味道稍甜，並不好吃。她講了各種在電視臺發生的事，我主要是傾聽。猜謎秀只是電視臺製作的眾多節目之一，圍繞著這個節目，還發生了許多事情。希望參加的志願者、和他們之間的各種衝突、關於收視率的矛盾和節目改版等。不知不覺間，這些話題也到了說盡的時候，智媛突然說道：

「好空虛。」

我是不是做錯了什麼？

「怎麼了？發生了什麼事？」

她指著落地窗外。

「你有沒有突然想過，所有的生命都那麼完美的存在是一種奇跡？」

直到此時，我才仔細觀察她的臉孔。和不久之前在COEX見面時不同，她的臉上有一絲陰影。

「妳發生了什麼事吧？」

「沒什麼大不了的。其實也沒什麼，只是我老是想起來。」

我默默舀著冰淇淋吃，等她說接下來要說的話。

「昨天我在電視臺叫了快遞，有急著要寄的東西。我下去大廳的時候，快遞員朝我發脾氣，問我為什麼下來得這麼慢？實際上也沒有很慢。我想下去的時候，製作人把我叫住，我就簡單處理了一些事情，可是那個快遞員給人的印象實在太不好了，個子又非常高，需要抬頭看他才行，讓人望而生畏。再加上快遞員大多都穿著黑衣服，真讓人害怕。總之，我把錄影帶交給他，並且在便條紙上寫著收件人的地址和電話號碼的時候，他突然正視我的臉，讓我嚇一大跳。然後他問我認不認得他？他說他認識我，可是我左思右想，實在想不起他是誰。所以我回答說我不認識，那個可怕的男人微笑說我應該不記得了。說實在話，我那時想著這又是什麼搭訕手段？有時候男人不是都會那樣嗎？說什麼很像以前的女朋友，好像在哪裡見過等等。」

她把湯匙放在桌上。

「是有這樣的傢伙。」

「所以我也大致敷衍過去。他說如果我想起來的話，要我聯絡他，後來我就上去編劇室了。昨天一整天我忙得不可開交，邀請來賓也不順利，打電話給參加者也打不通，反正一整天亂七八糟的。正忙著的時候，那個原本應該收到東西的人打電話來問，為什麼東西還沒到。我說我寄了，用快遞寄的，應該很快就會到了。可是一個小時後，那人又打電話來說還是沒有收到。那時我也覺得很奇怪，所以正想打電話去快遞公司詢問的時候，有人打電話給我。」

「是誰？」

「快遞公司。」

「他們怎麼說？」

「問我是不是寄東西的人，收件人收到東西沒有。我說這怎麼會問我呢，收件人說沒有收到東西。他們跟我道歉，說警察局跟他們聯絡……」

我們的人生偶爾會發生這種類似《X檔案》的事情，根本不知道理由、結果的事件發生，然後又被遺忘。

「發生事故了嗎？」

她咬著指甲。

「那個……」

「怎麼了？死了嗎？」

「只發現空摩托車停在麻浦大橋上，沒有找到肇事痕跡，只是摩托車孤零零地停在路邊。」

「真是荒唐啊！那快遞員呢？」

「不知道。」

「會不會是跳河自殺了？」

「也有可能。可是大白天的，不會吧？如果真的跳下去的話，一定會有人報警的。」

「這事情真奇怪啊！他會不會是突然厭煩工作了？經過麻浦大橋的時候，突然想，我為什麼要做這個工作，所以就把摩托車停在路邊，攔住路過的一輛計程車，去了別的地方。」

智媛提出反駁。

「聽說那些人的摩托車都是自己的，而且，真的有人能這樣嗎？」

「人啊，無論什麼事情都能做得出來，只要妳能想到的，他們都能做得出來。」

「你也曾經有過這種時刻嗎？突然希望把所有東西都處理掉，然後消失不見的時刻。」

「好像還沒有。」

「那你怎麼能這樣說？好像你很清楚似的。」

「一定要經驗過才知道嗎？小說裡不是經常會有這些情節嗎？有人突然對人生感到幻滅，然後逃到某個地方去的故事。」

她出神地望著我，然後低聲問道：

「我覺得很好奇，你為什麼說得好像自己全都知道？其實都是從書裡看到的……不是嗎？」

她的聲音雖然低沉，但話裡卻隱含一絲憤怒。

「妳現在是在生氣嗎？」

「不是，我實在是很好奇，才會問你。」

「間接的經驗也是經驗。」

「是嗎？可能是我看錯了，但總覺得你跟蝸牛一樣，蜷縮身子，躲在名為知識的堅硬外殼裡。」

話題怎麼會跑到這裡來了？我趕緊轉移話題。

「所以呢？東西找到了嗎？」

她瞪著我，然後用無力的聲音說道：

「你又避開了。好吧，東西還原封不動在摩托車上。」

我聽到她說「你又避開了」這句話，但裝作沒聽見一樣，還開始天花亂墜地說道：

「真奇怪啊！大家不是都有想先把自己負責的事情做完的傾向嗎？甚至連想自殺的人如果聽到門鈴響，也會出門去接收郵件。啊！對了，二十世紀初，德國有一個企業家，他也是一個業餘數學家。他有很多錢，好像經營一家大公司。可是有一天他想自殺，就走到自己的書房。他下定決心，要在午夜十二點自殺，於是就等候子夜的到來。他有些焦慮，所以隨手抽出書房裡的一本書，開始讀了起來。那本書裡好像有關於『費馬大定理』的故事。這個不是很困難的簡單定理，幾百年來都解答不出來，他對此感到非常好奇，於是坐在書桌前，開始解析定理。後來，他回過神來，看看時間已經到了凌晨，決心自殺的時刻早就過去了。他想：啊！這個定理救了我的性命。於是這個企業家懸賞巨額的獎金，宣布要給解答出『費馬大定理』的人。」

她對於這個話題似乎也不感興趣，只是用手指在桌上信筆塗鴉。

「民秀，原來你對我的情感毫不關心啊！」

「什麼？這是什麼話？」

我的心裡雖為之一緊，但故意裝作若無其事。於是她搖了搖頭。

「沒什麼，我只是隨便說說。可是那個快遞員會不會真的認識我？」

「不會啦！」

「那他為什麼要說那些話？」

「哎呀！沒必要知道啦！忘掉吧！他很快就會出現在某個地方的。」

「就算他出現，我也不知道啊！」

「不知道也沒關係，妳為什麼想知道呢？」

「是吧？我沒必要知道吧？」

「好了，好了，都忘掉吧！我們要不要走了？」

我拿起空的冰淇淋杯子。冰淇淋都已經融化，杯底的顏色就像烏雲。我把它丟進垃圾桶裡，走出冰淇淋店。心情好像是把珍貴的東西留在背後離開了一樣。

我們來到大街上，默默無語地走了好一會。

「我老是覺得那個人已經死了。」

她沉著臉說道。

「為什麼？」

「我也不知道，我老是浮現這種不吉利的想法。我越告訴自己不要這樣想，越是這樣覺得。」

她緊緊抓住我的手，我也用力握住她。

「首先，只是他的摩托車被發現而已，沒有任何斷定他已經死亡的根據。」

「是吧？」

她的表情稍微開朗一些。

「第二，不管那個人有沒有死，都跟妳徐智媛沒有任何關係，那是他個人的問題。」

她垂下頭。

「我把人叫來，卻太晚下去了，會不會是這個原因牽動了他心裡面的某根神經？」

「妳這想法太傻了。」

她沒有回話。我為了讓她的心情好一點，連忙轉移話題，說起了和李春成見面的事情。

「事實上，我有一件很有意思的事情。」

「是什麼？」

她稍微顯露出興趣。

「妳還記不記得我錄猜謎秀的那天？」

「當然。」

「那天錄影結束，我從攝影棚走出來的時候，有個人給了我一張名片。之後我就忘了這回事，幾天以前，他跟我聯絡，說要和我見面，所以剛才就跟他見了面。他竟然塞給我一個信封。」

「信封？」

「嗯，我打開一看，裡面有一張一千萬的支票。」

我說起這件事情時心情還不錯。智媛並不如想像中驚訝。

「什麼？一千萬？真的？他要你做什麼事？不會是要你去殺人吧？」

她呵呵一笑，用充滿好奇心的眼神看著我。我撓著頭說道：

「這個嘛，有點奇怪的是……」

「……？」

「他要我去猜謎。」

「猜謎？」

「嗯。」

「所以呢？你答應了嗎？」

她停下腳步，用很感興趣的表情凝視著我。

「沒有。」

「為什麼？」

「因為那不是我真正想做的事情。」

「你想做的事情是什麼？」

她的問題裡總是包含著多義性，明明是在問「此」，可是實際上是在問「彼」，有時好像在問「彼」，實際上卻是在問「此」。我首先必須思考，她真正想問的究竟是什麼。可是這次我卻無法確定。她用非常感興趣的表情望著我的眼睛。我轉著眼珠子思考著，我想做的事情……我想起了很多事情，環遊世界、到戰亂地區當義工、進不錯的公司工作……可是哪個答案我都說不出口。

「這個嘛，真要我說的話……」

我閃爍其詞。

「你說過嗎？」

「什麼？我真正想做的事情？」

「嗯，我問你曾經開口說過嗎？一次也好。」

「哦……好像有。」

我在說謊。我每次在被問到這種問題的時候，總是會羅列出一些永遠無法實現的荒謬願望。企圖蒙混過那一瞬間，其他人也總是轉移到別的話題。是啊，人們都對其他人毫無關心，只是因為無話可說，才拋出這種顯而易見的問題。遇到久未謀面的人時，問他找到工作了嗎、不結婚嗎這些問題時，事實上正是因為對他漠不關心才這樣。

小時候，如果有人問起關於我的問題，我總以為他們是真想知道，因此竭盡全力回答他們。可是現在想來，大家只是想到什麼就胡謅罷了，隨便敷衍他們幾句，他們就立刻轉移到其他問題。這就好像是在跟只輸入例行問題的機器人對話。那種機器人在遇到天真的年輕人時，只需問他們幾個問題：你不工作嗎？什麼時候結婚啊？等等。這個時候，其實我只要顧左右而言他就可以了，可是我總會長篇大論，說一堆諸如此類的廢話：「我不認為一定要工作，我想再多了解自己一些，那似乎是更優先的課題。這樣一來，就業不也就水到渠成了嗎？」我為什麼會這樣？那些機器人想要的並不是對話，只是要消磨時間而已。

可是智媛不同，她是真的對我要什麼感到好奇。我說出久違的認真回答。

「我也不知道。」

這句話聽起來好像不負責任，但那才是我的真心話。智媛聽完立刻搖頭。

「你不可能不知道，只是害怕說出來而已。」

「我是真的不知道啊！妳要我怎麼辦？」

我也堅決地搖搖頭。

「我認為那是我們這一代人的特徵，堅決相信自己什麼都不需要。」

「妳這樣認為嗎？」

「好像是對於過度期待的一種倦怠吧。我們從小不就受到過多的期待嗎？父母、老師、廣告、政客，甚至徐太志不都慫恿我們『你要怎樣就怎樣吧』？鋼琴彈得好一點，就要我們學音樂；文章寫得還可以，就要我們當作家；英語說得好一點，就要我們去當外交官……世界就好像旋轉木馬一樣，一邊轉動一邊不停詢問我們：你想要什麼？只要有一樣拿手就可以了。可是做好那『一樣』有那麼容易嗎？結果我們總是讓人失望，然後不知從何時起，就變成了什麼都不想要的人，還有……」

我打斷了她的話，緊緊抓住她的手，正面凝視著她的雙眼問道：

「妳也一樣嗎？妳也曾經如此嗎？妳也覺得妳是那種過度期待的犧牲品嗎？」

她好像想說什麼似的，嘴唇翕動著，但最終只是露出微笑。我雖也回以微笑，但心裡卻覺淒涼。她走在前面，拉著我的手，我們又開始繼續往前走。不一會，我們站在亮紅燈的斑馬線前方，她說：

「今天我們家沒人。」

我在想這句話是什麼意思，於是呆呆望著她。

「你們家沒人？」

「就是這個意思，家裡沒人。我父母親去旅行了。」

「啊！原來如此。」

「你今天要不要去我家玩？」

哪有不去的理由？

「好啊！」

她不好意思地笑了笑。我說：

「我高中的時候，有人要我寫愛好是什麼，我曾經寫過『去別人家玩』。」

「真的？那麼好玩嗎？」

「是真的。如果我去朋友家，總是會有相同的程序等著我。我脫下鞋子，走進朋友家以後，他會向自己的母親介紹我。我用一張乖巧的臉向她請安說「您好」的話，這些媽媽就會像電視連續劇裡的女人一樣，對我優雅笑著，然後一定會要我們好好玩，好像如果不好好玩的話，就會出什麼大事一樣。客廳裡有大電視和沙發，沒有一處例外。打完招呼以後，就會被帶到朋友房間，那裡有著單人床和小型密集板書桌，牆壁上總是會貼著電影海報和明星放大照片。房間都一樣，好像政府推行了室內裝潢標準。朋友坐在椅子上，我坐在床邊。聊了一會之後，朋友的母親一定會敲門，端著裝水果的盤子進來。」

「穿著家居服，臉上帶著略微虛偽的微笑。」

她嘻嘻笑著。

「對，對，好像都去什麼百貨公司文化中心上過『朋友的媽媽行為準則』的課程。各種動作都一樣，實在太神奇了。」

她停止笑聲說道：

「我們家不是那種家庭。」

「啊，是嗎？」

「你還是第一個被邀請到我們家來的人。」

「真的？」

「我媽媽不喜歡孩子。有一天，我媽在讀《巴爾札克評傳》的時候跟我說，巴爾札克一生下來就被送到奶媽那裡，直到八歲才接回自己家，他不也成為偉大的作家？這是能跟女兒說的話嗎？」

「妳一定大受打擊。」

「我曾經想過，也許在奶媽照顧下成長會更好。」

綠燈亮起，我們開始越過斑馬線。

「你說過你想去大賣場買啤酒，對吧？我們今天就去。」

我們坐地鐵去了最近的大賣場。我一直住在充斥熱鬧街道的弘大前面，突然轉進被電梯公寓圍繞的大型超市，讓我覺得十分陌生。超市裡的客人大部分是渴望安定生活的中產階級，大人把泡麵箱子扔進手推車裡，檢查西瓜蒂是否枯乾，品嘗新上市的火腿；小孩則是跑跑跳跳、大聲高喊。

我們在那裡買了品客洋芋片、兩手啤酒、蛤蜊和番茄。

「我做義大利麵給你吃。」

她很有自信地說道。

如果按照計劃，我在幾個小時以後，將會吃到她做的義大利麵，喝著冰啤酒，也許還有更精彩的事會發生。我被幸福的心情所感染，逛著超市裡的每個角落。平常只覺吵死人的孩子，今天看起來也特別可愛；那些阿姨的手推車頻頻頂到我的屁股，我也沒有生氣；甚至趁我們不注意的時候插到前面的大叔，我也不覺得厭惡了。

我悄悄地端詳智媛的臉孔。她連我在看她都不知道，再次仔細檢查推車裡裝著的東西。為什麼美麗的事物在對自己的美毫無所覺的時候，看起來更美呢？我真希望用雙手輕撫她的臉孔，可是這裡是擠滿人的大賣場。我按捺住內心的衝動，推著手推車。結帳的人是智媛。

「這是去我家嘛！」

我提起裝著東西的塑膠袋，經過擠滿人潮的出口，來到路邊，那裡有一個計程車乘車處。智媛招了一輛計程車，我默默跟在她身後，坐上計程車。她說出目的地之後，計程車就出發了。車子很快就開上內部循環道路的入口，無意義的風景一幕幕掠過，不一會，我們就到了智媛家附近。下了計程車，厚重大門巍然屹立在我面前，似乎得使破城錘才能突破。她把繫在手機上的芯片對準側門旁邊的感應器。保全系統的聲音在我們身後響起：「警報已解除」，我們一起走進門裡。我一走過去，大門就自行關閉並鎖上，智媛再次將芯片貼緊感應器，保全系統又再次說道：「警報已啟動」。

庭院十分寬敞、美麗，就像電視連續劇裡典型的社長的家，我住過的延南洞房子根本無法與之相較。

「進來吧！」

她把門打開，等著我。我小心翼翼地進入玄關裡。不知是不是受剛才在明亮的地方所影響，感覺家裡有些黑暗，和庭院誇張的燦爛完全不同。沉重而濃厚的空氣沉穩地籠罩在室內。我脫掉鞋子，跟著她上了二樓。客廳中央有螺旋形樓梯，寬度足夠讓兩個人同時經過而不會彼此碰撞。

25

進入心愛的人房間，這是令人十分驚異的經驗。無論是多麼偉大的電影、多麼不可思議的雲霄飛車，都無法與之匹敵。比如說，房間裡有智媛的味道，有長久形成的歷史，最重要的是，這個房間是三次元的空間。我可以走進去，和房間成為一體；我可以撫摸房間裡的東西，如果是小東西的話，我還可以偷偷拿走。天花板就是她每天早晨睜開眼睛的時候看到的天花板，床則是她可以毫無拘束交付自己身體的床。在自己心愛的人房間裡，我們有的時候是偵探，有的時候是變態，有的時候又是收藏家。房間裡充滿關於她的線索，等待我去解釋。不只如此，這些線索都充滿魅力。如同知名歌手的粉絲趁亂搶走他沾著汗水的墨鏡一般，我也感到一股衝動，希望將我心愛的她觸摸過的東西據為己有。

我跟著她進了她的房間。首先，房間的擺設很特別。我曾經造訪過和父母同住的所有朋友房間，裡頭都有床，可是我進入的房間裡沒有床，只擺了一張寬大的桌子和適合躺在上面讀書的S型舒服椅子。氣氛好像是精神科醫院的諮詢室，桌子上擺著幾本雜誌，書架上密密麻麻地塞滿可以成為雜學泉源的最新雜誌。

我因為不想讓自己看起來像好色之徒，沒有直接問她「床在哪裡」，可是我仍然無法克制我的好奇心。我在房間裡東張西望，除了進來這個房間的門以外，還有兩扇門，分別在左側和右側，其中之一應該是臥室，那麼另一個是浴室嗎？她彷彿在回答我的疑問似的，向我說道：

「左邊是我睡覺的房間，右邊是……」

她微笑著走向右邊的門。

「你包包放在那裡，過來這邊。」

我把包包放在桌上，跟在她身後。

她打開右側門的瞬間，我為之瞠目結舌。那裡的開闊空間涵蓋下面一層和上面一層，高度大約有三層樓之高，與其說是書房，我覺得用書庫來形容比較合適。房門和木質樓梯相連，她先經由樓梯走下書房，我也跟在她的身後。下去一看，房間顯得更大。不只從她房間所在的二樓可以進入，一樓的客廳也可以進來這個書房。只要是愛書人，沒有不夢想擁有這種書房的。從窗戶照射進來的光線與書房裡四處飛揚的灰塵碰撞，讓書房更顯得氣息莊重。

「哇！真是太了不起了。」

「我就知道你會喜歡。」

「這麼棒的地方，為什麼從來沒有帶人來過？」

「我怕她們討厭我。」

她笑著。

「可是現在想來，女孩子大概不會羨慕這種地方，只是我自己白擔心罷了。誰會說這種積滿灰塵的地方了不起呢？」

不，真的很了不起。我緩緩走在書架中間。有些書架擺滿關於旅行的書籍，又有些書架擺滿美術史的相關書籍和畫冊。我就像剛到任的典獄長一樣，慢慢走在書架與書架中間，仔細查看每個地方。有時用手撫過書脊，有時抽出有趣的書翻開閱讀。

「我外公開過印刷廠，所以家裡有很多書，可是比不上這裡。」

「我爸爸沒讀很多書，所以對書籍有種虛榮心。有一陣子，他看到什麼書就全買下來，但幾乎從來沒有讀過。」

有些書架和書架中間，擺著像大學圖書館一樣的小木桌，有些角落裡擺著可斜躺著看書的皮沙發。我真的很想擁有那種沙發，但是考試院哪有那種空間？當然我也沒有錢買。

「我真羨慕妳。」

我指著沙發說道。

「如果躺在這裡讀書，心情一定會很好，一天也會很快就過去了。」

我轉頭尋找沒出聲的她，只見她微笑著抬頭看我。陽光從半開的百葉窗縫隙中照射進來，在她臉上映照出柔和的陰影。我從未見她如此美麗，甚至讓人覺得，她是不是事先找好了可以呈現出自己最美麗模樣的場所和角度？像老練的攝影師為模特兒挑選最適合的拍攝地點那樣。或者人們在自己最了解的空間，不，自己最喜愛的空間中，最能顯現出光彩奪目的面容？例如畫家在畫室裡、音樂家在練習室裡，而廚師在自己的餐廳裡？

我用雙手小心翼翼地捧起她的臉頰，就好像從微波爐裡端出滾燙的碗。她閉上眼睛。我從未感受過如此沉重的寂靜，大量的寂靜擠壓著我們兩人。如果說這是種壓迫的話，那麼是不可逆轉且無法挽回的，將我們兩人驅趕至同一方向。這種壓迫將對象不由分說地逼向前。如果是決意而行的殺手，一定會毫不猶豫扣下扳機；如果是在後臺等待上場的芭蕾舞者，一定會違反重力，將自己的身體輕巧地彈向空中，並飛奔到舞臺上。我將嘴唇輕輕貼上她的嘴唇。有些瞬間在後來回想起來，只能說「那時不得不如此」，此時就是這個時刻。

我正在書寫。如果我的人生是一本書，我正記錄著非常重要的部分。我的筆是舌頭，紙張就是圍繞我們的這種密度極高的空氣。她的嘴唇緩緩張開，在充斥書寫的話語、紀錄的話語的房間裡，我們開始了不需言語的對話。我的舌頭伸進她的嘴唇之間，找到了她的舌頭。我們熱愛文字的大腦和熱愛話語的舌頭彼此相連。我會長久記住這一瞬間，並經常加以反芻，對方也必定如是。關於此點，我們都深信不疑。

啊！

從她的嘴唇之間流瀉出嘆息。這聲嘆息的發源地究竟在何處？是不是從肺部經由聲帶湧出？抑或從她的大腦滲透出來，正如眼淚流進鼻子和嘴裡一樣？我的舌頭更激烈地撥開她的嘴唇，舔舐著她的牙齦。我們的舌頭互相糾纏。

啊！智媛啊！

我無聲說著。即便如此，我們彼此仍能溝通的這件事令我驚訝。她也以同樣的方式，用零分貝的聲音回答。

民秀，你是我深愛的人。

人家都說，如果相愛會見到神，我們終於知悉神仙如何溝通。無需言語，我們依然可以將彼此的想法傳遞給對方。她的唾液從纏繞的舌頭之間流到嘴角，我用左手拇指將唾液擦掉，纏繞的舌頭解開，回到各自的位置。她依然閉著雙眼，兩手環抱我的背部，我仍然捧著她的雙頰。她坐到沙發上，身體靠著椅背，我也自然而然坐在她的身旁。我們牽著手。她將臉孔靠在我的肩膀上，呼吸並不均勻。我的呼吸大概也是一樣。

親吻的餘韻十分長久。我們好一陣子默默坐著，再三回味那一絲餘韻。我眼前的書架上，擺滿了關於數學和密碼學的書，其中我讀過的只有西蒙・辛格（Simon Singh）的《碼書》。

我對把臉靠在我肩膀上的智媛說道。她用好奇的表情看著我。

「有件事我很好奇。」

「妳為什麼對我這麼好？」

她收回看著我的視線。我再次感覺到肩膀上的重量。

「我不是對你好。我是喜歡你。」

「像妳這樣生長在富裕家庭，從不缺少什麼的人，為什麼會喜歡像我這樣的男人？」

「民秀，你的防禦心太強了。」

她抬起靠在我肩膀上的後頸，肩膀上感覺到的溫度消失了。

「防禦心？」

「你總認為別人不可能喜歡你，總是懷疑身邊的人對你的愛，經常考驗他們。我喜歡你，這有什麼好奇怪的？」

「對不起，我只是覺得這一切都難以置信。」

「你覺得我的ＩＤ為什麼會是『牆裡的妖精』？」

她問我。

「為什麼？」

她指著書架。

「就像你看到的一樣，我成長在一個充斥著牆壁的房子裡。我沒跟你說過吧？事實上，我是在美國讀高中的。那是東部一所非常好的私立學校，可是我每天晚上都在宿舍裡哭。那是非常保守的天主教學校，建築物都很漂亮。我在那裡絕對沒有受到差別待遇，同學都是上流社會家庭的子女，不會有人做出種族歧視那種事。他們反而對我格外照顧，時刻如此。他們總說妳的父母都在韓國、妳應該還不太了解美國的實際情況、妳小學的時候應該沒學過這種東西，總是溫暖地為我著想。可是我細細一想，那根本不是關心。事實上，可以說是巧妙的排擠。我雖然收到大學的入學許可，但還是回來韓國上大學，為了適應韓國的生活，我受了不少罪。等我突然清醒過來，我又被關在牆壁裡。當然，我很喜歡我的家。民秀，每個人都有不足的地方，我不認為因為我住在這種房子裡，因為我爸爸很有錢，所以我感受到的全部痛苦就變得毫無價值。你如果真的這樣想的話，我會很難過。每個人都希望得到真心的理解，我相信你會是這樣的人。難道是我看錯了？」

她眼中的眼淚盈盈欲滴，可是我的內心並沒有受到強烈撼動。我的經驗淺薄，不足以理解在美國東部私立學校宿舍裡感受到的孤獨。我所知道出身東部私立學校的人，只有《麥田捕手》裡的霍爾頓・考爾菲德這樣的退學生而已，但我真心希望能了解她。我把右手放在她的脖子後面，摟住她的肩膀。

「對不起，每個人不都有那樣的時刻：這所有的一切都像夢境，實在無法置信。我害怕有一天，妳突然對這個玩笑失去興趣而離開我。我害怕這樣的事情是很奇怪的事嗎？我是孤兒，而且是沒有工作的無業遊民。」

她好像有點震驚，也許是因為我從未明示自己的身世所致。

「你說孤兒，那是什麼意思？」

「還能是什麼意思？就是沒有父母啊！」

我用稍微冷漠的臉孔說道。相反的，她的表情更加柔和。

「就算沒有父母，你現在不也成為這麼出色的人？」

「我哪裡出色？不就是個令人失望的傢伙。其實我也不算孤兒，只是私生子罷了。我還不知道父親在哪裡，從來沒有人告訴過我，外婆也過世了……」

我告訴智媛在動物園看到河馬的時候，我與崔女士的對話。我相信媽媽變成鴿子的原因，在那個固執、奇怪的昔日女演員身邊，以一個私生子的身分怎麼度過幼年時期的幾樣瑣事，都告訴了她。

她用右手撫摸我放在膝蓋上的手。

「你怎麼能把這些事說得這麼有趣？好像是在說別人的事情一樣。你真了不起。我相信你。就算現在沒有任何人認可你的價值，以後你一定會成為出色的人的。我確信不疑。」

「妳怎麼能知道以後的事？妳是不是有平岡公主情結[12]啊？」

她噗嗤大笑，然後用真摯的表情說道：

「因為你擁有一雙比任何人都要明亮的眼睛。你一定很有良心。」

我還是第一次聽到良心這字眼用在這種情況上。在戀愛中，良心意味著什麼呢？

「每個人都有良心。」

我又想起從隔壁房間的女人借來的錢。會想起這件事情，代表我很有良心嗎？或者是極端的沒有良心？

「不，那只是你的想法。有良心的人是很少的，而且最重要的是，你是真心的。」

「真心？」

12 平岡公主是高句麗平原王的女兒，小時候因經常哭泣，父親開玩笑說再哭的話，就要把她嫁給傻瓜溫達。她到了適婚年齡後，父親要把她嫁給上部的高氏家門，但她加以拒絕，逃出宮闕，找到溫達後，兩人成為夫妻。之後她教導溫達學問和武藝，溫達最終成為高句麗傑出的將軍。後世以平岡公主有識人之明稱頌她。

「我是說你不是庸俗之人，雖然我沒見過你幾次，但我能知道。童話裡不是有經由衣櫥到別的世界的故事嗎？你就像是擁有只屬於你自己衣櫥的少年。」

真的是這樣嗎？我想了想。

「小時候我還滿喜歡衣櫥的。」

「『如果連靠近彼此靈魂的這種冒險都沒有，那我們的人生不就太沒意義了嗎？』事實上，我太喜歡這段話了。你在一段話中使用了靈魂、冒險、意義三個詞，我覺得那實在是意味深長的話。」

她引用了我寫給她的電子郵件。我害羞起來，不住地撓著頭。

「妳連這些小細節都記得？」

「我覺得人有兩種，擁有只屬於自己衣櫥的人，以及不是這樣的人。不是這樣的人所有的一切都很淺薄，他們只相信眼睛看得到的東西，絕對不相信遠處還存在其他的世界。只有現實才是他們的信仰和宗教。他們一做出判斷，就變得毫不留情，而且很冷酷。當然對付這種人也很簡單，因為他們在比自己強或富有的人面前，永遠都是弱者。和這些人對話或累積交情是一件非常無聊、令人疲倦的事，因為他們思考的只有那和我有什麼關係？或者我到底能得到什麼好處等問題而已。我喜歡的是像你一樣的人。你不是喜歡無用的東西嗎？就像知識、猜謎、小說等等。」

「妳不也一樣？」

「我雖然不喜歡我爸爸，但我覺得他以前說過的話真的很正確。他說，年紀大了以後，回頭看看我身邊，發現那些精於計算、唯利是圖的人都變成泛泛之輩，而那些幼稚的夢想家卻變成了大人物。聰明的人在別人手下卑躬屈膝，或者進了監獄，但那些胸懷大志的人卻在支配世界。」

可是並不是所有的夢想家都變成大人物。

我對智媛說：

「我從以前就覺得，妳的頭腦真的很清楚敏捷。」

聽完這話，她突然有些慌亂，臉也變紅。

「我是不是說太多了？只是太想跟你說這些話了。」

這些話雖然很中聽，但我還是無法認同她的確信不疑。智媛究竟是看到我哪些方面才這麼認為的呢？我對此非常好奇，可是她似乎對別的事情更加好奇。

「你沒想過要去尋找自己的父親嗎？」

「……應該已經過世了。」

這種時刻應該露出的明朗微笑，我已經練習過很久了，所以此時顯得相當自然。

「你確定嗎？」

「不，我只是從小就這麼認為。不要再談這個話題了，太沉悶了。」

她呆呆地望著我，用一種孩子看到受傷小鳥時的視線。這種視線讓我覺得不舒服，於是轉移了話題。

「我們不是在猜謎房裡認識的嗎？那妳是在哪裡上網的？是在剛才那個桌上？還是在這個書房的某一個角落？」

「你為什麼對那個感到好奇？」

她嘻嘻一笑。

「我只是好奇妳在那些時刻用什麼姿勢、用何種角度、看著什麼打字。因為妳說妳在聽音樂，所以應該也有音響之類的東西吧？可是我還沒有看到那樣的地方。」

她猶豫片刻，向我伸出手來。我握住她的手，跟著她走上通往二樓的樓梯。木製樓梯有些晃動，我們經過擺著桌子的房間時，智媛將放在桌上的啤酒放進冰箱，然後打開左邊的門，此時，出現了一個略顯黑暗的寬敞房間。這裡是智媛的臥室，臥室中間擺著一張特大號的床，書桌和黑色的旋轉椅子放在窗戶旁邊，書桌的一邊整齊擺著看起來大概是二十一吋的ＬＣＤ顯示器和小型音箱，牆上掛著相框，裡面的照片是安塞爾．亞當斯（Ansel Adams）拍攝的優勝美地懸崖。

「書房也有一張爸爸用過之後留給我的大書桌，可是很奇怪的是，我所有的事情都在這裡做。」

我走到那張書桌前，啊！原來智媛就是坐在這裡聽著謬思樂團、出謎題，並且和我網聊啊？瞬間，我好像了解了前往麥加朝聖的回教徒，或者偷窺自己喜歡的演員住家的粉絲心理。我靜靜坐在那張椅子上，然後緩緩旋轉椅子，環視著她的臥室。啊！原來智媛就坐在這裡看世界啊！操作著電腦、突然轉頭看著背後的空寂房間……想到這裡，我好像進入了她靈魂的最深處。我握住她的滑鼠，用手背輕拂過鍵盤。她笑著俯視我的動作。深愛我的女人在我頭上用滿足的臉孔看著我玩耍的模樣。我感覺自己好像變成了孩子。

我坐在椅子上，伸開雙手，摟住她在我眼前晃動的腰部。我的頭埋在她的腹部。她的身上散發隱約的草木香味。她很自然地用雙手抱住我的頭。我的額頭感受到她柔軟的乳房。我的心臟開始狂跳，如同衝浪時的感覺。隨激流沖下的小艇，快速且毫無章法地流向無法回返的地方。儘管大家都知道，卻沒有任何人想把小艇停下來。我雖然想操控划槳，試圖抓住正確的方向，但小艇終究去到自己該去的地方後才尋回平靜。

她用雙手弄亂我的頭髮。我感覺到她的指甲伸進我的頭髮中間。這種感覺真是爽快，我很快就愛上她這動作。我開始移動摟住她腰部的手，撫摸著她的背部和突起的肩胛骨。我把她的身體拉向自己，將我的臉孔深深埋在她的腹部。她不規則的呼吸漸次傳來。我的右手停留在她突起的肩胛骨時，左手沿著脊椎而下，直到她被裙子包裹住的臀部。她更加用力弄亂我的頭髮。

她的手終於離開我的後腦勺，撫摸我那猶如襯衫扣子般突出的頸椎，擠進襯衫下方的空隙，到達我的後背。她的右手伸進我的後背、襯衫領子下方的同時，我的雙手也觸摸到她胸罩下方的肌膚。我貪婪的手多次試圖解開她的胸罩鉤扣，最後終於成功。去除了限制我動作的堅硬裝置後，我得以自由撫摸她柔軟且狹窄的背脊。她親吻我的頭頂說道：

「等一下！」

我抬起埋在她腹部的頭，仰望著她。她似乎覺得我的模樣十分滑稽，噗的一聲笑了出來。因為我頭髮被弄得極亂，也許看起來像密西西比河邊的哈克貝利·費恩一樣。她拉開我抱緊她身體的雙手，離開了我的身邊。我呆呆地看著她。她似乎是想讓全身發熱的我安心，微笑走向窗邊，然後拉上阻擋刺眼光線照射進來的雙重窗簾。房間裡突然變得陰暗，她再次走向我，說道：

「我去一下洗手間。」

她把我留在房間裡，自己去了臥室裡附帶的洗手間。我按捺不住蔓延的激情，猛然從椅子上起身，在房間裡徘徊。突然，我害怕自己現在做了一件可怕的事情。我真的可以這麼做嗎？可以這麼輕易就進入全新的局面嗎？而且這是她的家，不，以美國的習慣而言，這裡是她父親的家，因此如果她的父母目睹了這個場面……？智媛進去洗手間的那十多分鐘，我被各種妄想所糾纏。在性欲完全被這些雜亂的妄想澆熄之前，她從洗手間出來了。由於房間十分黑暗，只能看到她形體的輪廓。她沒有走向我正來回踱步的書桌方向，而是直接躺到床上。雖然她沒有說任何話，但我好像中了咒語一般，爬到床上跪下，然後摸索到她在枕頭上的臉孔，開始親吻她。我的手也伸入被褥裡，尋找到她的身體。我的手繼續伸進她的襯裙裡。她又把胸罩穿好了。

衣服換成了襯裙，那為什麼一定要再穿上胸罩呢？女人真是令人無法理解。我很快脫掉襯衫和牛仔褲，扔到旁邊，並鑽進被褥裡。我用雙手解開她胸罩的鈎扣，開始親吻她。她也用雙手抱緊我的後背。我強烈感受到從她的身上散發出與剛才不同的香味，顯然她在洗手間裡噴了不同的香水。那是阿奎亞系列的清爽香味。我一想到她在自己的身上噴上香水的情景，興奮感就愈發高漲。我的動作越來越快，她的呼吸也愈發熾熱，讓我的耳際奇癢難耐。

「可以繼續嗎？」

我附在她的耳畔喃喃細語。她輕輕扭動的身體就像到達沙灘的波浪，緩緩地歸於平靜。她拉過我的耳朵，對我說話，熾熱的呼吸燙熱了我的耳朵。

「如果我說不行的話，你會怎麼辦？」

我用手臂撐起身體，小心翼翼地再次問她：

「不危險吧？」

她的臉孔埋沒在黑暗裡，完全看不到表情。我焦慮地等候她的回答，她是不是在計算危險期呢？或者是現在才開始認真思考這種行為的危險性？啊！我的皮夾裡為什麼連一個保險套都沒有？以後是不是要隨身攜帶呢？如果帶著保險套的話，我會不會看起來太像個花花公子？雖然時間不過幾秒，對我來說確實漫長。她終於開口說道：

「……應該沒關係。」

我再次倒在她身上。我咬著她的乳頭，將臉埋進她柔軟的大腿之間。我們渾身沾滿彼此的體液，一起在床上翻滾著、笑著。無法區分究竟是笑聲還是呻吟聲，也分不清是癢處還是性敏感區。我的身體終於進入她身體裡的那一瞬間，笑聲消失了。真實的歡愉、嚴重的快感、熟悉的震驚，我們進入只能用這些矛盾的語言形容的世界，進入形似漫長隧道的空間之中。我們在天體物理學教科書接觸到的堂皇話語就存在於這個隧道裡。因為重力太強連光線都被吸進的黑洞，最初創造宇宙的大爆炸，以及生命的誕生！在宇宙的一小點裡相遇的兩個陌生存在，發生了驚人的事端。如果有人說我的表現太過誇張，那他一定是尚未經驗過人與人之間這種化學結合的瞬間。我敢說，這樣的性交是第一次。沒有自我輕賤和幻滅，也沒有導致我心靈深處不安的感情副產品，兩個靈魂暢通無阻地奔向相遇的那遙遠消失點。

我們暴露我倆身體最脆弱的部分，一起躺著。我撫摸著她的肚子和乳房，她則把臉深埋在我的胸前。我感覺到她的臉孔還散發出熱氣。

「妳還覺得自己不好看嗎？」

我低頭看著她的臉問道。她點點頭。因為她把頭枕在我的手臂上，我感覺到她這個動作。

「妳真的很漂亮。」

我說。她又搖頭，但是力道減輕了。

「真的？你真的那麼覺得？」

「當然。」

我親吻了她發熱的額頭。這麼幸福的瞬間，什麼都不再需要，我可以忘記我面前的所有現實。

「民秀你也很帥。」

「妳眼睛被什麼給矇住了吧？哈哈。」

她撐起手肘，斜撐起身體，然後低頭看著我說道：

「那你也是一樣囉？」

我急忙搖頭。

「不，我沒被矇住。我的眼睛看得可清楚了。我是說真話。」

她微微一笑，但沒有停止攻擊。

「那你就是不怎麼喜歡我了？沒被愛情蒙蔽雙眼。」

她戳了一下我的腰。

「不，絕對不是。」

這個瞬間連玩笑話都變得很愉快。我沉醉在這種愉快裡，得以做了極其短暫、似乎永遠不可能實現的夢。在這個擺滿書籍的大房子裡，和智媛一起和睦生活的夢。可是，這個夢想能成真嗎？

我想起面積不到這個臥室五分之一的考試院房間。光線完全透不進來的黑暗房間，發霉的味道，可是我得再回到那個地方。讓所有雄性都為之憂鬱的瞬間突然到來，我擔待不起躺在我身邊的這個美麗女人。到此刻為止只是運氣好罷了，女人終究會選擇有能力養育自己孩子的男人。有能力、有魅力的女人還是希望嫁給比自己更有能力、更有魅力的男人。所以沒有工作、無能的男人是沒有未來的。

「你在想什麼？」

「我的頭腦裡面好像有錯誤的迴路，不管發生多麼好的事，終究會回到相同的地方。」

「那是什麼地方？」

「我的現實。就是我終究什麼都無法成就的不安感。」

她用手指拉起我乳頭周圍的毛。

「一定會好起來的，都會好起來的。你雖然經常貶低自己，但其實沒有這個必要。現在只不過是開始，現在僅僅才過了人生的三分之一。我會站在你那一邊的。」

「謝謝，可是沒有那個必要。」

「你又來了。你老覺得你沒有資格獲得這種支持，所以拒絕別人的幫助和鼓勵。你不要這樣，接受吧！」

「如果接受了，那一定得要有所表現，不是嗎？對於提供幫助的人來說。」

「你害怕嗎？」

「也不是害怕。」

「一步一步來就可以了。我幫你。」

她抓緊我的手。我真的好像產生了力量，這個感覺比剛才令人恍惚的性愛更好。

「剛才那句話，能不能再說一次？」

智媛的手更加用力，再次說道：

「我會幫你的。」

「好，我也會努力的。」

至少在那一瞬間，我認為我什麼都可以做得到。如果我學吉他，我一定可以成為吉他演奏家；如果我隨意寫詩，一定可以成為詩人；如果我唱歌，一定也可以出唱片。

她再次親吻我的臉頰，然後起身，在抽屜式衣櫥裡拿出內衣，進了浴室。裡面傳來沖水的聲音。我一件一件收拾起掉落在床邊的衣服。她打開浴室的門，走出來對我說：

「對了，樓下還有一間浴室，你要不要用那裡的？」

「不了，我也沒什麼要忙的事，我等妳洗完。」

我可不想彎著腰，拿著內褲和背心在陌生的屋子裡亂走。等她出來以後，我洗了澡。洗完澡之後，我突然瘋狂感覺到飢餓。我說肚子餓了，她就帶我下去一樓。在寬敞得足以開個小規模義大利餐廳的廚房裡，她為我做了義大利麵。她把紅番茄煨成醬汁，煮熟麵條，再將蛤蜊用中式煎鍋炒至張開，淋上事先準備好的醬汁，最後放進麵條，於是大功告成。她的技巧比我想像的要純熟，不像是只做過一、兩次而已。

「做得不錯嘛！」

「我去留學的時候，室友是拉丁裔人，很會做義大利麵。我做的雖然看起來還像回事，但味道嘛……」

我覺得智媛做的義大利麵真是棒極了，蛤蜊鮮嫩多汁、麵條也熟得恰到好處。我吃得好飽。她吃得非常少。

「所有的一切都好像在做夢一樣，現在反而覺得心情變得好奇怪，智媛啊！這會不會是那個什麼偷拍的整人節目啊？」

她滿面笑容，搖了搖頭，然後伸出手來，擦拭我嘴角沾到的番茄醬汁。那一瞬間，我差點滴下眼淚。這輩子還沒有人對我這麼親切。崔女士在餐桌上永遠只是用一張可怕的臉孔責罵我，在我的記憶裡，她從來沒有溫和地觸碰過我的身體。而如果是光娜的話，她一定會像是看到骯髒的東西一樣，身體往後退，然後用手指指著我的臉孔說，民秀哥，你的嘴角沾上什麼東西了，不是那邊，是另外一邊。每當此時，我總是有受侮辱的感覺。但是這次不一樣，好像回到還相信崔女士是我媽媽的幼年時期。我笑看著智媛，現在可以了嗎？嗯，很乾淨。

我們用愉快的心情一起洗碗，然後又上去二樓。就像去朋友家都會做的事情一樣，我們看著老相簿哈哈大笑，翻閱書架上的書，依序聆聽珍愛的唱片。不覺間，太陽西斜，天色也開始變暗了。毫無來由的，我們體內的火焰再次燃燒，於是又做愛了。不知是不是對於通往彼此身體的路徑已然熟悉，我們這次比剛開始時更加熟練，整個過程更加溫柔，但喜悅卻更加強烈。

「在這兒過夜吧！」

第二次做完愛後，智媛說道。

「我好像變成以前故事裡登場的旅人。」

「你的意思是我是狐狸？」

她的語調裡稍稍混著鼻音，太可愛了。

「唉！我突然有種不祥的預感，我可以這麼快樂嗎？我可以這麼幸福嗎？」

「我說快遞的事情時，你還嘲笑我呢！我剛才不也說過，你就接受幸福吧！你有充分的資格。」

「嗯，謝謝！」

雖出現不祥的預感，但事實上，直到那一瞬間為止，我完全沒有預料到即將要面對的駭人事情。

我們決定喝從大賣場買來的啤酒。她房間附帶的陽臺上有一張小桌子，北漢山的稜線朝向漢江奔去，我們坐在那裡，就著放上起司的餅乾喝啤酒。我補充了一些小時候的事情，她則提到她的哥哥。他現在在美國攻讀博士學位，主修是數學和密碼學，也是門薩高智商俱樂部會員。我想起剛才在書房裡看到密碼學的書籍。妹妹是猜謎王，哥哥是密碼學者，這個家庭真是有趣，而且看起來，他們都對解答問題感興趣。

「最近因為什麼網路銀行的緣故，密碼學非常受重視。他好像混得不錯吧？政府認證書什麼的，不都要用密碼嗎？」

我感覺她不像是在談論自己的家人，而是在談論大學的學長一樣。

「你們書都讀得很好啊！」

「我哥哥實際上是領養的。我三歲的時候才來我們家裡。」

「是嗎？」

我看了看掛在客廳牆上的全家福照片。

「可是他長得跟妳和妳爸爸真的很像。」

「那是我哥哥的悲劇，明明是領養的，卻受到私生子的待遇。」

我有點醉了。我們進去她的臥室，聊了各種事情後，很快就進入夢鄉。我睡著以後，她似乎還數度起身，不知道去了什麼地方再回來。我隱隱約約聽到她洗澡的聲音、電腦開機的聲音。她凌晨好像還離開房間，去了書房，可是應該沒有去廚房磨刀。我一覺到天亮，中途未曾離開過她的床。

她輕撫我的臉頰，對我喁喁細語，剛開始聽不太清楚。

「嗯？妳說什麼？」

她提高聲音說道：

「阿姨快要來了，你可能得走了。」

我猛地從床上彈起。

我慌忙套著褲子，差點就往前摔個倒栽蔥。她似乎覺得我的樣子很滑稽，噗哧笑了出來。我好像上班遲到的家長一樣，慌張地走出家門。她親吻我的臉頰，跟我道歉，但我笑了笑，要她別在意。她跟我走到大門口，送我離開，但不知是否是在意鄰居的眼光，沒有走到大門外面。

「警報已解除。」

我接受尖端保全系統的問安，走出智媛的家。我還沒有完全清醒，精神狀態還有點恍惚，就這樣走下斜坡。風像羽毛一樣，輕柔拂過我的臉龐。我的神志漸次恢復，不知是不是因為這裡靠近北漢山的緣故，空氣十分涼爽，腦子也豁然開朗起來。我的腳步越來越輕快了。

26

我搭乘公車往南移動，到處掛著居民反對設置壓縮天然氣充氣站的布條。我漫不經心的看著這些風景，嘴裡哼著歌曲。那是披頭四的〈Ob-La-Di,Ob-La-Da〉。Ob-La-Di，Ob-La-Da，啦啦啦啦啦啦啦——人生還是要繼續，啦啦啦啦啦啦啦。

不久之後，公車停在考試院前面，我下了車。從那時起，肚子開始隱約痛起來。我搭電梯上到七樓，可能因為是早晨，整個考試院擁擠而喧嘩。吃飯的人、上班的人來來往往。小腹越來越痛，得趕快去廁所上大號。我雖急忙跑進廁所，但每一間都有人使用，還有兩個人在等候。再忍耐一下吧！我看還是先回房間換衣服再來會比較好。如果不行的話，可以去六樓的廁所，再不行，三樓畫室的廁所也可以使用。我走到我的房間，用鑰匙打開房門，把日光燈的開關打開。我很自然地走進去，卻發現有人從床上支起身體問我：

「你是誰？」

一個陌生男人躺在我的床上。不知是否因為突然把燈打開，男人感到刺眼的緣故，他舉起右手遮住光線。我不知如何面對這種情況，說不出話來。你怎麼會問我我是誰？我還想問你呢！我退後一步，確認了房間號碼，七〇三號，這明明是我的房間。我再次進入房間。男人留著密札札的鬍鬚，長得好像山難搜救員。他似乎還沒清醒，撐著沉重眼皮看著我。我問他：

「你在這裡做什麼？」

男人看起來好像還不明白發生了什麼事。我環視房間，什麼東西都沒有。我掛在椅背上的夾克、放在角落的行李箱、甚至放在書桌上的筆記型電腦。我的東西全部都不見了。

「這個房間的東西都到哪裡去了？」

鬍子男這才似乎明白過來。

「我昨天進來的時候，這裡就已經是空房間了。你大概是以前使用這個房間的人吧？」

我對於他用「使用」這個動詞感到驚訝，但聽起來也沒錯。我並不是「住」過這個房間，而是「使用」過這個房間。

「是的。」

「你下去六樓看看吧！」

我氣得怒髮衝冠。怎麼會有這種人？明明知道我的手機號碼，為什麼連一通電話也不肯打給我？他憑什麼亂動別人的行李？我想衝下去六樓找考試院房東，可是隔壁房間的房門突然打開，擋住了走道，我沒辦法，只好停下腳步。那一瞬間，我想起向隔壁房間的女人借了二十萬元的這件事。

剛好被逮到了。

隔壁房間的女人一定是聽到我回來的聲音而衝出來。她雖然沒有催促我還債，但我終究是債務人，沒有必要最好不要跟債權人碰到也是人之常情。而且我想上廁所的感覺越來越強烈。隔壁房間的門再次關上，可是出現在門後的，不是隔壁房間的女人，而是兩個男人。一個較為高大，另一個比較矮小，而且有股莫名的土氣。身材高大的男人穿著黑色圓領T恤，另一個男人則穿著有領的褐色 A&F 襯衫。

黑色T恤關上七〇二號房門，瞟了我一眼，他的眼神尖銳而犀利。身穿 A&F 襯衫的矮小男人也順著黑色T恤的視線盯著我看，可是並未和我的目光相遇。他看來六神無主，對於發生在自己以外的事情毫無關注。這兩人是什麼關係？看起來像是犯錯的侄子和前來勸誡的叔叔，又像是邪教的中階幹部與試圖逃脫的信徒。他們沒有交談，慢慢走向通往六樓的樓梯。我也跟在他們後頭走著，好像一起同行般。雖然還是想上廁所，但經過廁所時一看，還是有人看著體育報紙，等著輪到自己。我最終放棄了上廁所，順著樓梯走下六樓。考試院房東在辦公室外面踱來踱去，我越過那兩個男人，向房東跑去。

「我房間到底是怎麼回事？」

「什麼叫你房間？啊！七〇三號？」

房東明明知道我在說什麼，還在裝模作樣。

「對，七〇三號。」

「你等一下，現在發生了棘手的事，等一下再說吧！」

房東把我晾在一邊，走向我身後的兩個男人，然後向黑色T恤露出卑躬屈膝的表情問道：

「結果怎麼樣？」

黑色T恤以一副漠不關心的臉孔摸著自己的下巴。

「這樣就差不多了。」

他從西裝口袋裡悄悄拿出塑膠袋，讓考試院房東看過之後，又放回自己的口袋裡。我看不清楚塑膠袋裡裝了什麼東西。他瞥了一眼站在自己身邊，低垂著頭的A&F襯衫，然後向房東說道：

「其餘的遺物可以交給他了。」

遺物？

嘰嘰嘰嘰，我好像聽到尖銳的東西劃過黑板的聲音，身體也不自覺地顫抖起來。A&F襯衫突然開始流眼淚，黑色T恤用不滿的臉孔看著他。

「雖然要等調查結果出來才能知道，但現在應該沒有什麼問題。」

考試院房東靠近黑色T恤一步，低聲問道：

「那麼……那房間怎麼辦……不能一直這樣空下去……」

黑色T恤微微一笑，悄悄看了看周圍，房東立刻心領神會，帶他去了緊急通道。

「那個，您跟我來……」

他們不到一分鐘就從緊急通道走了出來，兩人好像解決了什麼事情一樣，臉上的表情十分輕鬆。可是我內心的不祥預感愈發強烈，雙腿開始發抖。A&F襯衫無力地跌坐在一張扶手已經鬆動的老舊人造皮沙發上，彷彿任意丟擲的軍用行李袋一樣。他用雙手掩住臉孔，黑色T恤用力按下電梯的▼按鍵，嗚嗡嗡，停留在一樓的電梯上升時，發出抖動的聲音。

電梯門即將開啟的剎那，坐在沙發上哭泣的A&F襯衫突然衝向體型看來比自己大一倍的黑色T恤。剛開始，我還以為兩個人在開玩笑，雖然知道不太可能。A&F襯衫就像小無尾熊一樣，兩隻手緊緊抱住黑色T恤的脖子，搖搖晃晃掛在對方身上。原本在等候電梯的黑色T恤冷不防遭此奇襲，驚慌失措，砰一聲身子撞上牆壁。A&F襯衫掛在手臂幾乎是一般人大腿粗的黑色T恤背上，大聲哭喊道：

「啊！那、那、嗚……你覺得那……像、像、像話嗎？啊？」

黑色T恤為了甩掉掛在自己背上的人，不停地轉圈，好像一對雙人花式滑冰的選手一樣。原本開啟的電梯門又關上了。掛在背後的男人身體到處碰撞，放在暖氣機上慶祝開業的蘭花花盆也被他的腳踢到，摔得粉碎。考試院房東大聲叫喊：

「不要再鬧了。你這是在幹什麼？」

黑色T恤聽到這個信號，立刻彎下腰，抓住男人的脖子，如同柔道中的過肩摔，將男人摔到前面。男人的身體撞到咖啡販賣機後掉落在地，發出巨大的聲響。黑色T恤怒氣衝天地走向他，但我上前勸阻。他也似乎不再想捲進這件事，甩了甩袖子，後退幾步，然後向倒在地上的A&F襯衫喊道：

「哪怕是被碗裡的水嗆到，也有可能死人的！你什麼都不懂，就在那邊胡說八道。你這傢伙……你了解人嗎？幹！什麼都不懂……我看在同樣都是公務員的份上，才不跟你計較。我不是說過了嗎？有什麼要說的話，就來警察局。哎！幹！真倒霉。」

黑色T恤再次按下電梯按鍵，還停留在六樓的電梯門開啟。他像是在擔心身後的動靜，悄悄回頭看了看，然後走進電梯最裡面，迅速轉過身來。我攙扶起倒在自動販賣機旁邊的男人。他好不容易才站起來，我讓他坐在原本坐著的人造皮沙發上。男人似乎任何話都不想說，緊閉雙眼。我走近正在清掃破碎花盆的房東，問道：

「到底發生什麼事了？」

「行李放在倉庫裡，你拿走吧！我不是讓你在昨天以前把房租繳清嗎？」

房東一臉疲憊地拿著掃把走回辦公室，我緊跟在他的身後。

「我不是說那件事，這些人是誰？為什麼這樣？剛才我看他們從秀姬房間出來，他們為什麼從那裡出來？」

房東的眼神原本一直陰鬱不已，此時卻突然流露出一絲光芒。從他的眼神裡，我感覺最壞的狀況應該還沒發生，但那只不過是我心存僥倖在欺騙自己而已。

「你們倆認識啊？」

房東問話的眼神極其冷漠且令人厭惡，但表情卻無法掩飾好奇心。我結結巴巴回答：

「啊！不，我們怎麼會認識？不過名義上我們畢竟是鄰居嘛！」

「鄰居……」

考試院房東目不轉睛地盯著我。我到現在還記得他的表情，那讓人心情變得非常惡劣。應該怎麼用言語說明呢？可以說那是一種相信這世上所有人都比自己幸福，因此內心充滿嫉妒和詛咒的人才會有的視線。我雖心想不至於如此吧，但那時他的眼神裡真的存在那種難以理解的邪惡。考試院房東好像存心想看我究竟會面露何種表情，他用犀利的眼神瞪著我說道：

「她死了！」

「什麼？」

「那個小姐，昨晚死了，聽說是上吊。」

我不自覺地往後退了兩步。

「不是有房門把手嗎？她就坐著吊死在那上面。」

哪怕是被碗裡的水嗆到，也有可能死人的！我想起搭電梯下樓的黑色T恤的話。房東用下巴示意坐在沙發上的A&F襯衫。

「所以他才會這樣，說他無法相信，人怎麼可能就這樣死了？好像是男朋友，他當然會覺得很意外。可是剛才那個刑警說，她留了遺書，該留下的都留下了。」

「啊……」

我只吐出了這個字，就跌坐在地上。房東一臉好奇，俯視著我。我覺得他好像神，正審問我的罪……我曲起膝蓋，把頭埋在雙膝中間。房東低頭看著我，說著不知道是安慰還是輕蔑的話。

「連房租都交不出來，不，你連自身都難保了，還擔心別人？唉！死掉的人雖然很可憐，但活著的人還是得活下去。而且說難聽點，你們倆又沒有什麼關係。」

所以你有必要這樣大驚小怪嗎？其實房東是這個意思。我無言以對，是啊！我為什麼會這樣？我好不容易才控制住發抖的雙腿，從地板上起身。房東拍拍我的肩膀說：

「如果今天能付房租的話，還是可以住進來，因為今天空出一個房間，你搬進去就可以了。怎麼樣？今天可以嗎？要不然你得去倉庫把行李拿走，總不能無限期放在那裡吧？行李越來越多。」

他一邊說著，一邊將視線轉向記錄住房現況的白板。我住過的七〇三號已經寫上他人的名字，房東拿起板擦擦掉七〇二號的部分。金秀姬這個名字不知是不是已經存在太久了，總是擦不乾淨。她究竟在這個考試院住了多久？房東手腕使勁將她的名字擦掉，然後悄悄看了看我。那一瞬間，我才明白他剛才說的「今天可以空出一個房間」指的正是那個房間。

「對不起，今天可能也湊不足錢，您還是租給別人吧。」

我慢慢從口袋裡掏出七〇三號的鑰匙，遞給房東。他一臉不滿的收下鑰匙後，丟到桌上。我進去和辦公室相連的倉庫，將我的行李拿出來。我背起電腦包，又把行李箱的拉桿抽出來。房東用分明是要我聽清楚的音量自言自語道：

「不知怎麼回事，七〇二號昨晚老是坐立難安，進進出出的。」

我的心猛然一沉，她不會是在等我吧？不會的，就像房東說的，我和她之間什麼都不是。可是何必在我沒回來的日子，發生了這樣的事？我逃跑似的離開了辦公室。

坐在沙發上哭泣的男人抬頭看我。負責打掃的大嬸拿著藍色的漂白水桶和拖把走上七樓。我按下電梯按鍵，坐在沙發上的男人也站起來。我們一起搭了電梯，然後默默下到一樓。電梯裡充滿沉默的緊張感，令人難以忍耐。我向男人說道：

「那個……您一定很驚訝吧？我真不知道怎麼安慰您……」

男人一臉出乎意料的表情，呆呆地看著我，好像找不到適合的回答。最後，他才勉強開口說道：

「啊！謝謝！」
可是那完全不是感謝的眼神。我觀察著他的臉色，小心翼翼問道：
「那個，秀姬小姐現在在哪個醫院？」
原本想走到前面的男人停下腳步，回過頭來看我，明顯露出戒心。
「為什麼問這個？」
「其實也沒什麼，我以前住在秀姬小姐的隔壁房間，偶爾見到的時候，還打過招呼……突然發生這種事……」
男人猶豫了一下，不知是不是懶得再思考，很快地說道：
「聽說一一九把她送到 SEVERANCE 醫院了。」
他雖然操著首爾話，但仍帶有一絲南方的腔調，這腔調又令我聯想起隔壁房間的女人。他們倆的腔調真的很相似。當然，他們已經交往了這麼久。我感到一股錐心之痛，用右手輕輕按著那個部位。A＆F 襯衫正想離開，又再次轉身朝我走來。
「別去了，又不是喜喪。」
說完，他毅然轉身走向公車站的方向。
「等一下！」
我把他叫住。
「能不能給我您的聯絡方式？」
男人不耐煩地看著我。
「誰的？我的嗎？為什麼？」
「沒什麼，只是……」

男人用充滿懷疑的眼神瞪著我。

「啊哈！是不是秀姬向你借了錢？」

我大吃一驚，趕忙搖手。

「啊？不是，絕對沒這回事。」

「那是為什麼？」

「那個……我只是想如果去了找不到靈堂的話……」

「不是叫你不要去了嗎？」

無聊……男人自言自語著轉過身，然後再次朝公車站的方向走去。我呆站在燦爛陽光灑落一地的考試院建築物入口，看著年輕的郵差拖著身子一步步前行。他剛才和刑警拉扯的時候，可能傷到哪裡，腿稍微有點瘸。行人若無其事地從我和他旁邊經過。我拉著行李箱開始走向和他相反的方向。行李箱很沉重，令我覺得厭煩，感覺好像行李箱裡面裝著隔壁房間女人的屍體一樣。我真想把它丟棄，不再受其牽絆。每當輪子絆到什麼，讓行李箱傾斜的時候，我都會停下腳步。每次回頭看行李箱的時候，裡頭的隔壁房間女人好像在跟我搭話：

你希望我死吧？對吧？

我搖著頭，繼續走著。

不，不是的，妳一定得原諒我。

行李箱的輪子最後卡在人行道的地磚之間，那是在山鳴小劇場附近的橋梁前面。我吃力地把行李箱拉出來，然後拖著它上橋。我把行李箱舉到欄杆上面，用力推到欄杆外面。可是裝著我全部家當的行李箱，那個裝著我所有衣服、ＭＰ３播放器、文具和幾本書，沉重而令人厭煩的行李箱並沒能輕易越過欄杆。此時我的心情就像是將某種活著的禽獸推到懸崖下面一樣。然而該掉下去的東西終究會掉下去，行李箱脫離我的手，如同自由落體般，最終發出哐的一聲，掉到地上，翻滾數圈。我將身體靠在欄杆上，俯視著被丟棄的行李箱。那個地方原本是鐵路，如今變成了工地，以前似乎聽過要拆掉鐵軌蓋公園。我用空蕩的眼睛茫然凝視著這個狹長而荒涼的工地。

27

我想起隔壁房間女人的死亡。一想起有人開門時，她的身體隨門把被拉扯的情景，我就起雞皮疙瘩。那到底是多麼強烈的死亡意志，會把一個人逼到這個地步？用石膏板隔間的考試院牆壁，不可能讓一個人的沉重身軀上吊，所以她只得將繩索固定在房門門把上，牢牢綁緊後，把自己的脖子伸進繩索裡，直到停止呼吸。到底是什麼原因，讓她必須走上這條路？我對於人類一點都不了解。我雖在書裡看過很多自殺的事例，例如有人吞嚥數十根釘子自殺的荒唐情況。但那只是跟我毫無關係的事情。當我的身邊發生這種事情的時候，那些雜亂無章的學問就派不上一點用場。

不知過了多久，我看到遠處有三個拿著棍子的小男孩，他們發現了被我丟棄的行李箱，突然朝那裡跑去。孩子們靠近行李箱後，用棍子戳來戳去。我忍不住高聲喊道：

「喂，喂，那是我的。」

我跳到橋下。孩子們嚇了一跳，退到行李箱一步之外的距離。我推開那些孩子，抓住行李箱的把手。他們好像食物被搶走的土狼一樣，對我咆哮道：

「那真的是叔叔的嗎？」

我沒有答話，拉著那沉重的箱子，再次走回橋上。一個孩子罵髒話，向我丟石頭，石頭雖然打中我的後腳跟，但並不疼痛。我沒有回頭看，只是加快走路的速度。我把行李箱放倒在已經拉下鐵捲門的服裝店門口，像露宿者一樣枕著行李箱躺下。就一下，就在這邊待一下，待到肚子餓，待到天黑，待到太陽威力減弱的時候。我用翻飛的報紙蓋住臉孔，怕有誰會認出我來。

我厭惡我自己。我總是這樣，把事情丟在一旁，認為無論如何總是會好起來的。但是幾乎沒有一件事情好起來。值得安慰的是，還好沒出過什麼大問題。我突然想起光娜在甜不辣店說過的話。

「你真是無可救藥了。怎麼說呢？懶惰已經在你的骨子裡面根深蒂固了，你雖然想用各種冠冕堂皇的理由加以包裝，但實際上，你不過就是想要玩樂而已。你就是想逃離這個世界激烈的競爭，悠哉過日子，不是嗎？」

她的話真是完全正確，聽說不汗黨[13]是因為不用流汗所以才得名，那我的血液裡也許含有不汗黨的基因也未可知，也許我那從未謀面的父親就是不汗黨的成員。我把身體蜷縮得更緊。我感受到尖針刺著指甲底下的苦痛。二十萬元，啊！我終究沒能還上那二十萬元。她究竟為什麼平白無故就自殺了呢？我真恨她，她為什麼要借我錢？還有，為什麼不給我還錢的機會，就這樣走了呢？不會是因為我才自殺的吧？不會的，絕對不可能。

我睜開眼睛，看著行經我身邊的路人。平常我以為這是一條沒有什麼人的街道，但現在淪落到這個地步，卻發現街上還是有很多來往奔忙的人。他們就如同一般都市人，對我這種人不會投注一絲眼光，只是自顧自前往他們的方向。

所以，那次的對話就是最後了。

13 韓語裡指的是成群結黨搶奪別人財物的人。

「因為你懂得很多，所以想請教你一些事情。」

我懂得很多？懂得很多、那麼聰明的人為什麼活成這副德性呢？我好像被囚困在陷阱裡，那種永遠無法脫逃，密密麻麻、黏稠不已的陷阱。我到底做錯了什麼？我只是不太懂事而已，但是這種辯解完全無法成為安慰。我雖然想自我懲罰，但連那個也不太容易。我不過就是個連丟到橋底下的行李箱都要找回來的傢伙罷了。我撥開蓋住臉孔的報紙，眼光游移到好好放置在行李箱旁邊的電腦包。那是崔女士生前買給我的筆記型電腦。啊！對！我還有這個，在狹小的考試院裡成為窗口，連接起我和智媛的工具。兩年來收到的電子郵件、用手機拍的照片、大學時期的作業、下載後還沒有看的電影，還有不想再看的日記……把它賣掉吧！那麼還可以拿到幾十萬元，拿著這些錢，去隔壁房間女人躺著的靈堂請求她的原諒。悄悄地進去弔祭之後，付一筆奠儀，然後再離開。這樣的話，我的心情會不會好受一點？對！就這麼辦。

我勉強撐起身體，去了購買筆記型電腦的龍山電子商街。我拉著沉重的行李換乘地鐵，一路上費盡千辛萬苦。

我走進第一家商店，老闆一看電腦就搖頭，說他們已經不收這種機型了。我又去了其他商店，最後在貼著寫有「專門收購二手筆記型電腦」大字的商店成交。他們板著臉孔檢查電腦，挑了一些毛病，說要付我三十萬元。

「三十萬元？買的時候將近兩百萬元，而且平常也很愛惜。」

「這已經算是高價了，最近中國製造的低價電腦把市場都搞亂了，我再多給你一些的話，都可以買新電腦了。」

我又轉了幾家，最後才拿到三十五萬元。我把三十五萬元放進口袋，在商街角落的麵店裡點了一碗麵，又泡了一碗米飯吃下去，總共四千元。我吃得乾乾淨淨，一滴都不剩。雖然調味很重，但熱辣辣的味道還是很不錯。李民秀，你不管處於何等情況，飯還是吃得下去啊？我悄悄地把從二手筆記型電腦專賣店收到的錢拿出來看。三十五萬元，這裡扣掉隔壁房間女人的二十萬，還剩十五萬。十五萬，靠這點錢，我哪裡都去不了。現在我擁有的三十五萬元，實在是很曖昧的數額。這個錢能付考試院一個月的房租，還有點剩餘。人心真是邪惡。我賣掉電腦的時候，打算用這些錢償還良心的欠債，並且懲罰懶惰的自己，一旦錢拿到手裡，想法又稍微不同了。她已經不在這個世界了，這錢終究會流進什麼都不知道的她的家人手裡，這有什麼意義呢？

在這種矛盾當中，我的自我鄙視愈發嚴重。我越來越討厭自己。我用骯髒的手拉扯昨晚智媛甜蜜弄亂的頭髮，就在那一瞬間，智媛發來簡訊。

「一路都沒事吧？早上就那樣送你走了，一整天心裡都不好過。吃飯了嗎？」

我茫然看著她發來的簡訊。我不記得是從哪本科幻小說裡看到的，內容是少年搭乘巨大的太空船，前往距離數萬光年之外的世界。他們航行的速度比光線還快，時間也被攪亂。搭乘太空船的少年雖然收到他在地球上的女朋友發來的簡訊，但那已是數年前發出的。少年心想，也許她現在已經老死了吧，而且他們也永遠不會再見面了。但是他持續收到少女很久以前發送的簡訊……

我感覺自己變成了那個少年。就在昨天，我們還在一起。我們一起度過甜蜜的時光。我不能置信離那樣的時光還不到一天，感覺至少已經過了一個月之久。而且我覺得她住的平昌洞，也離我斜躺著的這個商店門口有數萬光年之遠。她又發來新的簡訊。

「我們什麼時候見面？明天怎麼樣？」

我想起她住的那個安穩的世界，有為數眾多的書籍、漂亮的書桌、乾淨而寬敞的浴室。我們活在太不相同的世界。昨天只是我們的肉體、滾燙的荷爾蒙暫時欺矇了我們倆而已。她能否理解像隔壁房間女人那樣的人？隔壁房間的女人真的很努力生活，但她的生命卻像是無家可歸的廉價傭兵。清晨去補習班上課，白天在賣場做包裝的工作，晚上在考試院複習，但她的夢想也並非多麼遠大，只是想當一個到退休都能領到薪水的公務員而已，不是想要擁有漂亮的書房和美麗的房子。智媛能夠理解那樣的牛命嗎？我想對她說，昨晚妳對我說了真的很動人的話，相信我的可能性，並且溫暖地擁抱我。對此，我真的感激涕零。我差點就相信那些話了。但事實並非如此，妳不了解我。我在淪為乞丐之後，才確實了解我自己。我用一句話來說明我自己：

我是住在隔壁房間女人隔壁的男人。

這是我活到現在說過的玩笑中最淒涼的玩笑。七〇二號和七〇三號，我雖經常認為我只是暫時住在那裡，但是仔細想來，其實我跟她的處境並沒有什麼不同。我沒有回簡訊給智媛，不，我不能回簡訊給她。我明明過得不好，可是我如果照實回答，她一定會詢問原因，但我無法回答她的問題。

嗯，我因為沒錢，所以向住在隔壁房間、準備參加公務員考試的窮女人借了二十萬元，可她卻自殺了。隔壁房間為什麼住女人？啊！我沒說過我住在考試院嗎？對，我住在考試院，可是我連房租都付不出來，所以今天早上被趕了出來。啊！對了，那個女人自殺之前還跟我說自己極度苦悶，希望我能和她談談，可是我那天剛好在妳家度過幸福的夜晚。我終究沒能把錢還給她，因此我現在極度鬱悶。這些話，我都不能對智媛說。

後來，智媛又發了幾封簡訊，最後還打電話給我，但我沒有回應。我想對智媛這麼說：智媛啊！妳是個美麗、聰明又出色的女人，這每個人都知道，我也喜歡妳。從我第一次見到妳的那一刻起，不，從跟妳對話的那一刻起，我就已經喜歡上妳。可是事實上，妳現在正遮住陽光，妳可不可以閃到一邊去？[14]

桶裡的哲學家第歐根尼是不是罹患了憂鬱症？我就像這個古希臘哲學家一樣，逐漸將我自己推進陰影裡。

幾個小時以後，我躺在新村的一家汗蒸幕裡。我把行李寄放在櫃檯，然後洗了個澡。在街道上，我沾了滿身灰塵。雖然不是乞丐，但跟乞丐無異。我看著流下我腳底的汙水，內心喟嘆不已。我在熱水和冷水池裡各泡過一次之後，穿著白色T恤和短褲，枕著木枕，呆呆地躺著看電視。除了我以外，還有很多客人看著電視。連續劇內容是年輕男女的結婚問題，為此上至七十多歲的老奶奶，下至二十多歲的孫女，所有人都頭痛不已。連續劇裡登場的每個家人都像怪物一樣，他們對其他人過分關心，干涉、找麻煩、詛咒，大喊大叫。世上的所有家人都是這樣嗎？我突然從木枕上抬起頭來，看著聚集在電視機前的人。裹著白色毛巾的肉塊們像海豹一樣躺在電視機周圍，所有人都穿著白衣服，乍看之下，還以為是哪個公司的員工來參加團體會議一樣。如果說有什麼不一樣的，那就只是這個巨大房間裡的人彼此都不說話，即便眼神交會，也沒有笑容。

我起身離開電視前面，慢慢在汗蒸幕裡四處閒逛。有很多房間門口貼著遠紅外線、黃土等各種名字，裡面都躺著一定數量的人。

白蟻穴。

是的，汗蒸幕就像是個巨大的白蟻穴。穿著白衣服的人默默忙碌進出於各個房間，不會彼此相撞，也不會發生衝突。還有睡著的人、在電腦前上網的人，以及在跑步機上跑步的人。

我走進位於白蟻穴角落的小餐廳裡，點了一份拌飯。我嚼著涼拌菜，苦惱著要不要去隔壁房

14 古希臘哲學家第歐根尼據說住在一個大木桶裡，某天亞歷山大大帝慕名拜訪他，問他想要什麼恩賜，正在晒太陽的第歐根尼卻只提出一個要求：請你閃開，別擋住我的陽光。

間女人的靈堂。去比較好吧？去了以後，才能減輕心裡的負擔。雖然這麼想，但屁股卻不想動。如去那麼悲傷、心煩的喪家那邊要做什麼？而且，這麼做是對的嗎？只為了減輕我心裡的負擔。如果引起別人的懷疑和困惑，這真的是為她好嗎？她那郵差戀人一定會懷疑我和她的關係，說不定還有人會認為我和她的死有關。而且……也不能說完全與我無關……不是嗎？

我進了睡眠室睡覺，但腦子卻很清醒。我又去泡了熱水，還在跑步機上瘋狂跑步，都已經快到子夜了，我到底在做什麼傻事啊？最後，我換好衣服，從白蟻穴裡離開。我拖著如同上輩子欠了它似的行李箱，腳步沉重地走在喝醉的人占領的深夜街道，臉上的肌膚是與此完全不搭調的柔嫩紅潤。我的腳步不自覺走向 SEVERANCE 醫院的太平間。我越過幾條斑馬線，登上設有電梯的天橋，然後低頭俯視經過天橋底下的汽車燈光。

我從以前就非常喜歡天橋，如果考量身體不方便的人，當然還是斑馬線比較好，但斑馬線上沒有像天橋一般的視野。我覺得在天橋上俯視的時候，會覺得都市更加美麗、更加吸引人。斑馬線是必須快速通過的地方，但天橋則無此必要。就算你不越過去，長久停留在上面，也沒有人會說你什麼。可以在道路中間盡情俯視來往車輛的經驗也變得很珍貴。天橋跟恐龍的命運一樣，逐漸面對滅種的危機。難道不能在增設斑馬線的同時，將天橋加以保存嗎？

我拚命想著一些現實中和我一點關係都沒有的事情。首爾市的交通政策、都市天際線之類的……可是我的眼光總是盯著天橋底下的道路標示牌，那個標示牌指向醫院的殯儀館。去看看吧！我緩緩朝那個方向走去。不覺間，已經快到晚上十一點了，人跡稀少，偶爾只有較晚離開靈堂的車輛發出聲響，離開停車場。我的慘狀大概只有在電影和大學生拍攝的短片裡才能看到。

大家看！拉著一個巨大的行李箱，出現在大型醫院太平間、臉色紅潤的年輕男人！他到底想做什麼？

我在殯儀館入口的電子螢幕上確認了她的名字。像酒店一樣，每個亡者都有自己的房間。這個世界不就是由無數的房間所組成的嗎？在分娩室裡出生，在教室裡學習，在酒館裡喝酒，在KTV裡唱歌，在汗蒸幕裡洗澡，在聊天室裡網聊，在考試院的小房間裡睡覺，最終在大型醫院的殯儀館結束生命。

我照電子螢幕的指引走到她的靈堂附近。我把二十萬元另外放進口袋裡。殯儀館裡幾乎沒有人，靈堂超乎想像的整潔。幾個上了年紀的男人默默坐著，幾個中年女性靠在牆壁上打盹。我沒看到年輕的郵差。幾名穿著不合身黑西裝的二十多歲男人，從隔壁的房間走出來，他們身上泛出濃厚的煙味。我在那附近觀察了將近三十分鐘，沒有一個人來吊唁，沒有人玩花牌，也沒有人坐著喝酒。也難怪，這個時間對吊唁者而言著實是太晚了。聽說最近這家醫院禁止吊唁者在此過夜，留在靈堂的遺眷好像也準備離開了。

我最終還是沒有進去靈堂，再次拉著行李箱走到外面。經過停車場入口時，一個面容疲憊的男人和我擦肩而過。我雖認出他是誰，但他似乎沒認出我。垂頭喪氣的年輕郵差雙手不斷搓著臉孔，步履沉重地走下靈堂。我想把走下去的他叫住，對他說，雖然我不太清楚狀況，但這不是你的錯，她一定有我們不知道的痛苦，所以不要太過自責，這不是你的錯。

但我沒有叫住他。他朝那些埋怨、責備他的隔壁房間女人的家人走去。那一瞬間我才明瞭，原本想對他說的話，其實是我希望能聽到的安慰話語。

我沒有必要再在那個地方呆下去，在那裡的任何人都不會給我需要的安慰，那只是我虛幻的願望。冰涼的夜風冷卻了我的額頭，不久之後，我就回到現實了。

秀姬小姐，對不起，不是我沒能還妳錢，而是在妳需要我的時候，我沒能聽妳那些話，我為此感到抱歉。原本只需抽出幾分鐘就能解決，但那時我不知道是那麼急迫的事。我就不下去行禮了，那只是偽善的舉動。我現在應該要成為稍微不同的人了。我覺得我應該如此，不，我已經成為那樣的人了。總之，我會好好過日子的，妳也走好，再見。

我從醫院走出來，進入延世大學校園，然後挑了一張適當的長椅坐下。我不想再拉著行李走去汗蒸幕了。蚊子一擁而上。直到早晨我才知道，那地方在學生餐廳後方，是蚊子最喜歡的小樹林。那裡有潮溼的水氣、喜歡餿水的老鼠，還有溫暖的空氣，蚊子喜歡的東西那裡都有。我連這些都不知道，和凶狠的蚊子奮戰到天亮。蚊子真是下流，進到我的鼠蹊部，也輕易鑽進我的襪子，叮咬我的肌膚。黎明遲遲不來，我彷彿修行中的神祕主義宗派信徒，整夜不停抽打我的臉頰，雙頰因而腫脹。雖然偶爾打盹，但沒能睡熟。

坐在長椅上迎接露珠的夜晚格外漫長，但是我的內心卻很平靜。如同《香水》裡的尚－巴蒂斯特．葛奴乙把自己的身體交給群眾一般，我也對自己施加某種懲罰，說不定我罹患了腦炎。

勤勞的學生開始出現，他們要去圖書館占位子。我拉著行李箱，去學生餐廳吃了辣牛肉湯。微溫的湯汁很鹹，很難喝。我又走到圖書館前面晒太陽。我拿出手機確認時間，早晨八點。我也無事可做，就檢索過去這幾天的通話紀錄。目錄下方出現李春成的名字，我出神地看著那名字，然後按下「通話」鍵。他一定已經醒了。他接到我的電話，果然很高興，說要馬上來接我。我的臉被蚊子叮得處處腫起。我就頂著這張臉等他。雖然我不知道會有什麼事情等著我，但總不會比現在更糟吧？總比買樂透好吧？我這樣安慰自己，讀起了不知是誰丟棄的免費報紙。

大概過了兩個小時。

放在旁邊的手機每隔兩分鐘就震動一次，提醒我有尚未確認的簡訊，大概是智媛發來的吧。我想起和她在一起的每一件事，比起一起度過的那晚，奇怪的是，初次見面時的場面更加鮮明。小公園的風景、一起走過的路、在小酒吧裡喝著啤酒說過的話。

我拿起手機，電池的電力只剩一格。我用力按下一號按鍵，不一會，傳來了智媛的聲音，無精打采的。

「是……民秀嗎？」

「嗯，是我。」

我不知道該說什麼，只能暫時沉默。過了很長時間之後，智媛才問我：

「發生了什麼事？」

「沒有。」

「……」

「……」

「那為什麼連簡訊都不回？」

她不像在生氣，所以我更覺抱歉。

「我只是有些事情必須想想。」

「你也是那種人嗎？」

「什麼那種人？」

她沉默了一會。我在想她說的話究竟是什麼意思？

「我認為你不是那種人。」

「這到底是什麼意思？」

「不是有這樣的人嗎？一起過夜之後，突然就失去興趣，就那樣消失的男人。」

「絕對不是那樣，只是……」

我十分慌亂。我做夢都沒想到她會往這方面思考。我應該怎麼辯解，她才會相信我的話？

「只是什麼？」

她問我，我依舊吞吞吐吐的。

「這個，應該怎麼說呢……」

「是女人的問題嗎？是嗎？」

她的聲音有氣無力。

女人的問題？

我不能斷然說不是。我猶豫著要不要告訴智媛關於秀姬的事。這個猶豫的時間雖然很短，以我們對話的性質來看，也可以算是非常漫長了。

「你不說也行，只是我希望你知道，在過去的二十四小時裡，我、我是多麼痛苦，還有……」

她的話到最後含糊不清，好像是哭了。看她這樣，我的內心反而更加冷漠。我不知道該怎麼辦，老實說，我也不想知道。我在聯絡不到她的那幾天中，獨自做了各種臆測，經歷了心靈的地獄。所以我能猜測出她在過去這二十四小時，心思有多麼混亂。但能猜測出她的痛苦，並不代表我能將所有事情自始至終加以說明。我不想抬出躺在太平間裡的秀姬來作為我的不在場證明。直到此時，我才明白作為文明利器的手機，所能容許的交流是多麼有限。簡訊、通話都不足以完整傳達一個人的真心。

「智媛，不是妳所想的那種問題，只是我也很混亂。我整理好自己的思緒以後再告訴妳。」

「現在不能告訴我嗎？無論多麼複雜，我都能理解……」

「智媛，對不起，我……」

就在這個瞬間，嗶哩哩的聲音響起，通話也被切斷。我把手機從耳邊拿到眼前一看，剛才所剩無幾的電池容量已經完全消耗光了。我雖可以拿去哪裡充電，但我不想花費這麼多的心思繼續和智媛通話。我的內心生成了堅硬的冷漠牆壁。如果要解開和智媛之間的誤會，我們得面對面坐著，談論各種話題，再慢慢接近問題核心，可是我突然對所有的一切感到厭倦。啊！不管了！想怎麼樣就怎麼樣吧！我只想去到遙遠的地方，和這所有的一切，和首爾令人失望的生活告別。

我把變為無用之物的手機丟進包包裡，呆坐在長椅上，看著來往的人群。不覺間，我睡著了。也許是昨晚一夜未眠的緣故，我睡得非常香甜。

第七章　公司

28

我不知道睡了多久。

我聽到人們的走動聲，睜眼一看，李春成就站在我的眼前。他對著我微笑。

「吃飯了嗎？」

李春成的口氣依然非常有禮貌。

「是的，吃了點。」

他看了一下我身邊的行李箱，好像對待還活著的動物一樣，用手敲敲行李箱上端。

「走吧！」

我從長椅上站起來，拉著行李箱跟在他後面。一邊走著，我還是對剛才和智媛未完的通話耿耿於懷。誤會沒能解釋清楚，就這麼離開了。一位頭髮花白、腰桿仍挺直的老奶奶，牽著一條長毛蓋住眼睛的大狗經過我的旁邊。那隻狗老是想靠近我身邊，打著響鼻聞我腳的味道。你這笨狗，你這笨狗，老奶奶責罵著狗，硬拉著牠往北走。老奶奶總是用手打狗腦袋，每當那時，都會發出比意料中更大聲的砰砰聲。李春成穿過水蠟樹林，進入停車場。他把我的行李放進一輛黑色轎車的後車廂裡。我打開車門，坐上副駕駛座，李春成發動車子，準備離開學校。

這一瞬間非常重要。我坐上李春成的車出發的這一瞬間。只要想起那一瞬間，我就感覺好像跳入渾濁的水裡。在集中精神的同時，還必須不斷放鬆。談話的內容可能有些複雜，如果過於專注，也許會錯過其他內容；但如果太過放鬆，又有可能跟不上節奏。我從現在開始敘述的事件，有可能前後顛倒，不，事實上，應該說時間順序錯置會更正確。也就是說，這段時期我所看到、聽到的事情和以前經歷過的世界，其存在方式、秩序似乎都不相同。但這些文字並非在警察局做的嫌疑犯審問筆錄，所以沒什麼關係。即便如此，如有可能，我還是希望能按照時間的順序回顧各個事件，以及我和別人發生的事情。

「看起來，你個人有什麼大的變化。」

李春成從口袋裡掏出停車卡說道。

「是啊。也沒什麼……」

我簡單地回答，可是李春成指了指車輛後方，繼續這個話題。

「行李……」

「那是從以前住的地方搬出來的。」

「啊！原來如此，太好了。反正你得停留很久。」

哼！你怎麼知道我會不會在那裡停留很久？我偷偷噘起嘴。李春成將停車卡和錢一起遞給停車場管理員。車子一出校門後就往右轉。

「現在要去哪裡？」

「這個嘛，那不是三言兩語就能說得清楚的地方，你最好直接去看吧。」

不久後，車子駛進漢江北側的江北江邊道路。我們朝北行駛，開往一山、坡州方向。車子以時速八十公里左右的速度慢慢開著，載著五匹馬的卡車超越我們，綁著韁繩的馬匹昂揚站立，忍受著晃動。從牠們光滑的毛和苗條的身形看來，似乎都是優良品種。我們的車子經過一山，進入坡州，李春成指著江對面的遠山說道：

「你知道那裡是哪裡嗎？」

「這個嘛……」

我幹嘛非得知道？

「那裡是北韓。」

「啊！是喔。」

我敷衍地回答道。

「比想像中要近吧？那裡大概是開豐郡。」

彷彿用水墨畫出來的群山蒼白而模糊。我們的車子進入坡州後，又開了好一陣子，接下來通過匝道出口之後，進入地方道路。不久出現了一個小村落，幾個老奶奶閒坐在村里會館前面，白髮的老爺爺騎著摩托車經過會館前。這個村子裡的時間，好像在很久以前就已經停滯了。經過該處後，又開了一陣子，出現了農業道路，車子在那裡轉彎，道路經過農田中間之後，轉進一個小山丘。耕耘機和拖拉機等農耕機械停在地上，偶爾傳來幾聲汪汪狗吠。過了一會，農業道路到了盡頭，又出現較小的森林道路，開了五分鐘左右，出現了一大片空地。我現在雖然敘述得這麼篤定，但事實上，我也記不清楚到達那地方的道路。我雖能確定車子經由出口從汽車專用道路離開，但究竟是經過村里會館後，進入農業道路，抑或沿著農業道路到達村里會館，我也不太確定。其實好像根本就沒有農業道路，直接從地方道路就連接上森林道路……總之，我可以確定的是，最後是從松樹和槐樹並生的森林進去的。

李春成從扶手箱裡拿出遙控器，按下按鍵，擋在車輛前方的欄杆顫巍巍升起。車子通過後，欄杆又自動降下。不一會，我們停在形似小美術館的口字形三層建築物前面。從建築物入口看來雖是三層，但從山頂看的話，卻只有兩層。因為這個建築物蓋在平緩的傾斜面上，所以露出一部分的地下結構。

「下車吧！」

我拿出行李，和李春成一起走進建築物裡。裡面和悶熱的外面不同，非常涼爽。我跟在李春成的身後。經過自動開啟的玻璃門後，出現了一道半透明的玻璃牆，經過玻璃牆後，眼前分成兩條路，李春成走向右側的路。那條路不一會又分成兩條。每次出現分歧的新路時，李春成都非常有自信地選擇右邊或左邊。玻璃牆上沒有任何標示，如果有擅自闖進來的人，這個結構一定會讓他覺得十分荒唐。那時，我首先想到這會不會是迷宮？我們行經許多無法得知用途的房間，這些房間不能從外面窺視裡邊，房門前面只有約略是號碼的數字，以三吋左右的黑白液晶畫面加以顯示。可是這些數字也沒有任何連貫性，我只記得大概是23、61、157、109等幾個數字。

「這個建築物比我想像得要深很多呢！」

我向李春成說道。他停下腳步，回頭對我微笑。

「只是看起來如此而已。」

我們終於離開無趣的走道，來到約略是建築物中央的地方，該處是正四方形的中庭。這個建築物似乎是喜歡祕密或謎題的人所創造的。從外面看，這只是十分單調的四方形建築，但內部卻充滿類似迷宮的走道、韻味十足的中庭，以及不知用途的房間。建築物雖然有趣，但莫名顯露出極其陰森的氣息。中庭裡有浮著蓮花和布袋蓮的小池子，池子旁邊的小樹和草地鬱鬱蒼蒼。李春成和我在那裡搭乘電梯，又上了一層樓。他停下腳步，門口的液晶畫面標示著「191」。伴隨著嗶嗶的聲音，房門開啟了。他抓著房門，我小心翼翼地走進房間裡。這是否可稱為修士的房間？房裡有小型單人床、白色床單以及比考試院使用過的書桌略大的木桌。李春成開燈、關燈，就像酒店的行李員一樣，介紹房間裡的各個地方。我只想趕快躺在乾淨的白色床上休息。

「除了我以外，沒有別人了嗎？」

「當然有啊！你很快就會見到他們的。早餐用餐時間是七點到八點，午餐是十二點到一點，晚餐是七點到八點。你來的時候也看到了，這是個錯過時間就沒法填飽肚子的地方，所以可能的話，一定要按時用餐。啊！泡麵這些東西還是有準備的。」

「餐廳在哪裡？」

從到這個房間的路徑來看，想要去餐廳大概也不容易。李春成從口袋裡拿出一臺類似PDA的電子儀器交給我。

「你好好研究一下就會了解的，如果沒有這個東西，會很不方便，離開房間的時候一定要隨身攜帶。」

「……」

「那麼，我們等一下在餐廳見吧！得吃午飯呢！你先在這裡好好休息一下。」

李春成關上門之後，走了出去。我看了看錶，十一點剛過，午餐時間快到了。感覺還不錯，我一直以為自己會被關在用貨櫃組成的宿舍裡，因此內心感到莫名的不安。像這種程度的房間，就算要錢也會希望來這裡住幾天。比起昨晚在汗蒸幕和大學校園的長椅上輾轉未眠，而且被蚊子叮咬，這裡簡直就是天堂。

我換上舒適的衣服，躺臥在鋪著乾淨床單的床上。新鮮的空氣從稍微開啟的窗戶外湧入，那時，我回憶起在沒有窗戶的房間過日子的生活。從窗戶照射進來的陽光乾燥而猛烈。四周十分安靜，好像這個建築物裡只有我一人一樣。

我拿出李春成留給我的機器，把電源打開。機器裡有在這個建築物裡生活所需的所有資訊。選項主要分為三個，「位置」、「通訊」和「其他」。「位置」顧名思義，就是顯示我目前位於這個建築物裡的何處。「位置」選項裡面有「目前位置」、「目的地」和「尋人」等細項。就像汽車導航系統一樣，只要輸入我想去的地方，例如「餐廳」，它就會指示去往該處的路徑。不只餐廳，另有圖書館、大廳、洗衣間、普通房間等選項。看到這裡，我關上機器，閉上眼睛。不知從哪裡隱約傳來類似沙發音樂的聲音，也許是來自隔壁房間，或者從外面遙遠的地方傳來。睡意強烈襲來，我決定閉上眼睛，休息一下。可是才剛睡著，就有人敲門，我因而轉醒。一瞬間，我想不起來這裡究竟是何處，因而有些驚惶。四周純白明亮，所以覺得陌生。我的睡覺時間雖短，但睡得十分深沉，然而並沒有什麼爽快的感覺。我覺得腦袋昏沉沉的，似乎被掏空了。我振作起精神，從床上起身，走過去開門。李春成站在門外。

「我看你沒來吃午飯……」

「已經到午餐時間了嗎？」

我看了看錶，已經十二點半了，我想趕快跟著他一起出門，他卻輕輕制止我，指著床上的機器。

「你得帶上它。」

我拿起機器，在位置資訊的選項裡找到餐廳，然後用手指按下去，於是機器開始指示方向。每當出現兩條或四條分叉路的時候，機器都會以箭頭加以指示。我在改變了六次左右的方向之後，乘坐電梯到達樓下。李春成用滿意的臉孔跟在我身後。

「年輕人學什麼就是快。」

餐廳在地下一樓，裡面擺著四張長度約兩公尺的餐桌。在那裡，我第一次見到除了李春成之外的人。各種年齡層的人聚集在一起吃著飯，乍看之下，好像還有兩個女人，她們坐在角落的餐桌。我雖和李春成另外坐著，但我能感覺到所有人都對我的出現很感興趣。他們雖然繼續交談，但時不時往我這邊瞟上幾眼。李春成對於這種氛圍似乎毫不在意。

「慢慢認識他們吧！」

李春成領著猶豫不決的我走向餐廳更深的地方，在那裡拿餐盤，前往配餐檯。打菜的人理了個大光頭，身高超過兩公尺，再加上從額頭到頭頂有一條極長的疤痕，令人自然聯想到科學怪人。這人的性格與險惡的容貌相異，非常和藹可親。李春成跟他打招呼，他笑得很明朗。親切的笑容與他那巨大的身軀完全不協調，但這種不協調卻令人覺得有趣。

「哈，今天來晚了？」

「因為有新進來的人。」

李春成指著我。他躲避我的視線，害羞地笑著。

「歡迎你來。」

科學怪人用偌大的瓢子給我們盛了飯菜，我和李春成一起吃了炸雞塊、大醬湯、拌海帶和米飯。飯菜很好吃。米飯很有黏性，不像軍隊裡的蒸飯；菜餚鹹淡正好，很合我的口味。睡了片刻，而且還吃了飯，我突然覺得這地方分外親切。

「他原來的個子並沒有那麼高。」

李春成的目光看著科學怪人，低聲說道。

「他原本是跑遠洋漁船的，因為身高不斷長高，所以來到這裡。船員睡的床都很小，對他來說，應該是非常痛苦的。但他做菜真是沒得挑剔。他跟東南亞國家來的船員相處很久，所以東南亞料理、特別是炒飯的味道很棒，你馬上就會嚐到的。」

李春成微笑著，用湯匙舀起飯吃。

「你是說他現在還繼續長高嗎？可能嗎？」

「他說一年還長高一到兩公分。他前年來到這裡，那個時候訂做的工作服現在已經變小了。」他的手臂果真露出袖子外面一大截。我和李春成吃完飯，上到一樓。

「要不要喝杯咖啡？」

李春成的辦公室在一樓，門對面的牆上掛著一個相框，裡面貼著以前從他的名片裡看過的文句「Fata regunt orbem! Certa stant omnia lege.」。另一面牆上則有一塊白板，上面凌亂畫著密碼似的圖表。他從咖啡壺裡倒出咖啡，看起來好像是電影裡的美國刑警一樣。

「房間怎麼樣？喜歡嗎？」

「是的，很整潔，我覺得很好。可是我究竟應該做什麼……」

「不要太著急，先好好休息。你就當作是最近流行的寺院寄宿就可以了，不是還有很多人特意去山裡面嗎？」

「是啊！」

可是我活到現在，從來都沒想過要去寺廟裡學習參禪。我覺得那是完全不適合我的生活形態。

「可是這裡不是山裡，對嗎？出去的話，馬上就可以到一山、首爾，不會禁止外出吧？」

「當然，可是如果要外宿或外出，請你在前一天事先申請。」

「為什麼？」

「我們得準備交通工具，用餐也是按照人數準備的。」

李春成打開抽屜，拿出文件。那是合約。對狀況外的我而言，這份合約實在是太簡單了。「公司」和我彼此遵守信用，日後所獲取和「公司」相關的利益，以七比三的比例分配。當然了，我拿的是三成。

「就這些嗎？」

「是的。」

「連合約期限都沒有……」

「維持合約對彼此都有利，既然對大家都有利，那為什麼還要寫得那麼複雜呢？」

「可是……」

「你把公司當作是經紀人就可以了，就跟演員或時尚模特兒一樣，隸屬於我們公司工作。不，我們代表李民秀先生，並且共享利益。像ＣＡＡ這種好萊塢最頂尖的演員經紀公司，合約也只有一張，可是對彼此都有利的話，關係就會繼續維持。如果情況發生變化，那就重新簽一份合約就可以了，那時的比例也有可能不同。」

「話雖如此，但沒有期限也未免太奇怪。」

「你如果那麼堅持的話，我也可以加入期限。」

李春成沒有顯露出不愉快的神情，只是拿起筆看著我的嘴。期限訂多長比較好呢？軍隊是兩年，這個程度應該比較恰當吧？不，按照他說的話，如果覺得對雙方都沒有益處的話，我隨時都可以離開，那麼現在的方式不是更好嗎？

「那就按照現在這樣吧！」

誰在乎呢？也不會待很久。

「好啊，悉聽尊便。」

李春成從口袋裡掏出信封，正是上次他帶來的那個信封。

「這是契約金。」

信封裡有一張一千萬的支票。我低下頭，心情苦澀的看著那張支票。那麼需要錢的時候，我竟毫不猶豫拒絕了，但隔壁房間的女人過世之後，我卻如此輕易就接受。那麼大一筆錢進入我手裡時，心裡卻產生了奢侈的疑問。我果真需要這筆錢嗎？我有自己的房間，也有飯可吃，就算我想花錢，也無處可花。而且個人支票再怎麼看都不像真的，以後我拿著這張支票去銀行兌現時，是不是會遭到拒絕？李春成似乎看穿我心中的疑慮，向我說道：

「如果你不喜歡支票的話，我也可以把錢匯進你的銀行帳戶裡。你可以選擇。」

「哦，沒關係，我也記不得我的帳號了。我就拿支票吧！」

李春成將鋼筆遞給我。我接下他遞過來的鋼筆問道：

「我還是不太理解。確切說來，我究竟應該做什麼呢？」

「我之前也跟你說過。很簡單，參加猜謎秀，然後回答謎題就可以了。如果從中獲利，就按照比例分配。」

「如果我一次都沒能獲得獎金，那該怎麼辦呢？公司會虧損吧？那麼訂金是不是要收回呢？」

「啊！沒有這個必要，因為這是一種投資，而且我們相信你一定會獲得好成績的。」

李春成意味深長地笑著。我最後又看了一次合約。

「對了，有一個部分是合約裡沒有寫進去的，那就是住宿費和餐費以後會另外計算，那是這裡的慣例。」

難怪。

「不過也沒多少錢，你不用擔心。而且跟以後你賺的錢比起來，那只是一點零頭罷了。」

我原本想仔細詢問住宿費和餐費到底是多少，可是又覺得好像太過斤斤計較，於是作罷。我旋開了鋼筆蓋。李春成輕輕抓住我想簽字的手。

「我不會強迫你的，再好好想一想。如果你現在仍然不願意簽約的話，可以不用簽的。我們會再將您送回首爾。」

即便回到首爾，我有什麼希望嗎？我想起學生餐廳後面的樹林、蚊子盤旋的長椅、像白蟻穴的汗蒸幕。

「不，既然已經來了，我就試試看吧！」

我在兩份合約的最下端簽上我的名字，一份由李春成保管，另一張留給我自己。李春成伸出右手，我也躊躇地伸出手。我們坐著握了握手。

「好，現在合約也簽了，我們有了一個好的開始，總之我希望你能好運連連。我以前也曾經告訴過你，我們不只是為了錢才做這件事情。」

他好像在發表宣言似的。

「我們是借助智慧的力量，模擬與自然對抗的人類命運。即使不能成功，我堅信對於年輕的李民秀先生來說，一定是人生中寶貴的經驗。」

我默默喝著已經涼掉的咖啡。反正我手裡已經拿到一千萬，我只要做一點他們要我做的事情就可以了。但這也只有在我能創造利潤時，如果他們認為我沒有什麼營養價值，他們肯定會把我送走的，就如同職棒選手被釋出一樣。誰會願意給一隻不會下蛋的雞飼料呢？所以對我而言，這是一筆不會虧本的生意。以前見面的時候，李春成批評猜謎秀節目粗製濫造，但事實上，他的心裡一定認為那很了不起。如果不是的話，他為什麼毫不猶豫就給我這個只參加過一次猜謎秀決賽的毛頭小子一千萬元的簽約金？反正決定的是他們，以後就算後悔，也不會只怪我一人。如此想來，我內心就稍微舒坦了。

我和李春成打了招呼，在機器的幫助下，開始尋找我的房間。因為有機器指示方向，提醒左邊、右邊、左邊、右邊，所以到達我房間門口時，既不知道花了多長時間，也不知道是怎麼來到這裡的。實際上，李春成的辦公室離我的房間應該不是太遠，可是因為通過如同迷宮的走道，在心理上，似乎距離非常遙遠。機器不斷閃爍，告知我已經到達目的地。我抬起頭，我房門的液晶畫面亮了，顯示出數字。

「191」。

我按下機器的按鍵，咔嚓一聲，房門就開啟了。我打開門，走進房間裡。我的行李和衣服都還在，可是不知怎的，我感覺似乎不是之前我待過的房間。我再次走出門外，觀察標示房號的液晶畫面，如果剛才那個液晶畫面上標示的不是「191」，而是「74」的話，我絕對無法進來這個房間。如果控制這棟建築物的某個電腦系統突然故障，住在這裡的人一定會因為找不到自己的房間而不知所措。既然如此，他們為何不選擇使用價格低廉且方便的塑膠門牌，而使用這種昂貴且不穩定的液晶畫面標示房號？我雖站在房門前面好一會，卻想不出答案。我看了看走道，到處都是看不到裡面的不透明玻璃牆和門，以玻璃牆和門這種方式延伸而去。

我走到隔壁房間看了看，那個房間的液晶畫面上沒有顯示任何數字，也無從得知裡面有沒有人。就在那時，我突然覺得雙腳發軟，極度的恐懼揪緊了我的心臟，就像有人用溼毛巾裹住我的心臟，然後用雙手掐緊，想擠出汁液一般。我感到一股寒意，眼前發黑，這種感覺對我而言還是第一次。我甚至懷疑這是一種恐慌症。我用手扶著牆壁，勉強走回我的房間，然後倒在床上。痛苦仍然持續，我好像被鬼附身一樣，有好一陣子都無法順暢呼吸。這種感覺前所未有。我閉上眼睛，剛才看見的空蕩蕩走道清楚浮現在我的腦海，而且隔壁房間女人的聲音突然傳來。

「跟你們比起來，我只是個鄉下的女生，所以也沒什麼可說的。我家裡人口眾多，我就是個生在貧窮家庭的老么，辛苦掙扎才到了今天。這就是我的全部。」

我像一隻受到驚嚇的蝸牛，深深埋進被子裡。我閉上眼睛。考試院陰暗、狹窄的走道極其清晰，似乎觸手可及。這就是我的全部，這就是我的全部。她的聲音徘徊在走道裡，我躺在床上，輾轉反側，痛苦也似乎漸漸退去。血液流向身體的所有末梢，體溫也漸漸恢復。我突然想起某一個登山專家說過自己的經驗，他說偉哥對於克服高山反應十分有效。我兀自笑了出來。

第一天就這麼過了，沒有發生什麼事情。我在經歷恐慌之後，撐起身子，去洗了個澡，然後去位於地下室的洗衣間洗了內衣、T恤和牛仔褲。我從洗衣機裡拿出高溫乾燥的柔軟衣服時，心情變得比較好。然後我做什麼了？啊！我去地下的圖書館看了看書。令人驚訝的是，這裡的圖書館和智媛家的書房十分類似，我甚至懷疑是不是同一個人設計的。而且書架和書架之間擺放的書桌位置和模樣都很相似。不知是否因為如此，我覺得這裡很熟悉。正如同擁有很多書籍的家，給人的感覺都差不多，書房的設計大概也相差不遠吧？

我在書架和書架之間慢慢散步，瀏覽著書架上的書。比起深入探討某種領域的書，這裡的書大部分都是百科辭典式的，或摻雜某些知識的書籍。比起理論書籍或方法論、哲學、論文之類的書籍，更醒目的是某種歷史，例如戰爭的歷史、誘惑的歷史、間諜的歷史等比較輕鬆的雜學類書籍。因為這裡不是寫論文的研究所學生利用的圖書館，而是為了讓解答謎題的人積累知識用的圖書館，因此圖書有此屬性，也就不足為奇了。圖書館一角坐著一個男人，也許他不知道我進來圖書館，又或者他明明知道卻沒有任何反應，總之他沒有回頭。

我在機器的幫助下，回到自己的房間。我雖努力想記住回來的路徑，但無法確定是否正確。總有一天會記住的吧？要不我乾脆畫張地圖？回到房間以後，我看到手機已經充電完畢。我按下電源鍵，打開手機。可是顯示訊號強弱的線條完全沒有出現，這意味著這裡完全無法接收到基地臺發出的訊號。我雖拿著手機到走道四處測試，但訊號強弱的線條沒有變化。手機在這裡收不到訊號。

這裡真的是寺廟啊！我把手機丟進包裡，覺得自己與離開的世界完全斷絕。

回到房間以後，我拿出筆記本，寫下類似日記的東西。在這裡，在「公司」裡，不要再對任何人敞開心扉，不要與任何人連接深刻的精神紐帶，不要再傷害任何人，也不要再受到傷害。我想起便利商店店長和菠蘿麵包爺爺這些人，他們並不壞，而是我讓他們變成壞人。我的弱點提供了他們變壞的空間。因此在這裡，我不能讓人看出我的弱點，我要堅強地生活。我看著洗手間裡的鏡子，練習「無懈可擊」的表情。鏡子裡的我看起來開始有些陌生。我將電燈關掉，爬上了床。

29

從第二天起，我開始正式探索「公司」。為此，我不得不走過每層皆以不同面貌設計的迷宮。剛開始，我還覺得拿著機器走來走去滿有意思，但隨著時間經過，我開始覺得有些疲倦。我真不知道究竟為何要弄得這麼複雜。而且迷宮的形狀不時有所變化，好像原本是走道的地方堵住了，或者原本堵住的地方又打通了。不過我連這個都不確定。

我在到處行走的過程中，遇見了幾個人。我們沒有打招呼。我所見到的人可分為兩類，一種是像我一樣拿著機器行走的人，另一種是像李春成一樣，不需要使用機器的人。拿著機器行走的人比較親切，但也只是相對而言如此，絕對不到和善或熱情的程度，只是擦身而過的時候，彼此交換微笑而已。最終，我放棄了掌握迷宮的努力，依賴機器來往於圖書館、餐廳和洗衣間等地。交誼廳裡雖然有撞球檯、乒乓球桌和簡單的運動設施，但從來沒有看到任何人使用過。

直到隔天，我才被正式介紹給大家。那是一個像小型階梯教室的房間，我像轉學生一樣，站到前面向大家打招呼。大約有二十五人坐著聽我介紹自己，接著舉行類似簡單茶會的活動。我喝著咖啡，向大部分的人個別打招呼。你好！我叫李民秀，請多多關照！每當此時，大家都以有趣的表情看著我。其中好像有幾個人想捉弄我。你進來之前，知道這裡是什麼地方嗎？你知道如果進來的話，就不可能再出去了嗎？他們開著這類惡劣的玩笑，讓我心裡發慌。這和研究所學生入學的時候差不多，學長們無聊的玩笑、對新生隱隱的關注，以及平白無故的恫嚇。我對這種接近方式並不陌生。

我也在這個場合見到了將軍，將軍自然不是他的本名（沒過多久，我在「公司」裡也不再使用本名，大家都用外號稱呼我）。他是個身材矮小的男人，約莫只有一百六十公分左右。他說他今年四十五歲。李春成把我帶到將軍面前。

「您好，我叫李民秀。」

將軍沒有理會我的問候，向李春成皺起眉頭。

「你讓我來？」

李春成點點頭。

「你們組不是少一個人嗎？」

將軍好像無可奈何地咂了咂嘴，朝我伸出手來。我和他握了手。將軍用剛才和我握過的手緊緊抓住我的右手，然後把我帶到角落去。他的手勁極強。李春成只是默默看著將軍把我拉走。將軍鬆開手，抬頭看我。

「我叫將軍。」

「是，我叫李民秀。」

「我跟你不說敬語可以吧？」

「啊！是的，沒關係。」

我把他鬆開的右手放進口袋裡。他問我：

「你認為這裡是什麼地方？」

「這裡？這個嘛，大家好像都說這裡是『公司』。」

「對，這裡是『公司』，可是我們自己也是『公司』，所以我們都是『公司』，你首先得牢牢記住這點。」

「那是什麼意思呢？」

「社會上不是有公司和職員？公司裡有總經理、經理，還有主任，可是這裡的『公司』就是我們，我們就是『公司』。從數學上來說明的話，會不會更容易理解一些？『公司』的部分集合也是『公司』。」

他到底在說什麼？

「你很快就會知道我在說什麼了。反正我的意思是說，你不能把『公司』當作是分離的實體，懂嗎？」

「是的。」

但我也只是左耳進右耳出而已。有的人喜歡把自尊心保存在小小的城堡裡，而這個城堡是用別人聽不懂，只有自己理解的語言建構而成，他們用晦澀難懂的話語和嚴厲的氣氛，對比自己孱弱的存在咆哮。這就是我對將軍的第一印象。

「我暫時會……啊，你說你叫李民秀？」

「是的。」

「我會照顧你的，這並不是說你必須服從我，因為這裡是『公司』，而不是軍隊。我就如同導師，告訴你怎麼在這裡生存的方法而已。這裡有很多規則，因為『公司』是一個非常敏感的組織，所以必須遵守的東西也很多，你會一個一個學習這些東西的。還有，這裡有比你想像中更危險的部分，我會保護你不受這些危害。」

說到我在「公司」的那段期間，絕對不能忽略「將軍」這號人物。在那裡，我與將軍結下了不解之緣。這個世界上，有的人希望能迷惑自己眼前的人，也有一些人試圖支配眼前的人，將軍屬於後者。他就像落後獨裁國家的首領一樣，故意裝得態度從容，鎮日顧左右而言他，但事實上，他從沒有一刻放鬆警戒。他是天生的家長，權力意志十分強大，但剛開始，他只是在演出一個慈祥前輩的角色而已。

他雖是我不可能喜歡的類型，但的確是非常有趣的人物。關於他過去從事過哪些事情，每個人都眾說紛紜。傳聞雖然很多，但沒有一件是確認的。有人說他是海軍少校退役，也有人說他結婚、離婚各兩次，還有人說他在伊拉克和約旦當過武官，但我從來沒有聽他親口說過。

「海戰才是真正的戰爭。海上沒有民間人士，只有戰鬥艦艇和官兵。絕對沒有逃亡的敗戰軍人，所以所有人都抱著必死的決心，因為只要軍艦一沉沒，大家都會死亡。『同舟共濟』並非虛言，只要艦長下達命令，全體的命運就此決定。與之相較，在陸地上發生的戰爭，就沒有這種單純性了。一言以蔽之，那只是雜亂無章的場面罷了。因為在地面上，不是只有軍人，平民百姓、殘兵敗將、游擊隊、正規軍都混合在一起，展開一場混戰。不可理喻的殺戮、不尋常的瘋狂、令人不快的殘酷處刑，這些才是陸戰的特質。海戰則非常簡潔。凱撒的高盧遠征實際上雖然是偉大的戰績，但仔細想想，那真是漫長而無聊的戰鬥。日耳曼民族總是逃跑，然後趁隙反擊，被征服之後，仍然不屈服，繼而掀起叛亂。可是海戰就不同了，不可能出現這種情況。你看李舜臣的《亂中日記》[15]也是如此。我方幾艘船，敵方幾艘船，幾月幾日幾點，在哪個海域遭遇，展開戰役，並加以殲滅，都是用這種方式。你們去看看特拉法加海戰的紀錄，那是多麼痛快啊。」

也許是因為他的這番言談，才傳出他是海軍少校出身的傳言也未可知。他特別擅長戰爭史。從漢尼拔與西庇阿的坎尼大會戰，到第二次伊拉克戰爭為止，他幾乎精通這期間的所有戰役，所以有人說他曾是海軍官校的教官。

「所謂戰爭，不就是勝利者的歷史嗎？」

有一次我這樣問他。他好像等待已久似的反問：

「你大概認為我是莫名其妙的戰爭狂熱份子，或者只是個遭遇挫折的小英雄而已吧？」

「不，我只是覺得好奇。」

「我之所以喜歡戰爭史的原因是，那裡面沒有女人。」

「你討厭女人嗎？」

「我不是討厭女人，只是不喜歡女人做的事而已。」

現在竟然還存在這種勇敢的厭女者，這個事實讓我驚訝得目瞪口呆。

「舉個例子來說，我非常討厭宮中祕史之類的東西。王后和後宮之間的傾軋、國王的矛盾、外戚的跋扈，以及圍繞王位繼承的派別鬥爭等，以這些方面來說，宮廷劇只是一種幻想而已。女人自己認為這些東西非常重要，所以她們寧願相信這些事情可以決定國家的命運或歷史。可事實上絕非如此。改變明朝國運的不是皇帝的女人，而是豐臣秀吉侵略朝鮮。換句話說，地緣政治學比後宮的權謀重要一千倍。中國作為大陸勢力，當海洋勢力進入朝鮮半島時，毫無例外必定會參

15 李舜臣，1545-1598，朝鮮時代名將。在壬辰倭亂時，率領朝鮮水軍，多次擊敗日軍。《亂中日記》則是他在壬辰倭亂前後七年當中所寫的日記。

戰或展開戰鬥。這和理念或掌權者的好惡沒有什麼關聯性。第一個例子是朝日戰爭（他如此稱呼壬辰倭亂），第二個則是清日戰爭，你知道第三個吧？」

「是韓國戰爭吧？」

「本質上，這場戰爭更接近於中美戰爭。戰爭的爆發雖始於金日成，但史達林退居幕後，結果從地緣政治學而言，毛澤東因為無法坐視美國兵臨城下，所以宣布參戰。這場戰爭的本質和清日戰爭相同，亦即代表海洋勢力的美國和日本，與代表大陸勢力的中國、舊蘇聯展開戰鬥。那時，並不是因為毛澤東是共產主義者，而是因為他是中國領袖才宣布參戰。這不是一場南北韓可以決定自己命運的戰爭。在大規模戰爭中，是誰掀起戰爭的並不重要，重要的是在那場戰爭中，哪一方投入最多的人力和資源。他們正是戰爭的實際主體。因此我覺得一九五〇年的戰爭應該稱為中美戰爭。你也知道，第一次世界大戰的導火線，是塞爾維亞青年普林西普，在塞拉耶佛刺殺奧匈帝國皇儲斐迪南大公夫婦，因為後者主張吞併塞爾維亞，但那並不是這場戰爭的本質。」

將軍可說是我在「公司」裡遇見的人當中的典型人物。比起定論，他們對不同說法更感興趣，在大部分情況下，他們對任何事情都有自己獨特的觀點。他們不怎麼信任多數意見，喜歡自己收集資料，加以分類，建立新的體系。也許他們是在接收資訊十分自由的網路時代，所出現的新型知識份子。

「公司」是與大學形態全然不同的知識份子集團。大學重視系統、驗證和研究的方法論，但此地則對大膽、具突破性、獨創的體系評價更高。因此剛開始幾週和他們一一見面時，每次都受到不同的知識衝擊。這裡有大學裡看不到的邏輯冒險。他們喜歡把危險的邏輯推論到底，也喜歡對其展開討論，因此幾乎所有爭論都在詭辯和邏輯的牆上，進行岌岌可危的雜技表演。我則非常喜歡這樣的氣氛，所以剛開始數週可以說是我與「公司」的蜜月期。

那天，將軍告訴我一項「公司」的特別規則，結束了第一天的會面。

「啊！我差點忘了那個。在『公司』裡，從午夜十二點到清晨六點是大沉默的時間。」

「大沉默？」

「就是不說話，也不能交換視線，因為視線也是對話。大沉默是斷絕對他人的關注，把自己推向更深之處的程序。過了午夜，這裡是絕對的寧靜。」

絕對的寧靜？

「連音樂都不能聽嗎？」

「不是的，可以在自己房間裡面安靜的聽，只要別放得震天價響，那就沒有關係。大沉默是禁止人與人之間的對話，不是要求完全消除聲音。所以如果有什麼話要對別人說，只要在午夜之前說就行。」

「我知道了。」

這個規則真不錯，不會有人半夜跑到別人的房間，要你一起喝酒、湊在一起玩樂了。我非常喜歡「大沉默」這個規則。

「啊！還有一個！」

「……？」

「在這裡面不要談戀愛。」

「有人談戀愛嗎？」

「當然有，但是最好還是別談。因為那會破壞團隊合作，影響集中力，而且會引起不必要的糾紛。」

我成為將軍組裡的一員。組裡除了將軍和我以外，還有三名組員。一個是看起來年紀在三十歲後半的女人，還有一個是比她看起來年紀更大的禿頭男人，另一個是和我年紀差不多的男人。

女人名叫美杜莎，禿頭男人叫探戈，和我年紀相仿的男人叫琉璃。剛開始的時候，我覺得面對面稱呼彼此美杜莎、探戈、將軍這些名字很不自然，但我很快就熟悉了這種稱呼方法。我怎麼會這麼快就適應了？這裡會不會是網路猜謎房的另一個版本？這裡的人好像都在扮演化身，並非化身像人，而是人在扮演化身，感覺好像是一種角色扮演。

將軍正式向組員介紹我之後，詢問我希望叫什麼暱稱。我想起在網路猜謎房裡使用過的ＩＤ——Long Man。包括將軍在內，所有組員都覺得很適合，從那時起，我在「公司」裡的名字不再是「民秀」，而是「Long Man」。當天晚上還簡單舉行了名為「命名式」的派對。他們說是每逢有新進成員接受暱稱的日子，都會舉行這個讓大家來祝賀的活動。正是因為如此，「公司」在各方面都散發出宗教的氣息。

我突然想起十三歲那年的某個炎熱夏天，我跟著朋友去教堂受洗的情景。我之所以還記得那天，並不是因為我經歷了無法遺忘的宗教神祕體驗，而是因為我在那天陷入初戀。教會或教堂是很容易陷入愛情的地方。女人比平時更加溫順，男人則比在學校時更穩重。因為禱告的時候必須閉上眼睛，所以可以大膽偷看某個人。而且因為翻開書就是愛，唱的歌也是愛，禱告文裡也是愛，這個地方到處都充滿了「愛」，所以無法擺脫對愛的想望。對於十多歲的人來說，愛的種類只有一種，而且連這種愛也很難實現。

她負責在做彌撒時彈奏管風琴，那時正戴著牙齒矯正器，所以不怎麼笑，笑起來也總是不自然，但是對我來說，那反而是一種魅力。不知道是不是因為和話多且花枝招展的崔女士住在一起的緣故，我被沉默無語的她所吸引。我倆像樣的約會只有兩次。第二次約會時，不知為何，我們走了太久，她最終忍不住對我說「民秀，我的腳好痛」，然後攔了計程車，徑自回家。後來，聽說這個我現在都不記得名字的女孩成功矯正了牙齒後，跟家人一起移民，現在住在澳洲。想到這裡，我的心情變得十分鬱悶。啊！應該不能讓初戀移民。如果初戀移民到遙遠的國度，並在那裡定居的話，自己一定會非常空虛的。如果還身處同一個國家，也許還能懷抱著哪天會在哪裡不期而遇的希望，但如果對方移民海外，情況就有點不公平了。

反正在那個場合裡，我對組員有了更詳細的了解。看起來三十好幾，名為「美杜莎」的女人自我介紹以前是旅行社職員。神話中的美杜莎在變為怪物之前傳說美貌無比，她雖然相差甚遠，但濃厚的眼妝、細長的眼睛和突出的顴骨所透露出的強烈感覺，讓人一眼難忘。尤其是她那頭雷鬼風格的髮型，會讓人聯想到美杜莎。她的話極多，還帶有攻擊性。美杜莎和將軍之間的關係很有趣。那天，他們倆沒什麼交談，保持適當的距離，似乎並不關心彼此，可是看起來也不是非常疏遠。怎麼說呢？他們好像是一對在冷戰中的夫妻，將軍悄悄向美杜莎搭話，或者遞給她食物，表現出親近感，每當這時，美杜莎總會置之不理或加以拒絕。但如果將軍做出什麼舉動，她的視線也總是追隨著他的動作。

表面上看起來，探戈似乎對將軍唯命是從，但一逮到機會，他就會與將軍展開激烈的舌戰。尤其是當美杜莎靠近他倆的時候，彼此的敵意似乎更加升高。比方說，有一次他們在爭論高麗時代為何倭寇如此猖獗的時候便是如此。那是一場毫不相讓的爭論，將軍認為倭寇是在韓、中、日三國內海活動的某種無紀律的海盜集團，但探戈則主張他們是坐船渡海而來，事實上是準正規軍。諸如此類，他們的議論永遠都是平行線。可是他們都維持適當的理性，至少能把激烈的爭執包裝成有邏輯的討論。當兩人發生爭執時，美杜莎對他們的舌戰毫不關注，只是照顧琉璃和我。琉璃長得很像天才小醫生杜奇[16]，只要探戈和將軍的爭論變得激烈時，都會縮在一旁，話也變得極少，明顯憂鬱起來。美杜莎幾乎都會摟著琉璃喝啤酒，這時，琉璃會像小孩子一樣撲在美杜莎的懷裡撒嬌。如果覺得美杜莎把琉璃摟得太緊，將軍就會突然攻擊起琉璃。而且探戈也會責備琉璃說：你太軟弱了！都是美杜莎太護著你了！

或許他們保持這種關係已經太久了，所以完全不知道我會怎麼看待他們這些面貌。有時候，他們看起來像是擁有血緣關係的家人，老去的家長、對丈夫的愛情已經冷卻的妻子，以及互相討厭的兄弟。

「因為大家經常叫我跳支探戈看看，我先聲明，我的暱稱『探戈』是出自無線電用語，Romeo（R），Sierra（S），Tango（T），Whisky（W）！」

探戈似乎是個男性荷爾蒙分泌過多的男人，不知是否因為如此，他的頭髮也提早脫落，看起來比實際年齡老成。他說自己原本在證券公司上班，然後來到這裡。據他自己敘述，他曾經管理三千億左右的資金，可是在某一瞬間，他突然覺得那一切都沒有意義。「那是我自己的錢嗎？」當時，好幾個首爾大學畢業的人一起出家，在社會上引起熱議。他也想跟著他們進到寺廟裡，可是在某一瞬間回過神來，自己已經來到「公司」。

「世事都是如此，當你回神後一看，經常都是來到意想不到的地方。幹！這又是什麼地方啊？」

他笑嘻嘻地看看周圍。美杜莎正剝著橘子吃，並在我耳邊說道：

「探戈那傢伙，如果不是進來這裡，恐怕已經變成連續殺人犯了。你得小心他。」

---

16 《天才小醫生杜奇》（*Doogie Houser, M.D.*）是美國一九八九年到一九九三年的電視劇，主角杜奇是十四歲就執業行醫的天才神童。

探戈進入證券公司的緣由也有些怪異。他原本被三星集團錄取，第一天上班的時候，他在市內道路上和送快遞的摩托車正面相撞。摩托車正常地按照信號指示左轉，他卻把人家撞倒了。違反交通信號的他有明確的過失，那時圍觀事故發生的人群中，有一個人是他學校的學長，結果在那個學長的勸誘之下，他不久之後就進了證券公司。

「那個人當場死亡了嗎？」

美杜莎把花生放進嘴裡，漫不經心地問道。

「不，剛開始只是輕微的擦傷，奇怪的是，進了醫院以後越來越嚴重，結果三個月以後就死了。之後，保險公司之間好像互相提起訴訟。總之，那個事件改變了我人生的方向。」

從命名式的隔天起，開始了正式的「訓練」。將軍要我凌晨五點半起床，六點鐘到達73號房間。我雖暴跳如雷，但他並沒有收回命令。隔天我在機器的鬧鈴聲中勉強睜開眼睛，幾乎是用爬的去到將軍要我去的房間。意外的是，那裡正進行冥想，比我更早到的將軍一看到我，就向我示意，要我坐在他身邊。我坐在將軍旁邊，按照以前沒見過的女人的指示開始冥想。女人頭髮泛白，但面部的肌膚卻保有彈性，沒有任何皺紋。冥想室鋪上藍色的PU墊子，不知是否因為點香的緣故，室內隱隱散發出香氣。我們反覆好幾次起身、坐下，簡單地伸展身體後，開始進行冥想。我原本以為只是靜靜坐著思考，但原來並非如此。如果真的是那樣的話，我可能會控制不了自己，進入夢鄉。起初我雖與接踵而來的雜念奮戰，但隨著時間經過，思緒變得極為清澈。某種決心開始滋長，代替了原本的擔憂、牽掛、悔恨。好像有人在我的內心深處向我吶喊「你一定可以的」。

冥想一結束，所有人都起身飲用窗戶旁邊備妥的茶水。將軍連同我的綠茶也一起端來。

「怎麼樣？試過以後不錯吧？」

將軍問道。坦白說，並不太好。感覺光是在發呆。只是很久沒有這麼早起床，覺得自己很了不起而已。

「是的，非常好。」

「人腦其實不會忘記任何事情，你知道吧？」

將軍用雙手捂著茶杯，不疾不徐地喝著茶。

「是嗎？」

「夢就是最好的證據，我們會在夢裡見到很久以前忘卻的人、事、物，連自己都會嚇一跳，不是嗎？」

「是啊！弗洛伊德的《夢的解析》最前面也有這些事例。」

「你說的是薩爾斯堡附近的小車站，弗洛伊德親自發現的那座塔的故事吧？他有好幾年時間總是夢到那座塔，可是想不起自己究竟是在哪裡看過。有一天他坐火車時，竟然發現了在夢裡看過的那座塔……」

「是的，我也曾經夢過名為『桔梗』的香菸。我覺得自己從未見過、聽過這個名字的香菸，而且香菸取這個名字也太奇怪了。」

「啊！你們是不知道那種香菸的世代。桔梗，有啊！現在可能都還有生產吧？這種香菸散發出淡淡的中藥氣味，不但便宜，品質也還不錯。」

「我在整理外婆的遺物時，發現了那種香菸盒。我這才明瞭，外婆曾有一段時間抽過那種菸。」

「由此可以看出，大腦裡似乎沒有去除的功能。我們即便只看過、聽過、經驗過一次，一定都會記錄在大腦的某處。這也就是我們冥想修鍊的原因。在猜謎的世界裡，勝負的關鍵在於誰能夠最迅速準確地將記錄在大腦裡的資訊抽出來。在海戰中，有所謂鶴翼陣，也就是像大鶴一般張開翅膀的陣型比較有利，對吧？因為鶴翼陣能夠在同樣的距離內，同時殲滅迎面而至的敵人。在猜謎的世界裡，也應該像鶴翼陣一樣，展開自己擁有的資訊，隨心所欲靈活運用。」

將軍繼續說道：

「你知道《殺無赦》這部電影吧？」

「啊！河正宇主演的軍事電影嗎？」[17]

將軍微微皺起眉頭。

「你在說什麼啊？不是那部，是克林·伊斯威特一九九二年主演的電影。」

「啊！我看過那部電影，不是在電影院，是在電視裡。」

「那部電影的主角曾經這麼說過，『拔槍快算不上什麼本事，冷靜沉著更重要。』猜謎也是一樣，無論是哪一種領域，越往上爬，大家實力越是相似，只有沉穩、準確的人才會勝利。」

我想起汝矣島的馬可·波羅和西江大橋上嘲笑我的海鷗。我太快拔出手槍，而且未能保持沉著。不，是因為未能保持沉著，所以才太快拔出手槍。

「啊！我記得。那部電影裡還有這樣的臺詞，『在槍戰中，最重要的是運氣，我的運氣經常都很好。』」

「對，這句臺詞實在是太帥了。我們如果仔細看戰史，有時會覺得支配這個世界的終究就是運氣。如果拿破崙在滑鐵盧對布呂歇爾的普魯士軍隊進攻再激烈一些，那世界歷史就會完全改變。最後的瞬間似乎都是命運之神眷顧的一方獲勝。猜謎的世界也是如此，Long Man，你一定行的。」

我每天都持續著忙碌的生活，感覺才剛起床，不知不覺已經到了晚上；感覺還是晚上，一下

17 河正宇主演的電影英文片名為《The Unforgiven》，克林·伊斯威特的電影原文片名是《Unforgiven》（臺灣翻為《殺無赦》）。

子又變成早晨。冥想結束，吃過簡單的早餐後，開始進行猜謎練習，那是一種名為「對練」的練習遊戲。我和探戈、美杜莎、琉璃彼此交換搭檔進行遊戲。我們進入小房間裡，解答牆壁上ＬＣＤ螢幕出現的謎題。雖然只是練習，一旦真的開始比賽，就產生了好勝心。我一整個星期都沒贏過探戈、美杜莎和琉璃，他們實在是出乎我意料之外的勁敵。

因為一次也沒贏過，我的對手必須在分數上讓步。在滿分一千分的練習賽中，我的基本分數提升到二百五十分，唯有如此，比賽才會對等。每次比賽結束出去的時候，都會有不認識的人過來打招呼。他們非常了解我的情況。Long Man，不要太沮喪，剛開始大家都會挫敗，而且你們組的探戈、美杜莎等人都是勁敵，哈哈哈！

我對對練的態度也逐漸有些改變。探戈在部隊服役時是戰車兵，現在依然具有攻擊性。他每答對一題時，都會向我露出得意洋洋的微笑。呵呵，你根本不是我的對手嘛！他的表情如此寫著。比起其他人，我最不喜歡輸給探戈，但即便基本分數提升到二百五十分，我還是沒辦法打敗探戈。如果說猜謎房裡的猜謎像是優雅的網球比賽，那麼這種對練就如同流血扭打的搏擊。

每一場對練結束的時候，探戈都會做出醜陋的勝利動作。他像猴子一樣高舉雙手，發出嘿嘿嘿的聲音，如同足球場上掀起混亂的吸毒流氓一樣。

美杜莎雖不像探戈那樣具攻擊性，但在輸贏上絕不讓步。她在猜謎的時候，雖好像不在意似的修剪指甲，只要問題一出現，她總會又快又準的按下按鍵，輸入答案。美杜莎特別擅長文學或藝術。她也總是贏我，因為贏了太多次，她後來似乎更集中於要怎麼贏我這件事情上面。有一天，美杜莎在結束對練之後，如此對我說道：

「啊！終於成功了。」

「什麼？」

「你看！」

美杜莎讓我看一張用鉛筆隨手寫下的紙張。紙上寫著1，1，2，3，5，8，13的數字，只有最後一個數字13上面畫著X。

「這是什麼？」

「你不知道嗎？這是費氏數列啊！後面的數字就是由之前的兩數相加而得出。」

「啊！費氏數列。」

美杜莎用黏糊糊的眼神瞧著我的身體。

「嗯，我用數列標示贏你的連勝紀錄。啊！只能八連勝，原本可以十三連勝的，哈哈！」

難怪，剛開始時分數還差不多，但越到後來，分數差距越來越大！美杜莎連續答對了三個問題、五個問題、八個問題，分數遙遙領先我。現在看來，她是為了得出費氏數列，故意輸我幾次的。這不是擺明在耍我嗎？

「妳太過分了。」

聽到我的抗議，她坐到我的身邊，緊緊挨著我的身體，輕輕在我耳邊說話。她的聲音就像小飛蟲一樣，在我耳朵裡嗡嗡作響。

「這不是世界上最美的數列嗎？就是它決定花瓣數量的。花是什麼？不就是植物的生殖器嗎？知道吧？」

她開始用手指在我小腿上慢慢畫著帶有五個花瓣的花。我在最後一個花瓣完成之前猛然起身。她根本是神經病吧？這段期間，我看到她照顧琉璃的樣子，還以為她是充滿母愛的女性，但她根本不是。我說我得走了，然後離開房間。美杜莎用怪異的微笑送我出門。

從隔天起，我開始和琉璃進行對練比賽。我們組員中最年輕、和我同齡的琉璃也是一個強勁的對手。他是我在「公司」遇見的人中，唯一和我年齡相仿的。他的外貌完全吻合基督教的傳教士。他經常穿著端正的白色襯衫，對於每件事都非常真摯而嚴肅。再加上他個性靦腆，說話的時候，不敢正視對方的眼睛，而且有時結巴，有時同樣的話習慣重複兩次，著實讓人感到沉悶。無論在餐廳還是在第一次打招呼的階梯教室，他總是在看書，大部分是科幻小說或科學書籍，例如丹尼爾・加羅耶（Daniel Galouye）《虛假世界》（*Counterfeit World*）的英文版或亞瑟・克拉克（Sir Arthur Clarke），麥特・瑞德里（Matt Ridley）等科普作者的翻譯書之類。但是，實際上看來，與其說他真的總是在讀那些書，不如說他是為了遮擋別人的視線才拿著這些書。

我們在進行對練比賽的時候，琉璃始終沒有和我四目相對。總覺得他以他害羞的個性，而且還結巴，這種需要瞬間爆發力的猜謎比賽，他是否真的那麼厲害？可是出乎意料之外，他十分優秀。猜謎對練因為是在自己前面的機器上輸入正確答案，所以和結巴沒有任何關係。琉璃對於歷史、物理學、工程學、數學等尤其精通，但是他的人文素養也不差。琉璃在三小時的對練比賽中都獲勝之後，才稍微抿嘴而笑。我雖然和這些人搏鬥了整整一個星期，但連一次都沒贏過。因為讓步分數不能超過兩百五十分，如果我的實力沒有提升，就只能繼續承受這樣的侮辱。用一句話來形容，我就是任人宰割的羔羊。

30

我跟往常一樣，在對練比賽結束後，坐在休息室裡，等待接連失敗的衝擊消失。這時，琉璃走了進來。原本休息室裡還有一個其他組的男人，但他很快就出去了。琉璃一坐定，就從 Kipling

包裡拿出一本書來，我瞥了一眼，是題為《伽利略的孩子們》（*Galileo's Children*）的科幻短篇選集。我雖不曾讀過，但以前不知在哪裡看過書評。

我們在我的命名式以後講話就比較隨意了。我問琉璃：

「哇！大家為什麼都這麼厲害啊？我也曾經解過不少謎題啊！」

琉璃以結巴的語氣辯解道：

「剛……剛開始都是這樣，你已經算是好的了。」

「可是怎麼會一整個星期連一次都沒贏過？」

「因為身、身體……身體還沒轉換，才會這樣。」

「這個身體？」

我指著我的身子。

「身體為什麼要轉換？我們是猜謎，怎麼會連身體都要轉換？」

琉璃撓著頭。

「不是，不是那個身體。我說的身體是，嗯……就像一種體、體質。日常生活不是很複雜、很混亂嗎？這樣一來，注、注、注……注意力很難集中，所以我們的大腦被設定為不適合解答謎題，而是更適合處理日常的事情。嗯，要見朋、朋友，要坐公車，還要處理各種人際關係，還得處、處理瑣、瑣碎……瑣碎的業、業務。可是舉例來說，你想想愛因斯坦……愛因斯坦啊，他的大腦在日常生活中是徹底的無能，可、可……可是他的大腦更適合去研究相對性……相對性原理，黑、黑……黑洞、重力和光的質量等等。換句話說，你的大腦還是日、日……日常生活型啊！可是『公司』裡其他人的大腦並不是那種日常生活型的大腦，他們的大腦一整天都忙於知識的……知識的積累和整理，排、排、排……排列和分類，所以『公司』裡的生活徹底去除日常的東西。我們大腦的能力比我們想像的更偉大，可是為了忍受所謂日常的這種亂七八糟……亂七八糟的東西，切斷了通往更深空間的通路。」

所以其實不是身體，而是要改變大腦了。琉璃微微往我這邊傾身，輕聲問道：

「Long Man，嗯……你來這……這裡幾天了？」

「嗯，大概有十天了吧？」

「啊……」

他有好一段時間沒有說話。我正想起身走去外面的剎那，琉璃又問道：

「怎、怎……怎麼樣？過的還行嗎？」

「大致上還可以吧！可是來到這裡以後，時間觀念好像漸漸消失了。」

「終究、終究會……這樣的。」

他靜靜闔上正在讀的書，繼續說道：

「啊！我不知道該不該說這個。啊！算……」

「沒關係，你說吧！」

「不，反正你慢慢就會知……知道的。你會知道的。不、不要因為我……」

「你說吧！究竟是什麼事？」

「只是我……我們現、現在往哪裡去，你究竟知不知道……唉！別、別在意，其實也沒什麼。」

「往哪裡去？」

琉璃靦腆地笑了笑，看著我。

「是吧？是吧？你完……完全不知道吧？」

「不知道什麼？」

「你跟家……家人道別了嗎？」

「我沒有家人。」

「啊！這、這……怎麼會這樣？對不起，我連這個都不知道，對不起，對不起。」

「你為什麼問起我家人的事情？真的只要進來這裡，就沒有辦法出去了嗎？我還以為是開玩笑的。」

我假裝很激動的樣子。他摀著嘴笑了。他身上散發出女性氣質，可是與同性戀者的陰柔感略有不同。那是柔弱的男性特有的氣質。也許他從小就沒跟別人打過架，經常認為輸給別人是當然的。也許他是在暴力父親的身邊成長，而父親總是揍他，所以乾脆就放棄了和其他男人比力量。可是另一方面，他又能刺激女性與生俱來的母性，經由溫柔、卑微的獨特求愛方式，成功贏得女性的愛意。於是有時他比女性更具有女性的特質，可是雄性的本質仍存在於內心深處。

「你來這裡還不到幾、幾……幾天，所以不知道是當……當然的。有些人出去的時候，出去的時候都還不知道。」

在休息室裡，即便是很小的聲音，也會有回音產生。我茫然地望著他。他不停摸著手上拿著的《伽利略的孩子們》，似乎和我對話不是那麼愉快，可是另一方面，他又似乎很享受這樣的對話。

「我不……不知道能……能不能說。你沒聽將軍談起嗎？」

「沒聽過啊！」

他清了清喉嚨，可是眼神依然不安地閃爍，目光盯著牆壁。

「嗯，比方說，你要去幾、幾千……幾千光年之外的行……行星，你會怎麼辦？」

「這個嘛！應該坐非常快速的太空船去吧？」

「哈！太空船？為什麼要那麼……嗯，為什麼那麼危險，嗯，做那麼危險、不舒服的事？發射太空船，嗯，發射到天空，飛到大氣層之外，避開小行星，去到那麼遠的地方……而且去的途中有可能會喪生，對吧？」

「應該是吧？所以經過幾個世代才到宇宙旅行，我好像看過這樣的小說。」

「那些是根據以前的科技寫的小說。」

「那應該怎麼辦？」

他用手指敲敲自己的腦袋，卻似乎有些害羞，趕忙把敲打腦袋的手指放進口袋裡。他的話越說越快。

「只要把大腦備、備、備……備份就可以了，也可以說是下載，下載，嗯，下載以後，把資訊傳送到目的地，例如仙女……仙女座。那麼大腦就可以利用別的肉體旅行。等到那裡的事情結束之後，重新掃描那個大腦的資訊，傳回地球就可以了。沒有必要拖著這個累……嗯，累贅的肉體去到那麼遙遠的地方。」

他的臉微微發紅，不知是否因為講話太費力氣，額頭上也滲出汗珠。我在一邊幫腔道：

「啊！跟使用雲端硬碟差不多。」

「啊！你理解得真快，對，就是那個。我電腦裡的檔案和儲存在雲端硬碟的檔案，理論上是一樣的。在遠處……遠處的人只要下、下……下載使用就行了。」

琉璃在談論這些話題時的樣子，令我聯想到上大學時，我偶爾遇到的理工科怪人。雖然害羞、內向，但只要談到自己熟知領域的話題時，他們就會興致勃勃、沒完沒了地羅列出專門知識……

「不過，那是很久以後才會發生的事，不是嗎？」

他猛然抬起頭來。

「很……很久以後？不是已經在做了嗎？」

「什麼？」

他指著我放在椅子上的機器。

「你一進來這裡就拿到那個了吧？然後被指引到液晶畫面上顯示數字的房間睡……睡覺。那個時候，你的大腦就已經被備、備……備份了。雖然沒有多少人知道，可是這種技術在九〇年代初就已經研發出來了。那些資訊現在被傳送到這裡，ALEPH。」

「ALEPH？」

「搭……搭載我們靈魂的太空船名字。」

「不會吧……」

我當著他的面噗嗤笑了出來。我竟然這麼認真的聽他說這些話。

「你在吹牛吧？」

可是他完全沒有任何動搖，聲音雖然變小，但仍然沒有停止話語。

「我剛開始也不相信，現在也不是百分之百相信，不敢真的相信啊。可是可以確定的是，現在科技水準比我們想像的要進步多了。」

「那麼從我房間窗戶看到的樹木、月亮，每天早晨嘰嘰喳喳的小鳥，那又是怎麼回事？」

他撓了撓頭。

「我對這個問題也很好奇，這裡有個叫巨正的人，他原本是練跆跟[18]的，他曾經闡、闡述

18 跆跟是朝鮮傳統武術，古稱腳戲。

得……很清楚。你只要想和做夢差不多就可以了。唯一和夢不同的是，它有連貫性。簡單來說，就是你從昨天晚上睡著的地方醒過來，然後又會在那個地方睡著。當然隨著季節改變，會有葉落花開，那也有各自的法則和連續性。就是這一點和沒有秩序的夢境不同。還有一個不同點是，我們所有人經歷的都相同。進來的地方大概也都一樣吧？你也是經過一個有會館的小村落之後，從樹林裡進來的吧？」

我點點頭。

「是樹、樹……樹林裡的口字形建築物吧？」

「對，是三層的建築。」

我受他影響，不知不覺間，我也開始回想。他用手指指著我的身體。

「現在你的身體也是躺在那裡，你的靈魂和那個房子一樣，在模、模……模擬的迷宮裡遊蕩。那個迷宮就是這裡，在這裡看書、洗衣服、和人交往，和你一、一……一樣處境的人。可是那也不是欺騙，因為我們的大腦也在這裡學習、領悟、悲傷和憤怒。」

我舉起手，制止琉璃說話。

「等一下！這太荒唐了吧？他們到底為什麼要把我們的靈魂……？」

琉璃非常認真。

「中世紀黑暗時期，保存古希臘的智慧，傳承給文藝復興時期人文主義者的，不就是天主教的修道院嗎？修士守護了柏、柏……柏拉圖和亞、亞……亞里斯多德的哲、哲……哲學，讓它們免於中世紀殘忍的狂熱信徒和暴力的迫害，後來才促使文藝復興開花結果。」

的確如此。

「嗯，你就把這裡當作是修、修……修道院就可以了。他們說我們要和在地球上發生的事情保持距離，在這裡保存、發展地球的智慧，等候我們保存、醞釀的知識發出光芒的那一天。現在人類的知性不正在退步嗎？大學生不閱讀古典作品，教授只知道上電視或者進入政界。地球已經沒有希……希望，因此少數被揀選的人離開地球，如同中世紀的修道院一樣，決心保存地球上長久流傳的智慧。」

難怪有什麼大沉默之類的奇怪制度。

「我們不是因為猜謎才聚集在一起的嗎？」

「我們當然猜謎，因為那是ALEPH最重要的娛樂，也是一種產業。可是不只這一項，反正大部分的人對這裡的生活……」

他暫時停頓，然後小心翼翼地接著說道：

「……都很滿足。」

他在說這話時候，好像在做害羞的告白一樣，臉上微微泛紅。

「為什麼？不是不能見朋友或家人嗎？」

「這裡完全沒有地球上那些繁雜的問題。我們不需要賺錢，也不用受政治的紛爭牽絆，不用撫養家人，也沒有稅金。不會有親戚因為你就不了業而嘮……嘮叨你，也沒有壓、壓……壓榨我們的雇主。這裡只有學、學……學習和覺醒的生活，在這個過程中彼此享受快樂。如果你不喜……喜歡這種生活，只喜歡地球上貧瘠的生命，也、也……也就是說，如果還有依戀，你只要去辦公室，要求他們把你、你……你的靈魂再次傳送回地球就可以了。這裡是不喜歡那些事情的人留下來的地方。然後你會在坡州的口字形建築物裡醒來，帶著你原本的身體離開就可以了。」

他非常認真。但是我突然想起一件有趣的事，忍不住笑了出來。我用手捂住嘴巴問他：

「那人類什麼時候才會變成神族？」

他搖搖頭。

「神……什麼？」

「你不玩《星海爭霸》啊？遊戲裡登場的種族啊！在那裡移動的時候，建築物和單位都會在故鄉發生錯位。」

直到那時，他才似乎理解我的話，然後嘻嘻笑道：

「啊！神……神……神族！你是說超越次元，移動到其他次、次……次元的錯、錯……錯位，經由黑洞加以移動。可是我們不是那種錯位，只有靈魂備份後傳送。」

我用腳踢了踢前面的桌子。

「那現在這張桌子也全部都是幻影嗎？」

「你在地球的時候，我是說你的腳貼著地……地面生活的時候，你不是坐在椅子上喝咖啡嗎？你那時總是確信……確信椅子就在你屁股下面嗎？」

「當然啊！如果椅子不存在的話，那不就得摔個四腳朝天了？」

「沒錯，椅子當然是存在的，但是認知椅子存在的其實是我們的感、感……感覺。只要欺騙感覺，就可以永遠讓我們相信椅子存在。同樣的，這裡的桌子也確實是存在的。在夢裡，我們不也坐在椅子上，或者喝酒嗎？因為最終……最終傳達到我們大、大腦的，只有感覺……感覺資訊而已。」

「那如果我打你的話會怎樣？」

我把拳頭伸到他的眼前，他的身體驟然後縮。

「那可不行。」

「挨揍的話，當然會痛吧？」

「當然會痛，而且我也可能會打、打……打你的。但是因為感覺到疼……疼痛，也不能相信……相信那種感、感覺，全部……全部都是真的。」

我看了看周圍。

「好，那麼這個建築物外面是宇宙空間嗎？」

「你只要想我們是在火星和地球之間的軌道，以太陽為中心公、公……公轉就行了。」

如果我把這些話告訴光娜，她大概會這麼說：民秀哥，你成功了！連宇宙都去過了！可是過了一會之後，她一定會立刻變臉，如此大聲喝斥：你還沒有清醒過來啊？

我故意裝出嚴肅的表情問琉璃：

「如果我們在這裡，雖然這裡是哪裡我也不確定，反正我們在這裡待上一百年，然後死去的時候，我們留在地球上的肉體如果已經不存在，那我們怎麼辦？」

「我們現在都可以被賦予這個虛擬的肉體，一百年後的地球怎麼會沒有我們靈魂可以寄居的身體？關於這個問題，可以不用擔……擔心。你沒看過電影《變、變……變腦》嗎？我們現在就是那樣。如果有所差異的話，那就是我們不是進入約、約……約翰．馬可維奇的腦袋裡，而是進入我們的自我……自我形象裡。」

「可這不就是綁架嗎？我從來沒聽過這種事情，這是犯罪啊！」

「為什麼是綁、綁……綁架？身體還在坡州，你不是自願到那個地方的嗎？而且你大概在一開始也聽過要做猜……猜謎的事情，還可以賺、賺……賺錢，『公司』會遵守最初的契約。剛開始聽到這些話的時候，你可能會有一、一……一點奇怪的感覺，再過一陣子，再過一陣子，都……都一樣。你會開始覺得真的是在坡州的那個建築物裡讀書、與人交往、學習，你現在不是已經這樣認為了嗎？」

「啊……」

「你當、當……當過兵吧？」

「嗯，我以前是衛生兵。」

琉璃似乎很難為情地撓頭說道：

「我以前在空……空降部隊當兵。」

「真的？」

「你不相信吧？大……大家都一樣，好像相……相信口……口吃的人不能進入空降部隊。」

「不，我相信。」

「剛去新兵訓練中心的時候，剃了光頭。剃光頭以後，東滾西爬的那個時候，你會認為自己在那裡嗎？那個身體，嗯，那個身體像是自……自己的身體嗎？」

真的，在軍營洗手間的鏡子裡，有個臉色陰暗，只有目光炯炯有神的怪物瞪大眼睛看著我。軍隊裡訓練的肉體，我始終覺得不像是我的身體。直到退伍後，經過半年的閒適歲月，那些稱得上肌肉的肌肉都消失之後，我才覺得我的身體是我自己的。

「不。」

「正是如此，我們的自我形象非常不穩定，非常不穩定。所以你馬上會適、適……適應這裡的。」

「那不能從這裡出去嗎？」

「可以出……出去，可是你一定會覺得彷徨的，如果真要比……比喻，這裡就好像南、南……南極的世宗基地。你出去的話，應該會看到和這裡類似的建築物，其他國家的參加者會住在那裡，當然，他們是不會給你開門的。就算你發……發現公車站，公車也不……不會來。就這樣繼……

繼續彷徨，最終你大概還是會回到這裡的。」

我有一個最後想問他的問題，可是這個問題沒法輕易說出口。在這裡，自殺是可能的嗎？如果這是我靈魂經歷的一種宗教幻想，我的靈魂能夠殺害我的靈魂嗎？

他直直地盯著我，也許他已經知道我要問的問題是什麼。他收拾好包包，走到房間外面。我獨自留在空蕩蕩的房間裡，好像進入哲學寓言裡的不可知論。

你怎麼知道你是存在的？大學一年級上哲學概論課的時候，教授曾拋出這個問題？我茫茫然獨自徘徊在走道上，然後回到房間。回到房間的路徑還是得依賴機器，可是我已經不再覺得那個機器神奇或有趣。

如果按照琉璃說的，這一切都是幻覺，那麼在這裡經歷的所有事情對我有何意義？我雖窩在房間裡，重複思索，但只能得出一個結論，那就是我難以反駁琉璃所說的，這所有的一切都是幻覺。我曾用拳頭敲打牆壁，也曾在洗臉臺盛滿水，將臉浸在水裡面。拳頭腫脹、喘不過氣來，水進到我的鼻子裡，因而流出火辣辣的眼淚。即便如此，我仍無法充滿自信地反駁琉璃，說這所有的一切也許不只是一個栩栩如生的夢。

31

那天晚上，我剛在餐廳見到將軍，就立刻提起從琉璃那裡聽到的事情。將軍聽完之後，哈哈大笑起來。

「那個傢伙又開始了，只要有新人進來，他就會這樣。」

「那這些事情都是編造的謊言了？聽起來好像跟真的一樣。」

「好像是那樣就一定是真實嗎？你是傻瓜嗎？」

將軍在書桌上放了一張白紙，不知在畫什麼。從三角形和四方形的圖形排成兩列看來，他大概是在畫某一場著名戰役的戰況圖。

「你覺得那像話嗎？我們現在在宇宙裡？琉璃那傢伙看了太多科幻小說，分不清現實和小說的差異了。他是二十一世紀的唐吉訶德，你如果不注意的話，就會變成他的桑丘．潘薩，不知要聽他說那些奇怪的事情多少次。」

他對我喝斥一聲，然後又認真畫著戰況圖。可是我從將軍如此充滿自信的態度中，隱約感到一絲不安，說不定琉璃的主張是正確的。

「你看這個，拿破崙從厄爾巴島回來之後，就站在這裡。士兵已經好幾天都沒好好吃一頓飯，還得在泥淖裡行走，早就疲憊不堪了。」

他用圖畫重現了滑鐵盧戰役，可是我對此並沒有什麼興趣。我好奇的是如果現在走到外面去會怎樣？會不會在如同諸葛亮發明的八陣圖一樣的迷宮裡遊蕩，最後又回到這裡？還是會走到坐著一群無精打采老人的村落會館前面？

「你要小心，這裡有太多那種傢伙了。有人像琉璃一樣，主張這一切都是虛幻的，還有人說著怪異的陰謀論，或夏天納涼特輯節目裡才會出現的荒唐鬼故事，這裡有太多這些故事了。以前還有過相信這是真實節目的傢伙。你就當作是他們的業餘愛好就行了，這個地方的生活，不也是太沉悶了嗎？」

「好，那這裡究竟是做什麼的地方？」

我單刀直入地問將軍。他把三角形記號內部用鉛筆塗黑，抬起頭說：

「我開始時說過，這裡是『公司』，可是你這樣問我，我似乎有必要做其它說明。你把這裡當作是一種同業公會就行。你知道同業公會吧？」

「是職業組織之類的東西嗎？中世紀歐洲的皮革工匠同業公會、染色工人同業公會，是這些組織嗎？」

「沒錯，我們就是那種同業公會。馬上就會舉行集會，你去那裡的話，就會知道為什麼我說這裡是同業公會了。我們雖然因為擁有相同的目的和利害關係而聚集在這裡，可是事實上，我們是彼此獨立的存在。可以說和中世紀歐洲的大學相似。當時的大學也可視為是一種同業公會。教授同業公會、學生同業公會，關注相似事情的人聚集在一起，彼此幫助，並且一起對應外界的威脅。」

「那我現在確實是存在於這裡的吧？」

我咚咚地跺著腳。

「你當然存在，你趕緊忘了琉璃那小子的話吧！」

將軍向我走來，突然把我的頭部夾在他的腋下。他的力氣超乎我的想像。他的肌肉相當結實，我覺得好像是一支核桃夾子夾住了我的頭，我害怕我的頭會像核桃殼一樣爆開。啊啊啊啊！我大聲叫喊，想擺脫將軍的手，可是並不容易。將軍給我施加了十足的痛苦之後，才鬆開他的手。我的腦袋昏沉，一時間什麼都看不清楚。

「怎麼樣？你還相信琉璃的話嗎？」

「不相信。」

我趕緊搖頭，然後問將軍：

「那麼可以自殺嗎？在這裡面？」

「怎麼了？你想試試看嗎？」

他轉動肩膀，似乎想再次掐住我的脖子。我後退一步說道：

「不想。」

「已經有兩個人自殺了，你不必親自體驗。他們的屍體還是我親手處理的，你可以相信。」

他的雙眼正視著我，好像做成標本的貓頭鷹的眼睛。

「如果你有什麼煩惱，儘管對我說。這是真心話，因為在這裡，我，將軍，要負起照顧你的責任。」

「我沒有煩惱。」

我斷然說道。將軍笑著看我。

「你好像每天早晨都告訴自己，如果有人問有沒有煩惱，一定要說沒有一樣。你的年紀怎麼可能沒有煩惱？如果你不是傻瓜的話。」

他面無表情地低下頭，開始集中精神繪製戰況圖。我雖沒表露出來，但將軍的話給了我輕微的衝擊。我是不是真的就是那樣活著？始終搖頭說道，我沒有任何煩惱，對我而言，不存在任何問題？即便聽了琉璃的 ALEPH 論，我也只是到建築物外面的松林裡散散步而已，僅憑如此，實在難以有自信反駁琉璃的主張是荒謬的謊言。松林一片漆黑，這裡的夜晚和都市的夜晚渾然不同。月光也無法投射到樹林的地面，我也沒有勇氣僅僅依靠那微弱的月光，穿過樹林下山。不，也許我根本不想確認也未可知，也許我寧願相信這裡正是琉璃所說的那個外太空吧。

所有的一切都在重複。我突然想起外婆去世後，我把自己關在延南洞的房間裡，每天只是靠著猜謎和觀看美國連續劇殺時間。我究竟從那裡走了多遠？實際上，是不是還停留在那個位置？每當回到空無一物的房間睡覺的時候，我就開始相信這裡是圍繞著太陽公轉的太空船裡面的迴路。也許我永遠無法再回去我離開的那個世界，即便是那樣又有何妨？我把腦袋深深地埋進枕頭裡。

那之後，對練比賽依然持續，我仍然沒有贏過他們。我甚至懷疑是不是故意把我安排在最強的小組裡。雖然只是對練比賽，但是每天都輸，遇到的每個人都用淒涼的話語安慰我，在某一瞬間，真的覺得忍無可忍。啊！與其如此，乾脆離開這裡算了！怎麼會連一次也贏不了？我是不是沒有任何實力？除了猜謎以外，我一定也有什麼是可以做好的。我現在已經領悟到我在猜謎上沒有天分，這也是一種收穫。不是嗎？我只要在明天晚上整理行李以後離開就好。可是從我心裡又傳來另一種聲音，不行，李民秀，難道你在這裡，在你還頗擅長的猜謎世界堅持不了十天嗎？難道連在這裡你還是得低著頭，裝著若無其事的表情，笑嘻嘻的拉著行李箱離開嗎？

雖然以前我也沒有經歷過勝利者的華麗生活，但也從未「徹底失敗」到這種地步，這種每天都慘敗的生活。或許我過去是為了不想目睹自己這種明顯的失敗，所以才取巧地什麼都不做。可是現在卻無法如此了，早上睜開眼去冥想的時候，前一天的慘敗總會隱約折磨我的內心。也許有人會說，才輸了幾次這種練習賽，至於這樣嗎？可是老人家下象棋賭香菸，不是發生過拿刀砍人的事情嗎？失敗，而且是每天輪流被幾個人修理，那絕不是愉快的事情。連食慾都跟著下降了。我真的好想贏探戈那個討厭鬼，即便是一次都好。我也想讓美杜莎和琉璃看看勝利者的從容，我想讓他們這些對於勝利如此飢渴的人，知道優雅的勝利是什麼。還有，我也想獲得帶我來的李春成和將軍的肯定。

自從我開始進行對練比賽之後，就很難見到將軍一面。我獨自學習承受成為家常便飯的失敗，和由此產生的恥辱。可是另一方面，我也心生不能再輸了的傲氣。我在所有日程都結束了的晚上，都會下去圖書館翻閱書籍和辭典。當我翻看百科辭典的時候，都會想起我獨自在延南洞的家裡玩耍的幼年時期，我真正熱愛的其實就是這些……把自己埋在裝著完全沒有實用性知識的書堆裡，藉以打發時間。我突然想起，小時候我的夢想就是成為圖書館的圖書管理員。在圖書館陰暗的角落裡，將剛進來的書籍加以分類，貼上標籤，向人們推薦好書，如果還有剩餘時間的話，就細細讀著自己珍愛的書。「公司」的圖書館不知道需不需要這種人？我在猜謎這方面似乎沒有什麼才能，要不要請他們安排我去那裡工作？

32

自從來這裡之後，我每天都做亂糟糟的夢。幾乎每天都做夢，而且那些夢境都栩栩如生。來這裡以前，我夢到的主要是幾天前發生過的事，但是在這裡，很久以前的事情會突如其來出現在我的夢中。早已忘得一乾二淨的小學二年級同桌的名字會突然出現（「對了，那個孩子的名字叫朴始源！」），還有集體觀賞的電影的主角也是。

智媛只在我的夢裡出現過一次，我們坐在好像空教室的地方。我以為那裡是餐廳，等著有誰過來要我們點菜。可是突然有一群人聚集過來，說要在這裡做禮拜，要我趕快把位子讓開。我說我以為這裡是餐廳，人們一起大聲笑我。我覺得內心很委屈，轉頭看智媛，沒想到連智媛也在嘲笑我。下一瞬間，智媛不見了，我旁邊也沒有任何人。不知不覺間，我在天空飛翔，沒有臉孔的男人（可是我心裡推斷那是將軍）來到我身邊，告訴我飛行的規則。因為某種缺陷，他說我只能往前飛，不能往後飛，他還說對此感到非常抱歉，說如果我需要的話，可以退錢給我。我問往後飛是什麼意思，他說連這個都不知道嗎？沒有臉孔的男人說正如字面上的意思，就是往後飛。總之，我雖不想飛翔，但在不知不覺間，我已經飄在天空上了，就像他說的，我只能往前飛，但我從未覺得那有什麼不方便的，繼續這樣活下去，好像也不壞。過去我為什麼覺得有翅膀會不方便？我有點後悔。

下一瞬間，我站在地鐵二號線堂山站裡。地鐵已經進站，車頭像兔子模樣，車身則像蛇。乘客撕裂巨蛇的皮膚，凶殘地推拉彼此下了車。我被人群擠出地鐵站，突然出現某一家農場（我確信那裡是楊平，可是在我的記憶中，我從來沒去過楊平），崔女士就站在那個地方。崔女士說：「千萬不要颱風啊。」我回答不會颱風的，不要擔心。然後崔女士走過來，說站在我身邊的智媛是自己的女兒（消失了的智媛又是何時回來的？可是那在夢裡一點都不奇怪）。崔女士的手一碰到智媛，她就變得軟乎乎的，像是融化的焦糖，溼溼黏黏地貼在地面上。可是我卻一點都不悲傷。遠處的天空升起紅色的雲彩，下面鋪陳出東洋畫般的山水。我回頭一看，一個陌生女人正在空中打毛衣，說如果加入國民年金的話，可以免費裝設寬頻網路。

早晨冥想的時候，我向久違的將軍訴說夢境的故事，他覺得很有意思，要我以後把夢裡發生的事情寫在筆記本裡。

「為什麼？」

「經常寫的話，會更常做夢的。做夢代表睡覺的時候，大腦裡面也在活動，那時使用的部位和平時完全不同，因此經常讓大腦活化是一件好事。那是一種頭腦運動吧。我原本還想勸你的，太巧了。『公司』裡有很多人都寫下自己的夢境，如果你覺得用手寫太麻煩，睡覺時，也可以在床邊放一臺錄音機。就算不著邊際也沒關係，就照樣寫下來就好。」

從那天起，我就開始記錄自己的夢境了。早晨一起床，我就寫下夢的內容。在冥想的時候，我會執意回想那些畫面。這樣一來，就好像用水洗過我的頭腦裡面一樣，心情十分爽快，而且會突然想起很久以前學過的或者讀過的一些東西。

有天夜裡，一個年輕的女人站在延南洞老家的玄關看著我。我覺得那女人真是漂亮，身材十分苗條，穿的衣服也很時髦，外貌十分洋化。那個女人拿著氣球（可是過了不久，我就知道了那是棉花糖），說自己家裡著火了，所以得走了。我從夢中轉醒，想寫下那女人出現的場面，可是我突然覺得已經在夢裡見過這個女人很多次。也許她是很久以前變成鴿子的我的母親。當然，我沒有證據。那天我沒有寫下任何東西，就闔上了記錄夢境的筆記本。

隨著時間經過，我在對練比賽的勝率開始逐漸提升，雖然只停留在百分之二十左右，但我至少可以各贏探戈、美杜莎、琉璃一次以上。探戈的慶祝動作雖仍持續，但已經不像剛開始時一樣，令我那麼痛苦了。美杜莎也無法隨心所欲地把勝負紀錄做成費氏數列了。

在首爾的時候，每天早晨起床，我都會以網路開始一天的生活。我會登上MSN，檢索新聞，確認郵件。網路裡的世界永遠都是吵鬧而雜亂。不知是否因為如此，那個時期的早晨，我的身體經常會散發出輕微的憂鬱氣息，正如同變質牛奶的味道一樣，貼近我身體的某個部位。因為這是某種上癮，我無法不如此做，可是我又厭惡起不能不這麼做的自己。不過，這個地方的生活完全不同，是因為以記錄夢境來開始一天嗎？記錄、思考夢裡世界的那一瞬間，精神自然脫離日常的世界，開始思考超越的事情。發生在很久以前卻記憶猶新的事情，和雖然發生不久，卻已經印象模糊的記憶混淆在一起。每當此時，我會覺得人生並不像翻日曆那樣按照順序經過，而像是一場混亂不堪的夢。與此相較，網站充斥的各種演藝新聞、政治攻訐和防禦、誣陷和陰謀的言論、幾個月以後就會被推翻的健康常識，這樣的世界是多麼徒勞無益而又膚淺？當我身處那個世界時，會覺得如果不知道那些消息，就會出什麼大事。可是進到「公司」以後，我不覺間竟覺得那些東西和我的生命沒有任何關係，只不過是一種「釣魚」而已。

第八章 長阪橋的 Long Man

33

我到那裡大約過了三、四週後的某個星期日，「公司」從一大早就開始忙碌。不論男女，都穿著接近於正裝的幹練衣著，建築物裡充滿前所未有的活力。我看到組長們開完會之後，一起走出會議室的模樣。經常都是素顏的女人也化了妝，氣氛好像是要上教會。將軍看到我，說要我也參加今天的集會，讓我穿上最好的衣服，十點鐘在門口集合。想到終於要參加只是聽聞的集會，我也情不自禁興奮起來。過去的三、四個星期裡，我從未見過外面的世界，這種興奮的心情也就不難理解了。

「我也參加，這是什麼意思？」

「就像你聽到的一樣，去參加集會的意思。你好好發揮實力吧！」

「啊？可是我還沒準備好啊！」

「沒有必要準備什麼，因為是以小組為單位參加的，你去了的話就知道我在說什麼了。」

上午十點，我來到門口，平時總是降下的欄杆升了上去，停車場裡有三輛巴士等著我們。大家毫不猶豫上了車，好像已經習以為常。巴士沿著林間道路下行，然後進入兩條車道的柏油路。外面是典型的首爾郊區鄉下風景。今天走的路似乎不是進來時看到的村落會館方向，而是另外一條路。我認真看著好久沒看到的窗外風景。包括琉璃在內的其他人都不說話，他們似乎都有些緊張。

出發不到三十分鐘，巴士就停在位於坡頂的巨大物流倉庫前，我們下了車。雖然是星期天上午，但這裡已經有很多人停好車了。我們走到倉庫建築物後方，並由此入內。兩名男子拿著無線電站在入口處，看到將軍就打了招呼，所有人都順利進入倉庫，但只有我遭到制止。他是新來的。將軍再次出面把我帶進去。倉庫的門打開的那一瞬間，我嚇了一大跳。

中央有一輛載著巨大電子螢幕的車輛，許多人聚集在其周圍，人聲鼎沸，自然讓人聯想到新聞裡紐約或倫敦股票交易所場景。那個地方看起來又像是在大型賽場舉行的流行歌曲演唱會場，大概是因為那些倉促組建的設備、聚集的群眾和四處設置的燈光吧。燈光一亮，位於倉庫中央的競技臺出現了。我不知道應該稱呼它為競技臺還是舞臺，總之就是個比觀眾聚集的地方稍高，且四方開闊的臺子。

「我們在那後面準備，你可以去逛逛再回來。」

探戈大發慈悲的說道，將軍似乎也同意，點了點頭。我好像變成了剛進入流浪馬戲團的孩子。

「那我去轉轉再回來。」

事實上，我已經很久沒有看到這麼多人擁擠喧嘩的地方了，僅憑這個就讓我有些興奮。我回頭一看，大概有一千名群眾鬧哄哄地在倉庫四處閒逛。誰能料到星期天上午會有這麼多人聚集在空曠的物流倉庫裡？我走進群眾裡，大部分的人都是獨自來到這裡，他們的手裡無一例外都拿著印刷粗糙、類似報紙的東西，每個人都在認真閱讀。而且還有幾個在人群中穿梭，販賣報紙的大嬸。有幾個大嬸發現我手上沒有，立即跑過來將報紙遞給我。

「你不買預測報嗎？」

預測報？要如何預測？價格三千元，比想像中要貴，我原本想買一份，但還是作罷。把飲料裝進保冷箱裡販賣的人，製作、販賣熱狗和壽司等簡易小吃的人，他們在每個地方貼著海報，占據位子。整體看起來，雖像是慶典的氣氛，但倉庫裡面流瀉著微妙的緊張感。中央的電子螢幕打出告示，預告第一場比賽即將開始，同時還公布了參賽者的名單。人們發出短促的嘆息聲。許多人排著隊在倉庫的一側買東西，走近一看，和在便利商店購買樂透的情況類似，在一定規格的用紙上寫下什麼，然後把紙和錢遞交到販賣臺，就可以交換「馬券」。人們拿著即席印製的馬券回到位子上。

大部分觀眾雖都是男人，但女人也不少。女人和單獨行動的男人不同，她們都是成群結隊，有些群體還穿著相同的T恤，格外引人注目。男人圍坐在一起，翻閱著預測報，認真記錄著什麼，有時還與旁邊的人商議。整體的氣氛明朗熱烈，還有人小口小口的喝著啤酒。簡略參觀以後，我回到我們組員所在的等候室。等候室裡有好幾個小組混合在一起，有些是屬於「公司」，還有些是第一次見到的陌生小組。可是他們之間似乎都很熟悉，高興地彼此打招呼、問好。有幾個人雙手合十，低著頭，似乎在禱告，也似乎在集中精神。

「集會」是在三十分鐘後開始。

「今天是小組競賽。」

正在觀看集會的探戈說道。

「比賽分為小組競賽和個人競賽，今天是各組之間競爭。我們小組的比賽大概是在兩個小時以後開始。」

如同探戈所說的，有兩組組員登上競技臺。兩組的粉絲熱烈歡呼，「選手」也揮著手向他們致意。主持人誇張地介紹他們，喊聲更加熱烈。我想起我參加過的電視臺猜謎秀錄製現場，那裡非常安靜、無趣。與其相較，這個「集會」實在是大不相同。雖然還沒開始，現場已經讓人熱血沸騰。

我從來沒想過還存在這種世界。往外走幾步，四周就只是農地，充滿閒適的農村氣息。在這中間，竟然會有這麼多人在周末祕密聚在一起猜謎，為自己支持的隊伍和選手花錢下注。而且聽說這種比賽幾乎每週舉行。我們自認為很了解自己居住的世界，果真如此的話，每天早晨我們看報紙的時候，就不會有令人驚訝的事了。我們每天早晨雖然都受到驚嚇，但晚上卻也能泰然入眠。

那天的集會結束後，在回到「公司」的路上，將軍也說了類似的話。

「你看過鬥狗嗎？沒有吧？電視不播，報紙也不報，大家自然都不知道。可是每個周末，在全國數十個地方都會舉行鬥狗大會。賭注的金額高達數十億元，還有人在那裡失去所有的財產而自殺。鬥雞也是不計其數，用人蔘、鹿茸餵食的鬥雞撲騰高飛，直到把對手啄死為止。跟那些地方比起來，我們算是很優雅的了。我們不會咬斷對方的耳朵，也不會撕扯對手的翅膀，只是提問、回答、提問、回答，如此而已。」

我後來才知道，除了我曾經每天進出的猜謎房以外，世界上還有很多的猜謎門（他們將其稱為猜謎門）。猜謎門有好幾種形態，有的是網路社群，有的是聊天室，還有的是線下的聚會。曾經風靡一時的桌面遊戲論壇，也有可能是猜謎門。那天擠滿倉庫的人，都是經由猜謎門進入這個世界的。

主持人一宣布馬券的銷售結束，場內立刻安靜下來。兩組的比賽開始。比賽以所謂「淘汰」的方式進行，共分五輪，每一輪有三個問題。嗯，這個猜謎秀不是太平凡了嗎？在第一輪結束之前，我一直是這樣認為的，可是我不得不立刻更正我的想法。在第一輪失敗的小組，必須在自己的小組裡挑出一名貢獻度最低的人，讓他離開競技臺。但是在此之前，挑選此人的討論過程會以電子螢幕現場直播。

雖然聽不清楚他們的聲音，但所有組員都面紅耳赤，其中一人被認定是罪魁禍首。那個被指為失敗元凶的二十多歲女性漲紅了臉，而且張皇失措。因為我的緣故？這像話嗎？為什麼是我的錯？沒能猜出正確答案是我的錯嗎？你們為什麼這樣？她不能接受失敗的主因是出於自己。她開始辯解，可是未能奏效，於是她又把箭頭轉向另外一人，並試圖求取其他組員的認同，不過這並不容易。她憤怒不已，試圖說服大家，可最後她捂著臉哭了出來。別的組員用冷淡的表情看著她哭泣的模樣。從某種層面來看，小組內部的政治鬥爭要比猜謎對決更有意思。

觀眾也不安分，競技臺上進行討論的時候，他們在下面大聲吵鬧。有人要她趕快下來，還有觀眾攻擊女人之外的其他人。你下來吧！臭小子。

決定並沒有改變，她最終就像摩西穿過紅海一樣，從圍繞在競技臺周邊的群眾中間走出去。掌聲和噓聲同時響起，掌聲是對她被趕出去表示歡迎，噓聲也是對她被趕出去表示歡迎。

看到第一個淘汰者下臺，探戈說道：

「呵呵，像這樣經常輸的小組，他們內部的氣氛怎麼會好得了？最終一定會解散的，免不了會掀起內鬥。有的人下臺以後，就不會再回來了，因為太丟臉了。」

女人從競技臺走下來這件事，在我看來，並非與我無關。我悄悄偷看坐在旁邊的探戈和美杜莎，美杜莎一邊剝花生，一邊發表議論。

「我早就知道她會出去的，她總是擾亂那個組的判斷。我也覺得她應該下臺。」

探戈也敲邊鼓。

「她的聲音也太大了，她以前是在沙慕尼組裡的吧？那時也不怎麼樣。」

他們故作泰然，漫不經心地說著別人的事情，但我感覺到從他們中間散發出某種陰毒的氣息，滲進我的靈魂。我彷彿獨自清醒地坐在超速行駛的夜間巴士裡，心裡感到不安。

此刻形成四對五的對陣局面了，人數多的一方當然有利。不知是否因為如此，此次也出現和第一輪一樣的結果。又得淘汰一個人的小組很明顯都一臉鬱鬱。三十多歲的男人僵著臉孔，離開了競技臺。比起之前離開的女人，他似乎淡然接受了結果。掌聲和噓聲再次響起，剩餘組員的表情看起來很不安。

將軍和琉璃都不說話。琉璃托著下巴，隨意觀看著比賽。將軍則認真地繪製圖表，他可能在制定戰略。如果我以這個組的成員身分參加比賽，而且如果我們小組在第一輪就失利的話，最先被趕下競技臺的人應該就是我。我不但是新人，而且實力也最差。我心裡十分鬱悶，就像肺部被浸溼的棉團塞住一樣。啊！我真不想在這裡丟人現眼。

「如果組員的數字越來越少，逆轉結局的可能性也會越低吧？」

我問探戈。他搖搖頭。

「也不見得不利，人數變少，定出決策的時間也會縮短，效率也有可能提升。在一對五的情況下，將結果加以逆轉的人也不在少數。這就是這種方式的妙趣所在，很容易誕生英雄。」

就像探戈所說的一樣，連續失敗到剩下二對五的小組接連擊敗對方，最終形成二對二平手的狀況，比賽越來越有趣。粉絲以及對特定小組下注的人反應更熱烈了。最後的成績是零對二，逆轉的情況沒有發生。沒有猜中成績和勝負的人將形同廢紙的馬券拋向天空。

第二場比賽的兩組以稍微不同的方式比賽，名為「長阪橋方式」。這很明顯的是出自《三國志》張飛的故事。從這兩組的比賽來看，雖也符合所謂的「淘汰」，但這次並非多對多競賽，而是一對一的角逐。最初上場的人，可以將對手的所有成員擊敗，比賽也到此結束。如果最初上場的人落敗，再派出下一人，再下一人，以這種方式與對方的勝者繼續競賽。

「這種方式比剛才人性化一點。」

聽到我的話，美杜莎嘖的一聲，噘了噘嘴，雙手手臂伸到頭部上方。然後她放下手臂，短短嘆了一口氣。

「這種方式雖然也很有意思，但馬券卻賣得不好，觀眾更喜歡淘汰的方式。」

「那為什麼要選擇這個長阪橋方式？」

「不是選擇，是兩種方式都要經歷。那兩組在幾個星期後，還是要以『淘汰的方式』再次遭遇，也就是說在這比賽中，每一組都必須競賽兩次。」

「那今天我們組是用哪一種方式呢？」

「長阪橋方式。運氣不錯，對吧？」

探戈插了一句，看著我嘻嘻笑著。他的表情好像是在說，如果用淘汰的方式，第一個從這個競技臺下去的傢伙就是你了。

我們組的比賽在午餐結束後開始，到那裡以後，我才知道我們組的名字。和我預料中的完全相反。我們組的名字是「馬丁尼」，我原本心想會是比較男性化、強悍的名字。

我在上競技臺之前，小心翼翼地對將軍說：

「我如果上去的話，會不會對我們組造成損失？我還沒準備好。」

將軍惡狠狠的瞪著我，冷冷的說道：

「喂！你不要太高估自己了。我們組沒有弱到會讓你這種傢伙造成損失的程度。」

沒想到他會這麼生氣，我撓著頭向他道歉。

「啊！對不起，我只是……」

「我是開玩笑的。」

可是他的臉上沒有笑容。

「你害怕什麼？你是最近才進來『公司』的，這也有可能成為你的優勢。你有可能知道我們所不知道的世界。就算你從競技臺下去，也不用太傷心，因為這裡的規則就是這樣。」

說的也是。比方說問題有可能是便利商店的貨品個數，御飯糰的食用期限是到幾點為止，或者考試院的房租是多少錢等等。我這樣安慰自己，然後上了競技臺。觀眾比上午更多，臺下是密密麻麻的人群，他們都抬頭看著我們。我突然感到害怕，這才知道為什麼這個舞臺叫「競技臺」。彼得．漢克（Peter Handke）雖然寫過守門員在面對十二碼罰球的不安，事實上，在為數眾多的觀眾圍繞下，走上競技臺的組員的孤獨，其實也不亞於守門員的不安。

對手的名字是「戰爭與和平」，猜謎組的名字實在是難以預料。有些雖然像「戰爭與和平」一樣，是從書的題目中揀選出來的，但也有一些名字像是輾轉於弘益大學前面各夜店的樂團名字一樣，根本沒有什麼涵義。像「一零一」、「叔叔的牙刷」等名字就屬此類。與其相較，我們組的名字還算說得過去。

我們組全部都登上競技臺的瞬間，觀眾開始爆出噓聲。喂！馬丁尼，你們還在啊？滾下去！那個沒看過的傢伙是誰啊？吼吼吼——

原本期待歡呼聲的我有些不知所措。

「他們為什麼這樣？」

我低聲向琉璃問道。琉璃說：

「別，別在意。只不過上到競、競……競技臺，聽得更清楚而已。」

觀眾對將軍、美杜莎、探戈和琉璃都很了解，可是好像不是很喜歡他們。雖然有男人接連呼喊美杜莎，但也只是極少數，而且看起來狀態都不怎麼好。塗著華麗睫毛膏的美杜莎根本不在乎觀眾的反應。琉璃有一些年輕的女性粉絲，他雖然連頭都不敢抬起來，但偶爾偷偷觀望自己粉絲聚集的方向。在這樣的情況下，噓聲仍持續著。探戈咬牙切齒地小聲說道：

「最近我們的成績不太好，才會這樣。我們有一陣子還是冠軍爭奪者，最近的勝率下降了一點。這些兔崽子！」

裁判走過來問將軍長阪橋方式的第一棒是誰，將軍毫不猶豫地推著我的後背。

「Long Man，你是第一棒。」

「啊？我？」

我嚇了一大跳，向後退了幾步。

「擋子彈的任務本來就是新兵要做的，不要有負擔，勇敢站出去對抗。你一定要狠狠盯住對方的眼睛，如果在瞪眼比賽中落敗，那一切就都完了。好，去吧！」

我的雙腿開始發抖，但是我調整心情，站到舞臺中央我們組的臺上。「戰爭與和平」小組也派出一個年輕男人，他的劉海塗抹類似髮膠的東西，朝上豎起，髮型很像浮世繪裡經常出現的波濤。後面要是有富士山就好了。想到這裡，我突然沒頭沒腦地笑了出來。我好不容易才忍住笑意，並且讓自己的心情穩定下來。那傢伙不知道是不是對我的笑意十分在意，老是悄悄地瞪著我。我想起將軍要我狠狠盯住對方眼睛的話，於是，每當他瞪我的時候，我也毫不留情地瞪著他。想不到這個方法還真有效。他在不覺間開始躲避我的眼神。嗯，這傢伙大概也像我一樣是個新人，也許他的雙腿已經發抖得不成樣子了。我好歹也是曾經站在電視臺攝影機前面解答過謎題的人，出乎意料之外，那個經驗在競技臺上也大有助益。我做了深呼吸，等待第一道問題。

長阪橋方式的每一輪也由三個問題構成，並採取三戰兩勝制，先答出兩個問題的人成為這一輪的勝者，再迎接對方的下一棒。我簡單調整好心態。「我的大腦是整理得十分整潔的房間，所有東西都歸定位，地板也很清潔，空氣也十分清新。」我想像自己的大腦裡的許多記憶形成鶴翼陣，劃出無限長的弧形，等待著出征。波濤平靜，風從背後吹來。

我睜開雙眼，朝前邁出一步。裁判將手伸進透明的壓克力箱子裡，拿出第一回合的關鍵詞。關鍵詞是「間諜」。在聽到關鍵詞的瞬間，我覺得自己生出希望。雖不能說自己曾經鑽研過，但我過去經常躺在延南洞老家的房間裡，用間諜小說打發時間。約翰．勒．卡雷、伊恩．佛萊明、格雷安．葛林的小說堆滿我當時的房間裡。

「第二次世界大戰期間，當時始終無法破解德國軍隊的密碼器 ENIGMA，可是後來劍橋大學的一位數學教授破譯了，為數眾多的德國U型潛艇因此葬身海底，最終改變了戰爭的局勢。他也是電子計算機原型克羅索斯（Colossus）的發明者，這個人的名字是什麼？」

幸好這是我知道的問題，我快速按下搶答鈴，照著將軍要我做的，狠狠瞪著對方的眼睛。

「是艾倫．圖靈。」

「標準答案！」

哇！我竟然答對了第一道題！而且還是正面瞪視對手的眼睛答對的，這種快感比想像中更強烈。我覺得自己的重拳擊中了對面那傢伙的臉孔。

勝者的喜悅因為建立在敗者的屈辱之上，所以更加甜蜜。主持人立刻冷靜而呆板的進行下一道題。這裡沒有電視節目猜謎秀的過分親切。如果說電視猜謎秀的主持人是百貨公司的職員，那麼這個倉庫猜謎秀的主持人可以說是水產市場的拍賣師。他宣讀題目的速度極快，也絕不會勉強擠出任何一絲笑容。比賽就是以問題、回答、問題、回答這種方式單調進行。

第二個問題是關於從一九四〇到四五年之間進行的雙十字作戰[19]，這題浮世繪答對了。我雖然沒能答對，但我還是努力以從容的態度瞪著對方。「間諜」主題的第三個問題相當困難。是關

19 此處指的是二戰時倫敦成立了「二十委員會」，用來管理向德國人散布假消息的雙面間諜系統。其名稱來自羅馬數字的二十XX，亦即雙十字形記號，英文中的雙十字 double cross，與雙面間諜同音。

於代號為「庫爾特同志」、傳說中為ＫＧＢ工作的間諜，他的經歷成謎，讓以色列情報當局摩薩德陷入五里霧中。

我滿懷信心地按下搶答鈴，大聲回答。

「以色列・比爾（Israel Beer）！」

「標準答案。馬丁尼的 Long Man 獲得一勝，各位觀眾，讓我們為這個剛踏進猜謎世界的新人獲得第一次勝利熱烈鼓掌！」

主持人拉起我的手，確認了我的勝利。啊？我真的就這樣獲得勝利了嗎？我真不敢相信。競技臺周邊響起對我的歡呼聲和掌聲。探戈似乎無法相信，皺起眉頭，將軍則似乎很高興。琉璃悄悄地看著其他地方，好像跟自己一點關係都沒有。失敗的浮世繪以陰鬱的表情走下競技臺。把那兔崽子開除！對手「戰爭與和平」的粉絲在走下來的浮世繪背後大喊。不要再上來了，你個臭小子！

可是於我而言，這是好的開始，心情也不錯。將軍走過來拍拍我的後背。

「不錯嘛！很好，非常好！後面有我們，你別擔心，再幹掉一個。」

我感覺自己成為贏得大聯盟首場勝利的先發投手一樣。教練下去了，我又站上投手板。可是我沒能通過第二輪。這次的關鍵詞竟然是「半導體」，我雖然答對「黃氏定律」[20]，但很可惜錯過接下來的兩道題，我只得下臺。這是我比較弱的領域，但是組員都說我很棒，拍我的肩膀安慰我，所以心情還不錯。接續我上臺的是探戈，他擊敗了三人後，壯烈犧牲了。最後琉璃上臺，打敗了對方的最後一人。問題越往後越困難，但他並不慌張，妥善運用給予自己的機會，擊敗了對

20 前三星電子總經理黃昌圭二〇〇二年曾在國際半導體電路學術會議上主張，半導體記憶體容量將每年成長兩倍，後以其姓氏為名，稱黃氏定律。

方。琉璃的忠誠女性粉絲尖叫。他雖和我一樣，僅僅贏了一次，但勝利的樂章完全是為他而演奏。我覺得自己在嫉妒，我幻想總有一天我會站在那裡，站在勝利的花瓣飛舞的地方。我一定要以第一棒的身分上臺，連續擊敗五名對手，俯視沒有機會登臺的同僚，盡情享受勝者的喜悅。僅僅是想像而已，我的睫毛就已經顫顫抖動。

琉璃好像已經讀出我內心的想法，從競技臺下來的時候，朝我這裡微笑。他的那種態度讓我感到陌生和恐懼。這完全不是平時的琉璃，他充滿自信，而且帶著威脅性。我向琉璃走去，想去祝賀他，但是他好像沒看到我似的，逕自朝著將軍和美杜莎所在的地方走去。將軍拍拍他的肩膀，他扭了扭身子，顯示出喜悅，但他的視線一直向著美杜莎。我第一次覺得，也許琉璃身上有我完全不知道的東西。

我跟在獨自走出去的探戈身後。

「把賭注押在我們組的人，今天應該賺到不少錢吧？」

探戈點點頭。

「大概是吧！因為最近的勝率太不好。把賭注押在似乎會輸的組，可是那個組卻出乎意料獲得優勝，那才能賺大錢。」

「個人戰也一樣嗎？」

「對啊！比方說像你這種笨馬，對不起，我們原本就是這樣稱呼的。事實上，你不就是笨馬嗎？如果你獲得勝利，下賭注的人可以獲得九百九十九倍的紅利，因為沒有人想到你會獲勝。如果有人能拿到這麼高的紅利，你也能賺大錢。可是我還沒看過像你這種程度的笨馬獲得冠軍的，這只是理論而已。」

探戈就是這樣，說話一定要這麼難聽嗎？我是笨馬？但也許是因為在競技臺上獲得第一次勝利，帶給我喜悅，我並不覺得特別生氣。我反而在想像我跌破所有人的眼鏡，在比賽中獲勝，讓那些把錢押在我身上的人能獲得九百九十九倍的紅利，我也變成大富翁。當然這不容易，不知為何，這種希望讓我感覺有毒。實現的可能性雖然很低，但我內心深處那種熟悉的懷疑已經悄悄萌芽了。我內心的失敗主義總是戴著樂觀主義的面具出現，你究竟為什麼需要那麼多錢？你沒有那些錢，不也好好的活到現在嗎？人生最重要的，根本就不是那些，不是嗎？我很清楚，其實這些甜蜜的誘惑正是「什麼都不要做」的另一版本。雖然我自己很清楚，但我總是寧願放棄有毒的希望，選擇甜蜜無為的逃避。

那天，我們一直到晚上才回到「公司」，科學怪人為我們準備了可口的牛排。我們舉行了有香檳和啤酒的簡單派對，隔天早晨結算前一天賺來的錢。分到整組的獎金按照貢獻度的加乘加以分配，我也拿到相當於新進職員一個月的薪水。

「我真的可以拿走這些錢嗎？」

雖然贏了，但我只是短暫上場，回答了三個問題而已，就給我這麼多錢嗎？探戈嘻嘻一笑說道：

「喂！你這就是撲克賭場裡經常說的初學者的幸運。以後會怎麼樣不知道，把嘴巴閉起來，拿著就是了。下次還不知道什麼時候會贏呢！啊！我到底是隔了多久才摸到這些錢啊？」

將軍數落著探戈：

「別說了，不就是有時候順利，有時候不順利嗎？」

將軍如此說著，一邊還拍拍我的肩膀。

「是不是新選手進來才這樣？從第一盤開始，就出現了好兆頭。」

琉璃雖然也只贏得一勝，但因為加乘極高，他拿到比我多兩倍有餘的獎金。我向在旁邊默默接過支票的琉璃問道：

「如果真像你說的那樣，你拿了錢要做什麼？身體不是躺在別的地方嗎？」

「喂！你在夢、夢……夢裡也想當乞、乞……乞丐嗎？」

我無話可說。口吃並不代表不會說話，我老是忘記這點。越跟他在一起，就越覺得他是個令人心情惡劣的傢伙。

34

我們隔週的運氣不好，在遭遇多次淘汰賽之後，最終落敗。這次我也是擔任第一棒上臺，但連第一輪都撐不下去就下臺了。是否真如探戈所言，上週的一勝是初學者的幸運？再下一週沒有比賽，在那之前，我們組的氣氛不好也不壞。我比預期的更快適應這個世界，對練的勝率也在上升。怎麼說呢？是否如同琉璃說的，身體在某一瞬間為之改變？或者像將軍說的，我開始隱約知道了如何能像鶴翼陣一樣，將自己頭腦裡的資訊伸展開來，進而遊刃有餘地去面對問題？我並非不懷念外面的世界，但還是沉浸在認知新世界的喜悅。將軍說，不久就會舉行個人賽的預賽，如果通過，就可以參加猜謎秀的精華——個人賽的決賽。到那時，不可能期待小組給予任何支援，一定要自己打起全副精神。

當時，我以為所有事情都會順利進行，可是自從那天集會之後，所有的事情都開始緩緩地偏離軌道。現在想來，也許那是可預見的事情吧。我後來才知道，從我進來的更早之前，我們小組就有嚴重的分裂，有某個人被彈出去（我沒有聽過「彈出去」的確切意思），所以才突然需要我。

問題是那個分裂不會因為我的加入而輕易解決。我們組內部潛在的矛盾比我想像中更複雜，進來沒多久的我，自然不可能看得出來。

那天的集會是小組競賽，採取淘汰方式，如果全勝的話，所有人都會留到最後，但如果不是，某一個人就要屈辱地從競技臺上下來。不知是否因為如此，這似乎比長阪橋方式更令人緊張。再加上，當天我們的對手是進入決賽前一定得擊敗的強隊，所以聽說馬券也賣得比平時更多。

淘汰賽一開始，我們組表現得相當順利，連續贏了兩輪，對手在一開始就必須讓兩人走下競技臺。憤怒、喟嘆、敵意和攻擊性在競技臺周邊燃燒。直到那時，整個氣氛都還不錯，將軍警告我們一定不能掉以輕心。

果不其然，從第三輪起，戰況開始產生變化。我們組在一對一的情況下，錯失了最後一題而落敗。我以為當然是我得下去，已經做好準備，可是氣氛完全朝相反方向轉變。探戈突然攻擊琉璃。

「應該是琉璃下去。事實上，你今天的狀況不太好，對吧？剛才的兩個問題也是我和美杜莎答對的。」

琉璃辯解道：

「我、我也知道答……答案。只是沒……沒說而已。」

「你別騙人。」

攝影師肩上扛著新力數位攝影機，擠到我們中間，我們的模樣在整個集會場直播。美杜莎站了出來。

「探戈，你下去，就是你在第三輪的時候瞎說，不是嗎？」

探戈知道自己在第三輪的過程中犯錯，他堅持毫不相干的答案是正確答案，所以才讓對手獲勝，可是探戈不肯承認。

「全壘打好手也有很多時候是揮棒落空的，妳幹嘛這樣？」

我也不知道為什麼不讓我下去，讓我下臺從各方面來說，都是最妥善的解決方法。競技臺下面也傳來要我滾下去的喊聲。不到兩分鐘的時間，我們組就展開令人窒息的政治角力。探戈一直攻擊琉璃，每當此時，美杜莎就會保護琉璃。後來琉璃雖然說自己願意下去，但並不是出自真心。我原本以為將軍會讓平時與他關係不好的探戈下去，但出乎意料之外，將軍並沒有捲入這場爭執。

探戈問我：

「好，你來判斷，你進來這裡沒多久，也許能更正確的做出判斷。是我，還是琉璃？誰應該下去？」

我以難堪的表情輪流看著他們兩人，這個時候，我到底應該怎麼辦？將軍看我說不出任何話，於是自己站出來平息爭執。

「你們今天為什麼這樣？美杜莎，妳下去！」

美杜莎狠狠瞪了探戈一眼，走下競技臺。沒有人對這個決定提出異議，我對此更加詫異。大家似乎都已經知道會有此結果。總之，美杜莎下去，臺上只剩下四人。這場爭執前後進行的時間不到兩分鐘。

對方有三個人，新的一輪比賽開始，我們錯失了兩個問題，在這輪比賽中又再次落敗。賭我們組會贏的觀眾發出慘叫聲。這次再怎麼看，都應該是輪到我下去才合理，可是先離開的人卻是琉璃。琉璃不給其他人挽留他的機會，逕自走下臺。剩下的人只剩將軍、探戈和我。探戈在下臺的琉璃背後說道：

「這小子，裝得跟犧牲羊一樣。臭小子。他最會來這招，以為這樣做的話，女人就會喜歡他。」

「別說了。」

將軍制止了探戈。

剩下的人數是三對三，問題的難度越來越高，這次我們勝利，對方又下去了一人。在這個過程中，我也答對了一題，那是關於電影雜誌《電影筆記》（*Cahiers du Cinéma*）的問題，意外的是，將軍和探戈都不知道正確答案。然後在另一輪領先（三對一）的情況下，我們落敗了，這時才輪到我下臺。競技臺上只剩下將軍和探戈。在二對一的情況下，我們組錯失第一個問題，下一個問題雖扳回一城，但最後一個機會卻拱手讓給對手，又輸了一盤。將軍和探戈彼此對視，將軍的目光流露出當然是自己應該留下，探戈的態度則是覺得這次自己應該留下，反敗為勝。兩人無言地展開激烈的對視大賽，最終，將軍環視擠在競技臺周圍的觀眾，姿勢好像校閱角鬥士的羅馬皇帝，他站立許久，俯視著下方，似乎在請求觀眾做出判決。觀眾的意見分成兩類。大膽詢問觀眾意見的將軍，他那一側的觀眾喊聲似乎更高昂，連呼將軍名字的聲音越來越大聲，最終似乎導出探戈應該下臺的結論。

所有人的視線都集中在探戈身上，出人意料的是，探戈竟然從座位上爽快起身，以從容的態度離開競技臺。支持探戈的觀眾向將軍發出噓聲。坐在旁邊的美杜莎對我說：

「探戈那傢伙沒什麼損失，因為現在勝利的壓力都落在將軍身上。將軍是在賭博，能贏嗎？」

正如美杜莎的預言，將軍在最後一瞬間潰敗。用馬券折成的紙飛機飛進競技臺。喂！脫下軍服退伍吧！將軍。你他媽的是什麼將軍？不過就是個小兵！各種粗話此起彼落。我摀住耳朵，趕緊離開了集會場。

後來我經常回想那天的集會，尤其是決定第一個淘汰者的場面，那個場面真的很有意思，與《黑猩猩政治學》裡黑猩猩之間的政治鬥爭相似。二號人物探戈雖然想正面挑戰一號人物將軍，但因為能力還不夠，於是突然攻擊孱弱的琉璃。一號人物將軍為了不捲入二號人物的挑戰，對於琉璃遭受攻擊視而不見。自任為琉璃保護者的美杜莎在此情況下不得不與探戈對抗，決定權最終還是屬於小組的領導——將軍。如果讓琉璃下臺，那就順了探戈的意思，這是不行的。可是如果和探戈對抗，反而提高了探戈的地位，鞏固了他二號人物的位置。所以美杜莎不得不下去。所有的判斷在不到兩分鐘的時間內完成，這讓我感到驚訝；而所有人在這個狀況下依據自己對政治利害關係的理解，做出正確的行動，這讓我更加驚訝。對於他們而言，我仍只是個幽靈般的存在，只是他們之間微妙權力鬥爭的旁觀者而已。可是在那一瞬間，他們已經默默要求我做出抉擇。然而猜謎組內部的選擇，與國會議員選擇有望當選的總統候選人，以便將來自己可以被歸類為自己人的抉擇不同。國會議員只需考慮所謂政治權力的變數即可，可是猜謎組並非如此。我們是一種同業公會，擁有相同的目標，就是在猜謎競賽中獲勝，獲取巨額獎金，提高自己在這個領域的知名度。為此，擁立誰當老大，將誰驅逐出去，就變成很重要的問題。個人的權力欲望和小組的效率關係密切，僅憑權力欲望是沒有辦法掌握公司的，況且這種人也不會被接納。在這個層面上，我們確實是「公司」。

35

那天晚上更加可怕，競技臺上的矛盾根本不算什麼。我們回到「公司」，舉行了某種檢討會。在沒有攝影機的狀況下，檢討會比競技臺上發生的事更激烈。探戈攻擊將軍的無能（「你沒有當組長的資格！」），將軍批評探戈蓄意破壞（「我知道你故意在決定性的瞬間引起混亂！」）。

琉璃結結巴巴地訴說自己的委屈（「為什麼是我？啊？我到底做、做錯了什麼？」）在那種情況下，探戈還努力拉攏我支持他（「Long Man，你不也有話要說嗎？你有什麼話就說吧！」）美杜莎剛開始還努力想仲裁紛爭，後來只是雙手交叉在胸前，退居旁邊，觀察著組員。可是最後探戈抓住將軍的衣領，事態發展混亂到了極點，椅子和桌子發出嘈雜的聲響，倒在地上。琉璃哭了出來，美杜莎大聲喊叫，住手，煩死了。

我被嚇壞了，說不出任何話，只是坐著，後來去久違的建築物外部散步。松樹和橡樹為主的闊葉混合林依序環繞建築物周圍。我繞著建築物散步，意圖平息因為剛才的激烈爭執所受到的衝擊。每個組員的個性雖然都很強硬，可是就我而言，他們讓我感到久違的家族歸屬感，也讓我想找到安定感，可是看到剛才的爭執，還是讓我大為失望。這裡畢竟不是家庭，而只是「公司」而已。真的只能這樣嗎？當初李春成說的「借助智慧的力量，模擬與自然對抗的人類命運」，只是這樣嗎？那麼這和賽馬有什麼不同？只是換成人在奔馳而已。我望著車輛欄杆下方延展的林間道路，要不要回去首爾？要不要回去以後，再成為獨自一人？要不要成為獨自一人以後，賺最少的錢，安靜的過日子？我拔著狗尾巴草，想著各種事情，後來躺在平坦的石頭上，望著天空。天空升起半月，這裡和首爾不同，能清楚看到銀河的流動。我看了看錶，不知不覺間，已經快到晚上十一點了。我的身體有點冷，於是起身回我的房間。正想打開房門進去，突然從旁邊冒出一人，我大吃一驚，轉頭一看，是美杜莎。她手裡拿著啤酒和簡單的點心。

「我在等你，可以進去嗎？」

我想不出什麼拒絕她的話，於是讓美杜莎進了我的房間。我們中間隔著書桌，我坐在床上，她坐在椅子上。

「你去哪裡了？我等了你好久。」

「啊！只是在這前面散散步。」

她看了看房間說道：

「喝吧！」

她遞給我一罐百威啤酒，雖然不是我喜歡的啤酒，但我還是無言的接過來喝了。深夜和女人單獨坐在房間裡，這已經讓我覺得彆扭，再加上美杜莎用黏膩的視線不斷上下打量我的身體，更讓我覺得不自在。

「剛才嚇壞了吧？」

「啊！是的，有一點。大家都生氣了，滿可怕的。」

「我就知道你會害怕。常常都是那樣，不過今天特別嚴重。」

我們碰了酒杯，喝著啤酒，聊著各種話題，不知不覺間，我也慢慢放鬆下來。美杜莎的樣子不同於她和將軍、探戈在一起的時候。在他們倆面前，她經常都是漠然和冷嘲熱諷的樣子，但是那天，她竟然有點像是好久不見的大學學姐般，讓我覺得十分親近。我們的話題從對於將軍、探戈和琉璃的評價開始，她每一句話的結尾都會說：「都是命中注定」，她說將軍、探戈、琉璃都很可憐。

「將軍馬上就會被趕走，最近勝率太低了，也不受歡迎。他應該不是一個在這裡久待的人。太可惜了，我在進來這裡以前就認識他了，那時他還真不錯。唉！都是命中注定，不是嗎？」

不知道詳情的我只能不住點頭，除此之外，她還說了許多關於「公司」的事。我進公司之前，我們組幾乎處於即將解散的危機，這比我想像中要嚴重。

「對了，我是認識這裡一個叫李春成的人才進來的，可是我進來以後，就沒有再見過他了。」

「因為他是星探，不是選手。」

「什麼？」

「如果一直在這裡，他早就餓死了。四處尋找優秀的選手，把他們帶來這裡，這就是他的工作。現在他大概也坐在哪個咖啡廳，對著像你一樣的人大放厥詞吧？」

美杜莎用一種怎麼到現在還不知道的表情，漫不經心地說道。在寫這本小說的現在，我如果發現有個西裝筆挺的人坐在咖啡廳裡，對著像我一樣的年輕人發表長篇大論的話，我依然會走過去，看看他是不是李春成。而且我相信，我一定會在某個時間、某個地點和他相遇。

美杜莎開始認真對我表現出關注。

「你在這方面很有天分，原本就是選手嗎？」

「啊！不是的，我哪有什麼天分？妳不也看到了？我每天都輸得慘不忍睹。」

「剛開始有這種表現已經很不錯了，你不知道探戈和琉璃有多慘。」

「啊！是嗎？我只是從小就很喜歡猜謎就是了。」

我在她的稱讚下，慢慢消除了緊張，不覺間，我開始滔滔不絕說起小時候的事。美杜莎一直聽著我的成長故事，突然輕聲問我：

「你沒有女朋友嗎？應該有吧？」

「嗯，這個嘛，不知道應不應該說有……事實上是有。」

美杜莎誇張地大笑，揚起眉毛。

「是嗎？我就知道。可是你為什麼進來這裡呢？」

我說起我和智媛發生的事情。在網路上相遇、令我悸動的第一次約會、和她之間的信件來往，我甚至還說了在她家過夜的事情。現在回想起來，我真想不透為什麼會把這些事情都告訴她，就像噴水池一樣傾瀉而出。可是那時，我很自然就告訴了她。那似乎不是因為喝了酒才這樣。就好像我們會在高速巴士上，對著坐在旁邊的陌生人吐露最隱私的祕密一樣。而且美杜莎似乎有一種貪婪吸取別人故事的才能，連《一千零一夜》裡的莎赫薩德也不是她的對手。所以呢？所以呢？嗯，原來如此。所以呢？哇！是嗎？有可能。所以呢？她怎麼說？我被美杜莎的這些話所牽引，將我和智媛的所有事情幾乎都告訴了她。

「你確定你真的喜歡她嗎？」

「什麼？」

「我問你確定真的喜歡她嗎？」

「當然，我還是第一次在愛情裡這麼失神落魄。」

她詭異一笑，然後向我傾身。

「是嗎？可是事實上，你是不是完全不喜歡她？」

我勃然大怒。

「妳為什麼這麼想？」

「你如果那麼喜歡她的話，怎麼會進來這裡？這裡有什麼好的？事實上，『公司』不就是知識無業遊民的墳墓嗎？說實話。」

「這裡還能賺錢啊！」

「可以賺錢？」

「我原本就喜歡猜謎。」

我辯解似的含糊其辭道。

「這些事在外面也可以做到。」

「反正我喜歡，真的喜歡。我這輩子還從來沒有這麼喜歡過一個人，真的。」

美杜莎沒有繼續追問我，微笑著喝起啤酒。我被她的話嚇到，雖急忙狡辯，但內心深處卻覺得她的話也許是事實。我可能完全不喜歡智媛。我神情陰鬱，靜靜坐著，手放在桌上。美杜莎輕輕把自己的手放在我的手上。

「我是不是刺痛你了？對不起。」

「不是的，妳說的也有道理。我如果真的喜歡她的話，就不會來到這裡了。可是好奇怪，我第一次在網路上認識她的時候，真的很幸福。妳知道那種心情嗎？有點像是一口吞下甜派時，頭腦有點暈眩一樣。或者像空腹的時候，灌下一大口烈威士忌的刺激感。我的意思是說，我高興得根本平靜不下來。我們雖沒有見過面，但很快就能了解彼此，不，應該說我是這樣相信的。真的是精神上的、柏拉圖式的、單純而且親密的關係。可是不知為什麼，在那之後，我是說我們實際見面後，那種悸動的感覺就難以再經歷了。甚至在我們做愛以後，不，應該說在做愛之後，感覺變得更加空虛。妳不要用那種眼神看我，我不是那種跟女人睡覺以後就變心的男人，真的。以前我和交往的女孩睡過之後，反而更加親密，在那之前彼此都是很生疏的。可是和智媛完全相反。她以顯示器上的文字存在時，也就是當她還是『牆裡的妖精』時，我的靈魂完全被她吸引。可是我為什麼再也感受不到那種感覺？那是我的問題嗎？她並非長得不好看。她真的很漂亮、很可愛。我偶爾會想，她是我想像的那個女孩嗎？可是那種想法也只是一閃而過。我們的第一次約會也很好，事實上，我們屬於相處得很好的那一類型。嗯，可是如果說我們第一次在猜謎房認識的時候，有十個溝通的管道，隨著時間經過，這些管道好像越來越少，後來，也就是我來這裡之前，我覺得那些管道都被封閉了。剛才我也說過，她和我不同，是在非常富裕的家庭裡成長的。我第一次去她家的時候，甚至有點抬不起頭來。」

美杜莎說：

「原來你是害怕了。」

「啊？害怕什麼？」

「你不就是害怕你沒辦法滿足她嗎？」

「是嗎？」

「你是不是被嚇到了？你是不是內心期待她長得不好看，家裡還很窮？可是現實裡的她，名字叫智媛是吧？反正她和你的幻想，不，期待不同。她太漂亮，而且還是富家女，所以你才逃走的，不是嗎？」

「不是的。」

「也許說她漂亮、富裕也只是藉口而已。你總是逃避現實中的女人，為什麼？你害怕那些女人遲早都會討厭你，在那之前，你必須先逃走。你一直不斷在尋找那個藉口。我覺得那就是你來到這裡的原因。」

「妳不要隨便亂講。妳又不了解我。」

我也不自覺地提高音量。美杜莎嘲笑著我。我突然忍不住生氣了。

「我累了，妳走吧！明天早上還得冥想呢！」

「哼！冥想能幹嘛？連自己的內心都搞不清楚。我覺得你是精神殘障者，表面上裝著在尋找能完全了解自己的人，實際上，你是在躲避所有的人。也是，這也是命中注定。」

我差點就把我手上拿著的啤酒罐扔到她的臉上了，還好我控制住自己，再次要求她離開我的房間。我指著時鐘，已經十一點五十五分了。

「馬上就要到大沉默的時間了，謝謝妳今天給我的忠告。」

她從座位上起身。

「我可以偶爾過來玩嗎？因為我可能會喜歡上你。」

我沒有回話，打開了房門。她輕輕舉起手告別，走出門外。我正想關門，突然感覺到動靜，於是把頭轉向右邊。有人「唰」的一下轉過牆角，消失在視野之外。我總覺得那是琉璃，這讓我心情難以平靜。

36

隔天因為晚起，我沒能參加清晨的冥想。醒來一看，已經是早上七點了。昨天晚上，我想著與美杜莎的對話，久久無法成眠。剛開始，我只覺得生氣，因為美杜莎的話讓我非常不快，可是憤怒退去之後，卻覺得她也沒說錯什麼，也許我正如她所說的，經由各種藉口，正躲避世上所有的一切，甚至躲避心愛的人。我撐著沉重的身子爬起來，打開窗戶，早晨清爽的空氣迎面而來，我用力深呼吸。我又想起昨晚和美杜莎的對話，心情再度變得憂鬱了。我進了浴室，嘩啦啦用力洗臉，出來一看，一隻小鳥從我打開的窗戶隙縫中飛進來，使勁拍打著翅膀。仔細一看，是一隻棕耳鵯。牠的身體僅有人的一個拳頭大小，拚命飛來飛去，在房間裡橫衝直撞。我急忙跑過去打開窗戶，讓棕耳鵯能飛出去，可是牠不向自己進來的方向飛去，而是繼續在房間的更內側啪啪地飛來飛去。我為了幫助小鳥，揮著手，想將牠趕到窗戶外面，可是這讓事態更加惡化，這隻愚蠢的小鳥畏懼地躲著我，更加橫衝直撞，最終牠的頭重重撞到牆壁，然後掉到地上。我靠上前去，觀察棕耳鵯的情況。我用手碰牠，只見牠身體微動，似乎想再次飛起來。我從來沒有用手抓過小鳥，到底應該怎麼辦呢？這實在讓我大傷腦筋。我坐在床上，呆呆地望著蠕動的小鳥，這隻小鳥大概沒辦法再活下去了。

我轉頭看著剛才那隻小鳥飛翔的窗外，山的稜線上飄著積雨雲，蔚藍的天空、如畫的雲朵，還有奄奄一息的小鳥。我坐立不安，在房間裡踱來踱去。我該怎麼辦？要叫人來嗎？別人會因為這麼點小事就叫他來而生氣吧？我緊閉雙眼，兩手抓住無力顫抖著的小鳥，快速跑向窗邊，把小鳥拋向天空，然後趕緊關上窗戶。哐！我去浴室用肥皂把手洗乾淨，然後又躺回床上。小鳥掉到地上以後，成為昆蟲和微生物的食物，融入自然循環過程的機率是百分之九十九。因為運氣很好，像電影裡的超人一樣，在墜落之前恢復神智飛走的機率是百分之一。是的，就當作是一種安樂死吧！牠一定去了極樂世界。我把棉被拉到額頭，蓋住臉孔。

從經歷了棕耳鵯騷亂之後起，我發生了奇怪的症狀。睡到一半，我會猛然起身開燈。我總是無法擺脫小鳥飛進我房間的想法。我無法睡得很熟，一方面認為小鳥沒有進來的理由，但是只要一閉上眼睛，就好像從哪裡傳來什麼東西使勁拍動翅膀的聲音。我的大腦好像出了問題，感覺好像看著影像和字幕不吻合的電影。小鳥雖然已經消失不見，但牠飛進來時的感覺仍舊留在房間裡面。在那之後，我擔心棕耳鵯會再飛進來，所以連窗戶都不敢正常打開。我把窗戶鎖得很緊，但還是無法擺脫那個幻影。只要閉上眼睛，就會想起小鳥在我的房間裡盤旋，腦袋撞上牆壁的情景，甚至還聽到聲音。從那天起，我開始為失眠所擾，這是從未發生過的怪事。

在這期間，個人賽開始了。個人賽起初是由淘汰賽選出參加決賽的選手，然後進行聯賽。我也參加了淘汰賽，從最低層開始慢慢往上爬。除了像我一樣屬於「公司」的職業選手外，還有一些人是經由猜迷門自願來參加。可是業餘選手大部分在開始沒多久就被淘汰。個人賽因為是以多種方式緊湊進行，如果沒有事先訓練會很難適應。我因為反覆失眠，在相當恍惚的狀態下參加了預賽。我經常到凌晨也睡不著，即便是睡著，也睡得很淺，而且昏昏沉沉的。每天夜晚，我好像見到所有以前認識的人，也似乎經歷了未來可能遇到的所有事件。

每當休息的時候，美杜莎都會走向我，給予各種忠告。其中也有很多趣事，例如美杜莎說了這樣的話：

「猜謎是靠欲力（libido）的力量。」

「欲力？性慾和猜謎有什麼關係？」

「你知道布萊茲．帕斯卡是幾歲的時候證明『帕斯卡定理』的？」

「聽說是十六歲吧？」

「對，那時他還是個乳臭未乾的孩子。約翰尼斯．克卜勒出版自己第一本書《宇宙的神祕》是在他二十五歲的時候吧？」

「應該是。愛因斯坦發表相對論原理的時候，大概也是在那個年紀。」

「多可愛啊？二十五歲的天才科學家。數學家戈弗雷．哈羅德．哈代曾經說過這樣的話：年輕的數學家證明定理，老數學家寫書。」

「那是很有名的話。」

「你覺得為什麼年輕的數學家要證明難解的定理？年長、經驗多的人不是更有利？」

「那是因為欲力的緣故嗎？」

「那麼，年輕的雄性盲目地投入全副精力去證明這些定理，也許會耗費他們一輩子的時間，不，也許永遠也無法解出，可是一旦破解，他們就會成為世界級的巨星。這種行為除了欲力以外，還有什麼別的誘因嗎？」

嗯，我無話可說。

美杜莎繼續說道：

「就是身體裡的荷爾蒙、雄性激素讓他們去做這些瘋狂的事情。所以他們才獻身於那些大事，那是個性謹慎、思慮深遠、不喜歡冒險的老人所畏懼且不願意冒險的事。為了證明定理，必須把看起來毫無關聯的領域結合起來，例如，專攻代數的人也有可能從幾何學或拓樸數學中尋找答案。」

「這和猜謎有什麼關係？」

「當你到達頂尖水準的話，猜謎也是類似的。天才是什麼？不就是能夠大膽的把彼此看起來毫無關聯的東西連接起來的才能嗎？可是那其實是很盲目的事情，要想做到那種盲目的事情，欲力就必須沸騰不已才行。許多數學家如果結婚，找到安定的生活，他們就不會再做證明這類盲目的事情。詩人也是如此。年輕詩人，尤其是充滿欲力的年輕雄性詩人的詩寫得更好。呵呵，你知道阿蒂爾．蘭波的詩〈飢餓〉嗎？『因為沒有明天，所以燒紅的炭火啊，你的熱氣就是你的義務。』怎麼樣？是不是已經開始發熱了？」

「所以妳想讓我怎麼樣？」

「你應該忠實面對你的欲力。我覺得你太壓抑性慾了，這不好。你看探戈，這人雖然像是臭狗屎，可是眼神卻炙熱如火。呵呵，探戈那傢伙的大腦裡只有情色的想法。你每次出賽的時候，也想想那些事情。身體裡面的荷爾蒙會完全動員，去挑撥精神的冒險，如果沒有那種膽識，絕對沒辦法贏的，那正是猜謎。」

我本來就因為睡不好的緣故精神恍惚，聽到美杜莎這種奇妙的天才論，更像是受到感冒藥強烈的副作用，提不起精神來。可是奇妙的是，這種狀態在個人賽預賽中，竟成為助益。平時絕對想不起來的正確答案，很多時候會神奇地浮現在我的腦海。按照邏輯慢慢推敲的話，絕對找不出的正確答案，會突然從大腦的某個部分跳出來。而且預賽是在我進行過對練的「公司」裡，以遠端的方式進行，就好像在網咖裡玩線上遊戲一樣。我們進入密閉的隔間，用自己的ＩＤ連接網路，和不知身處何地的對手一決勝負，這當然比上到競技臺要輕鬆得多。

總之，我成功通過預賽，進入決賽。共有三十六人競逐的決賽參賽者中，我們組的探戈和琉璃也名列其中。美杜莎運氣不好，在淘汰賽的第一場比賽中就輸給了去年的冠軍，因而遭到淘汰。美杜莎一得空就取笑我（「看吧！我不是要你忠實面對自己的欲力嗎？」）。將軍說以我第一次參加來說，成績算是相當優異。據他說，我的對壘運氣也很好，我避開了有奪冠實力的選手群，而且還遇上自動晉級。我總覺得將軍對我參加個人賽好像不以為然，雖然沒有擺明要我別參加，但他一直心懷不滿。這在我進入決賽後變得更加明顯。我不知道他是因為我脫離他的掌控才如此，抑或他原本的個性就是如此。而琉璃對我則充滿高度的防備心，我開始覺得或許 ALEPH 的內容是為了要將我從這裡趕出去而編造的謊言。有一天，琉璃向我說了句話，不知道是不是練習了很久，他一點都沒有結巴。他的話非常簡短而明確。

「離美杜莎遠一點。」

他警告我。

「你在說什麼？我和美杜莎沒有任何關係，我們只是同隊而已，你不是知道嗎？為什麼還這樣？我也很清楚『公司』的規定。」

琉璃勃然大怒，走近我面前。

「騙……騙人，你的眼裡都寫著呢。我、我……我知道，如果你跟美杜莎發生什、什……什麼事，我一定不會放過你。」

琉璃用幾乎是哭泣的表情說道。話語的內容雖然是警告，但實際上，卻幾近於哀求。琉璃的身高比我矮二十公分，不把他的警告當一回事似乎也是理所當然。像我這樣高個子的男人容易失去警覺。我們總認為不好的事情與自己無關，總是相信那些事情只會發生在女人或力氣弱小的男人身上。事實上，這些人可能連十下伏地挺身都做不完。因為他們經常輕視那些自卑、弱小的存在，最後總是會吃大虧。

「你去要求讓你轉到別……別的組，你去跟將軍說，你沒有一定要在馬、馬……馬丁尼組的理由嘛！你在哪一組不都沒有關係？嗯？」

琉璃的表情十分懇切，可是他的哀求竟然喚醒我內心深處潛伏的殘忍快感。我這才知道，我竟然也存在奪走某人懇切希望的欲望，這令我有些驚訝。我用官樣的微笑回答琉璃：

「好，琉璃，雖然我不知道你在說什麼，但我會跟將軍說的。」

不過我完全沒有這種念頭。他走了以後，我把他的話忘得一乾二淨，集中心力準備即將到來的決賽。如果參加決賽的話，會有參賽津貼（大家稱之為「出場費」），如果進入前四強，從那時開始就會獲頒獎金。我想都不敢想能進入前四強，可是內心兀自盤算著，如果表現好的話，應該可以進入前八強。決賽也是假集會場舉行，在小組競賽的休息時間比賽。集會在全國各地舉行，有時在忠清北道堤川的糧食倉庫，有時是在全羅南道潭陽的高中禮堂裡舉行。聽說每年的最後一場大會都會租下從平澤港出發的巨大郵輪舉行，船會開到公海上，然後再回到平澤港，行程兩天一夜。在船上舉行的年末集會中，選拔個人賽和小組賽最後冠軍的大會戰通宵達旦，據聞獎金數額極其巨大。

「你就想著讓大家知道你的名字就好。」

將軍給我忠告，他說江湖的高手實在太多，太貪心是不行的。他看起來比我剛認識他的時候要更憔悴、弱小，好像擺放在開業餐廳前洩了氣的巨大氣球娃娃。將軍連個人賽都放棄沒有參加。他說參加小組賽體力就已經到了極限。探戈和琉璃跟我不同，他們非常期待能名列前茅。小組的成績不好，他們似乎覺得至少應該在個人賽中取得好成績。

不知道是拜美杜莎的忠告所賜，或是因為失眠的緣故，很意外的，我的勝率不算太差。也許正如李春成所說，這個世界真的是由運氣所支配的吧。我經常都是在睡眠惺忪的昏沉狀態下進行比賽，一得空就打起盹來。因為棕耳鵯幻象的緣故，我在房間裡沒法熟睡，在集會場的休息室裡，雖然只是瞇一會兒，卻也能睡得極為香甜。將軍過來叫我，我就去參加個人賽。競賽初期，我的勝率稍低於百分之五十，排名大概在十四位左右。探戈是第六名，琉璃是第八名。大家雖然沒有說出口，但看起來似乎對我的表現感到訝異。

剛開始的時候，我也對自己出乎意料之外的高勝率感到不可思議，可是人總是貪得無厭，後來開始認為那是理所當然的，甚至還到了懷疑自己是不是猜謎界天才的地步。勝率一提高，出場費自然也大幅提高。加上偶爾還能拿到小組賽分到的不少獎金，我在不知不覺間，賺了不亞於大企業新進職員年薪的錢。

37

有一天，沒有小組賽，只有個人賽。我依然沒有睡好，以疲倦的狀態迎戰三名選手，取得了兩勝一敗的成績。我和最後一名對手平手了十次，最終還是以失敗告終，真是累壞了。在個人賽中，因為和桌球比賽一樣，存在 Deuce 的制度，如果在比賽的最後同分，其中一方多獲得兩分，比賽才能結束。「要在圖書館繞完一圈」（這是「公司」的隱語，我們如此稱呼網羅各種領域的漫長猜謎比賽），比賽才能結束。如果在那種競賽中落敗的話，真的是筋疲力竭，甚至不想再上去競技臺比賽。我坐上大巴士，好不容易才回到宿舍，繼續睡我的覺。

當時應該是深夜了，我感覺到有動靜，於是睜開眼睛。不知從哪裡傳來剛烤好的麵包味道，不，與其說實際上傳來麵包的味道，倒不如說我「覺得」有麵包的味道。正如同思考型的夢一樣，夢就是感覺，感覺就是夢。

「我旁邊有麵包。」

這個句子就像證券公司電子螢幕上的股市行情表一樣，在我的腦海裡閃爍。

可是我馬上就得到不可能有那麼大的麵包，而且麵包沒有理由擺在我旁邊的結論。換句話說，就是我清醒過來了。我張開眼睛，四周一片黑暗，我看不見任何東西。我一翻動身體，巨大的麵包就抱住我。溫暖、氣味極好。我嚇了一跳，雖想從床上爬起來，但是麵包卻死命把我抱住。我的胸膛感覺碰到柔軟的東西，那是女人的乳房。我伸出手撫摸女人的頭，手上抓到編得很堅硬的雷鬼頭髮。是美杜莎。

「美杜莎？」

「對，是我。」

她撲進我的懷裡，雖然還沒完全清醒，但我直覺不能再這樣發展下去。

「妳在幹嘛？」

「你說呢？」

她反問我，同時把手伸向我的下體。單人床很窄，雖然容不下兩人並排躺著，但做愛則是足夠了。她熾熱的呼吸在我耳邊燃燒，我所有的判斷力都當機了。不，我反而積極探索她的身體，越來越深入。我穿過一層熱呼呼的膜，並且走了進去，於是開始呈現一片颳著狂風的沙漠。我的喉嚨乾涸、大汗淋漓，但卻看不到盡頭。我們的配合度不太好，骨頭之間經常碰撞作響。索然無味的性愛持續沒多久就結束了，回想起來，我和智媛的性愛如同小孩子愉快的水槍對決，我們嘻嘻笑著，沉溺在愉快的性愛當中。可是和美杜莎的性愛像是走在幾乎沒有溼氣的乾涸大地上。她的乳房突起如同雙峰駱駝的後背，我把臉孔埋在裡頭。美杜莎撫摸著我的頭。

我把身體轉向牆壁側躺著，她用下巴抵著我的後背，雙手抱著我。我們無言的一起躺了好久，她先開了口。

「你別走！」

「走？走去哪裡？」

「你不是會離開這裡嗎？你的臉上這麼寫著。」

我沒有說不會。我總會離開這裡的，雖然我自己都不知道那是在何時。在熾熱、乾燥的美杜莎手臂裡，我瘋狂地思念著智媛。

美杜莎用手指在我胸前畫著圓圈說道：

「你別走，住在這裡。我來做你的母親，我來做你的戀人，讓我們成為你的家人。」

她像抱著孩子一樣抱著我，並把自己的乳頭塞進我的嘴裡。平靜的氣氛並沒能維持多久，我輕柔地推開她，於是美杜莎安靜起身，穿上衣服後，走出門外。我沒有送她，只是躺在床上。棉被裡泛著像是葡萄皮熟透了的酸味，我閉上眼睛。

從我和美杜莎上床的第二天起，開始發生一連串的怪事。我彷彿成為幽靈，將軍、探戈和琉璃都開始對我視若無睹，就算我向將軍打招呼，他也根本不理我，好像看著厭惡的昆蟲一樣看著我。只要我一出現，他立刻就離開座位。探戈也一樣，他非但不理會我的問安，甚至連看都不看我一眼。吃飯的時候，我感到奇怪的氣息，回頭一看，只見琉璃用充滿敵意的視線看著我，然後轉過頭去。我的對練比賽全部被取消，他們也不告訴我下一組比賽的日程。但最奇怪的是美杜莎的失蹤，到處都看不到她。我雖去過機器裡輸入的美杜莎的房間，可是沒有任何人在。無論我怎麼敲門都沒有回應，我使用機器的通訊功能呼叫她，可是也沒有用。肯定發生了什麼事，只有我不知道那是什麼。我回到房間，如果關燈躺在床上，總是會覺得好像有誰站在我旁邊似的，從背脊竄起一股陰涼的氣息。可是開燈一看，卻什麼都沒有。從外面回來以後，我發現有人進來我的房間，翻動我個人的物品。我突然覺得這個所謂「公司」的系統是不是精心製作的真人秀？那麼這個星期的主題是霸凌嗎？我懷疑這個房間裡是不是裝有針孔相機，於是仔細到處翻找，但沒能找出什麼。我慢慢陷入偏執症，開始對周邊發生的所有事情極度敏感。

有一天，我在圖書館借書以後，要回我的房間。如同以往，路徑都會有些許改變，我按照機器的指示移動，不疑有他。可是無論我怎麼走，都無法到達我的房間。機器的箭頭隨意移動，我每次都回到相同的地方。如果是平時，大概花兩分鐘就可以回到我的房間，可是過了三十分鐘還找不到我的房間，只是在迷宮裡打轉。我拿出筆，想在牆壁上標示位置，可是壓克力的牆上無法寫任何東西。我把紙條撕碎，撒在地上，往前繼續走，可是一會之後，我又回到那個留下碎紙的地方。我關掉機器，想憑自己的感覺前進，可是所有房間都差不多，每當有新人進來的時候，質數組成的房間號碼都會發生變化，所以找不到任何規則。早知如此，我就應該在房間門口貼一張小便條紙。我內心後悔不已，同時像瘋了一樣繼續在走道上徘徊。我向遇到的每一個人抱怨說我找不到自己的房間，可是他們非常冷漠。怎麼，機器上沒有顯示嗎？不會吧？你再試試看！我得到的反應都是類似這種。我最後遇見的人勸我將機器格式化，他說機器側面有一個小孔，只要拿原子筆芯一樣的細尖物體插進去，機器就會被格式化。我說如果格式化的話，那不就會回到剛出廠時的狀態？那麼也應該無法記憶我房間的位置。那人聳聳肩，繼續走自己要去的路。

我重新打開關掉的機器，最後一次按照機器的指示前進。可這次只花了不到一分鐘就把我帶到我房間的門前。我感到太無奈了，瞪著標示我房間號碼的液晶畫面許久。那上面赫然顯示著「191」的數字，機器和門交換信號，嗶的一聲門打開了。我進去裡面，打開電燈，房間裡隱約散發出陌生人的味道。我吸了吸鼻子，察看房間裡的每個角落。我打開廁所的門，也看了壁櫥，沒有任何人。

分明有人直到剛才為止還在這個房間裡。

我打開行李箱，最底下放著我的錢包，裡面是我這段期間存下來的所有錢。我把手伸進行李箱裡，手指尖碰到了錢包，可是錢包的厚度與從前不同。我拿出錢包，打開來看。

錢包裡面是空的。

我把行李箱裡的所有衣服拿出來，細細查找。我會不會是放在別的地方了？我翻找了行李箱裡所有口袋，最後把空的行李箱拿到床上，徹底倒空，可是只有灰塵和銅板掉落在棉被上。

到底是哪個兔崽子啊？

我把行李箱扔進床下，就那樣癱坐下來。第一個可疑的人是幾天前就不見了的美杜莎，她到底去了哪裡？第二個人是琉璃，第三個可疑的人是除了他倆以外的所有人。我把機器拿出來細看。操控我的導航系統，趁我在迷宮徘徊的時候，進來我的房間將所有錢都偷走的人是誰？這個人一定是可以接近「公司」中央系統的人，那麼就不可能是琉璃和美杜莎，至少要達到將軍或探戈的級別才有可能吧？如果犯人是將軍或探戈，那我應該怎麼辦？

我再次從房間走出來，走向李春成的辦公室，我得告訴他。因為是用支票給付，「公司」大概會記錄號碼。我到了李春成的辦公室門口，敲了敲門。我不期待他會在辦公室裡，可是他是我現在唯一能依靠的人了。門開了，一個中年男人探出頭來，我偶爾在餐廳見到他，但從來沒有互相問過名字。

「請問李春成先生在嗎？」

我問他。

「誰？」

「李春成先生。他以前使用這個房間。」

「啊！你是說李春成先生？不過你為什麼會來這裡找他？這個房間一直是我使用的。」

「我的機器裡顯示這個房間是李春成先生的房間。」

他悄悄看了一下我的機器，搖頭說道：

「你會不會是沒有升級？總之我不知道。」

「那我應該去哪裡問呢？」

「你是不是馬丁尼小組的？我在集會場好像見過你一次。」

「對，我是Long Man。」

「那你應該去問你們組長，不是應該有組長嗎？還有，李春成先生幾乎不在『公司』。」

「好吧！」

他關上門，進了房間裡面。「公司」裡一定出了什麼事。帶我來的李春成音信杳然；有人讓機器故障，將使用者關在迷宮中；組員將我當作幽靈。最可惜的就是金錢了，只要有那些錢，我立刻就想回首爾。可是我沒有那些錢。真該死！究竟是誰幹的？我走向將軍的房間，無論如何，最能相信的人就是將軍。我敲了將軍的房門，一會兒之後，將軍出來了，看到敲門的人是我，他明顯露出不快的表情。

「什麼事？」

「我的錢包不見了。」

「不見了是什麼意思？遺失了嗎？」

「不是，有人進去我的房間，偷走了我的錢包。」

「沒有機器的話，不能進入別人的房間。」

「可是真的不見了。」

「為什麼跟我說這件事？」

「那我應該跟誰說？」

「去跟李春成說啊！」

「聽說他不在這裡。」

我把機器拿給他看。

「是不太容易見到他，不過他大概明天早晨就會回來。」

「確定嗎？」

「沒有什麼事情是確定的。」

將軍冰冷的說道。

「這種失竊事件經常發生嗎？」

「不能說沒有，除了自己得小心以外，沒有別的辦法。所以通常大家都會租用一樓的保險箱，不過你也不能斷定是失竊了吧？」

「我以為房間很安全。」

「這個想法太傻了，這個世界上哪有安全的地方？總之，你去找李春成解決吧。」

還沒等我回答，將軍就砰一聲把門關上。我沒能問他為什麼突然對我這麼冷淡，因為我知道會有很可怕的答案。我回到房間裡，只是盯著牆壁看，坐了好一陣子。因為在迷宮裡徘徊，腳都腫起來了。我絕對不會對這次的事情視而不見，不管用什麼手段，我一定要找回自己的錢。好，一早我就去找李春成，就算把餐廳鬧個天翻地覆，我也要讓這個問題付諸公論，並且抓出小偷。

可就在那個晚上。

起先我以為是美杜莎又回來了，但是我沒感受到麵包的香甜，反而直覺到毛骨悚然的冰冷氣息。我睜開眼睛，有人站在床邊俯視著我。我聽到鐵和鐵接觸的冰冷聲音，侵入者的輪廓隱約呈現。

「你是誰？」

侵入者的手發出風聲，垂直地插下來。只聽見噗的一聲，不知什麼東西從我耳邊掠過，插進了枕頭。

「你去死、死……死吧！死吧！我讓你死！」

我這才知道侵入者是誰，他說話結巴。我雖想用腳踢他，然後躲開，但他用膝蓋頂住我的腹部，把我逼到牆角。拿刀的手再次朝著我的身體捅下來。我想往腳的方向逃，可是卻咚一聲從床上滾下來。我的頭部撞到地面，感到一陣暈眩，而且分不清方向。侵入者也跑向發出聲音的這一邊。在黑暗之中，他和我玩起了捉迷藏。他的刀在空中胡亂揮動，因為看不見刀子，所以更危險。即便是輕輕劃過，下場也會很慘。我摸索著抓起房間一角立著的衣架，阻止靠近我的琉璃。

「琉璃，你在幹什麼？」

「你、你……你還是人……人嗎？我都、都……都看見了。」

「你到底看見什麼了？」

「你還想說謊嗎？骯髒、齷……齷齪的傢伙。」

我往後退，摸索著牆壁，打開電燈開關，房間豁然明亮。劉海幾乎蓋住眼睛的琉璃拿著一把不知從哪裡弄來的長長片肉刀，我雖拿著立式衣架抵禦，但似乎擋不住那把鋒利的片肉刀。

「我要把你殺……殺死。」

琉璃說道，聲音雖然低沉，但十分有力。我猶豫地往後退，琉璃揮舞著刀，眼睛瞪著我。他拿刀子的姿勢不一般，我問他：

「是你偷的嗎？」

「你在胡……胡說什麼？」

琉璃遲疑了一下。

「我是說我的錢。」

「什麼？你做……做賊還喊抓賊。」

琉璃揮舞著刀子衝過來，我雖吃力地揮舞著手上的衣架，卻被他的左手抓住。他用力把衣架拉到自己身邊，然後用右手揮舞刀子。琉璃比我想像中力氣更大、更敏捷。他充血的紅眼殺氣騰騰。我被他的力量和殺氣嚇到，放開了衣架。琉璃踩過衣架，緩緩向我走來。我再也沒有可退卻的地方，被他逼到了角落。琉璃像瘋了一樣，揮舞刀子威脅我。電影裡如果出現這種刀子，似乎可以被簡單處理掉，可是現實中遇到這種情況，讓我格外感到恐懼。如果用手擋的話，手指可能會被切掉。如果什麼都不做，臉上一定會被劃出一條長長的刀痕。我雙腿發軟，無力地癱坐在地上。

「琉璃，有話好好說，你這是在幹嘛？」

「閉上眼睛。」

琉璃命令我。

「為什麼？」

「我叫你把眼、眼……眼睛閉起來。」

琉璃的刀在不知不覺間，已經抵住了我的脖子。我別無他法，只好照著琉璃的命令，把眼睛閉起來。

「我不想傷害你，你可以放心。我只是要把你……你送回地……地球。如果要這麼做，必須把你變成無、無……無法恢復的狀態。也就是必須把你從 ALEPH 裡刪除。不過你當……當然會感覺到一點痛苦，可是不用擔心，只是一下子而已。你等一下會在坡州醒來，死掉的不是你，只是你的化身而已。你、你……你做了不應該做的事情，我已經警告過你，還以為你不至於會這樣，可是你竟然用你的髒手碰了美杜莎。」

琉璃這傢伙真是瘋了，我直覺到他真的會用那把鋒利的片肉刀刺向我的喉嚨。琉璃真的相信這裡是太空船，存在於這裡的，只是我們備份的靈魂而已。他也堅信如果把我殺了，就只是刪除一個名叫 Long Man 的檔案而已。

「琉璃，我錯了，你把刀收起來吧！你這玩笑開得太過分了。」

我閉著眼睛，向琉璃求情。

「太晚……晚了，把你送回去是大……大家的決定。從幾、幾……幾天前開始，你……你就已經被刪除了。」

原來如此。遺失的錢、故障的機器、建築物裡面的迷宮，以及幾乎無法見到的組員。可是現在完全沒有時間細想。我陷入致命的困境，如果這所有的一切都如琉璃所言，只是一種幻覺，那我根本沒有必要抵抗。只要靜靜等他把「Long Man」的檔案刪除即可。當暫時的苦痛過去之後，我就會在坡州口字形建築物裡醒來。可是如果琉璃的話不是事實，亦即這所有的一切都是現實存在的，那我不管使用何種方法，一定得擊退拿著刀子的琉璃。但是在那個過程中，在我脖子前不到一公分的刀子，可能會割斷我的動脈。二者之中，哪一個更危險呢？

不過在這種緊迫的瞬間，生物本能總是會勝過後天學習的知識和邏輯。我像一頭受傷的野獸，咆哮著伸出右腿，踢向琉璃的雙腿。突然遭到攻擊的琉璃失去重心，撲通跌倒在地。琉璃的刀子雖然劃過我右手肘，但完全沒有疼痛感，我還是許久以後才發現自己受傷了。我舉起椅子扔向跌倒在地的琉璃，椅子飛過去，正面砸中踉蹌的琉璃的臉孔。琉璃發出刺耳的叫聲，一頭栽倒在門口。我擔心琉璃受到重傷，走上前去察看他的傷勢。突然，琉璃睜開眼睛，踢開他小腿上的椅子，站起身來。他手上依然拿著那把長而鋒利的片肉刀。從他的眼睛裡噴出暴戾的殺氣，我從琉璃身邊逃脫，跳上通往外面的窗戶。看到琉璃向我跑來，我毫不猶豫地跳了出去。北邊的斜坡只有兩層樓高，完全可以跳下去。可是時值深夜，我無法正確揣測高度，在落地的時候，右腳稍微扭到。我在觀察應從哪一個方向逃跑時，琉璃也跟著我跳了下來。他手上一定拿著刀子。我跑向張開漆黑陰暗大口的松林，琉璃在後面緊追不捨。可是身處暗夜，又在松林裡，對於逃亡者還是較有利。我擺動雙手，不停奔跑。琉璃的腳步聲緊跟著我。我的臉孔被蔓延的藤蔓凶殘地劃破，但仍不停在樹林裡奔跑。扭傷的腳踝隱隱作痛，不過我總覺得好像持續在同一個地方繞圈圈。

就這樣跑了許久，我被樹根絆到腳，啊啊大叫，跌了個人仰馬翻。從後面追來的琉璃發出怪聲，向我撲來。這次，他的刀還是沒能刺中我，只是插進地裡。我再次爬起來，繼續逃跑，琉璃和我的距離越來越遠。他曾經近在耳際的熾熱固執呼吸聲越來越模糊，最後終於消失。

我再也聽不見琉璃的腳步聲。我大口喘著氣，越過一個小山丘。此時，出現了一條可讓一輛吉普車經過的小路。我站在路中間，彎著腰，雙手扶著膝蓋，回頭看了看我逃出來的樹林。我們在白天安然散步的樹林，和那黑暗陰沉的樹林在本質上是完全不同的存在。樹林裡因為太過黑暗，我都不知道起了大霧，走出外面一看，山崗已經被淹沒在厚重而冷冽的霧中。我深深吸了一口氣，溼冷的空氣滲進到肺裡。我呼出一口氣，環視四周，只覺瘋狂的琉璃馬上就會揮舞著刀，從樹林裡跳出來。不知從哪裡傳來踩著樹葉的沙沙聲，我無法得知那是不是人發出的聲音。微弱的月光映照的林間小路，如同蛇蛻掉的表皮一般。

雖然繞了許久，我確定這條路就是我們經常經過的路，也是從村落上去「公司」的路。我挺直腰身，現在在我眼前有兩條路，究竟是要再次走回頭路，與拿著刀子的瘋子以及毫無理由霸凌我的人正面對決，找回我遺失的錢，抑或就這樣沿著路下去，依靠公權力？我抬頭看了看去往「公司」的陡峭道路，在霧裡，道路已經變得模糊而失去形體，或許琉璃在大霧裡的某個地方等著我也未可知。還有，從過去這幾天在我身邊發生的事來看，再次回到「公司」的想法未免太過天真。我轉頭朝向相反的方向。這是一條下山的路，下去那裡，應該會有精神正常的人聚居的村落，我先去那裡報警。琉璃那小子瘋了，應該送進醫院裡。還有，警察應該會找回我失竊的錢。犯人應該還沒有把支票兌換成現金，「公司」內部應該還保留著記錄支票號碼的帳簿。

我沿著林間小路往下走，可是不管我走多久，村落都沒有出現。「公司」是在這麼深邃的地方嗎？我突然想起琉璃很久以前說的話，他說我們終究沒法離開這個地方。這絕對是謊言。我搖搖頭，加快了腳步，林間小路蜿蜒曲折，朝下方無止境延伸。我的腳不時踢到石頭尖，夜行性鳥類的叫聲令我驚嚇。我幾乎是小跑步地快步走著。

第九章　昨日之書，今日之我

38

我究竟向下走了多久？霧氣和樹林突然同時消失，我離開護衛林間道路的樹林和霧氣，走向開闊地帶。回頭一看，霧氣就如同待命進擊的騎兵隊，排列成一列橫隊瞪視著我。正如狗吐出卡在喉嚨的雞骨頭一樣，霧氣把我吐了出來。誰說霧氣是大氣中的水蒸氣凝結而成的小水滴集合呢？那根本就是一道障壁。我背對霧氣走著，冰涼的夜風冷卻了臉上的熱氣。遠方依稀可見的稜線上端，一絲黃色的燈光浮現，那肯定不是星光，而是從碳化物或鈉之類的物質發出的人造光。我慌忙跑向那裡。燈光比想像中遠。走了好久，燈光的實體才顯現出來。我以為是老故事裡經常登場的小房子，可是，這到底是怎麼回事，竟然是我們經常稱為three-quarter、載重零點七五公噸的軍用卡車。四名軍人一組，開著明亮的車燈，正在進行著某種任務。他們正組裝高大堅固的天線，看來應該是通信兵。我雖有些驚訝，但另一方面也放下心來。就算是琉璃突然出現，只要軍人在，他就不敢任意揮動刀子的。嚇一跳的不只是我，軍人也一樣。

「你有什麼事嗎？」

看起來像是老兵的軍人調整了一下鋼盔，向我問道。他的階級是上兵，眼神很明顯充滿警戒。

「是的，你們辛苦了。我住在那上面，不知怎的迷了路。我想去下面的村子。」

戴著鋼盔的上兵搖搖頭。

「你是說那上面嗎？那裡有住人嗎？」

「當然。」

「你說你住那上面？」

「是啊！」

「你有什麼事？」

「我想去下面的村子，可是迷了路。不是到這裡，應該是到一個什麼村落會館的地方。」

「你是說橫溪嗎？」

士兵指著道路下方說道。

「橫溪？」

兩名坐在地上剪著電線的士兵抬頭看我。他們把電線連接好以後，站起身來。我再次問道。

「這裡是什麼地方？」

「你問這裡是什麼地方？」

「啊！你是說這裡嗎？這裡就是大關嶺三養牧場啊！」

戴著鋼盔的老兵回頭對剛站起來的士兵笑著，他大概以為我的精神不正常。

我看了看周圍，圓圓的山脊上沒有樹木，只有茂盛的草原。

「啊？你說這裡是大關嶺，不是坡州嗎？」

「坡州？」

軍人們哈哈大笑。

「我們現在正進行重要的作戰任務，非常忙。你從那個方向走下去，大概過三個小時以後，就會到達橫溪。你快下去吧！偶爾有野豬出沒，得小心。」

士兵開始豎立組裝好的天線。我呆若木雞地站在原地好一會兒。

「要不然你就在這裡等一下，過一會就到了牧場工人上班的時間，你可以坐那輛卡車下山去。」

我和他們道別後，好像鬼迷心竅一樣，沿著林間道路下山。平時運動量不足的兩腿開始發抖，雙腳也磨破了，非常疼痛。每次碰到在樹林裡刮到的傷口時，都會感到刺痛。我順著蜿蜒的山路走著，心裡一直咒罵那些軍人。不好好回答老百姓問的問題，竟然還開玩笑？我要不要向國防部申訴？是不是一定要報紙上出現「軍人對迷路市民袖手旁觀，還大肆取笑」的標題，他們才會認真起來？我從坡州走過來，怎麼會到了橫溪？兩地直線距離超過兩百公里，我又不會什麼縮地術，可以瞬間移動。可是無論我怎麼走，還是沒有發現村子。就在我心想再也走不動了的時候，一戶屋頂低矮的農舍才終於出現。在樹皮連接的屋頂上懸掛著用草繩捆綁的石頭，這是雪大風強的江原道典型的山區農家。一條脖子上綁著繩子的狗向我狂吠。我搖搖頭，加快了腳步。發現了第一戶農家之後，又走了好一陣子，村落才開始出現。雖然還沒天亮，但已經有人起床開始活動了。陸續傳來嘈雜的耕耘機聲音、牛叫聲。我又再次詢問坐著耕耘機駛向林間道路的老農夫，問他這裡究竟是哪裡？他們都用腔調生硬的江原道方言回答：這裡是橫溪啊！為什麼問？

我在村落入口的集散市場前停下腳步，然後坐在那裡的平床[21]上，呆呆地望著東方露出魚肚白，逐漸照耀出村子的輪廓。集散市場前貼著橫溪長途汽車站的時刻表，巴士開往首爾和江陵。我躺在平床上，不但身體疲倦，精神也很混亂。

過了片刻之後，當我睜開眼睛，發現我前面站著一個似乎還沒睡醒的警察。他啪啪地踢我的腳。我一醒來，他就無言地指著自己還沒熄火的本田一二五CC摩托車。這輛車看起來就像一

21 韓國戶外或涼亭常見的大木床，人可或躺或坐。

隻老狗，在主人旁邊喘著氣，並且望著遠方。我好不容易才支起自己疲倦的身軀，坐上他的摩托車，抓緊行李架。我陷入無法感受悲傷和喜悅情緒的一種感覺麻木狀態。我覺得自己就像收容所的囚犯，別人吩咐什麼就做什麼的行屍走肉。

不到一分鐘，我就坐在派出所硬邦邦的木椅上，開始無力地說明自己為何不是間諜的原因。警察和我都知道我不是間諜，如果我是間諜，絕對不會這樣魂不守舍。可是他說有人報警，「這地區比較敏感」，不得不做調查。他說最近像我一樣沒有手機、沒有身分證的人實在不多，似乎意圖將責任歸咎到我身上。

我告訴他身分證號碼，如今這個時代，只要知道身分證號碼，就可以經由遍布全國各地的行政電腦網路，立即調閱出包含我照片的各種數位化資料。那天，我第一次覺得應該感謝數位技術的發展，和政府在行政電腦化上的努力。過去我每次聽到把稅金用在這些事情上面的時候，都忍不住抱怨什麼侵犯隱私、什麼老大哥。可是現在，我竟然有些後悔。

「你是從哪裡下來的？這一大清早的。」

巡警問我。他看起來比我更年輕，臉上還長著青春痘。

「從公司下來的。」

「公司？」

警察再也沒有問下去。他確認了我的身分。此刻該如何處理我這個人，似乎令他覺得困擾。他似乎把我當成突然來到首爾以後，就這樣賴著不走的親戚。

「你有地方可以去嗎？」

「這個嘛……我把皮夾什麼的都留在公司了。不，都遺失了。我應該怎麼辦？」

那警察慌忙假裝有要處理的事。

「我得出去巡邏了。你可以走了。」

他正要往外走的時候，我抓住他的衣角。

「我可不可以打一通電話？」

「你打吧！」

警察又坐回椅子上。所有電話號碼都儲存在手機裡，我記得的號碼只有一個，我想聯絡的人也只有一個，幸好那個號碼就是那個人的。我打了電話。

「喂！」

是智媛的聲音。

「是我。」

「誰……？不會吧？民秀？」

「嗯，是我。」

我們沉默了許久。

「號碼好奇怪。」

智媛的聲音冰冷而單調。

「這裡是江原道，平昌郡。」

「你去了好遠的地方。」

「是啊！」

我看到窗外掛的老舊布條，上面寫著「為申辦二〇一四年冬季奧運會努力的各位，你們真的辛苦了！」

「為什麼打電話給我？」

沉默許久之後，她問我。

「我所有東西都丟了，皮夾、手機……我什麼東西都沒有了。」

「怎麼會這樣？」

「說來……話長。」

「唉……」

她長長嘆了一口氣，我不知道那是什麼意思。

「妳可以來接我嗎？」

「現在？」

我立刻就後悔拜託她。

「不，妳不來也沒關係。」

「……」

「……」

「啊，現在有點困難。你會在那裡待到什麼時候？」

「到妳來為止。」

「除了我以外，沒有人可以去接你嗎？」

「嗯。」

「知道了。我的車現在在修理，我問問看他們修好沒有，然後就立刻出發。」

「好，謝謝，這裡是……」

我看著在旁邊偷聽我們通話的警察。

「就說橫溪道岩派出所就好，大家都知道。先從橫溪交流道下來，問一下的話就可以了。」

我照他所說的轉述給智媛。智媛似乎嚇了一跳。

「派出所？」

「沒什麼，不用擔心，我是偶然來到這裡的。那我在這裡等妳。」

「好，也許需要一點時間。」

「妳慢慢來。」

電話掛斷以後，巡警用羨慕的眼神看著我，我真想告訴她，沒有什麼好羨慕的。

「是你女朋友吧？」

「不，只是朋友。」

「男女之間哪有什麼朋友。好久沒見了吧？」

「是有一段時間了。對了，今天是幾號？」

巡警看了月曆後，告訴我日期。我跟著李春成進去「公司」已經過了三個月。

我指著山上問巡警，是否聽說過那上面有一棟數十人聚居的口字形建築物。巡警斬釘截鐵地說道，那上面只有放牧地和牧人的臨時居處，以及為了登山客準備的山莊而已。我沒有再問關於那地方的任何事情。巡警給我一杯自動販賣機的咖啡。

日上中天，天氣非常炎熱。我在派出所前的大路上踱來踱去，等著智媛。我心想她有可能不來，這樣想之後，總覺得她沒有理由到這麼遠的地方來。一隻知更鳥唧唧喳喳的飛走了。我的肚子咕嚕咕嚕叫。

智媛是在下午快三點才到的。她從一輛掀背式的小巧汽車上走下來，並且朝我走來。我們好像是一對初次相親的男女，尷尬地打招呼。

「我來晚了吧？」

「不，沒關係。」

「肚子餓嗎？」

「嗯。」

我點點頭。我們在韓牛專賣店前停車，進到裡面。嗞啦嗞啦烤肉的味道迎面而來。不知是否因為味道的緣故，我突然想起為我煎牛排的科學怪人，他過得好嗎？

「要點幾人份？」

智媛問我。我也不確定要點多少。於是，智媛只好自己看著點了。

「霜降里脊兩人份。這是韓牛吧？」

「我們餐廳只賣韓牛。」

點完菜之後，大嬸把菜單拿走了。我們面對面坐著，緩緩地凝視彼此好久沒見到的臉孔。

「眼睛好像有點腫，哪裡不舒服？」

我問智媛。

「本來就這樣。是不是太久沒見了，你已經忘了我的臉長什麼樣子了？」

智媛垂下雙眼。陌生感依舊沒有消失，不知道應該從哪裡說起。我們比真正的陌生人更難搭話。十年後再次見到離婚的配偶時，是否就是這樣的心情？

「妳一點都不好奇我為什麼來到這裡嗎？」

「你如果不想說，也可以不說。這傷口是怎麼回事？」

她指著我右手肘。我看了那傷口許久，怎麼會變成這樣？啊！琉璃，是琉璃，揮舞著片肉刀要砍我的琉璃。

「被刀子劃到了。」

智媛像是看到金魚從水族箱裡跳出來，在地上翻滾一樣，緊皺眉頭。

「沒什麼啦！在那裡有些誤會。」

「那裡？」

「實際上，我也不知道那裡是在哪裡。那時我跟妳提過的那個人，不是有一個要跟我簽約的人嗎？我跟著他到坡州的一棟建築裡生活，可是出來一看，竟然是這裡。」

「怎麼會這樣？」

「就是說啊！」

「那麼那邊的事都解決好了？」

解決？這能叫做解決嗎？我想著將軍、琉璃、探戈、美杜莎、科學怪人和李春成等人。

「這個嘛……我也不知道，事實上，『那裡』究竟是在哪裡，我也不知道。可是有一件事是我在那裡學到的。」

「是什麼？」

「這個世界上，我無處可逃。人們沒有改變，問題一直在重複，世界仍一如既往。剛開始覺得那真是個奇怪的地方，可是適應以後，覺得跟其他地方也沒有什麼不同。妳呢？妳是怎麼過的？電視臺的工作怎麼樣？」

「我辭職了。」

她努力裝著開朗的表情說道。

「這段期間也遇到改組，我就拿這個當藉口辭職了。」

「啊，是嗎？很好啊！辭職以後做了哪些事情？」

她把鬢角往後理了理。

「我什麼都沒做，只是休息。」

「原來如此。」

看起來像是高中生的男孩提著炭火走過來，他將炭火置放在桌上後，跟在後面的是一個拿著托盤的女人。她將油花均勻的霜降里脊俐落的放在烤架上，嗞啦嗞啦，煙氣上騰，牛肉開始熟了。

「事實上，我四處找你。」

智媛翻著生菜說道。

「真的？」

「嗯，我在電視臺附近找過，也進去猜謎房找過。我想應該也有別人像你一樣，接受過那樣的提議。可是我什麼都找不到，所以拚命詛咒你。我以為你欺騙我，連手機都解約，悄悄逃走了。我真沒想到你是在這樣的深山裡。我從來沒有這樣找過人。一個人怎麼會就這樣消失得不著痕跡呢？後來我還想，你這個人是不是從一開始就是個幽靈？」

「對不起！對了，妳記不記得我們第一次見面的時候，妳要我關掉手機電源時說的話？」

「我說了什麼？」

「好，現在我們都不存在了。」

「啊！我想起來了。」

我們點了燒酒。我吃著烤肉，喝著燒酒，把自己不得不離開的真正原因告訴了她。那些我在考試院裡經歷過的事，那些我認為她絕對無法理解的事。她默默聽著。

「為什麼現在才告訴我？」

「我以為妳一定無法理解。」

「民秀，我不是因為能理解，所以才理解，而是因為我愛你，所以才理解的。那不就是相愛的人之間的溝通方式嗎？」

我無言地望著她。智媛伸出手，握住我放在桌上的手。

「民秀，那不是你的錯，從現在起，你就饒了你自己吧！你這是在自我虐待啊！」

我故意用開朗的語調說道：

「哦，妳是怎麼了？突然變嚴肅了。我沒事啦，現在，真的。」

不過她好像不相信。

「還有，妳可能以為我是縮在哪個廟裡面吧？不是的，『公司』的生活也很有意思，妳應該見見他們的，都是一些怪胎。」

「公司？」

牛肉快烤焦了，大嬸走過來把牛肉翻了面，偷偷瞥了我們兩人一眼。

「肚子餓了吧？先吃肉。」

智媛把肉夾到我的盤子裡。我夾起炭火上嗞啦嗞啦烤得快熟了的肉。我一邊吃著烤肉，一邊說著過去這幾個月在「公司」裡發生的事。比方說每個周末舉行的「黑暗猜謎秀」，以及我遺失的錢，還有那裡的人，甚至我還說了琉璃揮刀的事情。不過，有些事情是我永遠不能說的，比如我和美杜莎的事情。

「是嗎？到底是怎麼回事？那些人都是什麼呀？幽靈嗎？」

聽了我的敘述，智媛搖頭問道。

「我覺得自己好像變成奧德修斯。」

「奧德修斯？為什麼？」

「他不是從與怪物戰鬥的神話世界，回到嫻淑妻子等候著的完美世界嗎？如果我是奧德修斯，一定會不知如何是好，因為他必須終其一生獨自守著沒有任何人相信的故事。現在的我就是如此，好像做了一場漫長的夢，有時又覺得這場夢好像還沒有結束。」

智媛凝視著我的眼睛說道：

「你似乎還在懷念那個地方。坐在我面前的這個男人，真的是我認識的那個李民秀嗎？我懷疑也許只是一個幻影坐在我的面前。」

「那裡也和這裡差不多，互相競爭也互相幫助，有愛慕也有嫉妒，都是這樣活著。我偶爾會覺得那邊更像現實。還有黑暗猜謎秀，那才是真正的猜謎，絕對值得試一次。沒有虛偽、矯飾，只是和自己命運較量的世界。」

我的潘妮洛普雖然不能理解我所經歷的事情，但卻假裝理解。謝謝她。

我獨自喝著燒酒。她沒喝，可是好像喝醉了一樣，臉頰變得緋紅。陌生感如同退潮一般漸次消失，幸福的瞬間帶來的親密感又慢慢回復。可是，我不敢保證我們是否能完全回到沒有發生後來這些事的從前。

我們回到了首爾。她在弘大正門前停下了車。

「也許妳不會相信，直到昨天為止，我的手裡還擁有相當於大企業新進職員年薪的巨款。」

「要不要我借你一點錢？」

「不，不要。」

我趕忙搖手。錢這個東西，我可真是不想再借了。

「是不是因為考試院那女人的緣故？」

智媛冷冷的問道。氣氛突然有些尷尬，羨慕和已經死去的女人之間的債務關係，這能否稱之為嫉妒？

「嗯，不是。」

「到底是Yes還是No？」

「我也不知道，可是我不想跟妳借錢。」

「那你今天晚上去哪裡睡覺？有辦法嗎？」

「有一個人說要給我工作的機會，而且可以從這裡走過去。」

「真的？」

她用懷疑的神情望著我。

「我明天打電話給妳。今天真謝謝妳，到那麼遠的地方去接我。」

「你可不許再消失了，啊！那時候我真的……」

她緊緊閉上眼睛。我的手放在她的肩膀上。

「以後不會有那種事了，我再也不會逃到任何地方去了。晚上我打電話給妳。」

「好，打電話給我。」

我走了一陣子，回頭一看，她還沒有上車，而是用一種戰爭未亡人的姿態站著，凝視我的背影。我向她揮手，她這才上了車。

39

她離開以後，我走向延南洞。如果菠蘿麵包爺爺的提議還有效，那我先在那個屋子裡，侍奉那個看起來就討厭的老人，以解決我的吃住問題。我在走向延南洞的路上，想著在「公司」賺到的錢。啊！如果那些錢還在的話，就不用這麼丟人了。除了向菠蘿麵包爺爺伸手以外，難道沒有別的辦法了嗎？心情真是慘淡。為什麼別人再平常不過的骨肉至親，我連一個都沒有呢？我在走向延南洞老家的途中，想像在這種情況下能做的數十種職業。要不要在地鐵裡賣雨傘？要不，在澡堂幫別人刷背？要不去幹粗活？或者在電子商場拉客人？在日式燒烤店裡削馬鈴薯？不然再去便利商店或網吧打工？不過，做這些工作的前提是，我至少必須有個能閉眼睡覺的地方，那麼我就必須要有押金。

不知不覺間，我已經走到延南洞老家門口。我按了門鈴，過了好久，門才打開。金室長把我帶到菠蘿麵包爺爺正聽著音樂的客廳。

「您好。」

他正聽著愛迪．琵雅芙的歌，我向他打了幾次招呼，他也沒有反應。金室長拿起遙控器降低音量，他才察覺我的存在。

「您過得好嗎？」

「不好，老是咳痰，我大概應該去空氣好的鄉下吧！你是誰？」

「我是民秀。」

「啊，有什麼事？」

「您不是以前跟我說過……」

「什麼？」

「關於管家……的事。」

「什麼管家？」

「您不是要我來這裡幫您處理一些事情。」

「我？什麼時候？」

我開始暗暗生起氣來。

「所以您現在不需要了嗎？」

「你到底在說什麼……」

我從座位上起身。直到那時，菠蘿麵包爺爺才像是想起來似的，開口說道：

「啊，對了，民秀，你說你叫民秀，對吧？以前這裡的書你都賣掉了吧？」

「是。」

「那個舊書店的老闆來這裡找過你一次。」

「為什麼找我？」

「我怎麼知道？我把你的手機號碼給了他，他說他也有，可是他沒跟你聯絡嗎？」

「我去山裡過了幾個月。」

「去做非法傳銷了嗎？有沒有賺到錢？」

「不，不是那種事情。如果您沒事，我就先告辭了。」

「對了，如果你沒有地方睡覺，房間可以讓你用幾天。反正你又不是外人，名義上也是仁淑的孫子嘛！」

「謝謝！」

我關上門，走了出去，跟著我走到大門口的金室長悄悄告訴我，說菠蘿麵包爺爺是老年痴呆症初期。

「聽說得了那個病是不會好轉的。」

聽他的語氣，好像對菠蘿麵包爺爺得了老年痴呆症感到幸災樂禍。

我腳步沉重地走向「昨日之書」舊書店，距離很近，所需時間不用五分鐘。老闆一見到我，顯得很高興。店裡準備了小咖啡壺，方便讓客人能一邊看書，一邊自由自在地喝杯咖啡。我坐在狹窄的椅子上，跟老闆交談。

「以前你還上過電視吧？猜謎秀。」

「啊，您也看過那個節目啊？」

我難為情地撓撓頭。

「我看著電視說，哇，這是我認識的人哪！你不知道我多用力為你加油。」

「啊，謝謝。可是您找我有什麼事？」

「必須要有很豐富的常識，才能去參加那個節目吧？反正你真是了不起。啊！對了，你瞧我這腦子。」

老闆從櫃檯底下的抽屜裡拿出一張報紙。

「你以前不是賣給我一批書嗎？當然，大部分的書都還沒賣掉，但還是賣出去幾本。有一個人經常來找你，我把你的電子郵件地址告訴了他，但他說聯絡不上，又來我這裡。聽說他是什麼大學的教授，他自己說他是文學研究者。你也知道，他們那個領域都是打資料戰的。我問他究竟為什麼要找你，但他就是不肯說。不久之後，報紙上就刊出了這篇報導。」

報導裡說因為一位研究者的執著，持續追蹤六〇年代夭折的一位天才詩人的足跡，最近在一家舊書店裡發現詩人生前自費出版，僅送給知己的一本傳說詩集。並且在該本詩集中，還寫有獻給一名女演員的題詞，可以略窺詩人的愛情史，是非常重要的資料。那本詩集成為最後一片拼圖，終於促使那位詩人的全集首次完整出版。

「我想他是想確認是不是還有另外的資料，所以才來找你的。」

老闆的語氣不知不覺間隨意起來。

「就是那些，沒別的了。」

「啊，是嗎？我也是這麼說的，可是說了好多次，他還是不相信。不過你還是跟他聯絡看看吧，真的很煩人。」

崔女士珍藏的那本詩集，對舊書店老闆的生命也造成了意想不到的影響。做了這麼久生意的舊書店老闆，他慢慢把注意力轉到藏書這個領域上。以前他只是個看看封底的定價，然後隨意出售的人，但經過這次事件，他才覺悟到原來書不盡然都是一樣的書。他興奮說著報導刊載幾天後，連電視採訪小組也來舊書店採訪他的事情。

他說他正在構思概念新穎的珍本書收集。「昨日之書」的老闆終極的目標是成立書籍拍賣公司。據他說，我國目前珍本書的市場還在起步階段，僅以少數的學者層為中心，針對「資料」進行交易，這些學者一掌握到資料，就會緊緊抓住，決不輕易示人，所以形成市場有其難度。但他主張，根據全球化的趨勢，我國的古典作品以驚人高價交易的時期即將到來。老闆帶我到二樓，那裡堆積著他過去數月經由各個管道收集到的書。

「這些都是不賣的。」

「永遠不賣？」

「哪有可能，時機適當的時候就會釋放出去，但現在還不是時候。」

他說他下個月想去北京，和一位持有燕巖朴趾源[22]真跡的收藏家見面。聽說那是燕巖前往熱河途中，在一家麵店寫下的。他的眼神裡充滿貪慾，不過數月不見，他已經變成完全不同的人。

22 朴趾源，1737-1805，號燕巖，著有《熱河日記》、《燕巖集》、《許生傳》等作品，為朝鮮後期實學家兼小說家，強調利用厚生的思想。

該怎麼說呢？他以前生意不好，心灰意冷，像是每天只能趕蒼蠅度日的市井炸雞店老闆。我小心翼翼地問他：

「那麼如果您去國外的時候，誰來照看書店呢？」

「那就得關門啊！怎麼了？」

「您不需要人嗎？」

「太委屈你了吧？」

「我需要一份工作。」

話雖如此，但如果真的不行，那就算了。

「這工作比看起來要辛苦啊！從早到晚不知道吸進多少灰塵……」

「我本來就喜歡書。」

興奮地嘮叨個不停的收藏家突然變成資本家，用銳利的眼神看著我。我用溫順的表情等候他的處置。他終於點頭。

「薪水可不多啊！」

「沒關係啦！我能不能睡在這裡？」

「你沒有睡覺的地方嗎？」

「是啊！以前住在考試院，那裡太悶了……」

「你等一下，一樓內側有一個房間，可是有點狹窄，現在還放著書。把那裡整理一下的話，應該可以放得下一張行軍床，我以前釣魚的時候用過的。今天你先去朋友家睡吧，明天開始在這裡睡，房間得整理一下。」

「謝謝！」

老闆跟我握手，要我好好幹。幹得好的話，完全可以成為不亞於蘇富比的偉大事業，在這個過程中，可以學到許多東西。我雖認真聽他說的話，但並不完全相信。他大肆宣揚自己的夢想，自我欺騙的樣子，就像是另一個李春成。

那天晚上，我回去延南洞的老家睡覺。真是漫長而疲倦的一天。我繞了很遠很遠的路，再次回到起點。我一整夜都聽到菠蘿麵包爺爺的咳嗽聲，在幾個月之間，他的身體似乎變得十分衰弱。大腦裡如果發生問題，身體是不是也會跟著衰弱？我突然覺得這個老人也許是想死在這個屋子裡。

40

從第二天起，我開始寄居在舊書店一樓的小房間。那裡原本是擺放外國原文書的空間，我把那些書搬到地下室去以後，多出了可以容納一個人躺下的空間。我把舊書堆積成像小桌子一樣，連接電線後，設置了一盞簡易檯燈。那樣我躺在床上入睡前，就至少能看幾行字了。釣魚用行軍床自然狹窄，也不方便，但也不到無法入睡的程度。

我偶爾能發現被自己賣掉的書。那些書散落四處，置放在各個書架上。我不讓老闆發現，偷偷把那些書搬到我的床邊。就像模擬脫逃的收容所俘虜，一點一點的進行，讓老闆看不出來。熟悉的書都聚集在我的身邊，我再也不認為這個空間是陌生而生硬的環境了。我對自己說，沒有什麼改變，只是門牌號碼不同而已。想想唐吉訶德吧！他一離開去冒險，朋友和家人就把他的書給燒了。跟他相比，你真是太幸運了！你不是仍然和你深愛過的書在一起嗎？

雖然心裡這麼想，但我仍悄悄尋找著猜迷門。不知在哪裡，一定存在可以進入「公司」的門。我連上網路的猜謎網頁，也徘徊在第一次和李春成見面的咖啡廳周遭。我甚至有一天還去了電視臺猜謎秀錄影現場附近。如果我找到了猜謎門，我會怎麼做？如果我見到將軍、李春成、美杜莎，我會怎麼辦？我問我自己。把我的錢還給我？還是拚命追問為什麼對我那樣？

這時候，另外一個聲音插了進來。

喂！你真的對那些好奇嗎？你是不是像ＭＵＤ遊戲[23]上癮者一樣，只是想回到那個世界？回去以後，是不是想再次站到競技場上，進行刺激的比賽？忘了吧！也許那個世界根本不存在。此刻，你應該回到現實，不能永遠停留在遊戲的世界。

某一天，我看見李春成坐在露臺咖啡廳裡，他正和一個穿著帽T的年輕男子聊天。主要是他說話，帽T男默默地聽著。我向他走近。

我們的眼睛對視。我覺得他分明認出我是誰，但是當我叫他「李春成先生？」時，他卻用柔和的表情表示我好像是認錯人了。我發現再跟他耗下去是沒有用的。我曾想對一臉不明就裡地看著我的帽T男說，這個男人會要你去某個地方賺大錢，你務必要慎重決定，如果你有在此處沒能解決的問題，即便是跟著這個男人離開，問題也不會輕易解決。但我最終沒有開口，因為我覺得就算有人在三個月前對我這麼說，我也聽不進去。帽T男也是處於聽不進任何忠告的迫切狀態，如何擺脫這種緊迫感，完全取決於他的運氣和意志。

老闆總是在晚上八點下班，每當此時，他都會重複同樣的話。

「你要把門鎖好……對了，絕對不能在這裡喝酒，我只拜託你這件事情，知道了嗎？想喝酒

23　ＭＵＤ為Multi-User Dungeon、Multi-User Dimension或Multi-User Domain的簡稱，是九〇年代盛行的一種純文字多人線上遊戲，結合了角色扮演、對戰、互動小說與線上聊天等元素。

的話出去喝，我先走了。」

老闆小心翼翼地把保管重要收藏品的二樓鎖上，啟動保全系統以後回家。他如此仔細照料自己的東西，讓我覺得像是清晨把我趕到街上的便利商店老闆。因此，我變得再也不輕易相信任何人。

幾天以後，智媛來舊書店看我。原本應該是想來慰勞我，但她似乎很喜歡這個舊書店，不停翻閱各種舊書，顯得很關心。

「哇，有很多好書呢！」

「老闆說還要把隔壁租下來。」

「為什麼？」

「把這堵牆打掉，將兩個店面連起來。他說要在那裡賣新書，新書店和舊書店以ㄷ字形連接，櫃檯只有一處，不管從哪裡進來，挑選了什麼書，只要在一個地方結帳就好。」

「這個想法很有意思。」

「是啊！他那個人總有很多奇怪的想法。」

「可是你的臉色不太好。」

智媛看著我的表情問道。好像被她發現了什麼。即便是和智媛在一起的時候，我也會沒來由的感到悲傷，只要染上這種情緒，總是很難加以擺脫。我偶爾會想起和美杜莎共度的那個如同沙漠的夜晚；將軍虛弱的自尊心是否安好？琉璃充血的眼睛在深夜的夢中瞪著我；我還曾經聽到秀姬要我聽她說自己的事情。有時候我似乎聽見棕耳鵯突然噗啦啦飛進舊書店裡面。對我來說，他們都是一樣的存在，在地球和火星之間的某一軌道中不停公轉，永遠俯視著我。這是微小而平凡，但是卻非常執著的惡夢。可是智媛絕對無法理解這些事情。

「只是有點疲倦。」

「也是，經歷了那些奇怪的事情，當然會疲倦的。你需要一段時間。」

我有時會確信自己和智媛在一起的日子也即將到頭了，現在就是如此。智媛雖然說「因為愛你，所以理解」，可是我的想法卻不盡相同。愛就是愛，理解就是理解，兩者之間並無關係。

「是啊，真的是很奇怪的事情吧？」

鮑里斯．帕斯捷爾納克在《齊瓦哥醫生》中寫道，有那樣的一年等同於平時的一百年。我好像也經歷了那樣的一年。夕陽從百葉窗間隙中照射進舊書店的二樓。我把臉埋進智媛的胸前，想著我人生的一段時期是不是已經完全結束了？

「你現在打算怎麼辦呢？」

智媛問道。

「我？就這樣過下去吧！」

智媛似乎想說什麼，嘴唇微微蠕動，但終究沒有開口。雖然口中說出「就這樣過下去吧」，但在那一瞬間，我仍莫名地想起印在李春成名片上的「公司」座右銘。「不能確定的屬於命運主宰的領域，確定的則是人類才能所管轄的領域。」在我的生命中，如何減少「命運」主宰的領域，拓寬「才能」管轄的領域呢？如果可以那樣的話，我的生活似乎會變得與現在截然不同。智媛的手深深插進我的頭髮裡說道：

「時間越久，我們見面的時間越多，我就覺得自己越不了解你。有意思吧？剛開始在猜謎房裡，我既不知道你的長相，也不知道你名字的時候，我堅信我最了解你。可是後來真的見了面了，一起吃飯、一起談話，很奇怪，越是這樣，我就覺得越不了解你。用鍵盤和螢幕可以，為什麼面對面的時候就不行了呢？只有我是這樣嗎？問題是不是出在我身上？」

「妳知不知道我們只見了三次面？」

「真的？」

她的眼睛睜得好大。我用手指數算。

「嗯，弘大前面一次，COEX一次，還有……」

「在我家一次。啊！你漏掉了在橫溪見面的那次，加起來總共四次。」

我注視著智媛的眼睛說道：

「我們還有很多要跟對方說的話。我們慢慢來吧！那麼就會越來越了解彼此的。我對妳也有很多好奇的地方，還有很多來不及問妳的事情。」

「我也一樣。」

「我們就從現在開始吧！而且我以後一定會有所不同。」

「都會好的，一切都會好起來的。」

雖然這只是一句平常的話，但在那一瞬間，我還是很感謝智媛。我盡我所能地做出最開朗的表情吻了她。溫暖、溼潤而甜蜜。遠處傳來大卡車的喇叭聲，悠長而嘈雜。我們就這樣沉浸其中，久久不離。

【初版作者的話】

在寫這本小說的期間，我一直想著二十多歲這一代的年輕人。最美好的人卻過著最不幸的生活，這真是悖論。他們的生活明明是悲劇，卻自以為是喜劇；他們明明表演著喜劇，卻相信那是悲劇。對於二十多歲年輕人或對於年輕生命的憐憫，應該是我開始創作這本小說最初的動機。

真要說的話，這本小說可以說是電腦網路時代的成長經驗，也是一本戀愛小說。我在二十多歲的時候，經歷過數據通訊，也在那裡遇見完全不同的世界。或許我是知道匿名的人與人之間可以即時對話，甚至發展到朋友和戀人關係的最初世代吧。

上網總是遭到不合理的貶抑，網路也一直被認為是拋棄式的、匿名的、不負責任，甚至於不道德的空間。不過這也不是完全荒謬的說法，像我這樣的新世代就是在這些「垃圾」上成長的。我們可以在那裡遇見新朋友、戀愛、展開爭論。也可以組織聚會、嫉妒競爭者、網聊直到清晨。《猜謎秀》可以說是這樣一本小說——獻給那些在電腦螢幕前與陌生人相愛，敲擊著鍵盤分享密語，躲在化身背後面紅耳赤的人。從很久以前開始，我就想呼喊他們的名字，寫下他們登場的故事，我很高興願望終於實現。感謝我的妻子，在我書寫這本小說的期間，她一直陪在我身邊同苦同樂。如果她知道要成為反覆閱讀相同文字的讀者，她可能就不會成為作家的妻子……我也要感謝文學村編輯們的幫助，廉賢淑、趙姸周、崔有美、權潤珍等細心的編輯群填補了作家鬆散而浮躁的疏漏。李禹一此次也畫了優秀的畫作，也是我在執筆期間最忠實的讀者。另外，在這本小說完成之前，有許多人給予我幫助，因為無法完全寫出來，在此一併致上謝忱。

此刻，我最後一次翻閱即將離開我的校對稿，因為太過沉重，用一隻手幾乎拿不起來。究竟是誰寫下這麼厚的內容呢？不會是我吧？我轉過頭不予理會，繼續書寫作者後記。希望閱讀這本小說的人務必幸福，青春的燦爛光芒永遠和你們同在！

二〇〇七年秋天

金英夏

【修訂版作者的話】

《猜謎秀》初版於二〇〇七年在文學村出版社出版。這本小說和我其他長篇小說不同，是先在日報上連載的。日報連載雖是從近代文學開始就一直存在的方式，但對我而言，是在進入文壇十年後，才首次體驗到每天寫稿、送稿的獨特文化。我把寫完的稿子交給負責的記者後，記者就會委託插畫家繪圖；插畫送來之後，編輯會將圖與文字組合在一起排版，這個過程不斷重複。第一次經歷過日報連載後，我瞭解到這個方式並不適合我，因此下定決心以後不要再選擇這樣的方式。後來我發現其實也沒必要下這樣的決心，因為從那以後，在日報上連載小說的文化就幾乎消失了。

日報連載的形式對小說內容也產生了影響。我想寫一本讓生活在那個時代的、和我同齡的年輕人能立即接受的小說，因此將剛開始萌芽的網路文化、在便利店打工和考試院的現實等含括進去。我記得在小說發表後，年輕讀者對於登場人物在考試院和便利店經歷的事情尤有同感。近代以來，年輕一代開始感到焦慮不安，擔心自己的未來可能不如父母那一代，他們似乎也想知道為什麼學到這麼多東西之後，仍然必須在如此惡劣的現實中受苦。《猜謎秀》也許不是我發表的小說中反應最熱烈的，但應該是被引用最多的作品。其中尤其為人所熟知的，是這段內容：「我們是檀君以來讀最多書、最聰明的世代，不是嗎？能說流利的外語、操控尖端電子製品也像樂高積木一樣得心應手，幾乎所有人都是大學畢業，多益分數也是世界最高水準，就算沒有字幕，也能看得懂好萊塢動作片。打字達到每分鐘三百字，平均身高也很高。至少會彈奏一種樂器，對了，你不是也會彈鋼琴嗎？閱讀量也比我們上一代多太多。我們父母那一代只要精通我剛才說的其中一樣，不，只要跟我們差不多，就可以一輩子不愁吃穿。可是為什麼現在我們都是無業遊民？為什麼大家都變成失業者啊？我們到底做錯了什麼？」

因此，這本小說姑且不談完成度，在某種歷史性、社會脈絡中，可說具有重要意義。因此在此次新出版的書中，幾乎沒有進行主要內容的修改。現在重新審視後，雖然發現有些需要修改的地方，但還是予以保留下來。只是針對不符合脈絡的文章和詞彙進行整理，讓讀者能更明確理解小說的方向。最讓我苦惱的，反而是那些有趣但瑣碎的部分。

在書寫這本小說的二〇〇七年左右，主角民秀從崔女士那裡繼承後又立即被奪走的延南洞獨棟住宅，並不如現在如此高價。當時弘益大學商圈還未擴大到延南洞，拆除京義線鐵路後建成的京義線林蔭道公園也尚未完工。小說中正好出現了正在施工的京義線林蔭道公園相關的描述（「我將身體靠在欄杆上，俯視著被丟棄的行李箱。那個地方原本是鐵路，如今變成了工地，以前似乎聽過要拆掉鐵軌蓋公園。我用空蕩的眼睛茫然凝視著這個狹長而荒涼的工地。」）民秀用空蕩的眼睛凝視的那個工地，現在成了「延南中央公園」，延南洞的獨棟住宅幾乎都變成了商業街。現在的讀者可能會覺得無論民秀再怎麼愚蠢，價值那麼高的不動產如此輕易地被奪走是不合理的，所以我苦惱了很久，但最後還是決定原封不動。因為我認為，記錄一個時代的風景也是小說的功能。

我將這本小說全部修訂過後重新閱讀，發現小說中有著令人感嘆「是啊，當時是那樣」的有趣部分，也有部分是從那以後過了很長時間仍未解決的問題。對未來感到不安的青年比當時增加太多，對網路和虛擬現實的依賴也進一步深化。以後會怎麼樣？我雖然不太清楚答案，但總覺得以後的年輕人不會突然迎接如魔術般的美麗世界，這實在令人惋惜。二〇〇七年的民秀逃離「猜謎秀」之後，躲進滿是自己賣出去的書的舊書店裡。無論如何，希望現實中的年輕人能夠找到比這更好的解決方案。

最後，再次感謝在過去十五年裡持續閱讀這本書的讀者，並希望以後這本小說也能自己找到新的讀者。

二〇二二年九月

金英夏

【解說】被放逐的青春，第歐根尼的邏輯

卜道勳（文學評論家）

1 逃亡的終結，放逐的開始

金英夏寫了成長小說，就是《猜謎秀》這部作品。這部小說距離金英夏的上一部長篇《光之帝國》（2006）的出版只有一年。今年年初起（編按：即原書出版的二〇〇七年），金英夏雖在某家日報開始連載，沒想到會如此迅速出版。這是令人意想不到的煙火秀，更不能不說是「驚人秀」。況且這部長篇小說非常厚，更加令人驚訝。我得說他的速度實在太快了。我甚至想，在前作《光之帝國》、甚至更早之前，就已經埋下了這部小說的種子，隱藏一陣子之後，猶如熱帶植物般意想不到地成長。讓我們來慢慢加以回顧。

《黑色花》（2003）的內容是大韓帝國末期，國家和民族在世界歷史的漩渦中走向滅亡之際，一群朝鮮人亡命天涯的故事。《光之帝國》則以一九八七年以後形式上的民主主義體制，到一九九七年金融危機後的後期資本主義為時間背景，描寫一名逃亡者（間諜）在社會體制劇變的二十餘年間生活的故事。那麼，《猜謎秀》呢？《猜謎秀》將時代背景設定為《光之帝國》小說中人物向後推移的現在，亦即在一九九七年以後遭韓國資本主義建設扭曲的現代化首都，而金英

夏描寫了被這個首都排斥的墮落青春。《猜謎秀》是關於這些青春，也是為這些青春而寫的作品。這三部作品的共同點都是在描寫逃亡者或被放逐者的故事，他們脫離了體制，或遭體制排擠。當然，逃亡的程度和性質略有不同。《黑色花》中的逃亡可說是自主的，儘管後來被放逐的意味非常濃厚。《光之帝國》的逃亡則因主角潛入南韓後，從某一瞬間起變成流配，所以是半自主的性質。與此相較，《猜謎秀》沒有什麼劇烈的空間移動，只是在社會體制之內的放逐和墮落，正如沒有窗戶的考試院生活所象徵的，只有貧民區（ghetto）化的生存而已。因此，我們可以把金英夏的這三部長篇小說稱之為「逃亡三部曲」。

其中，《猜謎秀》則處於由逃亡轉變為放逐的位置。從《黑色花》開始，經過《光之帝國》，最後到達《猜謎秀》，時間和空間被緩慢壓縮的情況也非常有趣。《黑色花》的時空是百年前位於世界體制邊緣地帶的大韓帝國和中南美；《光之帝國》的時空則是順應遠自六〇年代近至九〇年代中後期政治經濟的浪潮，並從半邊緣地帶轉變為中心地帶（或者相反）的南（北）韓。而《猜謎秀》幾乎沒有脫離作為中心地帶的大都會首爾的現在時空，這裡物價極度昂貴，人口超過千萬。我們來做個整理。時間單位從前現代和現代的交界之處開始，然後從現代連接到後現代，最後又歸結於後現代。而空間單位則從世界縮小到國家，再從國家縮小到首都。世界體制從邊緣移動到半邊緣，再從半邊緣移動到中心。《黑色花》、《光之帝國》、《猜謎秀》分別位於這幾個重要環節上。當然，《猜謎秀》中很難找到世界歷史激流中，邊緣化民族國家成員的反諷情節，也幾乎沒有民主化以後南韓政治、經濟變化的批判性自省和省察。與此相反，小說中對於因為一念之間的選擇，命運遭到排擠和剝離，幾乎不可能加以改變的當代現實，進行了痛徹心扉的描寫。

《猜謎秀》在許多方面都很特別。金英夏的長篇小說很少以第一人稱的敘事者牽引故事，而且主人公是二十多歲的新世代。一九九七年金融危機以後，大韓民國的首都首爾陷入慢性經濟不景氣，成為政治和經濟上各種混亂與矛盾充斥的空間，小說中，民秀這個二十多歲的年輕人即使讀過碩士班，也依然擺脫不了無業遊民的命運，而《猜謎秀》中不加掩飾地揭露出他們親身經歷的痛苦生活。另外，除了第一人稱的敘事者張開嘴唇外，我們可以推斷作家本人的聲音也在對這個時代進行真摯的批判，並對這個不正常的世界爆發出令人窒息的憤怒。作家以質樸而美麗的筆觸描寫了網路世代年輕男女含蓄的愛情；淡淡的描繪考試院裡萍水相逢的貧寒年輕人，在屋頂烤五花肉、喝燒酒，舉行只有他們倆參加的簡陋派對，這些質樸的敘述在小說中留下了溫暖得近乎悲傷的餘韻。作家特有的反諷和冷笑並未夾雜於其中，讓人覺得意外和驚訝。但是，金英夏是何許人也？他不正是從不輕易暴露自己的心理世界，輕蔑告白，幾乎每部小說都以多樣腹語術加以超越的作家嗎？

所謂內在心理，無非是在自我言說的美名下，將其告白進行物神崇拜（fetishism），同時又將告白的自我加以隱祕的神聖化。金英夏早已看透了這個敘事慣例，因此很早就與其保持距離。《猜謎秀》雖然是第一人稱的小說，卻不是第一人稱的告白小說，也不是心理小說。借用《猜謎秀》裡的表現，告白並非第一人稱獨有的隱祕「私談」，而是暗自對自己創造的「輝煌歷史」進行一種「共同創作」或者將其塑造成「民間傳說」。金英夏過去的小說都無關乎自我、內在心理和真實性，而是關於面具、表演和舞臺的小說。以時下流行的話來說，金英夏不是「沒有影子的男人」嗎？不是「酷」作家嗎？然而在《猜謎秀》裡，我們反而可以窺見作家對面具、表演和舞臺等所謂「偽裝之酷」的批判。當然這並不表示作家特別發現了自我、心理層面和真實性的領域，或者回歸該領域，對於所謂的「酷（或偽酷）」進行批判。但是，金英夏變了，這又是不爭的事實。

金英夏的小說又是什麼？對於金英夏來說，小說常常是對於「小說」這一文學體裁的疑問，以及沒有答案的答案。斯芬克斯提出了這樣的謎語：小說，你是什麼？對於金英夏來說，小說永遠是追溯小說體裁的根源性問題，再怎麼挖掘也不會乾涸的答案。金英夏對既有體裁拋出疑問、加以破壞，然而他總能展示出新的體裁。對於通常意義上的小說，他寫出《我有破壞自己的權利》（1996）、《阿娘為什麼？》（2001）；對於歷史小說，他寫出《黑色花》；對於間諜小說，他則寫出《光之帝國》。而在成長小說領域中，就是《猜謎秀》。我們回首檢視，會發現他第一本小說的題目非常具有暗示性：《我有破壞自己的權利》。是的，金英夏正是破壞小說體裁的作家，同時也是建構體裁的作家。不過，這次是成長小說。

2 反成長的學習時代

那麼，當生存成為生命唯一的至高目標，以「吃好活好」為代表的幸福感（Well-being），在適者生存的嚴峻現實中，形成最重要的文化導向；相應於此，在這個逐漸變得無精打采、意志消沉的時代中，刻畫正想踏入社會的年輕人遭到驅逐的生命，他們的青春、愛情以及孤單生活的作品，有何意義？這個時代的年輕人以何種形象呈現？他們的成長又應該被如何訴說？

雖然之前提到這是一部成長小說，但《猜謎秀》卻明顯異於成長小說的普遍語法及其變奏。亦即《猜謎秀》與年輕人為了進入社會而經受的孤單自我修習和素質養成這個文化過程無關；與自我覺醒和以此形成的自我信賴無關；與個人和共同體融合的整體願景無關；也與作為終點的成熟結局和幸福的承諾無關。當然，這種成長小說的主題和語法，在可稱為韓國式「現代主義象徵形式」（出自法蘭克・莫雷蒂〔Franco Moretti〕，《世界存在的方式》〔*The Way of the World: The Bildungsroman in European Culture*, 1987〕）的韓國成長小說傳統中很難被找到，意圖成就這種形式，其實是頭緒紛繁或難以企及的。《猜謎秀》也不例外。對於不斷流轉的生命象徵化的可能性，或對於代表社會流動性的年輕世代的探索，作家其實是持懷疑態度的。另外，《猜謎秀》雖然採用成長小說的外殼，但正如金英夏的其他小說一樣，他在小說的每一處適當地安排了男女美麗的愛情、對於世態尖銳的批判、對於悲喜劇情節戲劇化衝突的反諷、以及知性的剖析（anatomy）。因此，無論從形式還是內容來看，《猜謎秀》更接近於反成長小說。

金英夏小說重現的青春，只是虛幻地浮游於世上，卻沒有發生移動。這裡沒有躍動且緊張的冒險，只存在毫無希望的彷徨。我們的社會體制讓年輕人失去其特有的蓬勃朝氣、希望和潛力，代之以塗上荒蕪、絕望和閉塞的色彩。對此，作家的視線也充滿了譏誚和悲觀。社會老一輩對於自身的既得利益寸步不讓，甚至擺明說「背景也是能力的一部分」，對此作家自然是加以批判。他也藉著二十多歲年輕人的口：「我們出生於落後國家，在發展中國家成長，然後在先進國家讀大學」為年輕人辯護。二十七歲的主人公「我」（李民秀）和後來成為他女朋友的徐智媛，兩人在網路聊天室裡得知他們都是「屬猴的同齡人」，透過此情節，我們可以對主人公的年齡和作家的實際年齡（一九六八年、一九八〇年出生都屬猴）進行平行類推。

《猜謎秀》在結構上，可以看作正在「昨日之書」舊書店裡打工的「我」，為從前經歷的眾多事件賦予意義和秩序的回憶。「我」沒有流連於變化無常的故事和現在進行形態的事件鋪展，而是重新建構自己經歷的世界。另外刻意保持距離的評論（commentary）也顯示出其處於優越的位置，這些元素使我們可以推測，其實作家隱藏於這個二十七歲的第一人稱主人公身後，敘述整本小說的情節。換言之，這部小說既可以說是二十多歲年輕人的故事，也可以看作比主人公年長十二歲的作家自己的故事。後者與前者生肖相同，但是已經躋身於老一輩的行列，在這部小說裡，其實也包括他的自我反省。這種自我反省既間接流露於對自戀症和庸俗主義的反諷式醜化，也表現為更直接、更真誠的批評形態。《猜謎秀》在報紙連載的時候，如果借用小說內容，將解讀視角放在老一輩和新一代之間的矛盾也未嘗不可。然而對小說來說，這種視角只不過是非常有侷限性的解讀。小說，尤其是成長小說，絕非只在表現「尋求認同的世代衝突」。《猜謎秀》刻畫的社會實體更為抽象，也更有威脅性，當然不可能還原為「尋求認同的世代衝突」。

就像《猜謎秀》裡透過定期猜謎大會（小說中稱為「集會」）賺錢的「公司」，還有願意幫忙處理外婆遺產（亦即出售延南洞房子）的銀行，從小說的開端到結尾，社會並沒有停止其潛在的矛盾和威脅，反而更接近於投機份子的形象，始終準備剝奪和吞噬即將踏入社會的個人生活。它像幽靈（spectre）一樣抽象，卻又非常具體的威脅著個人的生存，所以說投機的（speculative）資本正是威脅的實體。更進一步說，這部小說的著力點並非「尋求認同的世代衝突」，而是觀察新貧窮階級的城市生態學。這個新興階級面臨資本家的雇用和驅逐，比如在便利店裡的打工、生活在艱苦經營的考試院、臨時雇用和契約等，作家對這些非正式行業進行了生動的描寫。

從這個角度來說，作家對於小說中空間移動的描繪可謂是點睛之筆，因為無論是寄居、工作、約會的空間，還是吃飯、喝茶的空間，其移動轉換只依據金錢的有無和多寡。從給人科幻電影般非現實感覺的COEX水族館，到考試院附近陳舊的馬鈴薯湯店，主人公的城市巡禮本身也變成堪稱「消費取向社會學」的考察。「比快遞箱子稍大的考試院」裡沒有窗戶的房間和狹窄的走廊、陪著「隔壁的女人」烤五花肉的考試院屋頂、以過期的御飯糰裹腹的便利店櫃檯、舊書店裡的行軍床等等，如果說這些是讓讀者切實感受主人公經濟窘況的生活空間，那麼用借來的錢參觀的COEX水族館、一起購物的大型超市、智媛富有而豪華的房子等等，這些都是表露階級矛盾的潛在空間，階級地位和文化取向高下立判，足以引起這對戀人的反目。儘管《猜謎秀》的結尾給人以快樂結局的感覺，卻又留下了不知道「我」和智媛的愛情還能持續多久的不安，其原因也許就在這裡。

3 被剝奪演技的演技生命

小說正式開始於外婆崔女士去世，主人公整理她遺留的龐大債務並被趕出家門，這顯得意味深長。李民秀說這不是「龐大的遺產」，而是「龐大的債務」。匈牙利哲學家盧卡奇（György Lukács）很早以前把小說定義為「沒有精神家園」的體裁時，他考慮到的是離開家、開始冒險的成長小說的典型開端。但是《猜謎秀》第一個部分的「沒有家」（homelessness）既不是精神層面，也不是問題個人所處的實際條件。而是如同字意，是對生存的威脅，既是放逐，也是悲劇。「我」並不是自發性地離開家，而是僅存的一棟房子也被「菠蘿麵包爺爺」奪走，藉以註銷債務之後，被迫放逐到街頭，這真是形而下學的沒落。這樣的放逐又以其他形態反複出現，例如拿不到薪水就被趕走的便利商店打工生活；例如無法籌措二十九萬元的月租，住了一個月後，就被趕走的考試院生活；比如在弱肉強食的環境中展開激烈競爭的「公司」職員生活。

可是，主人公遭遇的社會具體形象，和形象化成個人形態的既成世代（老一輩）的秩序，如同無法知道的陷阱般四處潛伏。一言以蔽之，這是個可稱之為「演技的世界」。在金英夏的小說中，演技至今都是為了忍受、克服墮落世界的自我演出。但是在《猜謎秀》裡，演技已經成為既定秩序的一部分，並且被描寫為想要安於現狀，或包含在頑固自我防禦和機會主義策略的一環。演技不再是「頹廢主義」（波特萊爾），也不再是「自我的焦慮」（米歇爾．傅柯）。主人公的外婆，往年的無名「電影演員」崔女士故意隱藏日益增加的債務，享受華麗的生活，卻因為突如其來的死亡，不負責任地將這些債務全部推卸給外孫。主人公李民秀要求分手的時候，前女友光娜施展撒嬌、鬧情緒、抽噎等三階段「外交本領」，試圖矇騙主人公。當她在所有過程中贏得勝利之後，立刻泰然地對著鏡子補妝。便利店老闆說自己「頗」讓父母失望、「頗」賺過一些錢、「頗」讓女人傷心等，將自己往年的生命塗抹為波瀾萬丈的人生產生大逆轉的神話。這個身為「頗」族一員的便利商店老闆，將自己毫不顯眼的社會經歷應用吹牛的技巧加以變身。甚至還有年輕的男女騙子，拿著假名片與中古手機，欺騙經濟環境和自己並無不同的便利商店工讀生，延續苟且存活的生命。「演技」在《猜謎秀》裡幾乎與所有世代的區分無關，只要是這個社會的成員都會自覺或不自覺地選擇，作為順應這個世界的主要戰略戰術。不僅如此，雖有程度差異，從網路猜謎房的「不懂也要裝懂，懂的話更要裝得更懂的世界」到「親眼看見的和從畫面播放的」完全不同的電視猜謎秀錄影現場；將工讀生與客人的舉手投足觀察、錄製下來的便利商店監視攝影機；徐智媛和菠蘿麵包爺爺的住宅安裝的保全系統；只有電子機器才可以進出的「公司」，以及讓人們對自己的猜謎實力下注的所謂「集會」。在《猜謎秀》中，金英夏以其獨有的敏銳感覺，捕捉到韓國社會根本就可以說是「圓形監獄」、「老大哥」的豪華競技場，或可說是劃一的欲望矩陣。如同美杜莎的致命凝視，這個世界到處都隱藏著邪惡的眼睛。

如果參考美國社會學教授理查·桑內特（Richard Sennett）《再會吧！公共人》（*The Fall of Public Man*, 1977）和美國社會評論家克里斯多夫·拉許（Christopher Lasch）《自戀的文化》（*The Culture of Narcissism*, 1979）的共同剖析，我們不難發現，金英夏的《猜謎秀》中，可稱為「藝術被剝奪的表演者」（桑內特）、「自戀症患者」（拉許）的人物形象，宏觀的世界背景與公共文化的沒落，父親這一表面象徵性關係的功能不健全，三者有著密不可分的關係。正如我們在前面考察的，《猜謎秀》裡刻畫的老一輩和渴望融入既成世代的成員，事實上並不會提供年輕世代以自己的公共人身分合理的行動、開放的思考，不會公平分配可進入社會的機會，對他們也欠缺基本的禮儀和關懷（在回顧韓國現代史時，也令人疑惑似乎從來未曾有過？），他們只是單方面、露骨地強求自己的社會形象，並且急於戴上處世面具，絕不允許年輕人為了在競爭中求生存而要求的敗部復活戰。拉康不知在何處曾說過：「主張自己是王的王瘋了」（韓國版本中，不知主張自己是總統的總統如何），《猜謎秀》裡登場的老一輩「總是千方百計讓自己看起來像公務員或老師」，想誇示自己是長者。

在吞噬自己孩子的克洛諾斯統治的殘酷世界秩序中，作為「私生子」的「我」根本不可能如《國語字典》裡所定義的，獲得「父親認可」後，實現成為「庶子」的「人生目標」。尋找父親最終只不過是陷入沒有希望的尋求認同之爭漩渦裡。正如伊底帕斯的父親拉伊奧斯一般，對於「我」來說，所謂的父親也許就只是因為害怕神諭而刺穿新生兒的腳踝，然後棄之於荒野；或者因為年輕人擋了自己的路，而大發雷霆的膽小卑鄙父親。於是，小說題目「猜謎秀」變得愈發重要的原因也許就在這裡。

4 猜謎的反諷

在《猜謎秀》中，「我」李民秀雖然是小說情節開展最重要、當然也是必需的人物，但他卻不是所謂的「問題人物」。對於問題的主人公來說，這個世界在某種程度上應該以他為中心組織和運行，但是在《猜謎秀》裡，世界已經龐大、抽象、茫然到主人公無法採取任何作為的程度。換言之，即使沒有這個可憐、年輕的主人公，世界還是會正常運轉。正如我們觀察到的，有問題的反而是這個世界。主人公的功能就只是回顧自己經歷的所有事件，賦予其意義，然後將它們依次安排到敘事的每一句話裡。使其成為可能的就是猜謎，也就是「問題」。「問題」才是主人公李民秀「絕對不能讓我的人生成為預告片就是全部內容的電影」的唯一方式。對於勝者獨食、弱肉強食的現實，他也只能反問，「人生沒有敗部復活戰，就只是殘酷無情的萬人對戰遊戲是嗎？」「我」在外婆死後，養成了凡事都要反問的習慣。這是他主動拒絕進入某種世界成為其中一員的方式；也是主動拒絕如果給予答案後就不再反問、順服生命的方式。這就是「年輕男人對抗這世界最強烈的手段」。

但是在面對生命的歧路時，可以選擇的道路並不如想像中多，而且也不允許有太多時間去回答提問。當主人公領悟到「人生的全部問題」都由「沒有充分思考時間的謎題」構成時，「我」的生命已經上升到運氣和命運、偶然和必然相互銜接的層次。反諷之神讓喜劇和悲劇、祝福和詛咒相互膠著，成為主宰這個不確定世界的支配者。這裡的言語就像希臘悲劇的預言，「看似問『此』，實則問『彼』，看似問『彼』，實則問『此』」，變為重義性質。不可理解的人物和事件，以不為人知的神的側臉出現。

在反諷的世界裡，語言總是能解讀成兩種意義，如果不再次回頭看那些無意間出現的人物是不行的。喜劇變成了悲劇，祝福也可以突變為詛咒。所有的答案都必須成為反問的問題，所有的話語都必須重新傾聽（這也適用於金英夏的小說，他的小說至少應該讀兩遍以上）。舉個例子來看，小說中的菠蘿麵包爺爺用延南洞的房子註銷外婆債務，並將主人公趕出去，如同先知提瑞西阿斯在伊底帕斯尋找犯人時一直不斷點醒他的無知一樣。菠蘿麵包爺爺在《猜謎秀》中如同人生的反面教師，是非常有趣的人物（菠蘿麵包爺爺和希臘悲劇中的經常出現的提瑞西阿斯，都喜歡說一些像謎語的話，而且都是盲人，在這些層面上，他們是非常相似的人物）。他對主人公說「這個世界不喜歡總是提問的年輕人，而喜歡自己準備好答案的年輕人」，要求「我」跟從、順應世界嚴酷的法則。而他也以下述的話讓主人公自己對未來產生緊張和覺醒。「人生的大考正等著你啊」。果真如菠蘿麵包爺爺所預言的，主人公接連遭遇了一連串的事件。到便利店打工、參加電視猜謎秀、認識智媛、隔壁房間的女人孤獨的死亡和葬禮，以及加入「公司」並脫逃等等。既有祝福，也有詛咒，既有喜劇，也有悲劇。二者就像莫比烏斯帶，相輔相成。主人公經由網路猜謎房和偶遇的「牆裡的妖精」智媛相識相愛，然後在考試院時因為替誤食變質地瓜而腹痛的隔壁女人金秀姬購買腸胃藥，進而彼此認識，如果說前者的愛情成就是祝福的命運事件，那麼後來金秀姬的自殺就是悲劇事件了。

《猜謎秀》中經由與虛擬世界的連接，豐富地刻畫了很多美麗的場面，可稱為「遠距時代的愛情現象學」。這裡的愛情事件把瑣碎的偶然變為不可改變的必然，在真實的見面中，他們也突然發現彷彿在很久以前他們已經認識。金英夏精心描寫的二十一世紀的新愛情法則變成了「在長四十五公分、寬十八公分的鍵盤上生成」。只等待對方聯絡，連出神看著的手機也成了傳送接收愛情言語的荷米斯一樣的「靈物」。

可是反面還有考試院隔壁女人的世界。如果讓我站在讀者的立場，選出《猜謎秀》中最美麗的場面，我一定會選擇「我」和隔壁女人在考試院的屋頂上，藉由五花肉和燒酒安慰自己貧困的食欲，說著自己成長故事的場面。邀約有空一起吃烤肉的羞澀提議和應允；雖然烤肉手藝精湛，仍要民秀當心肉不熟的忠告；為了準備九級公務員考試來到首爾的貧窮人家小女兒；自稱「鄉下女生」的她的生命歷程；和男朋友因為居住的地方相離太遠而經常吵架的故事；對於「我」講述的許多電影故事雖聽不太懂，但仍覺得應該學點什麼的略帶歉意的反應；衷心羨慕「我」無所不知的態度；早晨到公務員考試補習班上課，接著到大型賣場做包裝零工，工作結束後回到考試院複習早晨學過的內容，然後睡覺，她單調而疲憊的日常生活等等，所有這些瑣碎不起眼的小事，都因為她的自殺而變成了悲傷的迴響。加上「我」拿著跟隔壁女人借來的錢和智媛約會，並且第一次一起溫馨地同床共枕，然而就在此時，隔壁女人獨自在考試院的門把上綁好繩子，打好結，然後把脖子伸進去，直到斷氣之前，她還用力抓緊繩子。她本來要向懂得很多的民秀請教什麼，夜深人靜還在他的門前踱來踱去。在由反諷支配的運氣和命運的世界裡，順理成章實現的事情並未發生。意想不到的是這時他正和智媛睡覺，意想不到的是「我」不知道隔壁女人還在等待自己。太快和太遲同時到來，喜劇和悲劇、祝福和詛咒在一瞬間交錯而過。

因為這次事件，「我」醒悟到自己大部分的知識只是殘缺不全的知識。經歷隔壁女人的死亡，「我」如此自問：「我懂得多嗎？懂得很多，如此聰明的人怎麼會過著這樣的日子？」「我」和不知道斯芬克斯的謎題正是針對自己命運詢問的伊底帕斯很類似。伊底帕斯是誰？如果分析其詞源（「知道」=oida 和「腫脹」=oidieo），也就是「跛腳的哲學家」。斯芬克斯謎題的真正答案是混合三個世代的血統（早晨四條腿，中午兩條腿，夜晚三條腿），讓底比斯變成無政府狀態的伊底帕斯自己。「我」在電視猜謎秀中接受了像謎一樣的李春成的建議，試圖經由猜謎挑戰命運主宰的領域，是為了徹底考驗擁有殘缺知識的自身。「借助智慧的力量，模擬與偶然對峙的人類命運」，李春成的話聽起來就像這句話本身。

「猜謎」在文字層面中，是網路猜謎房裡的趣味活動和遊戲，儘管後來演變成有契約的維生方法，但是在比喻層面中，卻成為「我是誰」的本質性疑問。猜謎的淵源很長久，而且具有深奧的文明史族譜。猜謎包含著長久以來神和人、人類和自然宿命對決的痕跡。神詢問犯罪躲藏的亞當，「亞當啊，你在哪裡？」斯芬克斯問伊底帕斯，「早晨四條腿，中午兩條腿，夜晚三條腿的動物是什麼？」都是如此。按照命運的邏輯，生命雖被關閉，但根據運氣，未來有可能會開啟或關閉，決定這一切的正是猜謎。「我」受李春成的慫恿簽下契約，在李春成的名片上，以及後來又在「公司」辦公室的牌子上看到用拉丁語寫的句子：「Fata regunt orbem! Certa stant omnia lege.」（不能確定的屬於命運主宰的領域，確定的則是人類才能所管轄的領域）。

《猜謎秀》中將「公司」描寫為「修道院」、「職業工會」等，這既是執行「以血緣延續的生物學家族」功能的社會縮影，也是管理和延長青春的事業共同體。在《猜謎秀》裡可以看到「象徵性父親的缺席」，對於主人公「我」和徐智媛來說，在沒有父親或父親離得太遠的原子化家族結構中可找到證據。但是在聚集形形色色、命運瞬間改變之人的「公司」裡，這點可以更直接觀察出來。不過《猜謎秀》描寫的新形態「公司」不像傳統概念上的公司，是以家長式的權力和嚴格的位階為基礎的垂直模式，而是變成中心再也不復存在、只以兄弟姐妹重新組成的水平模式。「『公司』就是我們，我們就是『公司』」，「『公司』的子集合也是『公司』」。李春成只是起到引導「我」進入「公司」的作用，集體生活方式、規則、猜謎對練比賽、以及「集會」的規則都是由同事一一告知。無論是同事還是李春成，都沒有超越的權利。那裡不存在董事長、總經理等具有垂直式權威的中心，只有等待猜謎大會參加選手的觀眾才是他們的顧客。那麼全新社會模式的「公司」是否可說是沒有權威，像家族一般更友善、更溫和？如同杜思妥也夫斯基所說，只要沒有父神，任何事情就可以為所欲為了嗎？一開始「我」也是這樣想，然而這樣的期待很快就遭到了背叛。正如弗洛伊德的描述，殺害父親之後，在初期文明社會的兒子們，很快就會針對父親的女人這件戰利品展開殘酷的手足之爭一樣，在「公司」自律的運作過程裡面，處處隱藏著更新形態殘酷而嚴厲的懲罰。只要為了集體的效率，領導者和失敗者的命運都可以被任意改變。《猜謎秀》裡的「集會」只是決鬥場上的無限競爭，絕不允許敗者復活戰。哪怕是小小的失誤也不允許，失敗的代價就是立刻被驅逐。「不要再上來了，你這個兔崽子」。

讓我們回顧公司的體系。「公司」就像電影《駭客任務》裡的遠距虛擬世界或幽靈一般，之所以實體不明確，並非因為它不現實。「公司」從「超越——垂直的父親」更動為「內在——水平的兄弟」，而此異動蘊含這個時代重要的社會移動徵候，刻畫出流動而不確定的形象。那麼，「我」從「公司」的逃跑是失敗還是成功？當主人公必須在舊書店裡重新開始沒有絲毫改變的生命時，可以說「我」肯定了自己的命運嗎？「這個世界上我無處可逃。人們沒有改變，問題一直在重複，世界仍一如既往」，真的是如此嗎？即便如此，如果可以對於生命提出質問，如果可以不停的詢問，難道不會有什麼東西稍作改變，不再重複，或者變得更好，將來也不再變化嗎？

5 桶裡的第歐根尼

《猜謎秀》象徵性地刻畫出這個時代年輕人貧窮、孤獨的形象，他們在沒有窗戶的考試院裡，使用電腦顯示器作為唯一的窗口，與世界溝通。在讓人聯想到德國哲學家萊布尼茲（Gottfried Leibniz）「沒有窗戶的單子」的網路猜謎房裡，小說主人公們通過虛擬的ＩＤ和化身連接網路，只有在自己感興趣的共同體裡才流露出生機和活力。但隨著時間流逝，他們陸陸續續地離開了網路猜謎房，最後只留下主人公自己，他怔怔地凝望只有游標閃爍著的猜謎房。當他關上電腦電源，在如洶湧而至的襤褸現實世界裡，根本不存在對於生命的展望。這是這個時代年輕人的自畫像，以及嚴襲他們的先驗的絕望。《猜謎秀》多次描寫象徵主人公處境的段落。從窗外飛進來的棕耳鵯再也飛不出房間，撞在牆上跌落下來的形象。「我」重現那個夢的時候，就像畫家保羅．克利（Paul Klee）的《新天使》（*Angelus Novus*）中的天使一般，無可奈何地被颶風裹挾，只能朝向前方揮動翅膀的形象。還有睡在木桶裡罹患憂鬱症的犬儒哲學家第歐根尼的形象。這其中的最後一個第歐根尼是誰？他不就是那個遭到城邦驅逐，卻依然赤身裸體地居住在城邦裡，在扔給自己狗骨頭的大眾面前像狗一樣撒尿的哲學家嗎？他覺悟到生命的本質就是演技，他說自己不是「拒絕表演」，而是「表演拒絕」。第歐根尼展現的「表演拒絕」和「拒絕表演」與金英夏的小說相吻合，後者認為在面具、演技和舞臺上不存在生命的本質，只存在沒有演技的演技罷了。也許作家在《猜謎秀》中低聲想說的第歐根尼的邏輯就是這個吧？

亞洲金融危機之後，新自由主義製造出由少數壟斷的經濟結構、貧富差距現象、非正式職位普遍化等，可總稱為「生活的資本化」、「生活的生存戰略化」現象。金英夏的成長小說《猜謎秀》正是對當代年輕人孤單生活的回答。對於小說中被形象化的年輕人來說，「冒險」根據該回答的正確或錯誤決定生存狀況的起落。自己形成的教養（Bildung）也被符號化為無序而片段式的資訊集合。過去偏狹而自我感覺良好的既成世代（老一輩），輕蔑地稱呼這些只困守於自己封閉世界玩遊戲的年輕人為「御宅族」（OTAKU）。隨著金英夏的《猜謎秀》出版，讀者可以看到這樣的光景：在這個很難找到希望的時代，無業遊民、新貧困階級中的一名年輕人，正安靜地對這個世界進行破壞。舊書店的工讀生李民秀，行軍床是唯一財產的第歐根尼的新後裔，衷心希望未來的幸運與你同在！

猜謎秀

作　　者　金英夏
譯　　者　盧鴻金
美術設計　萬勝安
內頁排版　高巧怡
行銷企劃　蕭浩仰、江紫涓
行銷統籌　駱漢琦
業務發行　邱紹溢
營運顧問　郭其彬
責任編輯　吳佳珍
總 編 輯　李亞南
出　　版　漫遊者文化事業股份有限公司
地　　址　台北市103大同區重慶北路二段88號2樓之6
電　　話　(02) 2715-2022
傳　　真　(02) 2715-2021
服務信箱　service@azothbooks.com
網路書店　www.azothbooks.com
臉　　書　www.facebook.com/azothbooks.read

發　　行　大雁出版基地
地　　址　新北市231新店區北新路三段207-3號5樓
電　　話　(02) 8913-1005
訂單傳真　(02) 8913-1056
二版一刷　2024年12月
定　　價　480元

ISBN　978-626-409-042-1

This book is published with the support of the Literature Translation Institute of Korea (LTI Korea).

國家圖書館出版品預行編目 (CIP) 資料

猜謎秀/ 金英夏著 ; 盧鴻金譯. -- 二版. -- 臺北市 : 漫遊者文化事業股份有限公司出版 ; 新北市 : 大雁出版基地發行, 2024.12
400 面 ; 14.8X21 公分
譯自 : 퀴즈쇼
ISBN 978-626-409-042-1(平裝)

862.57　　113017797